T0386950

LA CRUEL MIRADA DE LOS DIOSES

LA CRUEL MIRADA DE LOS DIOSES

MOLLY X. CHANG

Traducción de Andrea Pérez García

Editorial Hidra

FICCIÓN ADULTA

La cruel mirada de los dioses es una obra de ficción. Los nombres, lugares y sucesos que aquí se incluyen son producto de la imaginación de la autora o se han usado de forma ficticia. Cualquier parecido con sucesos, lugares o personas, vivas o fallecidas, es pura coincidencia.

Primera edición: mayo de 2024

Título original: *To Gaze Upon Wicked Gods*

red@editorialhidra.com
www.editorialhidra.com

Síguenos en las redes sociales:

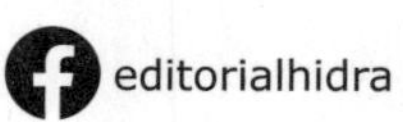

EdHidra editorialhidra editorialhidra

BIC: FM

ISBN: 978-84-10163-48-5
Depósito legal: M-1813-2024

A mis abuelos,
por las historias que han inspirado este libro
y por recordarme siempre que si nuestros antepasados
lograron sobrevivir a los inviernos más duros conocidos
por el ser humano, genocidio tras genocidio, hambrunas
y guerras, yo puedo sobrevivir a cualquier cosa. Vuestro
recuerdo me infundió la valentía para seguir adelante,
aun cuando la publicación de este libro se me
antojó una muerte lenta y dolorosa.

NOTA DE LA AUTORA

Recuerdo las lágrimas de mi abuelo, la forma en que se le entrecortaba la voz cuando, entre susurros, hablaba de los fantasmas que rondaban por Manchuria, de los demonios que arrancaban a los niños traviesos de sus camas para realizar con ellos experimentos monstruosos. Durante toda mi vida pensé que estas historias no eran más que mero folclore que se había transmitido de boca en boca, pura ficción inventada para obligarme a hacer los deberes. En 2020, tras el triste fallecimiento de mi abuelo, sentía una gran nostalgia por China y el pecho en carne viva por el dolor y la tristeza de presenciar cómo el odio antiasiático campaba a sus anchas en el país por el que abandoné mi tierra. Fue ahí cuando me di cuenta de que esas historias iban mucho más allá de lo que creí en un primer momento.

Desesperada por aferrarme a mis abuelos y a mi hogar, me topé con una serie de artículos de la Unidad 731, un lugar que existió en Harbin durante la Segunda Guerra Mundial, a solo veinte minutos de donde me crie. Reparé en que los relatos de fantasmas que turbaron mi infancia no eran solo leyendas: eran recuerdos arraigados en la realidad; eran un fragmento de la historia olvidado por demasiadas personas. Así pues, aunque *La cruel mirada de los dioses* es ficción, sus influencias son muy, pero que muy reales. Todo, desde los abominables experimentos hasta los hombres que jugaron a ser dioses. Las espeluznantes historias reales de Manchuria bajo la ocupación rusa y japonesa merecen ser contadas y no caer en el olvido.

Lo que vivieron el pueblo de Manchuria y la población china les dejó un trauma tan desgarrador que sus supervivientes no fueron capaces de volver a contarlo como historia. Por ello, mi abuelo y su gente lo tejieron en forma de cuentos de terror con vestigios siniestros de lo paranormal, fantasmas y demonios. Estos recuerdos del pasado se convirtieron en cultura popular que se transmitía de padres a hijos, ya que los japoneses negaron sistemáticamente la existencia de la Unidad 731, la sangre derramada en Manchuria y el dolor y el trauma que, entrelazados con lágrimas, sufrió una generación tras otra.

Las historias de mi abuelo fueron semillas y espero que, si aún estuviera entre nosotros, se sintiera orgulloso del árbol que brotó de ellas: relatos de tribus e imperios, del dolor y sufrimiento de nuestra gente, de la naturaleza salvaje siberiana y de los ancestros que sobrevivieron genocidio tras genocidio. ¡Qué suerte tengo de que la sangre de Manchuria corra por mis venas, de haberme criado en sus territorios! Mi abuelo solía decir que si nuestros antepasados lograron sobrevivir al hielo siberiano, nosotros podríamos sobrevivir a cualquier cosa.

Me gusta pensar que si conociera a Ruying, mi personaje principal, se sentiría orgulloso de su necesidad feroz de supervivencia, igual que la de nuestros antepasados que crecieron en una época en la que nadie estaba a salvo, en la que se era capaz de todo por sobrevivir.

Hambre y pobreza. El amor de la familia, ese sentimiento de impotencia, ya que a nuestra gente la despojaron de todo lo que era valioso para nuestra cultura, y lo hicieron pieza por pieza, pues China combatió a las balas y a los aviones de nuestros invasores occidentales con arcos y flechas. Pero ¿y si contáramos con algo más? Mi abuelo entrelazó la historia con demonios. Yo decido volver a pintar sus relatos con esperanza porque ¿y si la magia de nuestras antiguas narraciones sobre dioses y héroes fuera verdad? ¿Y si dispusiéramos de esa magia para enfrentarnos a su ciencia?

¿Y si?

¿Y si?

¿Y si...?

En el fondo, *La cruel mirada de los dioses* trata de muchas cosas. Trata de las historias olvidadas del Siglo de la Humillación china. Trata de las duras decisiones que debemos tomar para sobrevivir en un mundo despiadado. Trata de una chica asiática a la que enseñan a guardar silencio, pero que anhela alzar la voz. Y, en esencia, trata de la inmigración y de sus sacrificios, como cruzar tierras y océanos, sufrir penurias e incertidumbre, para ofrecer a tus seres queridos una vida mejor.

Estimado lector, espero que este libro te fascine tanto como a mí. Espero que, al leer la historia de Ruying, no la veas como a una villana, sino como a una chica que quiere a su familia, como a una víctima del mundo cruel en el que ha nacido y que hace todo lo que está en su mano para proteger a quienes ama, aunque ello signifique renunciar a sus valores y trabajar para el enemigo (haciendo cosas imperdonables) con tal de proteger a su familia.

PARTE 1

天外之神

Dioses de más allá del cielo

En algún lugar entre la vida y la muerte,
existen nuestros dos mundos.
Uno rico en magia,
otro plagado de ciencia.
Pangu era un paraíso
en el que la magia y la humanidad vivían en armonía.
Roma era un mundo de otro reino,
en el que la electricidad ahuyentaba a la noche
y las máquinas funcionaban con humo.
Nuestros mundos existían en paralelo,
separados por un velo tejido por el propio destino,
hasta que los romanos llegaron como dioses desde el cielo
en sus aviones dotados de armas.
Al principio, nos saludaron con sonrisas.
Cuando los asombramos con nuestra magia,
nos sorprendieron con una tecnología
que hacía posible
lo imposible.
Firmamos un tratado.
La era de una unión pacífica.
Creíamos que eran benévolos, amables.
Hasta que…

1

El cielo lloraba de nuevo.

A mi alrededor, todo mi mundo sollozaba. Lágrimas grises y heladas me acariciaban la piel, que tiritaba de frío a pesar del calor de finales de verano. A pasos deliberados, crucé la valla que dividía mi ciudad en dos mitades y que se encontraba custodiada por soldados romanos con los nudillos blancos por la fuerza con la que agarraban las armas que nos perseguían en nuestras pesadillas, preparados para abatirme a la mínima ofensa recibida.

Cómo los odiaba. Odiaba sus rostros severos y extranjeros y su atuendo foráneo procedente de más allá del portal reluciente en lo alto del cielo lúgubre que ahora unía nuestros dos reinos; una fractura resplandeciente que se cernía sobre mi ciudad ya destruida, como el ojo que todo lo ve de un dios vengativo que no se encontraba allí para amar y proteger, sino para torturar.

Para infligir un dolor y sufrimiento inimaginables, tal y como los romanos llevaban haciendo desde hacía más de dos décadas.

A diario, maldecía esa carretera, esa valla, sus armas cargadas y cada traza de Roma que había arruinado mi mundo como si de una mancha permanente se tratara.

Y, aun así, agachaba la cabeza ante ellos, caminaba por esa carretera semana tras semana, bajo miradas que parecían las de un ave rapaz, por la droga que, lentamente, consumía la vida de mi hermana, pero sin la cual habría muerto tan rápido como una flor a la que cortas del tallo. Al menos con el opio Meiya podría vivir otros dos, tres o incluso cinco años como papá.

Sin él, no llegaría al final de la estación.

Algunos romanos mostraban claramente la repulsión y el odio en sus rostros; otros lucían sonrisitas y lujuria.

Uno frunció los labios y dejó salir un silbido agudo que hizo que un estremecimiento helado me recorriera la columna.

La magia de la Muerte canturreaba en silencio bajo mi piel; las brasas estaban listas para dar paso a un fuego salvaje en cuanto les diera luz verde.

No tenía motivos para temer a esos hombres. Teniendo en cuenta mis poderes, no tenía motivos para temer a nadie.

Arqueando la mano, podría sumergirme en el reino de la Muerte de austeros grises y arrancar el *qi* de sus cuerpos hasta que solo quedaran cadáveres. Era una tentación constante: despojarlos de algo como Roma había hecho con nosotros.

No obstante, la abuela me había educado para ser precavida. Una chica jamás era lo suficientemente cuidadosa en esa época de destrucción colonial, donde la paz entre la magia y la ciencia pendía de un hilo.

Podría matar a uno de ellos, a dos o tres con suerte, pero no podría aniquilar a todos los romanos que desfilaban por la ciudad, con las cabezas bien altas en gesto arrogante y el derecho a exigir cualquier cosa o persona que les viniera en gana.

Aunque los años pasaban, los recuerdos permanecían nítidos como un sueño reciente: la primera vez que presencié cómo uno de los míos era asesinado a sangre fría por manos romanas.

Yo no era más que una niña y papá aún estaba vivo y era más amable que nunca.

Se trató de un asesinato por disparo, al más puro estilo ejecución. Y los dedos que habían pulsado el gatillo pertenecían nada más y nada menos que al príncipe primogénito: Valentín Augusto. Solo era tres años mayor que yo y había asesinado a un hombre a balazos ante la mirada de cientos de curiosos por la osadía de plantar sus manos manchadas en el traje impoluto del príncipe para pedirle unas monedas que este guardaba sin cuidado alguno en sus bolsillos; unas monedas con las que un padre podría alimentar a su hijo famélico.

Si cierro los ojos, aún puedo sentir la mano temblorosa de mi padre agarrando la mía, y puedo oler el miedo que la muchedumbre irradiaba como un hedor nauseabundo. El miedo que emanaba de mi propia piel cuando oí el estallido que partió el cielo, una sensación primitiva en lo más profundo de mi vientre.

La maldad corría por las venas de los romanos como si de sangre se tratara, pero se rumoreaba que lo de Valentín Augusto era algo mucho peor.

La ciudad también cuchicheaba acerca de sus hermanos.

El hijo mediano, que vivía en suelo de Pangu junto con Valentín, jamás había sido visto aventurándose más allá de la Valla.

El tercer y último príncipe era un pupilo militar sediento de sangre, y el único de los tres que permanecía en Roma como mano derecha de su abuelo.

Su poderoso y detestable abuelo, cuyo desprecio por mi gente había modelado la política de los dos mundos y cuyo despiadado corazón había sentenciado a mi imperio a este amargo destino.

Crueles y monstruosos, así eran todos y cada uno de ellos. El privilegio y el poder alimentaban el mal en los romanos como la leña al fuego.

Así pues, andaba con pasos atentos, con las manos cruzadas sobre el pecho donde estuvieran bien a la vista; silenciosa como un ratón, rígida y asustadiza como un fantasma que se aleja. Así era como nos habían enseñado a movernos entre ellos.

Circulaban demasiadas historias de soldados de gatillo fácil.

Salían demasiadas advertencias de la boca de la abuela.

Un mal paso y podrían masacrar a toda mi familia en represalia, como tantas veces antes habían hecho con los patriotas y los mártires que se negaban a hincar la rodilla.

En esa maldita ciudad todos conocían a alguien que había muerto a manos de un perverso romano que jugaba a ser Dios con sus maquinitas y ciencia que tenían a nuestro antaño glorioso imperio suplicando retazos de piedad.

Historias de horror entrelazadas con historias de sobrecogimiento. Cada vez que examinaban nuestras calles, sabíamos muy bien que no debíamos acercarnos demasiado.

Cuando no era el príncipe Valentín, se trataba de cualquier otro noble o soldado romano que aterrorizaba nuestra ciudad en ruinas. Hombres que arrastraban a mi gente a la calle en un ataque de lujuria o rabia, o una retorcida combinación de ambas, y la conducían a un callejón a plena luz del día, de donde salían gritos de espanto que podía oír cualquier viandante, aunque eran pocos los que se atrevían a hacer algo. Y de esas valientes almas, pocas tenían la fortuna de vivir para contarlo.

路见不平, 拔刀相助: «Cuando veas a alguien en apuros, desenvaina la espada y acude en su auxilio».

Pero ¿qué podía hacer una espada frente a una bala?

¿Qué podía hacer la magia frente a la ciencia?

¿Qué sentido tenía buscar justicia cuando esos infames monstruos vivían por encima de la decencia y de las reglas? ¿Quién los castigaría? Mortales que vivían como dioses, que tenían tal poder que incluso nuestro joven emperador Yongle tenía que bajar la cabeza y dejarles pisotear su dignidad… igual que su padre hizo antes que él.

Qué bajo había caído nuestro glorioso imperio: había pasado de ser un ejemplo de poder que brillaba por encima de todo el continente a convertirse en una marioneta que pendía de hilos y bailaba bajo las órdenes de Roma.

Y todo en un lapso de veintitantos años.

Puede que el incidente del príncipe Valentín hubiera sido la primera vez que había presenciado cómo un romano asesinaba a uno de nosotros a sangre fría, pero no había sido la primera vez que había sucedido en nuestro suelo.

Y tampoco sería la última.

Una vez, un padre en edad avanzada y de cuerpo frágil pedía justicia para su hijo, ejecutado por un grupo de ministros romanos borrachos porque se había atrevido a mirarlos con desdén en lugar de mostrar respeto; un acto desafiante que le había costado la vida. El padre vociferó y lloró frente a las puertas romanas antes de que los guardias lo abatieran con una rápida bala, tras lo cual, colgaron su cuerpo en la Valla durante un ciclo lunar completo.

Una advertencia formal para todo aquel que se atreviera a faltar el respeto al imperio romano.

Ni el emperador, ni sus soldados, ni tampoco ninguno de los generales o gobernadores que supuestamente debían protegernos hicieron o dijeron algo al respecto.

Los romanos podían apalearnos, exterminarnos y hacernos cosas indescriptibles, pero siempre y cuando regresaran a su lado de la Valla antes de que las autoridades los detuvieran, no recibirían el menor castigo.

De todos modos, nadie en la ciudad de Jing tenía las agallas de detener a un romano.

Si lo hicieran, estallaría la guerra.

Y nadie en su sano juicio empezaría de forma voluntaria algo tan terrorífico por unas cuantas vidas perdidas. Los romanos eran conscientes de su poder y no dudaban lo más mínimo en abusar de él.

«Los dioses no se rigen por las leyes de los mortales»: un dicho que se susurraba con aflicción y tristeza.

Ese podría ser nuestro mundo, nuestro hogar, nuestra tierra, pero los romanos se habían abierto paso a la fuerza en nuestras vidas con armamento, granadas y máquinas voladoras; armas que no habríamos imaginado ni en nuestros peores sueños.

La guerra que había acabado con la vida de mi abuelo hacía casi veinte años empezó y terminó justo antes de que yo naciera, porque los romanos no nos vencieron en un año, ni en un mes, ni siquiera en una semana.

Nos vencieron en un solo día.

Sus aviones invadieron el cielo como una tormenta y de ellos llovieron fuego y balas sobre los campamentos donde el ejército de Erlang se había apostado: la peor lucha jamás vista en nuestro continente.

Y, desde entonces, cuando los romanos nos decían que hincáramos la rodilla, obedecíamos.

Sabíamos muy bien que, en una guerra entre la magia y la ciencia, no teníamos nada que hacer.

A raíz de ello, entregamos más cosas de las que podíamos contar. Nadie conocía la magnitud del tratado de paz ni todo lo que nuestro emperador había cedido para que una nueva guerra no se repitiera en nuestra tierra.

Esa era la naturaleza del poder. Las decisiones de los emperadores jamás se transmitían a sus súbditos, así que interceptábamos cada rumor y especulación mientras la ciudad cambiaba ante nuestros ojos. La mitad occidental de la capital se entregó a los romanos y todos sus habitantes fueron desahuciados o, si tuvieron el suficiente valor de oponerse a los deseos de los crueles tiranos, masacrados en el extremo de la Valla para que todos fuéramos testigos. Y el opio, la sustancia que, al parecer, había desencadenado la humillante y breve guerra, inundaba las calles ante un reclamo sin control para fortalecer los dones de los Xianlings y despertar la magia en aquellos que habían nacido sin un don.

Los años pasaron en un abrir y cerrar de ojos. Los bebés nacían y crecían en esos tiempos.

Del imperio de Erlang no quedó más que el nombre. Tras el fallecimiento del anterior emperador y la sucesión de su único hijo superviviente, tres años mayor que yo, igual que el príncipe Valentín, las cosas solo habían ido a peor.

Y mientras los romanos se las daban de dioses, estos se negaban a responder a nuestras plegarias.

En lugar de bondad, solo recibíamos desgracias y tragedias.

Ristras y más ristras de disturbios políticos y sufrimiento que habían matado de estrés a nuestro difunto emperador. Aunque se rumoreaba que había fallecido por una sobredosis de opio, y había permitido de buena gana que Roma viviera por encima de nuestra ley, y había dejado que sus pecados proliferaran sin consecuencias. Todo por un suministro constante de esa droga supuestamente celestial.

Con la mandíbula apretada, pasé junto a una artista callejera que cautivaba a una pequeña multitud con un remolino de sombras y palabras edulcoradas. Repetía el milenario cántico que nos enseñaban de pequeños: «En algún lugar entre la vida y la muerte existen nuestros dos mundos.

Uno rico en magia. Otro plagado de…».

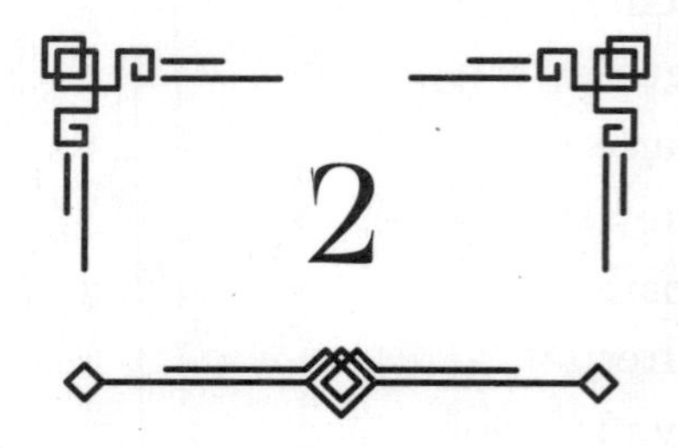

2

Doblé una esquina y me aventuré por una calle festiva en la que mercaderes vociferantes montaban sus puestos nocturnos. El olor a comida callejera y dulces me inundó los pulmones y se me hizo la boca agua.

La Torre de Loto se erguía al borde de la Valla, con vistas a la hilera de casas y cafeterías romanas de nueva construcción en las que podían apreciarse los carteles de PROHIBIDO EL PASO A PANGULINES.

Aunque ya habían anexionado la mitad de la ciudad, los romanos siguieron apropiándose de más porque sabían que podían; porque parecía que, independientemente de cuánto cogieran, jamás se sentirían satisfechos.

Y nosotros no teníamos forma de evitar que acapararan el terreno, ya fuera mediante intercambios monetarios legales o extorsiones siniestras.

Como resultado, la que en su momento fue la tetería más concurrida del centro de la ciudad de Jing, ahora se erigía como un destacado antro de opio, plagado de pecado.

En su interior, bajo opulentas vigas rojas y arcos de medialuna, el mundo ardía ante el humo danzarín y sedas ondeantes, transparentes en los cuerpos que las vestían. Manos rechonchas destellaban con una gran cantidad de oro y jade, mientras en sus bolsillos abundaba la plata. Los suspiros suaves y los alientos cálidos se arremolinaban en el aire y se enredaban con las delicadas risas de los camareros y las camareras.

Me cubrí la parte inferior de la cara con un velo de satén para ocultar lo que había debajo.

No era lugar para chicas de bien. Demasiados miembros de la élite de Erlang frecuentaban sus salones. Las palabras corrían como la pólvora y un solo rumor podía manchar la reputación de una joven para siempre. Si quería asegurarme un buen matrimonio, tenía que estar irreconocible.

Sin embargo, nada más poner pie en el humeante recibidor, Azi me descubrió.

No era mi primera visita. Ni la segunda. Ni la tercera. Mi hermana consumía las dosis como si de un incendio se tratara y yo daba gracias por que Baihu me dejara la droga casi gratis.

Por ahora.

«Cógela y pírate. No metas la pata». No podía arriesgarme a otro enfrentamiento con él. No cuando la vida de Meiya dependía de los favores del Tigre Blanco.

Azi me saludó con una profunda reverencia mientras sus escasas sedas resbalaban de forma peligrosa por sus hombros desnudos. Tenía los párpados manchados de sombra romana y, cuando alzaba la vista a través de un flequillo pulcramente cortado, había cierta atracción en su mirada. Aun así, yo no veía más que los moratones que tanto se esforzaba por ocultar.

Me dedicó una delicada y fugaz sonrisa, cálida y familiar, y todo mi desprecio y preocupación se desvanecieron al instante.

El don de Azi: la confianza y el consuelo; una habilidad para manipular las emociones. Baihu la tenía cerca para que los poderosos abrieran sus corazones y, entre susurros, se fueran de la lengua con información confidencial, que se usaría como moneda de cambio en los juegos políticos y de poder.

La Torre de Loto era un hervidero de secretos y mentiras, pero el oro y el opio no eran lo único con lo que se traficaba allí: la información adecuada de la boca del hombre adecuado era más valiosa que el peso de toda la ciudad en opio.

—¿Está aquí? —pregunté, cargada de esperanza.

Baihu pasaba pocos días al mes en la ciudad de Jing, y menos aún en la Torre de Loto. Nadie sabía dónde se encontraba el resto del tiempo y tampoco me importaba. Si Baihu no estaba allí, mejor que mejor. Azi me daría la droga y yo me marcharía sin verlo.

Pero ese no era mi día de suerte.

Azi asintió de forma sutil y se me cayó el mundo a los pies.

«Qing, por favor».

Hizo un gesto hacia la gran escalinata que conducía al piso superior y dejaba atrás el humeante vestíbulo, donde los clientes habituales se reunían sobre cojines de seda roja para pasarse largas pipas de opio entre risas y balanceos, como si fueran marionetas desarticuladas de carne y hueso muertas de hambre.

—Te está esperando.

Con el dorso de la mano, me tapé con fuerza la nariz, no tanto para cubrirme la cara sino para evitar respirar el empalagoso olor a opio, un aroma que siempre lograba despertar amargos recuerdos de papá desmayado en el patio. O de la abuela llorando mientras los usureros aporreaban la puerta con furia.

El olor me devolvió a mis siete años: sollozando en la oscuridad, indefensa, mientras unos desconocidos nos arrebataban pedazos de nuestro hogar. Con punzadas de hambre en el estómago y el aullido del viento invernal arañándome la piel, que ya estaba entumecida y agrietada. Papá había dilapidado en opio el dinero con el que teníamos que comprar la leña para la chimenea, hasta que no había quedado nada, ni siquiera para comer.

Disipé el recuerdo: «Céntrate».

Siguiendo los pasos de Azi, subí las viejas escaleras de madera. Las melodías del *guqin* y los tambores importados romanos desaparecían en la distancia.

Pasamos junto a puertas entramadas que ofrecían a las discretas risas del interior escasa intimidad de las carcajadas ruidosas del exterior. A medida que subíamos pisos, los pasillos serpenteantes se volvían cada vez más silenciosos y las habitaciones, más privadas. Las paredes de decoración exigua ahora estaban forradas de relieves y tapices, estatuas de jade y jarrones delicados; ricos fragmentos de nuestra historia que habían aguantado guerras y cambios de dinastía para acabar ahí, como adornos de un antro plagado de pecados. Habían instalado paneles de vidrio y pesadas puertas de hierro para proteger los secretos de hombres importantes y de los limitados clientes romanos que frecuentaban esos pasillos en busca de alcohol, caras bonitas o traidores de lengua larga cuyos bolsillos llenaban de oro.

Pero nunca de opio.

Los romanos estaban al tanto de las consecuencias mortales de esta droga, a pesar de las dulces mentiras que le habían vendido a mi gente.

La oficina de Baihu se encontraba en el último piso, oculta en un rincón secreto, alejada de los humos desagradables.

Azi llamó a la puerta tres veces.

—La señorita Yang está aquí.

—Que pase —respondió.

Azi se hizo a un lado y, cuando me disponía a abrir la puerta, me agarró la muñeca con una advertencia firme:

—Es un buen hombre, no seas tan dura con él.

«Ningún hombre que toca el opio es bueno, y mucho menos si trafica con él», estuve a punto de decirle, pero me mordí la lengua.

Yo no era más que un títere en manos de Baihu, siguiéndole el juego.

Bajé la barbilla y asentí con la cabeza muy a mi pesar.

Se abrió la puerta. Me tragué mi orgullo y me adentré en la guarida del tigre.

Baihu.

El Tigre Blanco.

Ataviado con un traje carmesí de tres piezas (rojo como manchas de sangre, al más puro estilo romano), el hombre que estaba de pie al otro lado de la mesa no tenía nada que ver con el chico dulce y ruborizado de los recuerdos de mi infancia, con cuya madre enferma intercambiábamos nuestro arroz por embutidos y repollo en vinagre durante el invierno. El muchacho que se sentaba a mi lado en los tejados para ver los fuegos artificiales de Año Nuevo, que había llorado en mis brazos cuando su madre enfermó y su padre se volvió violento y cruel como el mío.

Evidentemente, a sus veinte años, Baihu ya no era un niño.

Al igual que yo, había crecido demasiado deprisa.

Sin embargo, mientras yo me aferraba a mi dignidad, Baihu decidió dejarla atrás hacía tres años, cuando se deshizo de las túnicas de nuestro legado y se cortó la coleta. Ahora llevaba el pelo corto y peinado como los romanos. Cada día se parecía más a los falsos dioses del otro lado de la Valla, como si no pudiera esperar a mudar su piel, borrar su pasado y cualquier parecido con nosotras en su nueva y elevada posición como mano derecha del príncipe Valentín.

A ojos de otra persona, podría parecer atractivo, apuesto: un hombre hecho a sí mismo y deseado por la propia Nüwa.

Para mí, no era más que un traidor, uno de *ellos*.

—Has vuelto —dijo, con la voz tan suave como una pluma que cae.

—Es la última vez —contesté—. Meiya va a dejarlo. Está muy bien. Dentro de poco, no precisará más de tu caridad.

Media sonrisa.

—Eso dijiste la vez anterior. —Su tono no era amenazador ni malicioso, sino inocente. Fruncía las cejas con preocupación auténtica.

La agitación de mi pecho dio paso a una gran opresión. El opio era una toxina, y los adictos que intentaban desengancharse muy pocas veces sobrevivían al dolor, a la forma en que el cuerpo se deterioraba durante el síndrome de abstinencia.

Mi hermana lo tenía todo en su contra, nunca lo tendría a su favor.

Y aun así, yo creía en ella. Meiya era fuerte y valiente, superaría su adicción.

Tenía que hacerlo.

El opio ya se había llevado a mi padre. Me negaba a que se llevara a mi hermana también.

Sin embargo, mi fe en ella no me facilitaba lo más mínimo tener que regresar a la Torre de Loto una y otra vez.

Calificar a Erlang Baihu de villano sería una exageración. Calificarlo de inocente, una mentira. Se encontraba a caballo entre ambas; el gris entre el blanco y el negro.

Hacía mucho tiempo, antes de que su madre destruyera su vida fumando para aliviar el dolor de un cuerpo enfermo y él vendiera su lealtad a los romanos a cambio de fortuna y poder, Baihu había sido mi amigo, alguien a quien admiraba. Alguien noble, amable, leal.

Pero ya no.

—Puede que el opio no sea tan malo como crees —apuntó, con la voz tan fría como la seda sin usar—. Muchos lo elogian por sus beneficios etéreos, ya lo sabes. También incrementa las capacidades de los Xianlings: vuelve la magia más poderosa. Corre el rumor de que el propio emperador estaba aficionado.

La frustración era de color carmesí oscuro. Sabía a cenizas cuando traté de tragármela y me abrasó la garganta antes de coagularse en mis pulmones.

—Sí, tan aficionado que entregó a su única hija a Roma como aval cuando amenazaron con reducir a la mitad el suministro de opio —repliqué; me arrepentí al instante.

Para el difunto emperador, la bella y bondadosa princesa Helei era 上明珠: «la perla sobre su mano», es decir, su ojito derecho, a quien más quería en el mundo; pero ahora no era más que una garantía, una rehén retenida tras la imponente valla que sería ejecutada si Erlang osara desafiar la dominación de Roma.

Posiblemente lo que acababa de decir fuera verdad, pero Baihu era la última persona a la que debería insultar u ofender. Con el respaldo de Roma y la atención del príncipe, era básicamente uno de *ellos*. Un dios entre hombres. Por encima de la ley, por encima de los emperadores, por encima de todo; capaz de convertir mi vida en un infierno con el mero chasquido de sus dedos.

—No son más que habladurías. —Sonrió—. Y, de ser verdad, ¿qué hay de malo en que Roma pida un aval para garantizar que el emperador no los apuñala por la espalda tal y como exigen los numerosos consejeros de nuestro joven dirigente? ¿Acaso piensas que Roma no se entera de los cuchicheos en las teterías, de las cartas que se intercambian en los mercados nocturnos, de cómo el Fantasma y sus secuaces arman revuelo llamando a la rebelión en las aldeas?

—Esto *no* es suelo romano. No tienen ningún derecho a imponer cómo debemos vivir. —«Esas personas tienen derecho a rebelarse, a querer más, a querer algo mejor», pero no tuve el valor para pronunciar esa última parte. Procuraba no despertar su ira. Era demasiado consciente del recipiente mortal de mi hermana con su necesidad mortal de opio.

—¿Y el emperador sí? —contraatacó Baihu, con ojos tan sumamente ingeniosos y letales que estuve a punto de encogerme de miedo bajo su peso—. ¿Qué le da tal derecho, Ruying? ¿El nacer del vientre correcto con el apellido correcto?

Palabras afiladas en las que Baihu se escudaba una y otra vez para ocultar su dolor y su pena. Si él hubiera tenido a la madre correcta, si hubiera sido legítimo, no solo habría compartido sangre con el emperador, sino también el derecho de nacimiento que lo pondría en la línea de sucesión. Y si Baihu hubiera nacido en la realeza, si tuviera el poder para liderar, puede que nunca hubiera dado la espalda a su nación.

Con su perspicacia y determinación, puede que el imperio hubiera corrido una suerte distinta.

Puede que nuestro mundo hubiera sido distinto.

—Los tiempos de los antiguos dioses son agua pasada, Ruying. En las últimas generaciones la magia es cada vez más escasa. En su ausencia, puede que debamos postrarnos ante algo nuevo.

Baihu tenía razón. Incluso antes de que Roma descendiera sobre nuestro reino, la magia era cada vez más exigua con el paso de las generaciones y más difícil de usar. De forma paulatina, el don de los dioses había escapado de nuestras venas, entre líneas de sangre y masas. Los Xianlings eran menos y menos frecuentes, y nuestros poderes se tornaron en una reminiscencia de lo que nuestros antepasados llegaron a ser. Tras la invasión de Roma, desde que tomara por la fuerza los templos de Wucai en los que los agraciados con la magia solían entrenar, nos debilitamos aún más. Sin la tutela adecuada, nuestros poderes se mantenían brutos y desafiantes, inútiles frente a las balas romanas.

«No podemos esperar a que los dioses nos salven, tenemos que salvarnos nosotros mismos», las palabras de Meiya resonaban en mi cabeza.

Me dolía el alma, pero ¿cómo podríamos combatir sus armas y aeronaves, y cualquier artefacto imposible que existía del lado de la ciencia?

¿Y qué precio se cobraría la guerra?

La última vez que Erlang había intentado oponerse a los romanos, decenas de miles perecieron en una sola tarde. ¿Qué pasaría si tratáramos de repetir la historia?

¿Qué perderíamos?

A espaldas de Baihu, a través de las ventanas entramadas que se encontraban abiertas, las calles de la ciudad de Jing eran una mezcla de caos y belleza. Las vías estrechas eran un hervidero de personas, un bullicio de música, voces, risas y las dulces melodías de los artistas callejeros que tocaban el *erhu* y la *pipa*. Unos brillantes farolillos de color rojo escarlata guiaban a unos forasteros hasta sus casas, y, por encima de todo, el cielo azul zafiro por el anochecer acogía a miles de estrellas deslumbrantes que fulguraban como cristales.

Me imaginaba a Baihu encaramado a la ventana, con un pie en el marco y el otro apoyado en el saliente del tejado, paciente cual depredador, observando el remolino festivo en las calles con la posesividad que se había ganado tras abrirse paso a su estatus de poder.

En la distancia, la luz dorada del palacio real brillaba como un segundo sol en el horizonte, pero el auténtico dueño de la ciudad de Jing, de Erlang, no moraba tras las imponentes paredes rojas del palacio.

El auténtico dueño estaba allí y en Jing lo conocían como Baihu; el hijo bastardo de un príncipe muerto que antaño había sido el tío de nuestro emperador. Él era el traidor que había dado la espalda a todo y a todos, cuya mano marcaba el ritmo del comercio del opio, el producto más preciado de todo el país.

Si las circunstancias fueran distintas, me habría sentido orgullosa de Baihu y de todo lo que había superado, de en quién se había convertido.

Su padre lo había abandonado. Su madre lo había desatendido. Sus primos, los príncipes, se burlaban de él por ser hijo ilegítimo. Toda su vida, la gente lo había mirado por encima del hombro, pero les había demostrado a todos lo equivocados que estaban y, ahora, ostentaba más poder del que nadie podría imaginar a las órdenes de los monstruos que habían arruinado nuestras vidas y futuros.

Mientras nuestro pueblo jadeaba, Baihu andaba con la cabeza más alta que nunca, forrado de dinero manchado de la sangre de inocentes como mi padre o su difunta madre.

—¿Lo tienes? —pregunté, intentando dejar a un lado mis recuerdos cambiando de tema. Poco importaba quién había sido Baihu en el pasado. Lo único que importaba era quién era en ese momento y qué necesitaba de él.

Dejé una bolsita de seda encima de la mesa. En su interior, sonó el tintineo de las monedas necesarias. El brazalete que empeñé habría triplicado su valor en épocas de abundancia, pero el caos y la inestabilidad habían entorpecido el comercio. El precio de todo, que antiguamente era abundante e indulgente, se encontraba en declive, a excepción del opio. Nadie se preocupaba por el jade, el oro o la seda reluciente cuando no tenían nada que llevarse a la boca y les habían expropiado sus hogares. La abuela decía que, en tiempos de guerra, un solo grano de arroz valía diez veces más que su peso en oro.

Esperaba no llegar a ese punto.

No obstante, la Ruying realista predecía que un futuro similar era inevitable. La única incógnita era de cuánto tiempo disponíamos para prepararnos.

Baihu cogió la bolsita sin comprobar su contenido y la depositó en un cajón con el resto de mis pertenencias: brazaletes tallados de piezas completas de jade, pendientes con adornos de perlas y colgantes de plata maciza; la única herencia que mi madre nos había dejado a mi hermana y a mí, bienes que él conservaba como recuerdos de cuando le pagaba en especie.

Hacía tiempo que había cambiado el método de pago. Ir a la casa de empeños suponía un esfuerzo adicional, pero merecía la pena porque el intercambio era menos íntimo.

Ver mis cosas guardadas como un tesoro en su oficina despertó algo en mí, una sensación que era una mezcla de incomodidad, culpa y... algo más.

Intercambiar objetos era algo propio de enamorados.

Baihu y yo no estábamos enamorados.

Ni siquiera éramos amigos. Ya no.

Aunque hubo una época en la que habría deseado su afecto con todas mis fuerzas, intercambiar baratijas y respirar el mismo aire en un cuarto a solas con él, mirándome como hacía en esos instantes, con un ardor que me aceleraba el pulso.

Apretaba los labios para contener las palabras. De pequeños, esos ojos me miraban con gran cariño, pero a medida que habíamos ido creciendo, la ternura había dado paso a la lujuria, a una especie de deseo que estaba cansada de ver en los ojos de hombres crueles.

Pero ¿acaso quería mi cuerpo o mi magia?

Sin interrumpir el contacto visual, Baihu sacó un paquete pequeño del cajón superior de su escritorio. Me apresuré a cogerlo. Rocé el envoltorio con los dedos antes de que lo apartara.

Aún no había terminado conmigo.

—Dicen que tu abuela está entrevistando a pretendientes.

Asentí con desgana; un falso cumplido.

—Quiere que me case pronto, antes de que los rumores de guerra se conviertan en realidad.

Puede que mi padre hubiera perdido todo lo que nuestros antepasados nos habían dejado, pero el apellido Yang gozaba de prestigio en ciertas áreas del imperio. Descendía de un general legendario, de una familia que ostentaba poder militar. Los soldados que habían servido bajo las órdenes de mi abuelo recordaban su nombre, y contraer matrimonio con una descendiente del glorioso clan Yang les parecía un honor.

Eso y...

Baihu arqueó una ceja. El calor que desprendían sus amplios ojos era sofocante.

—¿Y tú qué quieres, Yang Ruying?

Me moría de ganas de arrebatarle el paquete de las garras.

—¿Quiero encadenar mi vida a la voluntad de un hombre y acatar sus órdenes? —Estuve a punto de echarme a reír—. Mi madre falleció dándonos a luz a mí y a mi hermana porque es lo que se espera de las mujeres. Mi abuela es la estratega más inteligente de su generación, la razón del éxito militar de mi abuelo, y nadie sabe cómo se llama. Mi abuelo se llevó todos los méritos que a ella no se le permite tener; y los elogios, las alabanzas y la admiración de mujeres de grandes ojos con las que se acostaba a sus espaldas, a pesar de todo lo que había hecho por él. No, no quiero casarme. Pero mi familia necesita protección. Roma es más codiciosa con el paso de los días y, como bien has dicho, los consejeros del emperador lo están presionando para que tome represalias y luche. Y el Fantasma gana más adeptos rebeldes con cada transgresión romana. Demasiadas personas han perdido demasiado por Roma, por el opio y por la cobardía de nuestro emperador. A diario, se materializan nuevos jugadores en este juego de poder.

Baihu tomó asiento y se puso cómodo. Jugaba con el cordel del paquete. Sirvió dos tazas de té y señaló la silla de piel que había al otro lado de la mesa.

No me senté ni acepté el té que me ofreció, aunque mis pulmones se maravillaron ante el tentador aroma del *da hong pao,* un lujo al que acostumbraba cuando mi familia podía permitírselo. En su lugar, permanecí de pie y lo miré con condescendencia, como si yo fuera el hombre que ostentaba el poder de un imperio y él fuera la chica que necesitaba ayuda y piedad.

La magia de la Muerte despertó en mí una sensación de calidez y alivio a medida que subía como un cosquilleo por mi brazo. La tentación era fuerte y me recordaba que, si lo deseaba, podría doblegarlo.

Hice caso omiso a las provocaciones de la Muerte y recordé las palabras de la abuela: «La magia tiene un precio demasiado alto, Ruying. Úsala con prudencia».

—He oído que Taohua está de regreso de sus obligaciones militares —comentó Baihu, con tono moderado y cuidadoso, como si estuviera poniéndome a prueba—. Recuerdo que erais uña y carne de niñas.

—¿Temes que la poderosa comandante de Erlang haya venido a aniquilar a la mascota de Roma? —repliqué con gran dureza en mis palabras, mayor de la que debía, pero no pude evitarlo.

—Creo que Taohua está demasiado ocupada con todas las rebeliones que se están desatando en el imperio; campesinos sedientos de sangre y justicia, dispuestos a derrocar a la dinastía Erlang por su ira contra Roma. —Esbozó una sonrisa—. ¿Acaso no echas de menos los viejos tiempos, de pequeños, cuando corríamos por la estrecha callejuela que había entre nuestras casas, jugábamos y cantábamos canciones? ¿No añoras esa época sin preocupaciones, por breve que fuera?

—También odiábamos al mundo y a los romanos por lo que habían hecho a nuestro hogar —susurré—. ¿Te acuerdas, Baihu?

—Sí, pero también recuerdo el hambre que pasábamos, la angustia de vivir sin saber de dónde saldría mi próxima comida mientras mi madre lloraba y mi padre se colocaba con mi tío tras las paredes doradas de palacio, alejado de nuestros problemas mortales. A veces, echo la vista atrás, a esa vida más sencilla, a esa calle de casas derruidas que, progresivamente, fue invadida por la pobreza. Cuando el dinero se desparramaba del bolsillo de nuestros padres para caer en el de Roma. Los vagos recuerdos de barrigas llenas y festines en Nueva York y de vestidos de sedas adornados con bordados fantásticos, por allá entonces cuando mi padre se acordaba de cumplir con sus obligaciones paternas... Yo tenía doce años cuando mi padre murió, pero el tuyo falleció antes, ¿no?

Tenía diez años cuando mi padre exhaló su último suspiro, porque finalmente nos quedamos sin dinero por el opio que mantenía su *qi* en combustión, y la abuela tomó una decisión que ninguna madre tendría que tomar: escoger entre su hijo y sus nietas. Al final, nos eligió a nosotras y escondió cada moneda y baratija que encontraba de las manos hambrientas de mi padre para que tuviéramos algo con lo que sustentarnos. Para que sus nietas tuvieran la oportunidad de una vida decente. En esos últimos días, mi padre nos habría vendido a las tres en el almacén de haber tenido las fuerzas para arrastrarnos por la ciudad.

Pero, al menos, mi padre había sido bueno en su momento.

Al menos, había estado presente, por mucho tiempo que hubiera pasado.

La historia de Baihu era distinta. Su padre los había abandonado a él y a su madre mucho antes de morir. Puede que la sangre real corriera por las venas de su padre, pero era egoísta y cruel.

Es posible que hubiera una época en la que los cuentos antes de dormir y los besos de cumpleaños fueran una realidad, pero para cuando Baihu fue lo suficientemente mayor para conservar recuerdos, le daba un trato nefasto, y a la madre de Baihu, aún peor. A la larga, decidió que las monedas que había desperdiciado en su hijo bastardo era mejor destinarlas a opio y jóvenes prostitutas.

Conocía cada una de las cicatrices de Baihu. Al igual que él las mías.

—Al grano —murmuré en el silencio, expulsando los amargos recuerdos de mi mente.

—¿Recuerdas cuando éramos pequeños —reanudó Baihu, que había posado los ojos en mí como un tigre al acecho de su presa— y bromeaba con que algún día me casaría contigo?

Solía repetirlo.

Palabras de usar y tirar de tiempos inmemoriales, carentes de sentido, como los juegos que inventábamos durante nuestra infancia.

Nunca le conté cómo fantaseaba sobre nosotros; un matrimonio feliz como los de los cuentos de antes de dormir de la abuela. Baihu, alto y apuesto como era ahora. El tipo de marido que sería bueno conmigo, que me amaría y me protegería. El tipo de amor que resistiría la peor de las tormentas.

Ahora me reía ante tales fantasías ingenuas, un tipo de amor que jamás existiría en la vida real.

Ningún amor era lo suficientemente fuerte para resistir la crueldad de los romanos, el caos y la pobreza que se habían tragado a nuestro imperio en los últimos años.

¿De qué servía el amor si no sabía si tendríamos suficientes víveres y leña para pasar el invierno; si no sabía si la piedad de Baihu continuaría, entrega tras entrega, mientras mi hermana luchaba por desengancharse del opio?

Aunque una parte de mí, una vez, le había pedido al cielo disfrutar de una vida sencilla y formar una familia feliz, hacía tiempo que todo eso había sido sepultado por el dolor y la pena. El amor era un privilegio que los nacidos en esos duros tiempos, en los que la supervivencia no estaba garantizada, no nos podíamos permitir.

Éramos producto de nuestro entorno, de nuestra educación.

Las promesas y los sueños de la infancia se asemejaban a las semillas de un diente de león: se esparcían con la más ligera brisa.

Baihu nunca se casaría conmigo, pero me sorprendía que aún recordara las estupideces de hacía tanto tiempo atrás, cuando su mente debería ocuparse de otras cosas. Por ejemplo, de elevar su posición en los rangos romanos y de cómo vengarse de los nobles e hijos legítimos, de cualquiera que hubiera osado hacerle daño.

Y, lo más importante, de dormir por la noche a sabiendas de los horrores que infligía a su propia sangre. Sus ancestros se revolverían en sus tumbas si descubrieran en qué clase de hombre se había convertido.

Eché un vistazo a la habitación, a los lujos romanos que nos rodeaban: los óleos que colgaban de las paredes, las estatuas de jade, los delicados jarrones elaborados por los mejores artesanos. Dinero sucio que envolvía el cuerpo de Baihu, colgaba de su cuello, adornaba sus dedos e impregnaba el aire que respirábamos; plata procedente de los bolsillos de los adictos, lágrimas derramadas por familias rotas.

—Las cosas han cambiado, Baihu —susurré.

«El mundo ha cambiado. Nosotros hemos cambiado».

—Llevas razón. Las cosas han cambiado. —La sonrisa se desvaneció de su rostro y su mirada se endureció. Sentí que el aire a nuestro alrededor se enrarecía—. Necesito ayuda, Ru.

Se me encogió el estómago. Hacía meses que aguardaba ese momento.

Baihu era un hombre de negocios. Era imposible que me echara una mano por pura bondad. Seguro que tenía un motivo.

—No lo haré.

—No sabes qué te voy a pedir.

—¿Para qué más sirve una mujer como yo en estos tiempos? —musité. Las palabras no pronunciadas colgaban a nuestro alrededor y la magia me quemaba la punta de los dedos. Los poderes de la Muerte se volvían más intensos con cada respiración.

Una magia como la mía, en una época anárquica como esa, haría más daño que bien.

—La gente lleva veinte años vendiendo nuestro imperio a Roma pieza por pieza, calle por calle, indiscreción tras indiscreción. ¿Qué tiene de malo violar unas cuantas leyes de la magia? Además, usar tu don no incumple ninguna ley.

—Pero usarlo para cometer un delito sí lo hace. Por lo que sé, el asesinato es un delito, ¿no? ¿O los romanos han cambiado eso hace unos minutos?

—Puedes contar conmigo. Siempre te protegeré, Ruying.

«No necesito tu protección». Las palabras se detuvieron en la punta de mi lengua. Una mentira tentadora; una que desearía que fuera real.

—Si eres tan poderoso, ¿por qué no aniquilas a quien quieras muerto tú mismo?

—Porque... —se interrumpió. Respiró profundamente. Estaba midiendo sus palabras.

No confiaba en mí.

Las costillas me contrajeron las entrañas hasta cortarme la respiración. La ansiedad marcaba un pesado compás en mi garganta.

Me hacía una idea de quién podría ser el objetivo.

Lo único que un hombre como Baihu codiciaba, pero no podía tener.

Algo que no solo lo beneficiaría a él, sino también a los romanos ante los que se había postrado.

El trono de Erlang.

Mi magia era discreta y no dejaba rastro. Podría matar al joven emperador sin implicar a Baihu o a sus amos romanos. Y sin el emperador, habría un vacío de poder. Uno que Baihu estaba en condiciones de llenar.

Puede que fuera un hijo bastardo, pero nada podría borrar la sangre de Erlang que corría por sus venas. Y con el apoyo del poder de Roma, habría poco que deseara y no pudiera lograr.

Arrebatar el trono sería fácil, como si nada.

Baihu poseería al fin lo que siempre había ansiado: poder.

Y Roma también.

Al emperador Yongle le quedaban unos meses para cumplir los veintidós y aún estaba demasiado cobijado y le faltaba severidad, pero no obedecería las órdenes de Roma para siempre ni acataría cada una de sus advertencias. No mientras siguiera rodeado de los consejeros que habían servido a tres generaciones de emperadores de Erlang; hombres que habían vivido lo suficiente para recordar la gloria previa a la humillación.

A pesar de los rumores, me gustaba pensar que el joven emperador era más inteligente de lo que daba a entender, más capaz de lo que nadie hubiera apostado.

Un día, el cachorro lagrimoso se transformaría en una bestia.

Por otro lado, Baihu siempre sería el títere perfecto.

Roma no tenía más que poner fin a la vida del emperador actual y sería el fin de Erlang tal y como lo conocíamos.

—Tengo que hacer algo, Ruying. Si me prestas tu don, te recompensaré con creces. Pon un precio y...

—Mi magia no es un *don* —espeté con enfado.

Fijé los ojos en el paquete de opio, que me recordó que Baihu ya no era el chico dulce cuya risa provocaba la mía, cuyos brazos me sujetaban cuando lloraba.

Era un depredador.

Un tigre con garras y colmillos, uno que se volvería en mi contra tarde o temprano.

No me debía nada y yo le debía todo. Era la razón de que mi hermana siguiera con vida. Sin él, sin el opio, la abstinencia mataría a Meiya como había hecho con mi padre.

Agaché la cabeza.

—La magia de la Muerte es una maldición, una que me quita tiempo de vida tras cada uso. Conoces sus consecuencias.

—Sí.

—Entonces, no me pidas que lo haga.

Se mostró dubitativo. Durante unos instantes, la comprensión se apoderó de su rostro como el dorado suave de un atardecer estival y, estúpida de mí, pensé que el tema estaba zanjado.

El brillo engañoso no tardó demasiado en desaparecer y una oscura determinación llegó para reemplazarlo; gris como una hoja punzante, derrotó al dorado de una estocada.

—Con la llegada de la guerra, reinará el caos y las leyes que protegen a los Xianlings dejarán de existir. Ya conoces las historias, Ruying. Acuérdate del emperador Qin, que trató de conquistar el continente empleando magia Xianling, de cómo arrancaban a los bebés de los brazos de sus madres para adiestrarlos como asesinos, de cómo traficaban con los Xianlings por sus dones; una era de atrocidades que solo terminó cuando los dioses descendieron de los cielos para reencarnarse y vencer al tirano. Pero esos dioses ya no están, Ruying. Nadie va a venir a salvarnos.

«Tenemos que salvarnos solos», palabras de mi hermana. A veces, Baihu hablaba como Meiya.

Odiaba que tuviera razón.

Yo era la chica bendecida por la Muerte. El poder me había puesto una diana en la espalda. Era algo que la gente quería poseer, utilizar, explotar. Lo único que me protegía de esos relatos de terror de la vida bajo el reinado de Qin era la ley del imperio que prohibía el tráfico de Xianlings, otra de las cosas que desaparecerían cuando la guerra cayera como un jarro de agua fría sobre ese endeble espejismo de paz.

Tenía que mantener un perfil bajo, mantener a raya el don de la Muerte. Si Roma o el imperio descubrían de lo que en realidad era capaz, me obligarían a luchar, a convertirme en la asesina de la que llevaba huyendo toda la vida. Un monstruo sediento de destrucción que traficaría con pedazos de su propia vida por una magia efímera en nombre de una batalla perdida. Lucharía por personas que nunca me verían como algo más que un poder al que temer, un arma que disparar.

—Si haces esto por mí —continuó Baihu—, puedo ofrecerte protección. Tanto dinero que no necesitarás casarte para sustentar a tu familia.

Aceptar su propuesta sería inteligente por mi parte: hacer lo que debía para sobrevivir.

Pero el emperador había sido elegido por el cielo, era sucesor de los mismísimos dioses que se reencarnaron para salvar a los Xianlings miles de años atrás. Asesinar a alguien con sangre divina sería blasfemia, un pecado de la peor clase.

Cuando los antiguos dioses perecieron como mortales en sus cuerpos reencarnados, sus almas regresaron al reino de los cielos y nos abandonaron a nuestra suerte. Sus descendientes, que continuaron reinando el continente al margen de las guerras civiles, sublevaciones y fronteras cambiantes, eran el último hilo que nos mantenía conectados a ellos.

Algunos incluso creían que esa conexión era lo único que mantenía abierta la puerta de la energía entre su mundo y el nuestro. Y si esos linajes llegaran a desaparecer, la puerta se cerraría, la magia se desvanecería de nuestros cuerpos y Pangu quedaría indefensa frente a tiranos e invasores.

Si ejecutaba al emperador, el cielo condenaría a todo mi linaje a una existencia de desgracias y penas.

Aunque abundaban las leyendas en torno al origen de nuestros dones y esa podría ser una fábula como las demás, nadie en su sano juicio se arriesgaría a comprobar si era verdad.

Al menos, nadie con algo que perder.

A pesar de todo lo que me habían arrebatado, aún me quedaba una cosa que perder: mi familia.

Nunca pondría a prueba la leyenda si eso implicaba comprometer sus vidas.

Separé los labios en un intento por hablar, pero las palabras traqueteaban en mi cabeza.

Aceptar la propuesta de Baihu era lo más inteligente, si bien distaba mucho de ser lo correcto.

La expresión de Baihu se suavizó con mi silencio. La duda reinaba mientras trataba de descifrar el conflicto que se había dibujado en mi cara.

—De pequeños, siempre cuidabas de mí, ¿te acuerdas? Deja que haga lo mismo por ti, Ruying.

—Si de verdad te preocuparas por mí, no me pedirías esto —bisbiseé, con la vista fija en el paquete que tenía en la mano.

Poco importaban mis deseos. Con el opio en sus manos y sus misericordias asfixiándome, si Baihu exigía mi don como pago por la droga, no podía negarme.

No podía ver morir a mi hermana.

Frunció un tanto los labios. La vergüenza sonaba suave y tierna, y me pareció casi un arrepentimiento cuando dijo:

—Lo sé. —Despacio, se puso en pie—. Tómate un tiempo, medítalo. Dame una respuesta la próxima vez que vengas… Y no olvides que jamás me lo perdonaría si algo malo os sucediera a ti o a tu familia.

Me dio un vuelco el corazón.

—¿Es una amenaza?

—Se avecina una tormenta —susurró Baihu, como si no lo supiera—. Cuando los dioses murieron, dejaron el continente en manos de sus hijos y, durante un escueto siglo, nuestras tierras conocieron la paz y la prosperidad auténticas, pero hay algo que no nos enseñaron en el colegio: con el paso del tiempo, mientras unos imperios se enriquecían y otros se empobrecían, conforme las inundaciones, sequías y malas cosechas plagaban los cultivos, nuestros poderosos emperadores empezaron a mirarse mal los unos a los otros. Por tierras más fértiles, por mejores recursos hídricos, por montañas rebosantes de oro, hierro y metales preciosos. Se libraron y vencieron guerras y batallas en nombre de la tradición, la gloria y la honra a nuestros antepasados cuando, en realidad, la verdad era más simple y mundana. No peleaban por los dioses que tanto tiempo atrás habían regresado al reino de los cielos. Peleaban por una codicia insaciable e infinita. Peleaban por orgullo. Peleaban por poder. Incluso antes de la llegada de los romanos, la paz ya era frágil; una leyenda. El imperio de Erlang había sido uno de los más prósperos, uno de los más fuertes. Es por ello que el resto de imperios se negaron a socorrernos cuando Roma orquestó nuestra muerte lenta. Les habíamos arrebatado tanto que consideraban justo que una nación más poderosa nos robara a nosotros.

Sabía lo que Baihu trataba de decirme. Si los romanos podían humillar a Erlang así, quién sabe lo que podrían hacer a imperios más débiles como el de Jiang, donde la magia se encontraba en declive y en el que se chismorreaba sobre el tráfico de Xianlings como en los tiempos de Qin. Según las malas lenguas, los Xianlings desaparecían en nuestras fronteras; unos crímenes que no habrían quedado impunes hacía veinte años.

Pero ahora estábamos demasiado ocupados protegiéndonos a nosotros mismos. ¿Cómo podría importarnos el dolor de unos extraños cuando nuestras familias pasaban hambre y nuestros seres queridos morían uno tras otro de sobredosis, síndromes de abstinencia o por la crueldad generalizada de los romanos?

—Nuestros vecinos nos han abandonado —prosiguió Baihu—. Roma sigue amasando poder. Ya han formado alianzas con el imperio de Jiang. Antes de todo esto, nuestro mayor aliado era Lei-Zhen, al norte, tras el compromiso de la princesa Helei con el príncipe heredero; una alianza tensa desde que Roma la tomó como rehén. Ne-Zha está demasiado alejada al oeste para molestarse por la política del este. Por no hablar de Sihai, que no interfiere en las políticas del territorio. Erlang no tiene aliados. Hemos pedido auxilio a nuestros vecinos en incontables ocasiones, pero estamos solos. Entre la codicia de Roma y la insistencia de los consejeros del emperador de empujarlo a la guerra, el fin está más cerca de lo que crees. Ha llegado la hora de escoger bando, Ruying.

—¿Para vivir como una traidora al igual que tú o morir como heroína? —musité.

Luchar por mi país o traicionarlo.

Durante miles de años, Erlang había rezumado orgullo y poder, pero la magia se desvanecía de nuestras venas y aquellos que aún la poseíamos y no podíamos entrenar éramos carne de cañón para la masacre.

Los Xianlings habían dejado de estar a salvo. Tarde o temprano, tendría una diana en la espalda. Y Meiya también.

—Escoge un bando, Ruying. —Baihu dio un empujoncito al paquete encima de la mesa.

Lo agarré con ambas manos antes de que cambiara de opinión. Nuestros dedos se rozaron con sutileza.

Sus ojos destellaron cierta fragilidad. ¿Acaso era miedo? ¿O era algo distinto?

—Lo pensaré —repliqué—. Te daré una respuesta cuando volvamos a vernos.

—De acuerdo. —Sonrió.

Yo también. Y me hice una promesa: «No habrá una próxima vez».

4

Me miré las manos. Aún recordaba cómo me había sentido la primera vez que maté a una persona; un accidente un tórrido día de verano; un momento que, años después, seguía atormentándome. Todavía podía sentir cómo el resplandor de su *qi* persistía en mi interior. Sentía la ignición de los colores de la muerte.

La piedad de Baihu estaba cada vez más raída, pendía de sus últimos hilos. ¿Cómo reaccionaría si rechazaba su propuesta?

Si despertaba su ira, quién sabe de qué sería capaz. Conmigo. Con mi familia.

Tenía el poder.

¿Quedaba rastro del chico ruborizado que recordaba de cuando la vida era sencilla y libre o Baihu había reducido a cenizas a su antiguo yo tras jurar lealtad a Roma?

El paquete que sostenía entre las manos era pesado, suficiente para que Meiya pasara el próximo ciclo lunar, pero ¿bastaría para desintoxicarse? El síndrome de abstinencia era peligroso, incluso mortal. Una parada abrupta pondría en riesgo su vida.

Debíamos tomárnoslo con calma, darle a su cuerpo el tiempo necesario.

Solo esperaba que este último suministro durara.

En el exterior, el cielo se había oscurecido y el atardecer había dado paso a la noche. La oficina de Baihu, en la planta superior de la Torre de Loto, brillaba como un faro, con un resplandor irreal cuyas luces se alimentaban del zumbido de la electricidad y no de las llamas de las velas.

Disfruté de las vistas. Quizás la próxima vez no me marchara con tal facilidad.

Si Baihu así lo disponía, podría utilizar la vida de Meiya como ventaja, asegurarse de que nadie en la ciudad me vendiera opio, obligarme de la peor manera posible.

Si lo hiciera, hincaría la rodilla, haría todo lo que me pidiera. Sabía que lo haría.

Le debía demasiado a Meiya para devolvérselo en una sola vida. Al diablo con el asesinato. Si Baihu exigiera mi vida a cambio de la suya, me entregaría sin pensármelo dos veces.

Si convertirme en una asesina significaba mantener a mi hermana a salvo, lo haría, pero eso no significaba que no fuera a buscar otra vía primero.

—Traidor —murmuré por lo bajo en un ataque de rabia. Una pequeña muestra de desafío, una que jamás escucharía.

Aceleré el paso. A la abuela no le gustaba que volviera a casa cuando ya había anochecido. Guardé las monedas que me quedaban en el fondo de la manga, lejos del alcance de los carteristas, mientras pasaba hombro con hombro junto a viandantes y comerciantes escandalosos. El mercado nocturno estaba atestado de agricultores que vendían productos a la luz de resplandecientes farolillos. Se respiraba un aire caótico pero reconfortante; una cantidad abrumadora de distracciones que me ayudaba a disipar mis preocupaciones y a sonreír a los padres que paseaban con sus hijos, a los enamorados cogidos de la mano y a las amigas agarradas del brazo.

Bajo la luz difusa del portal y la sombra de la Valla, la amenaza de guerra enranciaba el aire. Y aun así, la felicidad echaba raíces.

Un puñado de alegrías. Era todo lo que nos quedaba.

En los oscuros rincones, pegados en las paredes derruidas y las vigas desconchadas, rojas y negras, había unos carteles que había visto en infinidad de ocasiones. Dispersos por las calles, pegados con apremio en los muros.

Pero en ese momento les presté mayor atención.

Porque unos días atrás había encontrado un alijo de esos carteles en el dormitorio de Meiya.

«Únete a la rebelión. La humillación llega a su fin».

«Únete al Fantasma. Ponte del lado correcto de la historia».

Por todo el continente, rebeldes disfrazados de mártires y justicieros arriesgaban sus vidas saqueando cargamentos de opio; pequeñas represalias, inútiles desde una perspectiva más amplia. Esos rebeldes perecían, sangraban y drenaban su sangre por fugaces destellos de fama y su sentido de la justicia.

¿Acaso las promesas del Fantasma habían llegado hasta mi hermana? ¿Qué hacía Meiya con esos carteles? ¿Así era como había entrado en contacto con el opio por primera vez? ¿Puede que algún desgraciado le hubiera vendido el cuento de que el opio fortalecería su don o convertiría su magia en algo que no estaba destinada a ser? ¿En una asesina como yo?

Las afirmaciones no habían sido siempre falsas. El opio potenciaba la magia como el aceite alimentaba las llamas. No obstante, cuanto mayor era la intensidad con la que ardíamos, antes nos extinguíamos. Los efectos de la droga romana en mi gente eran temporales y efímeros. ¿Era esa la verdad que me había ocultado? ¿La razón por la que se había vuelto adicta a la misma droga que había acabado con nuestro padre? ¿Para luchar por una causa inútil?

«Los héroes mueren. Los cobardes viven».

La propuesta de Baihu me zumbaba en los oídos de forma inquietantemente silenciosa.

«Te recompensaré con creces».

¿Era yo una cobarde o una heroína?

Dejé a un lado el pensamiento y seguí caminando. En la esquina de la calle, una anciana de pelo grisáceo se encontraba encaramada a un carro de frutas: bayas de espino, ciruelas, caquis y lichis se apilaban de forma ordenada; lustrosos y carnosos, de colores brillantes que prometían un dulce bocado.

Se me hizo la boca agua al ver los lichis, pero los huesos marcados de Meiya y sus mejillas hundidas aparecieron ante mis ojos; ese cuerpo tan frágil y diminuto. Daba igual cuánto se apretara la ropa, el suave algodón no encontraba carne a la que aferrarse; uno de los efectos más letales de la abstinencia, marchitar el cuerpo como el polvo que se desvanece con el viento.

Cogí las monedas que guardaba en el bolsillo. El precio de los alimentos seguía subiendo día tras día. Si la paz estaba destinada a convertirse en guerra, los precios escalarían aún más. ¿Qué harían entonces tres mujeres a las que en esos momentos ya les costaba mantenerse a flote?

«Deberías guardar ese dinero para la época de vacas flacas», me instó el sentido común. Pero mi hermana se merecía un capricho, un toque de dulzor en esos tiempos interminablemente amargos.

La mañana siguiente haría diez días sin opio, lo máximo desde que me enteré de su drogadicción. Se merecía algo para celebrar ese pequeño hito. Las bayas de espino eran costosas, pero ver la sonrisa de Meiya valdría la pena. Puede que, en esos instantes, no me odiara tanto y volviéramos a ser quienes solíamos.

Hermanas.

Mejores amigas.

Justo cuando el dinero y la fruta cambiaban de manos, el estruendo de un gong retumbó en el aire.

—Damas y caballeros, ¡acérquense! Estoy a punto de cambiar sus vidas. —Un joven ataviado con túnicas negras de lino gritaba desde las amplias calles de una intersección más adelante. A su alrededor se concentraba un público boquiabierto—. ¿Alguno de los presentes conoce a un adicto al opio? —inquirió.

Suspiré. Sabía por dónde iban los tiros: otro antídoto falso.

Algo que nunca faltaba en esa ciudad eran las mentiras de las que eran víctimas los más vulnerables.

Primero, nos vendieron el opio con falsas promesas de longevidad y el milagro de dotar de magia Xianling a la gente corriente, de hacer más fuertes a los Xianlings, llevando nuestra magia a niveles divinos. Ahora, los estafadores vendían humo a los adictos que ya no podían permitirse la droga mortal y sus subidones enfermizos.

Los más inteligentes dieron un paso atrás. Los más desesperados avanzaron para preguntar el precio. La esperanza era lo último que se perdía y algunos pagarían lo que fuera por el batido fugaz de sus alas.

Me alejé a pasos acelerados haciendo caso omiso al farsante. Cuando me encontraba a punto de abandonar el mercado, una melodía evocadora hizo que me detuviera en seco durante unos instantes.

Allí, bajo los arcos que marcaban los lindes del mercado, una joven vestida con ropajes de color gris manchados de barro tocaba el *erhu* de rodillas. A su lado, una mano esquelética y enclenque asomaba de una sábana de bambú, cuya piel pálida y translúcida como el papel de arroz contrastaba con sus venas oscuras.

No necesitaba acercarme para saber qué había bajo la sábana ni por qué la chica estaba allí.

Otra vida arrebatada por la droga romana. Un día estás ahí y al siguiente ya no existes.

Vislumbré el rostro de Meiya y un escalofrío me recorrió el cuerpo. Cerca de la muchacha había un tablero de madera con las palabras 卖身葬母. Se ponía en venta para poder pagar el funeral de su madre.

Sentí un nudo en la garganta y la pena se adueñó de mí al instante.

«No te detengas —me dije a mí misma—. No es tu madre. No es asunto tuyo». Las calles estaban plagadas de jóvenes como ella día y noche. No podía ayudar a todas las que me encontrara.

Yo apenas tenía para comer.

En la ciudad de Jing, los mendigos eran un problema que había que evitar a toda costa. Más me valía seguir caminando que arriesgarme a que me tomaran por santa. Sin embargo, un muchacho algo mayor que yo se alzaba orgulloso frente a la chica, escuchando su música con la cabeza alta y los ojos cerrados, admirando la alegre melodía que emanaba de las desgarradoras cuerdas.

Tenía la tez blanquecina y el cabello oscuro, cuyas ondas suaves y cortas le acariciaban el rostro. Incluso a lo lejos podía verse que era apuesto, aunque no al estilo de Pangu: nariz prominente, labios gruesos, cejas arqueadas y ojos redondos. Sus rasgos eran angulosos, similares a los de la estatua cincelada con la que Roma había obsequiado al difunto emperador a su llegada, que se encontraba en la plaza cercana al palacio: Cesar Augusto, uno de los legendarios gobernantes de Roma hacía miles de años; su primer emperador.

Algo en las facciones de ese hombre me recordaba a la estatua.

No me percaté de que lo estaba mirando fijamente hasta que sus ojos, verdes como el preciado jade, encontraron los míos.

Prendas de sastrería cubrían su cuerpo: un traje azul marino con un par de gemelos resplandecientes. En la muñeca izquierda, un reloj de oro y diversos anillos adornando sus dedos. Todo en él, desde su forma de vestir hasta su postura corporal, delataba poder y riqueza.

El joven era romano. Si su fisionomía no fuera señal suficiente, el dinero sucio lo corroboraba.

Al finalizar la canción, se inclinó y entregó a la muchacha una moneda de oro; suficiente para enterrar a su madre diez veces.

La envidia me reconcomió de forma rápida y candente; envidia por la nueva fortuna de la chica y por el elevadísimo privilegio de los bolsillos del chico. Su bolsa de seda contenía más dinero del que yo vería en toda una vida. *Nuestro* oro. El que habían arrebatado de las manos inertes de mi gente.

La joven, abrumada por la alegría, se postró para agradecérselo, lo que nosotros conocemos como *kowtow*: se arrodilló e inclinó hasta tocar el suelo con la cabeza, con tal fuerza que pude oír el golpe del cráneo. Cuanto más fuerte golpeabas el suelo con la cabeza, mayor respeto mostrabas por la persona a la que hacías la reverencia. Y la chica se postraba ante el romano como los mortales hacen ante los dioses.

Ojiplático y confundido por nuestra costumbre, el muchacho soltó la bolsa y se apresuró a auxiliarla:

—Vas a hacerte daño.

Una de nuestras tradiciones entraba en conflicto con una de las suyas y había oro para toda una vida olvidado a su lado, sin importancia.

Pero yo no le quitaba la vista de encima.

Recordé la mirada dura e inmisericorde de Baihu.

Recordé el aliento tenue y marchitado de Meiya.

Recordé la espalda encorvada de la abuela, cuyas piernas parecían temblar si permanecía de pie demasiado tiempo.

Posiblemente, se trataba de un joven romano malcriado que lo tenía todo en la vida; no echaría en falta la bolsa, pero, en mis manos, supondría la diferencia entre la vida y la muerte.

En un ataque de desesperación, me acerqué con lentitud. Con ese dinero, no tendría que depender de la piedad de Baihu ni tampoco casarme con un hombre al que no amaba solo por mantener a mi familia.

Desde pequeña, la abuela me había enseñado a ser cauta.

Pues no lo fui en absoluto.

Lo que sucedió a continuación pasó en un abrir y cerrar de ojos.

La fría seda rozaba mis dedos. Un tórax robusto chocó con mi hombro. Una mano trató de agarrarme, pero parece que fui más rápida, ya que segundos después me hallaba a la carrera, apretando la pesada bolsa de oro contra mi pecho, dando codazos a diestro y siniestro hasta que me introduje en las sombras de un callejón sinuoso.

El romano pidió a gritos que alguien me detuviera, pero nadie lo hizo. De estar en mi piel, la mitad de los presentes habría hecho lo mismo, y la otra mitad no quería meter las narices donde no los llamaban.

Prácticamente sin aliento, hui por las calles paralelas como si la vida me fuera en ello, porque así era. En la ciudad de Jing, los delitos perpetrados contra los romanos acarreaban, *ipso facto,* pena de muerte.

Sin excepciones.

Sin dudas.

Acababa de cometer el peor delito, y si…

Algo se abalanzó sobre mí. Una mano ruda me agarró del cuello y me embistió contra el suelo. La gravilla me dejó la palma de las manos en carne viva, sangrando bajo las mangas desgarradas de mi túnica favorita. Noté un regusto a cobre en la boca y oí como el codo se me rompía al impactar con una piedra. El pesado cuerpo de mi atacante se cernía sobre mí y yo jadeaba por un aire que se me escapaba. Apenas tuve tiempo para girarme y ver cómo alzaba el puño, listo para asestar un golpe.

—Salvaje asquerosa, voy a darte una lección por robar…

No quería matar, pero no podía decir lo mismo de ese romano y del animal rabioso que tenía por guardia.

Agarré la mano de este último, la que me oprimía la garganta como si de la garra de un halcón se tratara. Mi don no requería un contacto piel con piel, pero la abuela me decía que me ayudaría a controlarlo.

—Lo siento —dije con dificultad.

Podía contar con los dedos de una mano las veces que había empleado la magia de la Muerte, aunque la tentación fuera constante; un susurro en mi subconsciente que siempre apartaba, el hormigueo en los dedos que tanto me costaba ignorar. Cada segundo, cada día. Tras el accidente, después de aquella primera vez en la que descubrí la facilidad con la que podía liberar las almas de sus cuerpos mortales, me prometí a mí misma que solo usaría mi don en situaciones de vida o muerte.

Y yo no quería morir.

Por primera vez en años, dejé de luchar contra los tentadores impulsos que rondaban por mi cabeza nada más abrir los ojos.

Como una piedra que se hunde bajo presión, sucumbí a los brazos de la Muerte.

Una sensación tan cercana y reconfortante como la de volver a casa.

Los colores se disipaban a medida que me adentraba en varios mundos, hasta que todo se desvaneció en tonalidades blancas y negras como las de una acuarela, claramente distinguibles. El único color que existía al margen era el dorado, que se hallaba en el *qi* que habitaba en todas las cosas y vinculaba las almas mortales a sus cuerpos mortales. Acaricié con los dedos las corrientes intermitentes del reluciente polvo dorado, delicado a la par que tenso, y *tiré*.

Todo se desentrañó. La energía fluía a raudales de mis manos, se agolpaba por todo mi ser como las corrientes oceánicas, con tal fuerza que casi me cortó la respiración. Entonces, comenzó a extenderse: un hormigueó que corría por mis venas como el vino embriagador que papá tomaba para aliviar las penas antes de que se convirtieran en rabia. Como el opio que una vez, de pequeña, me había llevado con fuerza a la nariz. Solo por probar. Por darle el gusto a mi curiosidad insaciable hacia esa sustancia en boca de todos.

La sensación era parecida a esa. Pero mejor.

Mucho mejor.

Una sinfonía que rugía en mi cabeza, que temblaba en mis huesos. La sensación iba mucho más allá del placer mortal, de todo lo que el reino de los vivos pudiera ofrecerme.

La euforia se apoderó de mí durante unos instantes antes de que unos bramidos perforaran el callejón y resonaran en las antiguas piedras.

Algo me quemaba en el pecho, cada vez con mayor intensidad a medida que la magia de la Muerte arrancaba el *qi* de su cuerpo y lo absorbía mi interior.

Rápido. Demasiado rápido.

Intenté detenerlo, controlarlo, pero la magia era un arma que no sabía empuñar.

El sudor perlaba mi piel. El color desapareció de su rostro y sus ojos se volvieron opacos. Su aullido se tornó ronco conforme devoraba su energía con una mano y alimentaba a la Muerte con la otra. Mi cuerpo era un mero recipiente que transportaba la energía del mundo de los vivos al mundo de los muertos.

—¡Para! —gritó—. ¡Por favor!

Quien dijera que la muerte era indolora, no se había cruzado conmigo.

Sentí cómo su *qi* se agotaba y su alma se liberaba.

«¡Ya basta!», quise gritar para detenerlo todo. Intenté dar marcha atrás, pero la Muerte tenía otros planes. La magia se aferró al hombre como una bestia que no renunciaba a su banquete, ávida de más *qi*, de más energía, de más todo. La Muerte siguió inhalando el polvo dorado, cada vez más deprisa, por mucho que yo luchara para que se fuese.

«Los dioses te concedieron el don por un motivo. Naciste para matar, muchacha».

—¡Ayuda! —chilló—. ¡Por favor!

«¿Eres una heroína o un monstruo?».

—¡Para! ¡Por favor!

En el último instante, cuando su *qi* se volvió apagado y difuso, como una flor marchita, lo aparté de un empujón. Su cuerpo era más inerte y ligero que nunca.

Con las piernas aún temblorosas, me puse en pie.

El hombre sobreviviría. Unos destellos de energía todavía se aferraban a él.

Piedad.

Había mostrado piedad. Mucha más de la que él me mostraría a mí.

En Erlang, la magia no era un tabú, pero usarla para cometer un delito, como robar o atacar a un romano, podría hacer que me ganara un viaje al cadalso.

No estaba lista para morir, no con todo lo que me faltaba por hacer, todo lo que me quedaba por vivir.

Sin embargo, antes de echar a correr, vislumbré algo verdoso al final del oscuro callejón.

—¿Qué eres? —Una pregunta cargada de asombro y miedo formulada en voz baja. El romano a quien había robado observaba desde el extremo del callejón. Me contempló con asombro, como si fuera una especie de maravilla cuya existencia ignoraba hasta entonces. Tenía un arma en la mano y con el dedo sujetaba el gatillo.

Pensé que iba a dispararme.

No lo hizo.

En su lugar, me dedicó una sonrisa, tan agradable y amplia que casi llegó a su mirada extasiada. Hizo que me quedara durante unos segundos más de lo que consideraba seguro.

Alzó la mano que tenía libre, como animándome a responder.

No era una rata callejera tan estúpida como para caer en su juego.

Cuando el resto de sus guardias se adentraron a toda prisa en el estrecho pasillo, levantó las manos de inmediato y gritó:

—¡Sin armas!

Me quería con vida.

Di un traspié hacia atrás. Intenté reunir mi magia, pero me dolían los músculos y me faltaba el aliento; no acostumbraba a movilizar mis poderes en secuencias tan rápidas. Además, después de la carrera, había llevado a mi cuerpo al límite de la extenuación.

Traté de llegar hasta él, pero su *qi* se resbalaba entre mis manos; resistente, obstinado. Un hombre con mucho por lo que vivir como para dejarse dominar por mi magia poco entrenada.

«Joder».

Estaba a punto de dar media vuelta y ponerme a rezar por que todo saliera bien cuando una sombra esbelta entró en el callejón y dejó inconsciente al guardia más cercano de un puñetazo.

Era un poco más alta que yo, con un cuerpo delgado demasiado frágil para derribar con tal facilidad a un hombre que la doblaba en tamaño.

Fue entonces cuando vi su delicado rostro y su encantadora sonrisa.

—¿Taohua?

—No puedo dejarte sola dos segundos, ¿eh? —susurró al tiempo que me cogía de la mano—. ¡Corre!

No tuvo que decírmelo dos veces.

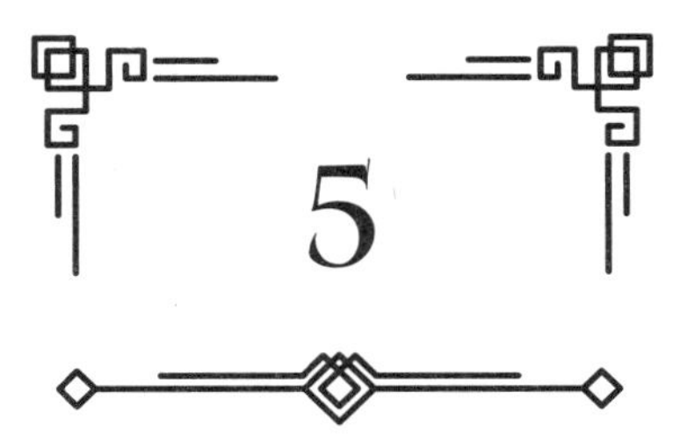

RECORRIMOS A TODA PRISA CALLES BULLICIOSAS Y CALLEJONES rumorosos hasta llegar a una zona más tranquila de la ciudad; al este del palacio, donde las mansiones con patio eran lo bastante amplias para acoger a familias numerosas. Antes de la llegada de los romanos, solía ser una de las áreas más prósperas de la ciudad, repleta de tiendas especializadas en caligrafía y antigüedades con largas listas de clientes adinerados.

Pero en ese momento los patios eran un hervidero de ocupantes ilegales y familias de varias generaciones bajo el mismo techo. La pintura se desconchaba de las paredes al igual que la calle de mi infancia se transformaba en ruinas a cámara lenta. La mayoría de familias que vivían allí cuando yo era pequeña habían fallecido, ya fuera a causa del opio o asesinadas por cobradores de deudas que tiraron abajo sus puertas y saquearon sus hogares.

Sin aliento, Taohua y yo nos ocultamos en una esquina oscura a varias calles de mi casa y esperamos el sonido de los pasos que nos perseguían. Cuando no oímos más que el ruido de la ciudad y el latir de nuestros corazones, me eché a reír.

El hambre de la Muerte aún no me había abandonado, sino que se aferraba de forma dolorosa; una sensación de ansia que solo se saciaría drenando la esencia de almas vivas. La Muerte y sus tentaciones eran incesantes, pero después de tantos años había aprendido a ignorarlas.

Con respiraciones profundas.

Pronto quedarían en un segundo plano.

Ya había hecho suficiente. Me había salido con la mía. No había motivos para necesitar más.

得饶人处且饶人: «Muestra misericordia cuando puedas».

Una enseñanza de la abuela. La que había actuado mal había sido yo. Le había robado al romano de mirada verde. Y, a juzgar por el peso de la bolsa en mi manga, se trataba de una suma considerable.

Suficiente para no tener que preocuparme por comida o leña al llegar el invierno.

La risa se contagió a toda mi boca. Lo había logrado. Había robado a un romano y vivía para contarlo.

Taohua, por otro lado, no compartía mi humor.

—¿Qué has hecho? —preguntó arisca, con mirada gélida e inquisidora.

Levanté el saquito.

—Algo por lo que mi abuela me despellejará viva.

Abrió los ojos como platos.

—Ruying, si necesita dinero, puedes pedírmelo. No vale la pena morir por unas monedas. Los romanos podrían haberte matado. A saber qué habría sucedido si, casualmente, no hubiera pasado por delante y te hubiera reconocido.

Las palabras sabias de una amiga preocupada que jamás había sufrido el suplicio de la pobreza, un padre borracho con el corazón lleno de odio, noches invernales angustiosas sin fogata y el desasosiego de no saber de dónde saldría la próxima comida.

Taohua, hija de un famoso general, ignoraba algunas de las preocupaciones básicas que Meiya y yo compartíamos. Aunque la abuela hacía todo lo que estaba en su mano por mantenernos a flote, para darnos un techo a mi hermana y a mí, costaba pasar por alto la austeridad sombría que nuestro padre nos había dejado.

Forcé una sonrisa y revisé las calles por última vez antes de perderme entre las sombras.

Taohua me siguió.

—Ruying, responde. ¿Por qué lo has hecho? Tú...

—No te esperaba hasta Año Nuevo —interrumpí, cambiando de tema con brusquedad.

El rostro se le descompuso.

Había pillado el mensaje.

Dos años antes, Taohua se alistó al ejército como la segunda comandante femenina de la historia de Erlang, justo por detrás de su hermana mayor, Tangsi. Ahora, pasaba fuera la mayor parte del año, acompañando a su padre y a su hermana en campañas por todo el imperio. Había soportado todo tipo de entrenamiento extenuante para demostrar que era una mujer digna de ostentar poder en las filas militares. Sabía qué batallas debía librar y cuándo transigir si su adversario era demasiado obstinado para convencerlo.

Aunque poseía el don de una fuerza sobrehumana, persuadir a hombres de que una mujer podía ser su superior era meter el dedo en la llaga, a menos que fuera diez, incluso veinte veces mejor que todos los demás. A menos que fuera intachable. Como guerrera, como líder, como conversadora. Y así fue como Taohua se adentró en una espiral interminable de perfección, lo que se traducía en cero tiempo libre y cero descansos. Sus responsabilidades eran su vida.

Todo lo demás quedaba en un segundo plano.

Incluida su familia. Incluida su mejor amiga.

Llevaba sin ver a Taohua desde Año Nuevo, hacía más de seis lunas.

—Solo me quedaré unos días. Mi padre me ha enviado para que mi madre pueda pasar su cumpleaños con al menos una de sus hijas. En unos días me dirijo de nuevo al sur.

Sonreí.

—¿Es cierto que tu padre quiere ascenderte a general y entregarte a un batallón al que entrenar y dirigir?

A Taohua y a su hermana les habían encomendado la tarea de acallar las rebeliones que retumbaban en el sur, donde la agitación se había vuelto tan impetuosa que era imposible de ignorar, pues los Xianlings se esfumaban de sus camas y desaparecían en sus paseos matutinos; secuestrados, asesinados o algo que escapaba a mi comprensión.

Prefería no saberlo.

Pero resultaba imposible desoír sus gritos de ayuda: padres y madres, huérfanos y familiares angustiados desesperados por encontrar a sus seres queridos.

Hay quien sostenía que se trataba de traficantes de Jiang, mientras otros aseguraban que era obra de los romanos.

Ese era precisamente el alboroto que el Fantasma necesitaba para reunir a nuevos reclutas dispuestos a arriesgar sus vidas por la libertad.

—También cuentan que te has enfrentado a los rebeldes del Fantasma y los has vencido. No una, sino dos veces. ¡Menuda hazaña! —puntualicé a pesar de su silencio.

Durante tres años, el general Ma, el padre de Taohua, había perseguido al Fantasma por órdenes de Roma y nuestro emperador, pero no tenía nada que mostrar; un caso excepcional de incompetencia por parte de un aclamado líder, lo que sumaba a la fuerza y poder del Fantasma.

Los rumores en las teterías sugerían que la paciencia de Roma se agotaba. Se habían producido demasiadas escaramuzas entre los rebeldes del Fantasma y los soldados romanos.

Al principio, Roma veía al líder rebelde como algo nimio, una mosca que zumbaba en su percepción periférica. Sin embargo, en los últimos años se había convertido en una auténtica amenaza.

Al parecer, en lo que llevábamos de año, el Fantasma había asaltado dos veces el depósito de armas romano. Y dos veces habían fracasado. Los rebeldes querían armamento, querían cualquier artefacto científico que hiciera a Erlang arrodillarse por pavor. Pero tales golpes no eran tarea fácil. Los romanos entendieron el poderío de sus propias armas y pusieron su arsenal a buen recaudo. Para desgracia de todos.

De nuevo, Taohua no contestó.

Forzó una sonrisa, incómoda, que ni desmentía ni confirmaba nada. Ocultaba algo. Al igual que yo, Taohua se mostraba reservada con sus secretos.

—Dicen que eres una heroína —proseguí. Al final, curvó los labios—. Has pasado de ser la hija sumisa de un general a convertirte en una heroína cuyo nombre pasará a la historia, un honor reservado solo para los hombres. Un día, la gente cantará canciones sobre tus conquistas y recitará poemas con tu nombre como hacen con Peng Yuefei y Wei Xinling.

—Puede que eso indique lo bajo que ha caído nuestro imperio —musitó con una amarga sonrisa—. Aunque a mujeres como a mí se nos permita liderar y ser recordadas, desearía que mi éxito no se cimentara en el dolor de tantas personas. Si la magia no estuviera desapareciendo y el ejército no necesitara desesperadamente a soldados Xianling, la corte jamás nos hubiera dado a mi hermana y a mí la oportunidad de luchar. Si los rebeldes no estuvieran furiosos por la situación del imperio y los emperadores no hincaran la rodilla con tal facilidad…

—No importa cómo llegaras a esos títulos. Lo que importa es que la gente te recordará. Como una heroína —observé, con un pinchazo en el corazón demasiado familiar.

Me sentía orgullosa de Taohua, del honor y la gloria que se había ganado con tanto esfuerzo.

Antes, yo soñaba con lo mismo.

En otra vida, puede que me hubiera alistado como soldado y convertido en general como mi abuelo y su abuelo antes que él; hubiera aprendido a perfeccionar la magia de la Muerte y a aprovecharla para fines nobles.

Pero no en esta vida.

No cuando debía proteger a su abuela y a su hermana.

En esta vida, no buscaba glorias.

Solo supervivencia.

Para mí y mis seres queridos.

Aun así, notaba una sensación desagradable en la boca del estómago.

Envidia.

Odio.

Sentimientos de los que me avergonzaba.

De pequeños, todos soñamos con convertirnos en héroes.

Taohua fue lo bastante valiente como para perseguir sus sueño, mientras que yo sucumbía al miedo ante demasiadas cosas.

Al mirar a Taohua, veía a la mujer en la que siempre quise convertirme y detestaba que ella lo hubiera logrado y yo no.

—Es increíble cuánto has cambiado desde que estás en el ejército —remarqué.

—La verdad es que sí —asintió con una sonrisa—. Creo que soy demasiado fuerte para que los abusones se metan conmigo. ¿Te acuerdas de cómo los niños me perseguían por la calle tirándome piedras porque culpaban a mi padre de la invasión de Roma y las adicciones de sus propios familiares? Decían que si hubiera sido un mejor general, no habrían quemado los templos de Wucai y no habrían tenido que ceder la mitad de la ciudad para que los romanos la echaran abajo y la ocuparan.

—Te acorralaban hasta la puerta de mi casa y, al verme, salían corriendo.

—Nadie se atrevía a reírse de mí si estabas cerca.

«Nadie se atrevía a meterse con la chica bendecida por la Muerte».

Así fue como Taohua y yo nos hicimos amigas. Yo la protegía de los abusones y ella me escudaba de la soledad tras la propagación del rumor de que era un monstruo, tras matar a...

Alejé el pensamiento.

Claro que Taohua no me necesitó durante demasiado tiempo. Un par de años después de que nuestras vidas se cruzaran, Taohua descubrió que poseía el don de la fuerza. Aunque su aspecto seguía siendo delicado como un sauce llorón, la magia la hizo fuerte. Mi protección le quedó pequeña como una túnica vieja.

Pero yo nunca le quedé pequeña; nunca me abandonó en busca de mejores amigos, de amigos menos peligrosos, como esperaba que hiciera.

Como tendría que haber hecho.

—Bueno, ¿vas a contarme por qué le has robado las monedas al romano?

Permanecí callada.

Con gran suavidad, Taohua examinó la herida bajo mi maltrecha vestimenta, ensangrentada por el ataque del guardia.

—¡Ruying! —Su tono estaba cargado de autoridad; sonaba mucho al de la madre que nunca tuve. Sentí cómo cierta calidez se colaba en mi cuerpo. Entre cuidar de Meiya e intentar ayudar a la abuela, no recordaba cómo era que alguien cuidara de mí—. Dime la verdad, por favor. —No dije ni mu. No era quien para hablar de la adicción de Meiya—. Bien, como quieras —suspiró—. Qué suerte has tenido. Justo iba de camino para verte antes de salvarte la vida a manos de una panda de romanos armados. —Sacó un pañuelo de seda y lo abrió para mostrarme la horquilla de jade que había empeñado hacía unos meses. Una de mis favoritas. Una que había sido de mi madre—. La vi en un escaparate y me acordé de que tenías una igual. Ahora tienes dos.

Las mentiras de Taohua eran tan sencillas, tan impecables, que casi me lo tragué. Las últimas veces que empeñé joyas por Meiya, los criados de su familia las habían traído en forma de regalos para la mía. De nuevo, con el pretexto de completar una colección inexistente.

Taohua nunca me preguntó de forma directa por qué vendía mis pertenencias. Ni tampoco exigía gratitud.

—Gracias —respondí en voz baja mientras aceptaba su regalo envuelto en seda.

El silenció reinó entre nosotras.

Nos acercamos a mi casa; las paredes estaban en ruinas y sucias por el paso del tiempo y se encontraban plagadas de enredaderas dispuestas a devorarlas.

Su cara no mostraba emoción alguna, pero me percaté del desagrado que sentía.

—¿Tu abuela, tu hermana y tú vivís solas aquí?

—Solo nosotras. —No estaba bien visto que las mujeres vivieran sin hombres o guardias, pero desde que murió mi padre habían pasado muchos años y nosotras estábamos bien. No nos engañemos, cuando vivía mi padre, la protección que nos ofrecía era más bien poca—. Puedo cuidar de mi familia. Para algo cuento con la bendición de la Muerte.

—¿Y quién te cuida *a ti*, Ruying? —se atrevió a decir; el instinto fraternal empezaba a asomar por las grietas de su armadura—. Se avecina algo malo, lo presiento como una tormenta. Ru, si tienes problemas, puedes contármelo. Haré todo lo posible por ayudarte, te lo prometo.

No.

Esa vez no.

No podía contarle a Taohua lo que pasaba con Meiya. Jamás accedería a ayudarme a conseguir opio. Odiaría a Meiya y, con toda probabilidad, me odiaría a mí por dejar que mi hermana estuviera enganchada a la droga. Su padre se había opuesto rotundamente a dejar que el opio entrara en nuestro mundo desde el primer momento en que los romanos lo introdujeron.

Además, ¿y todos esos carteles en la habitación de Meiya? ¿Eran propaganda del Fantasma? Si se enterara, la detendría en el acto.

—Estoy bien —mentí—. Te preocupas demasiado.

Taohua me dedicó una sonrisa, pero no dijo nada al respecto.

—Tengo que irme. Mi madre quiere que hoy cenemos con todos mis tíos y tías. Como una familia. Me ha pedido que me bañe con agua hirviendo y que rece a nuestros ancestros para eliminar el *sha qi* de la batalla antes de acercarme a nadie. Ya sabes lo supersticiosa que es.

El *sha qi,* la energía negativa. Algo que me perseguiría siempre de ser real. De pequeña, me preguntaba si era la razón por la que me costaba hacer amigos, si los niños sentían el *sha qi* en mi interior como las presas huelen el peligro.

Mi padre también creía en el *sha qi,* cuando estaba vivo, aunque su forma de librarse de él era encerrarse en su habitación con una cantidad ingente de opio.

El general Ma, el padre de Taohua, era el benjamín de doce hijos y, cuando contaba con tan solo nueve años, sus padres lo vendieron al ejército para poder dar de comer a sus hermanos. En aquel entonces, mi abuelo cuidó y formó al general Ma desde soldado raso hasta convertirlo en el líder que era en esos momentos. Lo ascendió batalla tras batalla y lo preparó para que ocupara su lugar como general, ya que no veía el mismo talento en su propio hijo, mi padre.

Mi padre odiaba al general Ma desde que yo tenía uso de razón, porque mi abuelo creyó más en un niño huérfano que en su propio hijo.

—Ru, sabes que me tienes para lo que sea, ¿verdad? Si alguna vez necesitas ayuda, aquí estoy. Sea lo que sea. Somos amigas, familia, *hermanas*. Puedes contar conmigo.

—Lo sé —reconocí. Tanto apoyo me hacía sentir incómoda; como si fuera un recordatorio silencioso de mi indefensión. De nuestra diferencia de estatus y circunstancias.

Aunque una parte de mí quería su ayuda, esos pensamientos eran ascuas en la nieve: fáciles de encender y aún más fáciles de apagar. Hay quienes lo llaman orgullo. Otros, independencia. Sea como fuere, lo que me impedía pedir ayuda era tan parte de mí como mi maldito don.

—Cuídate, Ru. En las afueras de la capital se han denunciado más casos de secuestro. Cada día, se denuncia la desaparición de más Xianlings, y la mayoría son adictos. Están pasando cosas muy extrañas en el continente.

—¿Qué tipo de cosas?

Miró a ambo lados antes de prácticamente susurrarme al oído:

—Me han llegado noticias de que han aparecido en la costa cadáveres desangrados, como una cáscara marchita. El sur es un hervidero de problemas y se rumorea que Sihai quiere firmar otro tratado de paz con los romanos.

Apreté con más fuerza contra mi cuerpo la bolsa de opio que ocultaba en la manga. Meiya estaba esperándome, pero la curiosidad sacaba lo peor de mí. La información era poder, y Taohua sabía mucho por su padre y su hermana; los secretos políticos y militares que suelen oírse en forma de especulación y rumores.

Tuve mucho cuidado al escoger mis palabras:

—Se comenta que la corte se debate entre los que exigen una rebelión y los que quieren arrodillarse cada vez más hasta que los romanos nos hayan pisado el cuello.

—Porque las consecuencias de entregarse son menos terribles que las de la guerra. —Taohua expresó lo que muchos compartían, no solo en la corte, sino también campesinos normales y corrientes a los que les bastaba con la supervivencia y una ilusión de paz para poder seguir con sus vidas—. Los ancianos de la corte han presenciado de primera mano el poder de Roma. Si el difunto emperador no se hubiera rendido tan rápido y cedido a todas sus demandas, Roma habría quemado la capital hasta los cimientos. Por no hablar de...

—Pero no fue así —repliqué—. Tiene que haber una razón, algo que quieran de nosotros.

Apartó la mirada.

¿De qué lado estaba Taohua?

¿Qué lado era el correcto?

¿Debíamos seguir postrándonos y dejando que nos humillaran o debíamos luchar? ¿Valía siquiera la pena luchar contra enemigos tan poderosos como Roma?

—¿Tu misión en el sur tiene que ver con esto? —continué—. La inestabilidad en las fronteras está en boca de todo el imperio. Los rebeldes reivindican la independencia. De Roma. De la familia Erlang. Creen que el emperador es débil. ¿Tú qué piensas, Taohua?

¿Había venido para acallar las rebeliones o se trataba de algo más complejo?

De nuevo, se hizo el silencio. Sus ojos revoloteaban por todas partes menos en mí. Frunció un tanto los labios, apretaba la mandíbula por la tensión. Se mordía la lengua, contenía sus palabras.

Baihu y yo no éramos los únicos que habíamos cambiado con los años a medida que nuestro mundo se convertía en una versión descolorida de su antiguo esplendor.

Hubo una época en la que Taohua y yo nos lo contábamos todo. Nuestros secretos más íntimos.

Sin embargo, en ese momento nos separaba un abismo.

Tenía la sensación de que todos a quienes apreciaba se alejaban poco a poco. A pesar de poseer tanto poder en la palma de mi mano, no había nada que pudiera hacer para traerlos de vuelta y tenerlos cerca.

Miré hacia abajo. Su mutismo era toda la respuesta que necesitaba, toda la que conseguiría. No tenía sentido presionarla cuando, claramente, no quería compartirlo conmigo. Y, de todos modos, ¿de qué me servirían a mí esos secretos? Ni que tuviera el poder de cambiar las cosas.

No era más que una chica que sufría como el resto. No movía las fichas en ese juego de poder. Lo único que podía esperar era misericordia.

Supervivencia.

Qué necesidades tan simples en épocas de paz. Qué sueños tan inalcanzables en épocas como esa.

—El Fantasma está causando problemas: interrumpe las rutas del opio y se mete donde no lo llaman —me informó Taohua con reticencia después de hacer una pausa—. Pero el enemigo de Pangu siempre ha sido Roma, al margen de que los cinco emperadores del continente se den cuenta o no. Y si son demasiado cobardes para luchar por los suyos, puede que sea hora de tomar las riendas de nuestro destino.

—¿Y qué hay de…?

—¿Ruying…? Un aviso: cuanto menos sepas, mejor, aunque pienses lo contrario. A mí puedes preguntarme estas cosas, pero no se las preguntes a nadie más, ¿entendido?

Asentí con la cabeza atendiendo su consejo, agradecida por la valiosa información, por el valioso poder que había compartido conmigo.

El número de simpatizantes del Fantasma crecía a diario, y no solamente en las aldeas exteriores como antes.

También se encontraban en las ciudades, ocultos a vista de todos.

Rebeldes listos para luchar. Mártires listos para morir.

Lancé una mirada hacia el segundo piso de la casa, donde estaba el dormitorio de Meiya, y luego me dirigí de nuevo a Taohua:

—Ten cuidado.

—Siempre.

6

Me colé en la casa usando los pasillos ocultos que, antaño, servían para que los sirvientes se desplazaran de una habitación a otra sin ser vistos. Había pasado mucho desde la última vez que nuestro hogar contó con servicio; nos abandonaron cuando mi padre se jugó (y perdió) la fortuna que nuestros antepasados nos habían dejado.

Puede que mi padre hubiera pasado a mejor vida, pero las consecuencias de sus acciones, sus privilegios, sus deudas, aún nos atormentaban.

Cuando Meiya y yo éramos pequeñas, solía culparnos a nosotras de sus errores y su adicción. Gritaba que, de haber sido varones, de haber tenido a alguien que llevara el apellido familiar, nuestra familia jamás habría caído en desgracia. Lo usaba como excusa para molernos a palos. Durante años, pagó toda la angustia y el odio que llevaba dentro con nosotras.

Algunos días lo echaba de menos. Otros días me alegraba de que estuviera muerto. Y, a veces, me arrepentía de no haberlo asesinado con mis propias manos.

La abuela nos decía que no era su culpa, que él también sufría, que debíamos tratar de entenderlo y perdonarlo porque había perdido a su mujer.

Mi madre falleció dándonos a luz a mi hermana y a mí.

¿Por eso nos odiaba mi padre?

Con la mandíbula apretada, corrí hasta mi habitación en el segundo piso, con la esperanza de cambiarme de ropa antes de encontrarme con nadie. No quería que Meiya o la abuela vieran las mangas ensangrentadas y se asustaran.

Cuando abrí la puerta de mi dormitorio, lo que me recibió no fue la habitación ordenada que había dejado, sino una destrucción terrible similar a las secuelas de un huracán: la ropa esparcida sobre las sillas, la estantería volcada y sus contenidos derramados por todas partes; el suelo sembrado de trozos de papel y libros; espejos de bronce y jarrones, rotos. Reprimí un grito al ver la piedra de tinta del abuelo, mi posesión más valiosa, resquebrajada en el suelo.

Sin demora, agarré la bolsa de seda por miedo a que desapareciera.

«Los romanos». Seguro que el tipo había enviado a sus guardias para que me siguieran y...

¿Dónde estaban Meiya y la abuela? ¿Y si me habían perseguido hasta casa? ¿Y si...?

—¡Meiya! ¡Nai-Nai! —grité. Justo cuando me disponía a salir pitando de la habitación, me percaté de una sombra rosada y clara arrodillada en el suelo, medio tapada por la cama volcada, cerca del hueco donde escondía un alijo de opio.

«No».

Los hombros de Meiya temblaban mientras emitía silenciosos sollozos, que contenía con la mano sobre la boca. Se había encogido tanto, semioculta por una tabla del suelo torcida, que casi no la veo.

Me sentí aliviada. Dejé escapar un suspiro y cerré la puerta a mi espalda.

La abuela no podía ver a Meiya en ese estado. Cuanto más le ocultáramos el secreto, mejor para ella. Ya le habían roto el corazón demasiadas veces; no necesitaba un motivo más para derramar lágrimas.

No era la primera vez que regresaba a casa y encontraba mi habitación patas arriba en una de las búsquedas de opio escondido de Meiya, pero sí era la primera vez que lo hallaba.

Debía de estar muy desesperada. Por suerte, no quedaba demasiado.

—¿Meiya? —pregunté con voz amable y dubitativa, como si me acercara a un animal herido—. ¿Estás bien?

—¿A ti te parece que lo estoy? —Levantó la mirada; tenía los ojos inyectados en sangre. Su voz sonaba fría e indiferente, y había algo en ella que me recordaba a mi padre antes de sus peores estados de ánimo.

La calma antes de la tormenta, como decía Meiya.

Cuando me arrodillé a su lado, ni siquiera me miró. Cabizbaja, contemplaba la polvareda blanquecina que le cubría la bata; la mandíbula tan apretada como si estuviera a punto de abrir un hueco en el suelo con su puño.

Me daban ganas de llorar y de recordarle todos los progresos que había tirado por la borda, pero no serviría de nada.

Meiya se limpió las lágrimas. Yo sabía qué le cruzaba por la cabeza. De niña, odiaba a nuestro padre por ceder a sus adicciones una y otra vez.

—Yo no tendría que ser así —gimoteó—. Tendría que ser mejor que esto. Mejor que papá. Pensé...

—Pensabas que serías la excepción a la regla —terminé la frase por ella cuando se le quebró la voz.

Dicho eso, se puso a sollozar.

Ya no quería saber por qué había empezado a tomar la droga.

Una parte de mí ya lo sabía.

Había sido por el Fantasma, por sus clanes de Espectros y por las promesas de liberación y libertad de los romanos.

Meiya no era como yo, no podía resignarse al silencio. Ella quería luchar, quería usar su don para ampliar el de los demás y sanar a los heridos; el don de la bondad, mucho más poderoso de lo que nadie daría crédito.

Meiya había creído que presenciar de primera mano la defunción de nuestro padre la haría distinta al resto de adictos.

Pero las adicciones no funcionan así. Yo conocía la cancioncilla persuasiva del opio, la oía entre latido y latido. Estaba tan familiarizada con ella como con el patrón de suaves venas azules que me subían por el dorso de la mano, las curvas y pendientes de mis nudillos al apretar los puños; como con el aire que llenaba mis pulmones.

El opio y los susurros de la Muerte eran más similares que opuestos: actos peligrosos con subidones inolvidables.

¿Cómo podía culpar a Meiya cuando la mayoría de los días me encontraba a un arrebato de sucumbir?

Mi hermana y yo teníamos nuestros propios demonios.

Sin embargo, mientras que yo me había acostumbrado a los impulsos letales y había pasado años ignorando sus melodías, Meiya era distinta. Su cuerpo dependía del opio. La abstinencia repentina podría tener demasiado impacto en su sistema. Desenganchar a una persona del opio era como hacer equilibrios con la parte más afilada de una espada; difícil, aunque no imposible.

Querer es poder.

Tenía que serlo.

—Saldremos de esta —le aseguré, e intenté cogerla de la mano, pero se apartó antes de que nuestras pieles se rozaran. Como suponía.

Cuando mi padre vivía, cuando sus gritos llenaban la casa como un monstruo omnipresente, nos consolábamos mutuamente con el silencio y suaves caricias en las manos. Entonces, al margen de lo mal que estuvieran las cosas, nunca estábamos solas porque nos teníamos la una a la otra. Prometimos que siempre nos querríamos, aunque nuestro padre no lo hiciera.

Habían cambiado demasiadas cosas desde que éramos pequeñas y estábamos indefensas ante la rabia de nuestro padre.

El mundo en general había cambiado.

Nosotras habíamos cambiado.

En los últimos meses, nos separaba un abismo. Habíamos pasado de ser dos mitades de la misma persona a estar en lados opuestos de un cañón.

—Lo siento —se disculpó en voz baja mientras recorría con la mirada mi dormitorio patas arriba y el opio que había embadurnado su túnica como fragmentos de cristal—. Yo…

Le falló la voz.

En cuclillas, me aproximé un poco a ella, pero no traté de calmarla con palabras amables o abrazos. Conocía a mi hermana demasiado bien. Mi lástima solo serviría para incrementar su enfado.

Eso era todo cuanto podía hacer: permanecer cerca y recordarle que estaba ahí. Daba igual en qué problemas se metiera o cuánto me odiara por mi cobardía, era mi hermana.

Y siempre la protegería.

La quería. Aunque ella ya no me quisiera a mí.

—Habla conmigo —murmuré, rogué, imploré.

Ni siquiera me miró.

El reluciente polvo blanco que tenía en el regazo era fino como el azúcar, aunque sabía que de dulce no tenía nada. Le limpié los restos de opio y los eché en un cuenco, en un intento por recuperar las sobras para otra ocasión.

Cuando había salido de casa esa mañana, iba cargada de esperanza. Meiya lo estaba haciendo genial. Creí que el final se acercaba y que sería la última vez que pedía una entrega a Baihu.

Me equivocaba.

El camino hacia la recuperación era tedioso y arduo, y ni por asomo estábamos cerca de alcanzarlo.

De forma inconsciente, di unos golpecitos a la bolsa con el oro y pensé en el hombre de ojos verdes. «Puede que para ti, este oro sea un grano de arena en el desierto, pero a nosotras nos cambia la existencia. Si nos encontramos en otra vida, prometo que te lo devolveré».

—La abuela sale de viaje mañana —comentó Meiya tras una larga pausa—. Esta vez al norte, para entrevistar a más pretendientes para ti.

Percibí un tono frío y desconocido en su voz. Desesperanza. No lo dijo, pero sabía que temía que acabara casándome con un mal hombre como nuestro padre.

Despacio, me acerqué un poco más para sentir su calor y fingir que aún éramos las hermanas que lo compartían todo.

Su sangre era mi sangre. Su alma era mi alma. Simulé una sonrisa.

—La abuela me buscará un buen partido. Alguien que también os mantenga a ella y a ti, que nos proteja de los romanos y de la amenaza de guerra.

Traté de no pensar en las consecuencias de su protección, de los sacrificios que se exigían a las mujeres la noche de bodas.

Haría todo lo necesario por mi familia.

—¿Que nos proteja? —repitió con tono gélido. Me llegó al alma como un cuchillo congelado. Cuando me miró, no vi amor, solo decepción—. Abre los ojos. La destrucción de los romanos no se detendrá hasta que se hayan tragado todo Erlang, ¿qué digo? ¡Todo el continente! Lo peor aún está por llegar. Deja atrás esa cobardía y...

La voz indignada y furiosa de Meiya se entrecortó y se le humedecieron los ojos; la esperanza se desvanecía como una vela a la que se le agota la mecha. Frunció el rostro en señal de agonía, decepción, repulsión. Apartó la vista como si no soportara mi presencia. Quise acercarme un poco más, sujetarle la mano, consolarla, decir algo para que la hiciera sentir mejor…, pero no pude.

Porque lo único que quería en esos momentos era algo que no podía darle: justicia y venganza. Que entregara mi magia al Fantasma. Que le jurara lealtad como los rebeldes con los que conspiraba.

Era inútil. No podían luchar contra los romanos.

La magia era poderosa, pero las balas la igualaban en poder y eran dos veces más rápidas; y no restaban horas de vida a quienes hacían uso de ellas.

Si las rebeliones sirvieran de algo, Erlang no se encontraría en ese estado decrépito. Nuestra gente no estaría famélica ni habría sido expulsada de sus propias calles: ahora, durante días específicos, las tiendas propiedad de mis vecinos lucían con orgullo el cartel «Solo romanos» a petición de esos tiranos, porque mientras quisieran explorar nuestras ciudades, degustar nuestra gastronomía y disfrutar de nuestras leyendas, historia y cultura, lo harían sin tener que acercarse a nosotros. Como si fuéramos roedores o basura que sus brillantes zapatos de piel, a los que sacaban lustre hasta límites ridículos, no fuera digna de rozar.

Los romanos se consideraban conquistadores.

Y puede que lo fueran.

—No quiero tener nada que ver con aventuras peligrosas —me atreví a decir con un hilo de voz.

Si no podía darle a Meiya lo que quería, tendría que darle lo que necesitaba.

La alejaría de los Espectros que le susurraban al oído patrañas de esperanza y la convencían de que las revueltas marcaban la diferencia cuando, en realidad, todo lo que conseguían era enfadar aún más a los romanos y empujarnos a una guerra irremediable.

Mi hermana quería ser una mártir.

Y yo moriría antes de dejar que algo malo le pasara.

—No eres quién para decirme lo que debo hacer —espetó.

—Meiya, encontraré un buen marido y me casaré. No tendremos que preocuparnos por el dinero o los romanos o...

Su risa se asemejó al repiqueteo de una moneda en el fondo de un frasco vacío.

—¿De verdad crees que me importa todo eso? ¿Crees que casarte como hacen las niñas buenas resolverá algo? Los romanos se comportan porque el emperador Yongle accede a todas sus órdenes, pero pronto exigirán cosas que el emperador no estará dispuesto a darles. ¿Qué pasará entonces? Vivir arrodillado no es vivir. Tenemos que luchar, aniquilar a esas bestias antes de que se vuelvan demasiado poderosas para detenerlas.

Meiya hablaba como si no la entendiera.

Pese a no querer admitirlo, entendía cada una de sus palabras. Por eso debía casarme, encontrar a un buen hombre procedente de una buena familia lejos del caos de esa ciudad, lejos de los territorios que Roma se adjudicaba con un fervor desenfrenado.

No se trataba de prevenir un dolor inevitable, sino de ofrecer a mi familia la posibilidad de disfrutar de la poca paz que nos quedaba, un retazo de normalidad antes de perderlo todo. A la abuela ya le habían partido el corazón más veces de las que correspondían a una vida; quería que sus últimos días fueran tranquilos; quería que fuera feliz. Quería que me viera casarme, que el nombre del clan Yang volviera a ser, al menos, una sombra de su antigua gloria y así, en el más allá, pudiera encontrarse con mi abuelo con orgullo.

Quería dar a Meiya la oportunidad de disfrutar de su juventud, de disponer de unos cuantos años para hacer lo que le gustaba antes de verse arrastrada a un baño de sangre, como nos sucedería a todos.

Mi gemela, unos minutos más joven que yo, que tanto había hecho por mí.

—Meiya, yo...

Me apartó cuando hice ademán de tocarla.

—Eres una cobarde.

«Cobarde». La magia de la Muerte se incendió al oír esa palabra. Le respondí con una mueca de desprecio.

—Puede que sea una cobarde, pero ¡soy una cobarde que haría todo lo posible para manteneros a salvo! Venga, olvídate de la estúpida rebelión y ponte una muda limpia. No quiero que la abuela te vea así.

Meiya dio un pisotón en el suelo. No soportaba la forma en que me miraba. Un resentimiento tan fuerte que dejaba en ascuas el amor que me profesaba. Una mirada que siempre me acompañaría en mis peores pesadillas.

A continuación, dijo con respiraciones cortas y roncas:

—Puede que haya decepcionado a la abuela, pero al menos no soy como tú, Ruying. Sé que merece la pena morir por la libertad.

Apreté la mandíbula. El corazón me latía a un ritmo vertiginoso y la frustración se agolpaba en mi interior.

—Pierdes el tiempo.

—¿Qué?

—El único motivo por el que el Fantasma y sus secuaces han sobrevivido tanto tiempo es porque Roma no los ve como una amenaza. Puede que sus números y su influencia se incrementen día tras día, pero si siguen incordiando a la bestia, Roma los aplastará como a cucarachas.

Los ojos de Meiya se transformaron en dagas.

—¿Quieres saber por qué empecé con el opio? Porque quería ser fuerte, como tú. Tan fuerte que nadie volviera a hacerme daño, porque la Muerte bendijo a la hermana equivocada. Si tuviera tus poderes, haría que Erlang se sintiera orgulloso, lucharía por lo *correcto*. No dejaría que ese valioso don se echara a perder como una fruta podrida. No dejaría que mi pueblo viviera arrodillado, postrado ante monstruos sin derecho alguno a autodenominarse dioses.

La sonrisa que forcé me dejó un regusto amargo.

—¿Tan buena opinión tienes de mí? ¿Piensas que mi magia penosa puede marcar la diferencia que te gustaría ver en el mundo? Solo soy una persona, Meiya, no puedo cambiar nada. ¡Apenas puedo cuidar de mi familia! ¿Por qué crees que me resigno a casarme con un extraño que me repudiará en cuanto descubra mi don?

—¿No tienes el poder o no *quieres* tener el poder? —Ella retrocedió—. Si fuera tú, con la muerte a mi total disposición, sería todo lo que mamá esperaba de su hija: valentía y coraje, una heroína digna de canciones y baladas. Por eso te llamo Ruying, ¿no?

Mi nombre significaba «la que es valiente». Me costó tragar saliva porque se me hizo un nudo en la garganta.

—No soy tu heroína, Meiya, pero tampoco pierdas el tiempo con las mentiras del Fantasma. Nadie tiene el poder de salvar o destruir nuestro mundo. *Nadie*. Y, si fuéramos tan fuertes, ¿crees que seguiríamos aquí? —Señalé la casa destrozada a nuestro alrededor.

—Estás en lo cierto, puede que no seas la heroína que un día creí.

Meiya dio un portazo a su salida.

Me quedé donde estaba, en silencio, con el peso de la bolsa de bayas de espino olvidada en la manga.

Me arrodillé y recogí en mi mano los restos de opio. Meiya superaría su adicción, yo misma me aseguraría, aunque por lo pronto todavía necesitaba la dichosa droga que costaba una fortuna.

Esa bolsa sería la última que le compraría a Baihu.

Me negaba a verme envuelta en esa lucha o sus tejemanejes políticos; una vez que estás dentro, no hay escapatoria posible. Puede que el imperio en decadencia no me importara tanto como para arriesgar la vida por salvarlo, pero no sería una traidora como Baihu.

A menos que fuera mi última opción.

Era el último ápice de dignidad y coraje que podía ofrecer a mi hermana.

«Con el tiempo, lo entenderá —dije para mis adentros—. Un día, me estará agradecida y sabrá que todo lo hice por nuestra familia».

Inmóvil, mientras observaba el desastre que me rodeaba, me eché a llorar.

Me habría gustado que Meiya volviera corriendo al dormitorio, me abrazara y me dijera que me quería, que entendía por qué tenía que ser así. Se había dejado seducir por las patrañas del Fantasma, pero alguien debía tener los pies en el suelo, identificar los peligros del mundo y hacer todo lo posible para mantenernos a salvo.

Meiya no regresó.

No se disculpó.

Limpié el estropicio y escondí el nuevo alijo de opio en un lugar seguro antes de secarme las lágrimas.

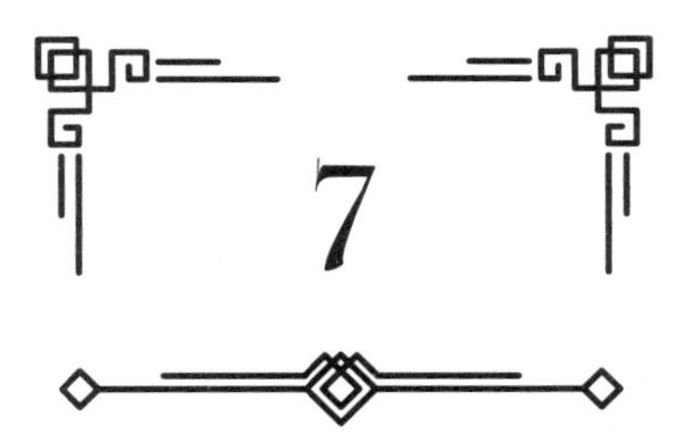

7

Bajé las escaleras para limpiar las bayas para Meiya. Por muy enfadada que estuviera, tenía que comer. Desde las últimas lunas que llevábamos tratando de desintoxicarla de la droga, Meiya había perdido tanto peso que verla con las mejillas hundidas y la mirada vacía me oprimía el pecho.

La cocina estaba escondida en una esquina del patio. Antes, nuestra casa era más grande, con amplias estancias y jardines, y un espacioso vestíbulo en el que recibíamos a los invitados. Pusimos la mayor parte de todo a la venta, pieza por pieza, para salir a flote tras la muerte de papá y todas las deudas que nos había dejado. Ya no nos quedaba más que una sección diminuta de habitaciones semiderruidas, con el espacio justo para las tres.

De pequeña, la cocina rebosaba de personas, ruidos y sonidos: la abuela pedía pasteles, papá encargaba la cena para sus importantes invitados y Meiya y yo nos escabullíamos entre los pies y nos asomábamos a las mesas para cazar un bollo de semillas de loto o un pastel de alubias rojas.

Lavé las bayas, las coloqué en nuestro mejor cuenco de porcelana y las espolvoreé con el valioso azúcar que rara vez podíamos permitirnos, ese que a Meiya tanto le gustaba, y se las llevé a su habitación.

Llamé a la puerta. Como no respondió, no la abrí. Dejé el cuenco en el suelo con la esperanza de que lo viera más tarde.

La noche había oscurecido el cielo. Regresé a la cocina para hacer la cena y me encontré a la abuela encorvada sobre la tabla de cortar, haciendo equilibrios con los pies y cortando verduras con un cuchillo sin filo. Puede que se debiera a la penumbra, pero juraría que vi lágrimas en sus ojos cuando entré.

—Nai-Nai —susurré al tiempo que le quitaba el cuchillo—, déjame.

—No hace falta, yo puedo…

—Déjame —repetí, y la acompañé a la silla que había al otro lado de la gran mesa.

No protestó, solo acercó la silla un poco más; me observaba con ojos vidriosos. Su rostro era una máscara, una que en mis diecinueve años aún no había descifrado.

Cuando nos quedamos sin dinero y los sirvientes se fueron, Meiya y yo nos hicimos cargo de la mayoría de las tareas domésticas a pesar de nuestra edad. La abuela quería ayudar, pero había pasado de ser la hija de un hombre acomodado a ser la esposa de un hombre todavía más acaudalado. Jamás había tenido que mover un dedo. Pedirle que se lavara la ropa, cortara carne o preparara la comida a esas alturas de su vida nos parecía… ingrato.

Protestó. Nosotras insistimos.

En aquel entonces, Meiya y yo éramos unas crías. No podíamos sobrevivir sin ella. Si algo le hubiera pasado, nos habríamos quedado huérfanas, presas en una ciudad despiadada y hambrienta de niñas bonitas y magia extraña.

El portal romano merodeaba sobre nuestras cabezas como una promesa silenciosa; una lágrima en el cielo, con un silencioso y siniestro brillo.

Dicen que los demonios proceden del infierno, pero a ninguno se nos habría ocurrido que el infierno se abriría en el cielo en vez de en la tierra y, esa vez, Nüwa no estaba para arreglar el cielo. Los antiguos dioses nos habían abandonado y la magia que corría por nuestras venas cada vez era más escasa.

Baihu tenía razón: mi don me ponía un blanco en la espalda. Sin la protección de la abuela, su ingenio y su inteligencia que transformaban el cobre en plata, con los pequeños trueques que nos permitían sustentarnos, vete a saber qué habría sido de Meiya y de mí.

—Quería prepararos algo rico antes de viajar mañana al norte para entrevistar a algunos de tus pretendientes —comentó con la voz ronca.

Le dediqué una sonrisa.

—Lo que cuenta es la intención, Nai-Nai. Deja que yo me encargue. Sé que te duelen los huesos si estás de pie demasiado tiempo.

Tras poner las verduras en el fuego, la ayudé a incorporarse y salimos al jardín. En la cocina hacía demasiado calor y había demasiado humo para sus pulmones.

El otoño se coló con el follaje dorado, pero el frío no había llegado todavía. El aire venía fresco y el cielo estaba despejado. La abuela solía observar la luna y las estrellas como los estudiosos leen proverbios. «Los dioses han esparcido nuestros futuros en forma de brillos y destellos entre las estrellas. Debemos tener la paciencia suficiente para buscarlos», me decía de niña. Otra de sus supersticiones.

La ayudé a sentarse en uno de los asientos de piedra y me arrodillé a sus pies para masajear los músculos tensos de sus piernas. Alcé la mirada con la intención de buscar los mismos futuros que ella aseguraba haber encontrado, pero no vi más que el corte en el cielo: la luz pálida e incandescente del portal que arruinaba nuestro firmamento, una marca permanente que perturbaba todo, hasta las estrellas.

Con la luz del día, el portal apenas era visible, un mero reflejo arriba en el cielo que parecía un rayo de luz distorsionado, pero a medida que la oscuridad de la noche engullía la ciudad, el portal se volvía más difícil de ignorar. De vez en cuando, su luz parpadeaba como las estrellas, y su forma cambiaba constantemente. Algunas noches, se veía tan pequeño que parecía que estaba encogiendo, como si él mismo supiera que lo que hacían los romanos estaba mal y quisiera cerrarse y dejarlos atrapados.

Un avión, diminuto como una mancha de tinta en el profundo cielo índigo, cruzó el portal como una pequeña onda de luz. En ese momento, podría haber jurado que el portal había desaparecido durante una fracción de segundo y que sus bordes se ondularon cuando reapareció en el cielo.

Según la abuela, cuando los romanos llegaron, los aviones iban y venían una vez durante cada luna, algo ante lo que nuestra gente se maravillaba. No obstante, para cuando yo nací y tuve edad suficiente para guardar recuerdos, ya pasaban una vez a la semana. Ahora, veíamos cómo irrumpían en el cielo a diario, incluso varias veces al día.

Siempre me había preguntado qué transportaban en esas máquinas voladoras. ¿Qué se llevaban y qué traían? Si es que traían algo.

Las aeronaves no aterrizaban en la ciudad, sino en un terreno que el difunto emperador había concedido a Roma como parte del tratado; una parcela permanente de tierra romana en suelo de Erlang, siempre y cuando nuestras naciones vivieran en paz, donde podrían hacer cuanto quisieran.

Como si los romanos no hicieran ya cuanto quisieran, ya fuera en sus tierras o en las ajenas.

Aunque yo nunca había estado, ni lo había visto con mis propios ojos, me llegaban las historias que compartían los chismosos de turno como moneda de cambio: hablaban del embrujo de un lugar lejano en las afueras de la ciudad. Los edificios emitían un humo extraño y un olor nauseabundo día sí, día también. Se rumoreaba que había imponentes vallas electrificadas y que, bien entrada la noche, podían oírse unos aullidos fantasmagóricos.

Traté de aliviar el malestar de mi estómago. Lo que pasara allí no era asunto mío. Lo único que podía producirme ansiedad era el aquí y ahora.

Mi familia.

Nuestra supervivencia.

Los próximos inviernos vendrían acompañados de noches de nieve, de escasez de alimentos y de los precios inflados de la leña a medida que la gente de la ciudad seguía muriendo y el dinero, acaparado por los más ricos, se alejaba de nuestras manos. Alquilábamos antiguas secciones de nuestro hogar a inquilinos desesperados por apiñarse en habitaciones baratas, pero ¿cómo harían para pagarnos cuando apenas tuvieran para comer?

Como si percibiera mis paranoias, la abuela me puso la mano en la cabeza y me acarició el pelo.

—Eres una buena chica, Ruying. Si tu padre pudiera ver la mujer en la que te has convertido, se sentiría muy orgulloso de ti. —Fingí una sonrisa. ¡Como si me importara lo que papá pensara de mí!—. Cuida de tu hermana mientras estoy fuera, ¿sí? Me preocupa.

Esperaba que la abuela dijera algo más, que me contara que sospechaba que Meiya tomaba la misma droga que había acabado con la vida de mi padre, pero no lo hizo.

O estábamos haciendo un buen trabajo al esconderlo o la abuela estaba al tanto, pero no sabía cómo afrontarlo.

Tenía ganas de decirle que si estaba preocupada, debía hablar con Meiya; sin embargo, no era así como nuestra familia lidiaba con los problemas. Nosotros pintábamos sobre la grieta y fingíamos que no estaba. Así era cómo pasábamos la vida: plenamente conscientes y sin abrir la boca.

Por eso nunca *de los nuncas* hablamos de la muerte de papá. Ni tampoco hablamos de los moratones que sembraban nuestra piel cuando aún vivía.

Bajo el tranquilo resplandor de las estrellas, descansé la cabeza en las rodillas de la abuela mientras me acariciaba el pelo. Disfruté del momento, temiendo el día en que ese mundo cruel me la arrebatara. O el día en que yo me alejara de ella, cuando la magia consumiera mi fuente vital y la propia Muerte que me había otorgado esos poderes inmorales truncara mi vida.

—¿Cuándo vuelves?

—En una semana, más o menos —respondió—. Sé que no te gusta el frío, Ru. Sé que no quieres casarte tan lejos. Yo...

—Me gusta el norte —aseguré. Cuanto más al norte estuviéramos, más nos alejaríamos de la capital y de los romanos. Puede que el norte fuera frío e inhóspito, pero sería seguro.

Al menos de momento.

El norte era el lugar donde las montañas heladas protegían a su gente, porque la tierra quería a sus hijos y los hijos querían a la tierra, que estaba impregnada con la sangre de sus antepasados y que cobijaba los huesos de estos. En la capital se tachaba a los norteños de salvajes caníbales, pero yo sabía que no era así.

Y la abuela también.

Mi abuelo fue un chico del norte. Durante una tormenta de invierno como no se había visto antes, que congeló la tierra árida, se había visto obligado a renunciar al nombre de su estandarte a cambio de la piedad cruel y los suaves cereales de los señores. Pero, a pesar de ello, preservaba con gran cariño las historias de nuestros ancestros y nos las contaba durante las comidas frente a la lumbre.

Y la tierra del norte siempre se mostraba amable con sus hijos, aunque el invierno mostrara sus colmillos y dejara al desnudo sus garras.

Esperaba que así fuera, que, a pesar de que varias generaciones vivieran alejadas de su suelo, la tierra nos recordaría, querría y protegería como contaban las leyendas.

No era supersticiosa, no creía en los dichos populares ni en los mitos, pero ese era la excepción.

Porque mi gélido corazón necesitaba esperanza, algo a lo que aferrarse; un lugar seguro, la fantasía de un sitio donde mi familia y yo seríamos felices, gozaríamos de protección y nos liberaríamos de los traumas y terrores de la amenazante sombra romana.

—Lo siento —se disculpó la abuela mientras me tocaba con suavidad el pelo.

Sabía por qué lo decía. Ella misma había vivido lo que era casarse con un hombre al que no conocía, sentirse atrapada en un matrimonio sin amor como un peón en un juego de poder en el que carecía del control de su propio destino.

Nunca quiso esta vida para mí. Si las circunstancias fueran otras, si por ella fuera, yo escogería a mi propio marido y forjaría mi propio destino. Me enamoraría. Decidiría qué querría y qué no en la vida, como la decisión de no casarme jamás.

Pero vivíamos tiempos de mucha precaución. La libertad era un lujo que muy pocos podían permitirse.

Los días se acortaban conforme se acercaba el invierno. Mi familia no era como antiguamente y, para sobrevivir a las tormentas venideras, había que hacer sacrificios.

—En épocas de guerra, nada bueno les pasa a las jovencitas sin protección —susurró con la voz cargada de culpa y vergüenza—. Sé de lo que hablo. He vivido demasiado al lado de tu abuelo.

Nunca había hablado de las cosas de las que fue testigo, y yo no quería saber nada. Bastante tenía con los horrores que me imaginaba.

En pos de la supervivencia de nuestra familia, había tenido que sacrificar a una nieta para salvar a la otra. De no haber sido yo, la abuela habría casado a Meiya.

Prefería morir antes de que un hombre tocara a mi hermana. Por muy atractivo y amable que fuera, aun siendo todo lo que una podría soñar, Meiya no lo amaría. Jamás amaría a un hombre.

Coloqué una moneda de oro en la mano de la abuela.

—Cógela —la animé—. El viaje al norte es largo y tedioso. Si tienes que parar en una posada a descansar o comer algo, no sufras por ahorrar unos céntimos.

Clavó la mirada en la moneda de oro.

—¿De dónde la has sacado?

—Se la robé a un romano. —No tenía sentido mentirle, era demasiado inteligente para dejarse engañar; parecía que todo lo sabía, incluso los secretos que escondía en lo más profundo de mi corazón.

—Yang Ruying, ¿cómo has…?

—Se presentó la oportunidad y la aproveché, Nai-Nai. No me arrepiento. Los romanos nos roban bastante a diario. No tendría que sentirme mal por quitarles algo a ellos. Su dueño ni siquiera la echará en falta.

Se le humedecieron los ojos y los labios le temblaban según la rabia, salpicada de miedo, hervía en su interior.

—Podrían haberte matado.

—Pero no ha sido así.

Dirigí la vista hacia mis manos. La abuela me había prohibido volver a hacer uso de mi don desde aquel día a los pies de la cascada, cuando descubrí su existencia.

Pensaba que no podía controlarlo.

Llevaba razón, no podía.

Pero la Muerte me había concedido ese poder. Tenía derecho a usarlo cuando me entrara en gana.

¿No?

Era fuerte, poderosa. ¿Por qué debería reprimir esa parte de mí para que el mundo se sintiera más cómodo?

—¿Aún... lo notas? —inquirió. Podía intuir que había usado la magia, siempre lo hacía.

La abuela decía que podía olerla en el aire; a veces, pensaba que yo también podía.

Mentí y negué con la cabeza.

Unos días, yo controlaba a la Muerte. Otros, sentía que ella me controlaba, pero la sed de sangre siempre palpitaba en mis venas.

Unos días era más difícil de ignorar que otros.

«Los dioses no se rigen por las leyes de los mortales». Con los poderes de la Muerte, podría ser un dios falso, al estilo romano: coger tanto *qi* como quisiera, drenar la esencia vital de inocentes y decidir quién vivía y quién moría, como si fuera la encarnación de la Muerte que, en cierto modo, sí era.

—No deberías usar tu don —pronunció tras una larga pausa—. La magia se paga cara, Ruying. Cada vez que usas los poderes, tu *qi* desaparece con ellos.

—Lo sé.

En el mundo había dos tipos de Xianlings: los cautos, que empleaban sus poderes con moderación, y aquellos que abusaban sin tener cuidado alguno porque, puestos a morir, al menos disfrutaban mientras tanto.

El poder era una fuerte tentación; la violencia, una emoción embriagadora. Pocos eran los que lograban resistirse a su embrujo. Ese era el motivo por el que pocos Xianlings llegaban a la vejez, descubrían el mundo o probaban los placeres mortales que la vida les ofrecía.

Quienes pensaban que los Xianlings eran afortunados por nacer con poderes no tenían ni idea de cómo era vivir en nuestros cuerpos y la carga de control que soportábamos.

Cada segundo del día.

Quienes nacían sin poderes pensaban que con la magia todo era más fácil, pero olvidaban que tenía un coste muy alto; las cerillas más brillantes suelen ser las primeras en consumirse.

—Prométeme que no volverás a usar tu don. —Era una orden, no una petición.

No podía hacerle esa promesa.

En la ciudad de Jing, cada cual tenía sus enemigos. Todo el mundo quería a alguien muerto. Daba igual con quien me casase, cuando descubriera el alcance de mi don, lo fácil que me resultaría acabar con sus peores enemigos sin dejar rastro, no dejaría que este se desperdiciara. Puede que su familia me usara como arma; se me exigiría como a cualquier esposa, hija o mujer, que acatara las órdenes de mis superiores masculinos.

No me quedaba otra que obedecer. Me habían llegado rumores de que el emperador no tardaría demasiado en obligar a los Xianlings a alistarse en el ejército y formarse como soldados. Era un arma, solo era cuestión de tiempo que alguien me obligara a matar.

Si conseguía un buen matrimonio, con un hombre que sustentara a mi familia, al menos ellas estarían bien cuidadas.

¿O no?

Hacía tiempo que había aceptado lo de morir joven. Había cosas que jamás experimentaría, como envejecer con la persona a la que amara o el lujo de disponer de tiempo suficiente para tener hijos y ver cómo se convierten en adultos, si es que mi marido toleraba mis habilidades monstruosas lo suficiente para tocarme o si mi futura suegra me permitía permanecer cerca de mis propios hijos…

¿Acaso podía tener un hijo con el estrépito de la Muerte y su hambre en mi interior? ¿O también succionaría la vida de cualquier semilla que germinara en mí?

Mi tiempo era limitado y podría terminarse antes de lo previsto.

Cada segundo era un regalo, así que pretendía vivir cuanto fuera posible.

Y dotar de felicidad a quienes quería con el escaso tiempo que me quedaba.

La abuela se marchó a la mañana siguiente, tal y como había anunciado.

Meiya no probó bocado de las bayas que yo había dejado en su puerta.

Ahí permanecieron, madurando fuera de su habitación hasta que los insectos olieron el azúcar y los roedores huyeron con su dulce carne.

8

De pequeña, podía percibir la sangre antes de que se derramara y veía a la muerte antes de que llegara. A medida que crecía, esos presentimientos se intensificaron. Al igual que los animales advertían las tormentas antes de su llegada, yo sentía el derramamiento de sangre antes de que se produjera.

Tres días después de que la abuela saliera de viaje, soñé con el aliento gélido de la muerte.

En mi sueño, contemplaba la ciudad de Jing desde arriba, como el ojo que todo lo ve. La capital dormitaba sumida en la oscuridad, donde irrumpían los hilos escarlata emitidos por faroles de color rojo sangre.

Esa noche, no eran lo único de ese color.

Algo en mi interior se retorcía y enroscaba. Me asaltó el pánico. Una ola afilada y creciente me subió la garganta.

Hombres que avanzaban de madrugada y se colaban en las casas sin ser oídos, empuñando cuchillos resplandecientes.

«El Fantasma», fue lo primero que pensé.

Pero luego los examiné un poco más de cerca y me percaté de sus atuendos extranjeros y las armas amarradas a sus espaldas.

«Romanos», resonó la advertencia de Taohua.

Me daban ganas de reír. No sabía de qué me sorprendía. Desde hacía tiempo, corría el rumor de que eran los romanos quienes secuestraban a los Xianlings de sus camas como habían hecho los traficantes en los tiempos del reinado del emperador Qin, hacía mil años. Y, al igual que no hay fuego sin humo, los rumores pocas veces salían de la nada.

Pero ¿por qué?

El emperador Qin quería constituir un ejército con la magia de los Xianlings para conquistar más territorios, pero los romanos ya contaban con la ciencia, ¿para qué querían emplear la magia?

Una humareda silenciosa y amarillenta seguía a los romanos dentro de cada hogar, induciendo a sus habitantes a un sueño profundo, pero no lograba sedar a todo el mundo a tiempo. Por ello, cuando los llantos irrumpían en la noche, iban acompañados de disparos; una explosión de colores. Las balas arrancaban almas de sus cuerpos débiles, que ascendían de la calle hasta el cielo en una espiral de tonos vibrantes.

Tantos que iluminaban la oscuridad.

«Corre», me ordenó la Muerte.

Me desperté sobresaltada, jadeando. Tardé unos instantes en asimilar la realidad, en darme cuenta de que los gritos que procedían de lejos eran reales y no el regusto prolongado de una pesadilla.

El resplandor de las llamas rojas y las sombras del caos parpadeaban a través de las ventanas de papel.

«¡Sal! —La voz áspera de la Muerte llegó rápido—. ¡Ya!».

Me incorporé y, sin mayor dilación, cogí una túnica y la bolsita de oro que había robado antes de enfundarme en un par de botas.

La ciudad de Jing sufría un asedio. Las espadas y las flechas con punta de hierro de los guardias solo contendrían las balas romanas durante un tiempo. Tenía que sacar a Meiya de ahí y encontrar un lugar seguro antes de que nos descubrieran a nosotras.

La advertencia de la abuela sonó como una campana: «En épocas de guerra, nada bueno les pasa a las jovencitas sin protección».

Un hormigueo despertó mis sentidos.

Cerré los ojos y me sumergí en el mundo blanco y negro de la Muerte para ver lo que escapaba a mi vista mortal.

Tres siluetas resplandecientes avanzaban hacia mi casa y se colaban por las puertas rojas y desconchadas.

El pánico dio paso al terror. Tenía que darme prisa.

Cuando me colé en la habitación iluminada por la luna de Meiya, no me atreví a encender las velas por miedo a atraer una atención nada deseada.

—¡Meiya! —dije con un hilo de voz, tratando de despertarla—. Tenemos que irnos, ¡vamos!

No se movió. La piel le ardía; me recordó a un pedazo de carbón en llamas.

«Joder». No recordaba la última vez que la fiebre le había subido tan rápido. El síndrome de abstinencia llegaba cada vez con mayor celeridad, igual que antes de que papá…

—¡Meiya! —repetí con urgencia—. ¡Despierta, *por favor*!

Se revolvió como si hubiera percibido mi angustia. Contrajo los dedos y parpadeó.

—¿Ru? —murmuró. Llevaba años sin llamarme así. Abrió los ojos de par en par y se sentía aturdida; no me veía con claridad.

—Estoy aquí. —Aliviada, se me escapó una risa nerviosa—. Tenemos que irnos. *Ya*. Luego te lo explico todo.

Traté de ayudarla a incorporarse, pero Meiya volvió a cerrar los ojos.

Oí a los intrusos en el recibidor de la planta baja, merodeando por el patio, abriendo a patadas una puerta tras otra. Buscando sin parar algo que romper, algo que llevarse. Era cuestión de tiempo que nos encontraran.

—Por favor, hermana, despierta. —Lo intenté de nuevo, en balde.

Cuando su mano cayó inerte sobre la mía, la solté. Aunque lograra despertarla, estaría demasiado débil para correr.

Yo no era Taohua. No tenía tanta fuerza para cargarla.

Solo una de nosotras sobreviviría esa noche.

Contraje y estiré los dedos dejando que el zumbido de la magia me acompañara como una sinfonía conocida. Quería alcanzar y drenar el *qi* de los intrusos hasta que sus cuerpos se convirtieran en cadáveres helados, pero se encontraban demasiado lejos y mi magia era demasiado pura e inexperta.

Toda mi vida, había tratado de reprimir los poderes de la Muerte, limitando su uso a situaciones extremas. Sabía que no era lo bastante fuerte para enfrentarme a tres hombres.

Pero tenía que intentarlo.

Con un suspiro tembloroso, tomé entre mis manos el rostro de Meiya y contemplé sus amplios ojos. Con qué facilidad se olvidaba que éramos hermanas.

La abuela decía que, cuando nacimos, Meiya era tan pequeña que cabía en la palma de su mano. Por ello, estuvo a punto de llamarla Mingzhu, 掌上明珠: «La perla brillante en la palma de la mano».

Solo cuando descubrí mi don caí en la cuenta de por qué Meiya había nacido tan diminuta mientras que yo gozaba de tanta salud: era un parásito, una chupasangre. Incluso en el vientre materno ya les robaba el *qi* a mi hermana y a mi madre. Había tratado de acabar con la vida de ambas.

Yo era el motivo de la muerte de mi madre.

Meiya había sido el motivo de que nosotras sobreviviéramos.

Yo quitaba la vida. Meiya la devolvía.

Un toma y daca.

El yin y el yang.

Papá nos había odiado a las dos por la muerte de mamá, pero tendría que haberme odiado solo a mí.

Meiya era inocente. Aun así, dejaba que me escondiera en los armarios cuando nuestro padre estaba de un humor de perros. Se enfrentaba a su furia ella sola porque yo estaba demasiado asustada para protestar.

De pequeña, había sido tan cobarde como seguía siendo.

Intenté contener las lágrimas. Le debía demasiado a mi hermana.

Desde siempre.

Diecinueve años de edad. Desde nuestro nacimiento le debía la vida.

«Ahora me toca cuidar de ti, Meiya».

Levanté la tabla del suelo que se hallaba bajo su cama y la acomodé en el nicho que la abuela había preparado para ocasiones como esa. Ella, que era la inteligencia que se ocultaba tras el éxito de mi abuelo, siempre iba dos pasos por delante, y nos había enseñado a hacer lo mismo.

Meiya emitió un gemido, un murmullo inaudible e involuntario que se escapó de sus labios producto de la fiebre.

—Yo me ocupo de esto. —Me incliné y le di un beso en la frente—. Aquí estarás a salvo, estarás bien. Cuídate Meiya, y no me olvides.

Coloqué la bolsita con el oro entre sus suaves manos y volví a poner la tabla en su sitio.

Me calmé y, de puntillas, bajé la escalera que antes usaba el servicio, con la magia esperándome en la punta de los dedos.

Vi a los extraños justo cuando abandonaban el dormitorio vacío de la abuela y se dirigían a la escalera que llevaba hasta mi cuarto y el de Meiya. Iban ataviados con uniformes carmesí y dotados de armas de fuego y munición; llevaban botas demasiado buenas para ser delincuentes de poca monta.

Sin la menor intención de no hacer ruido, salí corriendo de mi escondite. Al verme, una sonrisa se dibujó en sus rostros, de color blanco sepulcral a la luz de la luna.

—¡La he encontrado! —anunció el que iba a la cabeza usando un dispositivo que llevaba en el cuello antes de alzar la pistola.

Corrí tanto como pude. Tenía que alejarlos de Meiya. Haría lo que fuera por proteger a mi hermana.

Traté de recordar lo que Taohua me había enseñado de la magia, del arte de la batalla.

«Como un tigre, lánzate al cuello. Apunta a...».

Me agaché cuando el primer disparo sonó como un trueno.

Dos balas me rozaron la oreja. Vislumbré un haz de colores con el rabillo del ojo, que pasó cual estrella fugaz. Con una pirueta, me aparté de en medio como Taohua me había enseñado. O eran unos tiradores nefastos o no disparaban a matar. Me querían con vida.

Me estremecí al pensar por qué.

«No caeré sin antes luchar». No era un susurro del viento o un sauce que se postraba a voluntad del sol. Tenía que cazarlos antes de que me dieran caza a mí.

Si esos traficantes querían ponerle una mano encima a mi hermana, más les valía pensárselo dos veces.

Di rienda suelta a mi magia y, tras arquear la mano, el *qi* me invadió como un enjambre de luciérnagas en busca de su nuevo hogar, subiendo por mis brazos y brindándome un hormigueo y una sensación de calor.

El aleteo de sus alas hacía que la energía surgiera en mi interior y me volviera más fuerte y rápida, al tiempo que todo se tornaba más nítido.

La abuela decía que mi magia era un portal entre este mundo y el siguiente. Cada vez que el *qi* fluía dentro de mí, sentía como si estuviera montada en un carruaje de diez mil caballos;

una ráfaga dulce parecida al subidón posterior a un esprint: dolor muscular, corazón desbocado, falta de aire en los pulmones y una gran ligereza corporal similar a cuando un columpio alcanza su altura máxima; unos instantes en los que la gravedad deja de existir, donde *todo* deja de existir excepto esa sensación gloriosa y etérea.

No obstante, en el momento en que la energía robada retumbaba en mis venas, sentí un escalofrío al pensar en sus consecuencias.

Dos veces en cinco días.

Cada vez que mi cuerpo probaba un poco de poder, la provocación de la Muerte se volvía más intensa y me costaba más aislarla en un segundo plano.

Pero ya habría tiempo para preocuparse más tarde.

Primero, tenía que sobrevivir a la noche.

Cuando el primer individuo se desplomó como un montón inmóvil, inconsciente, no muerto, me desplacé rápidamente hacia el hombre que corría a su lado. Sin embargo, su energía estaba cabreada y era tan resistente como un lazo de hierro. Se negaba a sucumbir y se aferraba a su cuerpo mortal por muy fuerte que la llamara; un hombre que no quería morir.

Sin el contacto piel con piel, el control de su *qi* se volvió impreciso. La magia era un músculo, uno que apenas usaba. De haber practicado, entrenado, habría sido capaz de tirar aún más y manejarlo mejor.

«Demasiado tarde para situaciones hipotéticas». Volví a tirar de su energía y, esa vez, bastó para hacerlo tropezar y perder el equilibrio. Al caer, hizo que el tipo a sus espaldas patinara también y ambos se precipitaron al suelo con las extremidades enredadas.

Corrí aún más rápido. Ya divisaba las descoloridas puertas rojas del patio.

La casa de Taohua estaba cerca. La mansión del general se encontraba vigilada por guardias y rodeada de soldados. Si lograba llegar…

Una descarga de dolor me recorrió la columna cuando algo afilado me punzó el cuello.

¿Una bala? Una aguja, no… un dardo.

Se me entumecieron los músculos y me desplomé al no poder sostener mi propio peso; mi cuerpo impactó contra el suelo de forma desordenada. La arena y los guijarros salpicaban mi piel enrojecida y reabrían las heridas apenas cicatrizadas de hacía cuatro días.

El dardo contenía un veneno gélido que corría bajo mi piel y que me sumía en un letargo tan irresistible como una piedra que lucha por no hundirse.

Traté de seguir avanzando, sin quitar los ojos de la puerta rojiza. Clavé el codo en la tierra y unas piedras afiladas me cortaron la piel.

Me arrastré hacia adelante, más y más.

Casi estaba.

Qué cerca estaba.

Tan.

Cerca.

—Eres dura de roer —dijo alguien, que anunció su llegada con el crujir de la grava, antes de agarrarme por la pierna—. Vámonos.

«Meiya está a salvo», me repetía a mí misma cuando unas manos callosas me alzaron. Era lo único que importaba.

Mi hermana estaba a salvo y sobreviviría.

PARTE 2

Veni

Vidi

Vici

Llegué

Vi

Vencí

9

Algo no andaba bien.

Me desperté con lágrimas en los ojos y un grito ahogado en la garganta. Logré focalizar tras varias respiraciones lentas y profundas. Unos fuertes rayos de color blanquecino, sofocados por un gris oscuro y que se transformaron en meras sombras para cuando se colaron por la estrecha abertura, me rozaron las pestañas e iluminaron las cuatro paredes de tonos ceniza.

El sonido metálico de las cadenas y los alaridos interminables invadían el aire.

La gente suplicaba por su vida.

—¡Dejadme salir, por favor!

—Los dioses os maldecirán por esto.

—¡Por favor! ¡Tengo una familia! Tengo una hija y una madre y…

Algunos de los gritos eran en nuestro idioma, pero otros se caracterizaban por el acento romano. La abuela se había asegurado de enseñarnos ambos a Meiya y a mí, por si las moscas. El idioma y la comunicación eran dos talentos que podrían salvarnos la vida si nuestras peores pesadillas se transformaban en realidad.

Me erguí mientras me masajeaba la sien, que estaba a punto de explotarme.

La celda, sepultada bajo montones de suciedad y piedra moldeada, era un cubículo lúgubre donde apenas cabían una cama y un inodoro metálico. Las paredes estaban llenas de porquería y la sangre enmohecía el suelo. El hedor a orina y vómito impregnaba el aire y me revolvía el estómago.

Roté los hombros. Mis sentidos regresaban de forma paulatina. No tenía ni idea de dónde estaba, y solo había un modo de averiguarlo.

Cerré los ojos para percibir la latente magia de la Muerte. Si conseguía dar con ella, podría obtener unas mejores vistas de la prisión, percibir lo que escapaba a mis ojos de mortal.

Pero, por primera vez, la barrera entre los vivos y los muertos no se derrumbó al tocarla. Me esforcé aún más, con las manos completamente estiradas en el aire y los dedos en busca de hilos cálidos y resplandecientes de *qi*.

O de lo que fuera.

«Por favor —pensé—, déjame entrar».

Nada sucedió.

Entonces los vi. Un par de brazaletes de metal, finos y estrechos, me sujetaban las muñecas como una segunda piel. Gélidos al tacto, emitían un zumbido que no lograba descifrar y que asfixiaban mi magia como una cadena al cuello.

Hierro de bomba de trueno fue lo primero que me pasó por la cabeza: una leyenda para asustar a los niños Xianlings; una creación capaz de repeler la magia y concebida por el propio emperador Qin durante la Gran Guerra para protegerse de los dioses, en una época en la que los Xianlings suscitaban temor y eran explotados.

¿Sería eso?

Los tantee con un dedo. No, esos brazaletes no eran producto de la magia. Rezumaban ciencia. Noté una ligera vibración en la punta de los dedos cuando traté de reunir el poder en mis manos.

Intenté darles la vuelta, indagando si había una cerradura o la más ligera grieta. Haría palanca para abrirlos hasta dejarme las uñas en carne viva de ser necesario; lo que fuera para librarme de esas monstruosidades.

—Yo de ti no probaba. —La voz me hizo estremecerme y buscar el don de la Muerte de forma instintiva, que, una vez más, eludió mis órdenes. Había un hombre de pie al otro lado de la estrecha ventana de mi celda y mostraba una sonrisa tan cargada de malicia como el brillo de una daga—. Esas cosas son fruto de las mentes más brillantes de Roma; una ciencia inaccesible para la compresión de simples criaturas. Ningún Xianling ha podido romperlas.

El tipo me miraba de arriba abajo como si fuera un pedazo de carne al que estaba deseando hincarle el diente. Apreté los puños hasta que las uñas se me clavaron en la piel. Me daban ganas de sacarle los ojos de las cuencas para que no volviera a mirar así a una mujer. Me moría por hundirle las manos en el pecho y arrancarle la vida partícula a partícula hasta que aullara...

Ya me acordaba de él.

El destello de unos pálidos ojos verdes como el jade; el joven señor romano al que había robado: era su guardia, el que se me encaró, al que estuve a punto de matar.

Retrocedí. En lugar de magia, lo que surgió fue miedo.

Aquel día no me había detenido a observar su rostro, pero reconocía su voz grave y amenazadora y la forma brusca en que escupía cada palabra con los dientes apretados.

Tras liberarlo de la muerte, le había arrebatado la mitad de su vitalidad. Podía apreciar la palidez en su piel, el agotamiento visible bajo sus ojos y una ligera veta grisácea en la sien. Su piel antes elástica se había vuelto fina y apergaminada. Desconocía su edad, pero aparentaba más años de los que tenía, a pesar de esos ojos jóvenes y enfurecidos.

Al menos, estaba vivo.

Si hubiéramos cambiado nuestras posiciones, si fuera él quien poseyera los poderes de la Muerte, era poco probable que yo hubiera salido de aquel callejón aquella noche. Los romanos no mostraban piedad con el pueblo de Erlang. Para ellos, éramos roedores, seres insignificantes a sus pies. Mi muerte habría sido insustancial. Seguramente no hubiera sido su primera víctima pangulín.

Lo peor de todo era que, aunque se hubiera manchado las manos con mi sangre y me hubiera ahogado hasta que no quedara nada en el primitivo camino de piedra, no se habría atenido a las consecuencias.

No habría pagado de modo alguno por mi asesinato.

Su sonrisa se volvió aún más amplia con mi silencio, como si mi captura le produjera placer.

—Ay, cosa linda, cómo voy a disfrutar matándote.

—Espera —lo llamé antes de que se marchara—. ¿Dónde estoy? ¿Qué hago aquí?

Se detuvo, pero no se giró para mirarme.

—Pronto lo descubrirás.

Dicho lo cual, se marchó.

10

El tiempo pasaba de forma lenta y agónica.

Sin la luz del sol, resultaba imposible mantener la noción del tiempo. Golpeé los brazaletes contra la pared una y otra vez. Traté de hacer palanca para abrirlos hasta que una costra de sangre me cubrió los dedos. Grité hasta dejarme la garganta en carne viva. Nadie respondió. No tenía forma de comunicarme con el mundo exterior, de saber dónde estaba o qué había pasado en casa.

¿Había regresado la abuela del norte? ¿Salió Meiya indemne esa noche? ¿Fue el ataque un hecho aislado o habían progresado los eventos? ¿Estábamos hasta el cuello en guerra con Roma?

De ser así, ¿qué pasaría con mi hermana y mi abuela? Intenté sonsacar respuestas a los guardias, pero no me miraban, y mucho menos me dirigían la palabra.

Eso era lo más aterrador: no saber.

Cuando los guardias se atrevían a observarme, lo hacían con odio y repulsión.

Dejé de gritar, de luchar o de quejarme cuando me entregaban comida insulsa por la estrecha abertura de la celda. No lloré, no supliqué piedad. Guardaba mis fuerzas y comía todo lo que me daban para mantenerme fuerte.

Mi padre me había enseñado un par de cosas sobre los hombres despiadados: cuanto más ruegues, más disfrutarán haciéndote daño. Prefería estar en silencio y no darles esa satisfacción.

Pequeñas victorias.

No sería así como la chica bendecida por la Muerte moriría: ni mártir ni traidora, sino desamparada en tierras extrañas, lejos de sus seres queridos.

Sobreviviría a toda costa. Y, para ello, tenía que jugar según sus reglas; esperar a que llegara mi momento.

Los gemidos desgarradores de mis compañeros de prisión parecían no tener fin, día y noche, a todas horas. Al principio, lo agradecía, pues me mantenían vigilante y alerta mientras esperaba la ocasión de escapar, luchar y desafiar al creciente ego romano, y salvar mi vida contra todo pronóstico.

Pero la ocasión nunca se presentó.

Pasado un tiempo, el agotamiento se alzó victorioso. Me acurrucaba en el centro de la cama para mantener el calor y sucumbir a un estado de duermevela donde me atormentaban las pesadillas.

Al final, me habitué a sus gritos, una melodía que incluso me perseguía en sueños.

Los guardias iban y venían por los pasillos, a veces para meter de malas formas a nuevos reclusos en las destartaladas celdas y otras para sacar a viejos prisioneros y dejarlas vacías.

A los que sacaban no se los esperaba de vuelta.

No sabía a dónde iban. Si estaban vivos o…

«Ay, cosa linda —las palabras del guardia retumbaban con un trueno que anuncia una tormenta—, cómo voy a disfrutar matándote».

Apreté las manos y pensé en la última conversación que había mantenido con mi hermana: esa pelea. Las cosas que dijo, aunque sabía que no iba en serio. No dejaría que esas palabras fueran el último recuerdo que guardara de ella.

Meiya jamás se lo perdonaría de ser así.

Tampoco permitiría que la abuela pasara por el dolor de enterrar a su nieta cuando ya había enterrado a su hijo. 白发送黑发, 不孝之道: «Que alguien con el pelo canoso entierre a alguien de cabello oscuro es el acto más indigno que existe».

No le haría eso a la abuela.

Yo...

—¡Dejadme salir! —Una voz conocida—. ¿Dónde estoy?

«No».

Imposible. No era ella. No estaba allí.

—¡Taohua! —chillé, apretándome contra la estrecha abertura por donde nos entregaban la comida y el agua. Me asomé justo a tiempo para ver cómo los guardias arrastraban a mi amiga por los pasillos, demasiado luminosos, mientras esta pateaba y gritaba.

—¿Ruying? —Se quedó sin aliento—. ¡Ruying! ¡Ayuda! Ayúdame...

—¡Cierra el pico! —El guardia que la sujetaba por los brazos manipulaba con torpeza el dispositivo que tenía en la mano y el cuerpo entero de Taohua convulsionó de forma violenta; sus extremidades aleteaban como un pez moribundo que trata de liberarse de sus captores para regresar al océano sereno.

—¡Taohua! ¡Taohua! —Saqué las manos por la diminuta rendija en un intento por alcanzarla, como si pudiera colarme por el espacio reducido y llegar hasta ella. Auxiliarla. Salvarla. Como hacía de pequeña. Como ella había hecho por mí tantas veces de adolescentes—. Dejadla en paz, ¡cogedme a mí! ¡Cogedme a mí!

Una descarga de dolor me subió por las muñecas y me hizo estremecerme hasta dejarme postrada luchando por respirar.

No me percaté de que estaba llorando hasta que me ahogué con mis propios sollozos.

«Taohua…».

—¡Compórtate! —espetó alguien desde fuera. A continuación, cerró la ventanilla de un portazo; mi única fuente de luz.

Apreté la mano contra la gélida puerta de metal.

No era nadie.

Nadie me echaría de menos, pero Taohua sí era alguien. Era la hija de un general, una comandante del ejército de Erlang. Echarían en falta su presencia e investigarían. Por mucho que Roma quisiera, no se llevaría a Taohua tan fácilmente. No sin motivo alguno. No sin una razón digna de conflicto o guerra.

Volví a vislumbrar al chico de ojos verdes.

Los romanos se estaban volviendo demasiado osados al atacar la capital de esa forma. Pero ¿eran lo suficientemente osados para secuestrar a la hija del general más apreciado de Erlang?

Entonces, una idea aún más escalofriante se me pasó por la cabeza.

¿Era culpa mía la detención de Taohua? Aquel día, me había ayudado a escapar. ¿Era esa la venganza de Roma?

¿Era esa la razón por la que ambas estábamos ahí?

En caso afirmativo, ¿quién era él?

聪明一世，糊涂一时: «Basta un segundo de estupidez para acabar con la inteligencia y cautela de toda una vida».

¿Qué había hecho?

11

A OSCURAS, EL TIEMPO PASABA TODAVÍA MÁS DESPACIO.

Lloré.

Era mi culpa.

Todo eso era mi culpa.

Me daban de comer, pero no tenía apetito.

Yo era el motivo por el que Taohua estaba allí. No solo había arruinado mi vida, había transformado la suya en un infierno.

Rompía todo cuanto tocaba. Había matado a mi madre. Había matado a un amigo de la infancia que tenía toda la vida por delante. Había herido a muchas personas y ahora podría haber matado a Taohua.

Mi única amiga.

Di puñetazos a las paredes mugrientas hasta que los nudillos se me tiñeron de sangre, hasta que sentí un entumecimiento gélido, un tipo ardiente de odio que solo se puede sentir por uno mismo.

Nunca tendría que haberme hecho su mejor amiga, ni pensar que era digna de amistad o amor. De haberme alejado de ella como me decía la conciencia, quizás Taohua no me habría ayudado la noche del mercado ni se habría puesto a tiro de ese romano y de sus ojos cargados de crueldad.

Gimoteé. Me abracé las piernas a más no poder. Permanecí así durante mucho tiempo.

Hasta que algo golpeó mi puerta.

Hasta que una voz me trajo de regreso de la oscuridad que amenazaba con consumirme.

—¿Ruying?

«¿Baihu?».

Abrí los ojos. ¿Era real o era el principio de otra pesadilla justo antes de que los monstruos se dispusieran a cazarme?

La estrecha ranura de metal se abrió con un chirrido y la luz volvió a entrar en mi celda.

Alcé la mirada.

Ojos marrones conocidos y pelo oscuro corto. Parpadeé dos veces para asegurarme de que no era un truco de la luz.

—Ruying, ¿estás bien? —preguntó en tono bajo. Metió la mano por la abertura.

Mi corazón recuperó sus latidos.

«No». Tenía que ser un sueño, estaba alucinando. Era imposible que alguien como Baihu apareciera en un lugar así.

Aun así, la esperanza me agarró del cuello y me estampó contra la puerta.

Baihu me cogió de la mano para ayudarme a mantenerme erguida y yo me aferré a la suya como si de una cuerda salvavidas se tratase. Las lágrimas eran cálidas cuando me rozaron las mejillas, como las manos de Baihu.

No estaba soñando.

Él era real. Eso era real.

Estaba tan feliz que me daban ganas de besarlo.

—Taohua —me ahogué—. Ayúdala. También está aquí. Ayúdala por favor. Ella…

—Está viva —susurró—. Los príncipes están impresionados por su don de la fuerza. Han decidido perdonarle la vida para estudiarla.

—Ayúdala —sollocé—. Sácala de aquí…

—Estoy en ello.

Continuó apretándome la mano. Su rostro dibujaba una mueca a medio camino entre el alivio y el terror al mirarme, como si fuera una realidad que no quería afrontar.

—¿Está mi hermana a salvo? ¿Ha regresado mi abuela del norte? ¿Sabe que estoy viva? ¿Dónde estamos, Baihu? ¿Roma ha declarado la guerra? ¿Qué les pasa a quienes se llevan a rastras? ¿Por qué ninguno ha vuelto? ¿Dónde está Taohua? Está viva, pero ¿está bien? ¿Está a salvo? Por favor, Baihu, no quiero morir…

Las palabras salieron de mi boca en avalancha antes de poder contenerme; todas las penas que me obsesionaban y las preguntas desenfrenadas que me guardaba en un intento por mantenerme fuerte, por no desmoronarme hasta encontrar una salida.

—Están bien. No dejaré que os pase nada a ninguna —me tranquilizó, dándome un apretón para enfatizarlo—. Estoy aquí. No va a pasarte nada. Estamos en el lado romano de la capital. En cuanto a quienes se llevan de las celdas, a algunos los asesinan, pero si los príncipes creen que pueden ser de utilidad, los dejan vivir, al menos un poco más. Enséñales tus poderes cuando te lo pidan, Ruying. Que vean de lo que eres capaz. Es el único modo de sobrevivir aquí.

—¿Qué hago aquí? —repetí, aunque parte de mí se hacía una idea.

Baihu miró en ambas direcciones. No era un lugar seguro para hablar.

—Da igual por qué estás aquí, lo que importa es que no *deberías* estar aquí. La redada no se tendría que haber producido. El imperio y Roma tenían un pacto: llevarse solo a quienes nadie echara en falta, limitarlo a las zonas rurales para que el emperador mantuviera un ojo abierto y otro cerrado: 睁一只眼, 闭一只眼. Tu nombre nunca debió aparecer en esa lista. Nada de esto tenía que suceder. Tú no tenías que estar en su punto de mira. Antonio no tenía que…

El ambiente volvió a crisparse.

Aparté mi mano de la suya. Cuando la nube de la emoción desapareció, lo único que oía era el latido de mi corazón: sus palabras se hundieron con la conmoción.

Me detuve a observar. La ventanilla era suficientemente ancha para permitirme ver su chaqueta azul celeste, a medida e inmaculada; una camisa blanca almidonada; una corbata de seda alrededor del cuello.

No era la vestimenta propia de un delincuente en un atraco, sino de quien lo orquestaba.

Había recorrido los pasillos hasta llegar a mi celda y nadie lo había detenido.

—¿Tú estabas al tanto? —demandé.

De repente, me sentí imbécil por no haberme dado cuenta.

Claro que Baihu estaba al tanto. Ya no era el Baihu de Erlang de mis dulces recuerdos de la infancia. Ahora era el enemigo, un tipo que había vendido su alma a los romanos.

—Sabías lo que estaba pasando y no hiciste nada para impedirlo. —No era una pregunta, sino una afirmación. Siempre supe que Baihu era un traidor. Toda la ciudad de Jing sabía que era un traidor.

Pero una parte de mí pensaba, tenía la esperanza de que…

Me reí de mi ingenuidad infantil, de mi osadía por confiar en un mundo como ese.

Di un paso atrás y permití que las sombras me consumieran de nuevo.

Los oídos me zumbaban con los gritos que atormentaban esas paredes, las súplicas a un vacío silencioso que nunca ofrecía respuestas. Los dioses habían dejado de contestarnos porque ya no estaban con nosotros.

Bajo el iridiscente portal romano, en constante crecimiento como el cielo desgarrado de las leyendas de Nüwa, estábamos completamente a merced de otro tipo de dios.

Unas pisadas sonaron a lo lejos.

Pusieron a Baihu en alerta.

—Tengo que irme, Ruying, pero volveré a sacarte. Te lo prometo. Espérame, dame tiempo, *por favor*. Confía en mí.

Cerró la ventana y la oscuridad se tragó el mundo hasta quedarme a solas con los gritos de mi propia sangre. El hambre, la desesperación, el miedo y el odio me abrasaban como nunca antes.

Me hundí en el frío del suelo, con la barbilla entre las rodillas.

«Espérame». Sus palabras retumbaban junto con los chillidos interminables.

12

Baihu no regresó.

El frío me adormecía los sentidos, los días se sucedían y yo me preguntaba si Baihu había estado de verdad allí o si había sido producto de mi imaginación. Allí abajo, atrapada en la oscuridad con la única compañía de mis pensamientos, no podía estar segura.

Quizás me lo había inventado todo.

Quizás estaba perdiendo la cabeza.

Tras días, semanas, meses, años o eternidades, me cansé de aguardar.

Nadie iba a venir. El batir de las alas de la esperanza se detuvo.

Era inútil esperar a que alguien viniera a rescatarme. Si quería escapar, tenía que rescatarme a mí misma.

Sumida en las sombras, tejí un plan usando las enseñanzas de la abuela.

La inteligencia de la abuela, la determinación de mis antepasados y mi fuerza de voluntad: no eran dones de los dioses, sino algo que me pertenecía. Por mucho que los romanos lo intentaran, no podrían arrebatarme lo que era mío.

No supe cuánto tiempo transcurrió hasta que los guardias abrieron la puerta y me escoltaron por una serie de pasillos deslumbrantes.

A cada paso, contenía el impulso de luchar. No dejaría que el miedo o la ambición sacarán lo peor de mí. Esperaría. Aguardaría el momento oportuno hasta que se presentara la ocasión.

Sobreviviría. Costara lo que costase, sobreviviría.

Con o sin magia.

Mantuve los ojos bien abiertos, dibujé un mapa en mi cabeza, elaboré una lista de lugares donde podía correr, esconderme. Por si acaso.

Cruzamos un par de puertas de hierro que, al abrirse, descubrieron una sala cavernosa poco iluminada. En el centro se hallaba una caja enorme de cristal, más grande que los patios de los ministros más acaudalados.

El recibidor era amplio y espacioso, con techos abovedados que alcanzaban tal altura que debían ser obra de gigantes y no de mortales; eran perfectamente curvos, algo que la arquitectura pangulín jamás había logrado. Bellas esculturas se erigían sobre columnas imponentes; la tela sobre sus cuerpos se había tallado con todo lujo de detalles y parecía agitarse con la mínima brisa. Hombres con armadura y niños con alas bañados en oro reluciente. Todo era una maravilla digna de admiración, capaz de dejarme sin aliento si mi cuerpo no detectara peligro por todas partes: había activado la reacción de lucha o huida como nunca antes.

Porque, esa vez, la Muerte no estaba a mi lado, me hallaba desprovista del arma invisible que me había protegido desde mi primer latido.

Las palabras de Baihu resonaron en mi cabeza: «Enséñales tus poderes cuando te lo pidan, Ruying. Que vean de lo que eres capaz. Es el único modo de sobrevivir aquí».

La pared del fondo contaba con un balcón acristalado. Por encima de todo, sus ocupantes vigilaban la arena como si de emperadores y reyes se trataran, con muecas cargadas de arrogancia.

Los dos hombres que se encontraban en la parte delantera del balcón me hicieron detenerme: pálidos y apuestos, vestidos con trajes de terciopelo bordados con oro, una tela roja caía de forma elegante sobre sus hombros y por la espalda, como las capas de los héroes del campo de batalla; aunque dudaba que esos tipos hubieran hecho nada heroico. Centré la mirada en el de la izquierda, por sus rasgos angulosos, rizos oscuros, ojos de...

Sentí un nudo en la garganta, como una cinta de seda instantes antes de hacerse jirones.

Ojos verdes como el jade.

El hombre de la noche del mercado, al que le había robado.

La esbelta corona de laurel que descansaba sobre sus rizos oscuros me decía todo lo que necesitaba saber. El segundo príncipe de Roma: Antonio Augusto.

Y el hombre que había a su lado era un rostro que conocía por mis pesadillas: Valentín Augusto. El primogénito de su difunto padre.

Mientras que a su hermano su reputación lo precedía, Antonio Augusto era todo lo contrario: reservado y esquivo. En la ciudad se rumoreaba que el motivo por el cual nunca salía de su lado de la Valla era porque nuestra gente le asqueaba; pensaba que los Xianlings eran un crimen contra natura. Pero cuando el río suena, no siempre agua lleva.

La bondad en sus ojos cuando había depositado la moneda de oro en las manos de una joven desesperada y su mirada de impresión y asombro cuando había sido testigo de mi magia en el callejón distaban mucho de la repulsión.

Si había alguien que despreciaba a mi pueblo o nuestra magia, ese era su hermano, cuya lista de víctimas crecía sin control por la más mínima transgresión. De los años que Valentín Augusto llevaba en el reino, no era capaz de recordar un solo acto de bondad, rumoreado o de cualquier otra clase.

Cuando los ojos del príncipe viajaron en mi dirección, me apresuré a mirar al suelo y oculté mi rostro bajo el pelo, con la esperanza de que no me recordara.

«Siempre te protegeré, Ruying...», la promesa de Baihu. Sin embargo, ¿qué valor tenían sus palabras frente a un príncipe romano? Dijo que podía protegerme, pero incluso sus poderes tenían un límite. 狐假虎威: «Por muy poderoso que fuera Baihu en la ciudad de Jing, no era más que un zorro que hacía alarde del poder de un tigre».

Los dos hombres que se alzaban en el balcón eran los auténticos tigres tras el zorro de Baihu.

Me maldije por haber hecho caso omiso de las advertencias de la abuela de no acercarme a los romanos. Si hubiera adoptado un perfil bajo y me hubiera alejado de ellos, posiblemente nada de esto habría pasado.

Quizás mi nombre no habría aparecido jamás en la lista de Roma.

La arrogancia y la desesperación me impulsaron a robar esa noche. Ahora tenía que pagarlo con la vida.

Apreté las manos hasta que las uñas llegaron a la carne. Apreté los brazaletes contra los costados, los froté contra la ropa, traté de aflojarlos para conseguir una pizca de magia, algo con lo que protegerme.

No obstante, al igual que coger agua con una cesta de mimbre, daba igual cuánto luchara contra los brazaletes, la magia no regresó.

Con el poder de la Muerte, era alguien temible. Una mujer con quien andarse con ojo. Alguien que no transigía los caprichos de ningún hombre.

¿Y sin ella? Una chica sin más.

Sola.

Perdida.

Asustada.

No era rival para esos hombres. No era rival para Roma.

Me acompañaron a una zona de espera fuera del área acristalada. Desde esa posición, vi a una joven en su interior, de rodillas, sollozando.

Piel translúcida, ojos hundidos y venas oscuras que salpicaban sus manos: una drogadicta. Me dio un vuelco el corazón. «Meiya» fue lo primero que me vino a la cabeza. Entonces, al observar con mayor detenimiento, me percaté de que era demasiado pequeña para ser mi hermana. Sus facciones eran demasiado suaves, como una masa blanda a la que todavía hay que dar forma.

—¿Posees el don del agua? —inquirió desde el balcón un hombre alto y esbelto con una tableta electrónica en la mano.

La chica temblaba y lloraba.

—No quiero morir —gimoteó—. Por favor, no quiero morir.

Sus palabras me rompieron el corazón.

Introdujeron un cuenco con agua en la caja de cristal.

—Muéstranos tu talento. Impresiónanos con tu magia. Gánate el derecho a vivir —añadió el hombre indiferente, sin compasión alguna. Sus ojos profundos no revelaban ninguna emoción.

Sus brazaletes emitieron un pitido, un sonido agudo, pero reconfortante. Me acerqué un poco más al cristal, con los ojos muy abiertos y sin atreverme a pestañear por si me perdía algo.

La chica levantó una mano y el agua empezó a bailar en el aire al son de su magia, como serpientes transparentes que se retorcían y distorsionaban: la habilidad de controlar el agua.

Útil, pero muy visto.

La magia se concedía de forma arbitraria y los dones variaban de forma abismal. Por voluntad de los dioses, nuestros poderes solían ser tan únicos como nosotros, como las líneas de la punta de los dedos. La chica había nacido con la capacidad de mover el agua, al igual que otra persona podría congelarla, otra sería capaz de evaporarla y otra poseería la habilidad de extraer agua del aire. Y, ahí fuera, puede que hubiera alguien con el raro talento de hacer las cuatro, o incluso más. No había forma de saber cuál sería el poder de una persona y de qué sería capaz con el entrenamiento adecuado.

No había dos dones que funcionaran igual ni obedecieran a las mismas reglas. Por ello, nadie sabía cuánto *qi* consumía tras cada uso, no hasta el último aliento de un Xianling.

Dirigí mi atención al balcón, concretamente hacia los príncipes. A juzgar por sus rostros impasibles, pensaban lo mismo que yo.

Con sutileza y cierta molestia, el príncipe Valentín sacudió la cabeza en señal de negación y el hombre escribió algo en la tableta.

Descartaron a la chica sin mediar palabra.

—¡Esperad! —gritó cuando los guardias entraron en la caja de cristal para sacarla—. ¿A dónde me lleváis? ¿Qué será de mí? Por favor, ¡no quiero morir! No quiero...

La arrastraron a través de un par de puertas metálicas que se abrieron y cerraron con un sonido similar al silbido de las olas marinas, y su voz se apagó en la distancia.

Se me revolvió el estómago y las costillas se me cerraron como un puño apretado. No sabía qué me esperaba al otro lado de esas puertas. Algo me dijo que no quería averiguarlo.

—¡Siguiente! —vociferó el hombre.

La siguiente Xianling era otra muchacha, poco mayor que yo, de piel bronceada y ojos rasgados de color verde, penetrantes y alerta, como emocionados por estar allí. Se mantuvo cabizbaja, pero no por miedo.

—Mi don son las plantas —anunció antes de que los romanos tuvieran oportunidad de preguntar.

El príncipe de más edad arqueó una ceja ante su osadía. Después, le dedicó media sonrisa. Tras hacer un gesto con la mano, un soldado llevó a la arena una maceta con un diminuto retoño medio marchito.

Los brazaletes de la chica emitieron el pitido cuando el soldado ya se encontraba a salvo fuera y la puerta de cristal se había cerrado a sus espaldas, lo que dejó a la chica presa. Me fijé en la espada que llevaba en la cadera, en la tarjeta de su cintura que abría y cerraba las puertas y en el dispositivo cuya superficie cambiaba constantemente. No sabía cómo funcionaba, pero cada vez que pulsaba el minúsculo botón azul de la parte superior, los brazaletes pitaban y la persona recuperaba su magia. Algo tan pequeño, apenas del tamaño de la palma de su mano, acababa siempre dentro del bolsillo tras cada uso.

La chica puso una mano sobre las ramas secas. Tal y como había prometido, la planta marchita se enderezó y recuperó su verdor. Dos latidos más tarde, rebosaba de flores y pequeñas bayas rojas bajo un denso follaje.

Esa vez, ambos príncipes sonrieron.

De forma sutil, Valentín asintió con la cabeza y el rostro de la chica se iluminó cual peonía en primavera, resplandeciente y exuberante con una belleza elegante.

Los soldados la acompañaron a través de otro par de puertas de madera oscura, al otro lado de la arena.

Al abrirlas, vislumbré un pasillo amplio y una ventana abierta.

Y un poco más allá, el cielo azul.

—¡Siguiente!

Un soldado me empujó hacia delante.

«Sé andar». Una sarta de insultos rabiosos me abrasaba la lengua, pero me tragué cada uno de ellos. Sin alzar la vista del suelo, entré en la arena. Las intensas luces blancas que había en el techo me cegaron. El mundo fuera de la caja se atenuó hasta prácticamente desaparecer. Aun así, me di cuenta de que una de las sombras del balcón se enderezó.

Antonio Augusto.

Su hermano mayor lo miró con curiosidad y le susurró algo que no alcancé a oír. Entonces, frunció el ceño levemente.

El príncipe Antonio se acordaba de mí. Seguro. La única pregunta que quedaba era si planeaba concederme una muerte rápida o si me mantendría con vida solo para torturarme.

Le robé. Cometí un delito. Un hombre como él, al que no le faltaban privilegios desde pequeño, rodeado de derechos, seguramente había matado por mucho menos.

Me incliné con mansedumbre e hice lo que esperaban de mí, lo que más les complacería. La forma más sencilla de conseguir que alguien bajara la guardia era presentarse como sumisa. Más vale que te subestimen a que te sobreestimen.

Eso me lo enseñó la abuela.

«Aguanta la respiración, ataca cuando menos se lo esperen».

—¿Posees el don de la Muerte? —preguntó el primogénito. Su curiosidad se transformó en un ceño de escepticismo.

Me puse tensa. Era la primera vez que oía su voz; un sonido profundo como el de los truenos o el de los maremotos. La forma en que me miraba hablaba de peligro. Un incrédulo. Alguien que teme lo que escapa a su comprensión.

A menudo, el miedo incitaba a la violencia.

Me enderecé. Al menos, tenía su atención.

—Enséñanos qué sabes hacer —ordenó el príncipe ante mi mutismo. Chasqueó los dedos. Dos soldados sacaron a un joven por las puertas metálicas donde los Xianlings repudiados iban a parar y lo arrojaron al interior de la caja conmigo—. Mátalo.

Me sobresalté al escuchar el pitido de los brazaletes. Me recorrió un escalofrío y la magia regresó con tal celeridad que casi pierdo el equilibrio cuando los colores recuperaron su nitidez habitual y los poderes de la Muerte volvieron a retumbar en mis huesos. Sentí cómo el calor latente del *qi* se acumulaba en la punta de mis dedos y pedía a gritos salir. En un segundo plano, se arremolinaban los recuerdos de la euforia ingrávida de la Muerte y me animaban a ceder, a coger un poquito, a recordar la sensación de ser fuerte, poderosa, aunque en esa habitación no fuera más que un animal enjaulado.

«Eres la chica bendecida por la Muerte —susurró una voz en mi cabeza—. Podrías ser una diosa si… cedieras».

Contraje y estiré los dedos y saboreé cómo el calor de la Muerte aplacaba el frío del miedo.

Me atreví a mirar hacia arriba. Los príncipes observaban con impaciencia. La cara de Valentín era la de un perro sediento de sangre, con un brillo animal en sus ojos, mientras que el príncipe Antonio poseía una mirada más sosegada y severa; indescifrable. Ninguna era más reconfortante que la otra.

—Mátalo —exigió el príncipe Valentín desde el balcón—. Mátalo o te mataré yo a ti.

La magia era abrasadora. Me moría por llegar hasta arriba y arrancarle el *qi* con los dedos como hilos fantasmales, tirar una y otra vez hasta que bramara con el horror que tantos de los míos sintieron en esta caja monstruosa. Pero había algo en esas paredes de cristal que contenía la magia, al igual que hacían los brazaletes.

Ante mi silencio, los guardias a mi alrededor se tensaron. Rápidamente, alcanzaron las pistolas que colgaban de sus caderas, listos para abatirme si no acataba los deseos del príncipe.

—Por favor —suplicó el chico a través de la mordaza—. Por favor, no quiero morir...

Era joven. Seríamos prácticamente de la misma edad, año arriba o abajo. Su piel era pálida y su cabello, oscuro. Tenía los ojos enrojecidos por el llanto. Recordé el rostro del primer chico al que había asesinado en aquellos oscuros pozos, plagado de terror y lágrimas.

—No quiero morir. No quiero morir... —Lloraba sin cesar. Fruncía el rostro enrojecido cada vez que se echaba hacia atrás.

—Yo tampoco —mascullé cuando me acercaba. Paso a paso.

Diez eran los guardias apostados en torno a la caja de cristal, todos armados con espadas y pistolas. Eran demasiados ojos, demasiadas balas las que me acribillarían ante el menor desacato.

«Si me doy prisa...».

—Por favor —seguía rogando el muchacho, que no dejaba de sollozar. Su desesperación me producía ganas de llorar a mí también.

Suplicaba como si yo tuviera voz o voto.

Suplicara como si pudiera perdonarle la vida...

No tenía ese poder. Estaba tan atrapada e indefensa como él.

Rodeada por el poderío de la ciencia y mi magia a su merced; una gota en el océano.

Notaba la opresión de las paredes, el corazón se me salía por la boca, sentía ganas de vomitar mientras el calor de la magia se arremolinaba en mis dedos.

«Mátalo —oía a la Muerte susurrarme al oído—. Muéstrales de lo que eres capaz. Es la única forma de sobrevivir».

—No soy un dios —anuncié cuando acorté la distancia entre ambos. Presioné la mano contra su mejilla helada. Los colores se desvanecieron hasta que solo quedó un espejismo de tonos grises y la luz dorada de su *qi*, que revoloteaba como hebras de seda, como las cuerdas tentadoras de un bonito instrumento a la espera de que lo toques—. No puedo salvarte. Solo puedo salvarme a mí misma.

«Es cuestión de vida o muerte».

Me obligué a pensar en el cielo azul. En el cargo de conciencia de mi hermana. En las lágrimas de mi abuela.

No podía morir. No sin despedirme.

—Lo siento —dije con un gemido. Entonces, tiré.

Un chillido que me perforó el tímpano.

Su energía peleaba como ninguna antes, indeleble y resiliente. Desesperada por vivir.

«Lo siento, lo siento, lo siento, lo siento, lo siento, lo siento, lo siento, lo siento, lo siento, lo siento, lo siento, lo siento, lo siento, lo siento…».

El joven cayó de rodillas y un charco de orina se formó a sus pies.

Tiré con más ganas y una corriente me recorrió todo el cuerpo, feroz como el batir de diez mil alas, que casi me hizo caer mientras se precipitaba a los brazos de la Muerte.

No obstante, algo escapó también de mis dedos. La energía del chico se llevó algo mío como yo hacía con él: fragmentos de mi vida, minutos y horas, que se reducían con cada ofrenda a la Muerte. Nada en esta vida era gratis o carente de consecuencias.

La Muerte te ofrecía con una mano y te arrebataba con la otra.

Sentí un temblor en el pecho cuando su luz se apagó y sus chillidos cesaron. Empezaron a emerger las sombras tenues de su alma, de color azul verdoso. Ya había cogido bastante. Un poco más y moriría.

Desde arriba, los hombres nos contemplaban maravillados.

Las lágrimas me abrasaban los ojos.

«Ya basta». Retrocedí antes de que el último destello de vida escapara de él.

El chico cayó al suelo, inconsciente. Los hombres aplaudieron; una ovación ensordecedora, rebosante de entusiasmo ante la perspectiva de su nuevo juguete.

El brazalete sonó una vez más y los soldados se adentraron en la caja para recoger el cuerpo del muchacho y escoltarme a través de las lejanas puertas de madera.

Dejé que se acercaran. Cuando uno puso una mano sobre mi hombro, con la excusa de un mareo fingido, me apoyé en su cálido cuerpo, introduje la mano en el bolsillo y me apropié del mando que controlaba mi destino.

«Los dioses te concedieron el don por una razón».

Alcé la vista hacia los rostros eufóricos de los príncipes. Pude percibir su hambre y oír el gruñido de su codicia insaciable mientras imaginaban todas las formas posibles en las que querían usarme contra mi propio pueblo. Unos pensamientos terroríficos por los que me entraban ganas de arrancarme ese poder monstruoso de las venas y aniquilar a la bestia que dormitaba en mi carne y huesos para que nadie pudiera llegar hasta ella.

«Naciste para matar, chica. —La voz de la Muerte—. Es cuestión de tiempo que dejes de huir de tu potencial, Ruying. Acéptalo».

Ahora que Roma sabía de lo que era capaz, nunca me dejaría escapar. Me obligarían a convertirme en la asesina que la abuela tanto temía.

—Por favor —murmuró el chico semiinconsciente—. No quiero morir…

«Ni yo».

Con ese pensamiento, me abrí paso a empujones entre las lágrimas, el miedo y los guardias estupefactos, que se habían distraído con el murmullo de un chico supuestamente muerto, y eché a correr.

Un clic al botón y los brazaletes enmudecieron: la magia resurgió de nuevo.

—¡No disparéis! —gritó alguien cuando esquivaba a los guardias que me perseguían; entre tanto, me apoderé de una espada decorativa. Para mi alivio, estaba afilada y era real, no un mero objeto de decoración—. ¡La quiero con vida! —Otro guardia salió directo hacia mí. Me escabullí por debajo de sus brazos y le clavé la espada en la garganta como la abuela me había enseñado.

El metal le abrió en canal la carne y las venas, y la sangre salió a borbotones, caliente y acre; me bañó por completo. Me entraron arcadas y la bilis me subió por la garganta.

Obligué a mi cuerpo a no detenerse mientras le arrancaba de la cintura la tarjeta que controlaba las puertas.

Ya me limpiaría la sangre más tarde.

Primero, tenía que salir de ahí con vida.

14

Rebosante de energía robada, noté el cuerpo más ligero y fuerte mientras recorría a toda velocidad las puertas y el pasillo donde reinaba el eco, tan rápido que me sentía como si surcara el cielo azul del otro lado.

La libertad era una bocanada de aire fresco que llenaba mis pulmones; lo más delicioso que había probado jamás.

—¡Que no escape! —vociferó alguien desde atrás.

Dos hombres custodiaban el pasillo y ambos se sobresaltaron con mi presencia; me encontré con unos ojos abiertos de par en par, pasmados y confundidos.

Antes de que pudieran pasar a la acción, dejé salir a la Muerte y extraje sus *qi* con todas mis fuerzas. Uno de ellos perdió el equilibrio y cayó de rodillas, mientras que la energía del otro era más férrea y se agarraba a la vida por todos los medios. Justo cuando cogía su arma, blandí mi espada y le dibujé una línea clara bajo la mandíbula, lo bastante profunda como para derramar sangre y hacer cundir el pánico, pero insuficiente para causar la muerte: una antigua enseñanza de la abuela.

«Sigue corriendo», me dije cuando el tipo se desplomó como su amigo, agarrándose la garganta mientras la sangre manaba como un río.

«Asesina. Asesina. Asesina. —El escarnio resonaba en mis oídos—. Naciste para ser una asesina».

Según los libros especializados en magia, esta era como cualquier músculo: solo se fortalecía a base de práctica y uso. Ya la notaba palpitar, agradable, como un hormigueo. Llenó mi cuerpo de energía hasta sentirme embriagada por el poder.

Las fábulas estaban en lo cierto: la magia era un subidón enloquecedor. Al fin entendía por qué los Xianlings morían jóvenes; por qué la gente tiraba por la borda años de su vida por no abandonar esa euforia estimulante; por qué Meiya no lograba alejarse de las garras del opio.

Eso era poder, auténtico poder.

Sonreí, tal y como la Muerte esperaba. Porque había nacido para...

Un disparo perforó el aire. Una bala pasó zumbando; no me alcanzó por cuestión de milímetros.

Bang. Otro disparo.

Aceleré el paso y extendí los brazos. La libertad estaba tan cerca que casi podía sentirla...

Chillé cuando una bala me taladró el muslo derecho y me hizo caer. Justo cuando chocaba contra el suelo con una rodilla temblorosa, alguien me agarró del cuello y me hundió la cara en las frías baldosas. Jadeé en busca de aire, pero solo conseguí que me apretara con más fuerza hasta cortarme la respiración.

Alcancé a ver sus ojos jóvenes y su rostro huraño: el soldado al que casi había liquidado la noche del mercado. «Tú otra vez no».

Busqué mi magia, segundos antes de que algo me electrocutara y arrancara a la Muerte de mis dedos.

Mis poderes se desvanecieron, así de fácil.

Los brazaletes me comprimían y un dolor punzante y ardiente me atravesó los huesos. El mismo dolor que había sentido en la celda nada más llegar, cuando traté de salir por la fuerza de ese lugar infernal para salvar a Taohua. No quería llorar, no quería darles ese placer, pero unos instantes después, solo oía mis propios alaridos. Convulsioné como un pez moribundo, al igual que Taohua cuando se negó a obedecer. Involuntariamente, golpeaba la cabeza contra el frío suelo de piedra; unas sacudidas e impactos tan violentos que pensaba que mis huesos acabarían hechos añicos.

Podría ser mi final.

—Escoria repulsiva. —El hombre que me sujetaba me escupió en la cara. Podía ver la sed de sangre en sus ojos, de venganza, de devolverme todo lo que le hice la noche del mercado.

Se me helaron las entrañas. Tenía ansia de magia, ansia de poder para extinguir su vida como la llama de una vela. «Tendría que haberte matado cuando tuve la oportunidad».

Pero solo fui capaz de gemir: «No quiero morir», un eco de las súplicas del chico. Sin magia, el miedo apenas tardó en reemplazar al coraje.

Se me nubló la vista. No lograba concentrarme en nada que no fuera el dolor espantoso.

«No tendría que haber corrido. Qué estupidez, qué...».

Oí unas risas a lo lejos.

El príncipe primogénito, cuyos tirabuzones dorados como el trigo le enmarcaban el rostro, se arrodilló a mi lado con un mando en la mano. De oreja a oreja, una sonrisa victoriosa se dibujaba en su rostro. Una cara bonita a la par que letal.

«Va a matarme».

Soltó una carcajada y, con un dedo, me acarició la mejilla magullada.

—¿Tan fácil pensabas que sería? ¿Con quién crees que juegas? No somos como los traficantes de tres al cuarto de tu mundo. Somos *romanos*. Somos los maestros de la ciencia y, desde ahora, tus nuevos dioses.

Chasqueó los dedos y un soldado le entregó algo.

Una jeringuilla.

Me pareció que su contenido incandescente era opio líquido, la nueva droga de la Torre de Loto.

—Es hora de que aprendas la lección, chiquilla. Tu talento es demasiado peculiar como para matarte, pero no puedo tenerte cerca como un lastre. —Se acercó un poco más y añadió en un susurro apenas perceptible—: Sobre todo, cuando Antonio ya te ha reclamado. ¿Un arma como tú a su lado? No puedo permitir que mi querido hermano se salga con la suya. Tranquila, no te va a doler. En realidad, todo lo contrario: vas a sentirte de maravilla. Tan bien que preferirás la muerte a vivir sin ello.

—¡No! —intenté gritar por encima del dolor, intenté librarme de las gigantescas manos del soldado, pero era demasiado fuerte. Sin magia, no tenía ninguna posibilidad.

«No».

«Por favor, no».

Sabía lo que la droga había hecho con mi padre, lo que había hecho con mi hermana. En cuanto estuviera bajo su influjo, ya no tendría escapatoria. El opio sustituiría todo lo que ansiaba, todo lo que conocía. El resto de mi vida desaparecería por completo. Me convertiría en la mascota de Roma, yo…

Lloré.

—Por favor, no lo hagas. Me comportaré. Haré todo lo que me pidas. Pero no…, *por favor*.

—Haberlo pensado antes de echar a correr. —Me sujetó el cuello con una mano y me clavó la punta gélida de la jeringuilla en la yugular. Me llegó el olor de su fragancia dulzona. El miedo ardía en mi interior como el ácido; mis lágrimas formaban un charco en el suelo de mármol; el compás salvaje de mis latidos me perforaba los tímpanos—. Qué cara tan bonita. Puede que me divierta un rato contigo antes de enviarte al laboratorio.

—¡Valentín! —interrumpió una voz firme y severa—. Esto no es necesario. Te dije que yo me ocupaba de ella.

Le contestó con una mueca de desprecio, pero relajó la mano. El dolor cesó y el príncipe retiró la aguja fría de mi garganta.

—Así es demasiado peligrosa. Si no la convertimos en una adicta, quién sabe cómo controlaremos a alguien como ella, *hermanito*.

—Eso lo decido yo, no tú. Tengo planes para ella y la necesito lúcida.

El primogénito, Valentín, miró a su hermano con incredulidad, pero desistió.

—No le quites los ojos de encima. No quiero que cause problemas en la ciudad. Si ocurriera algo por tu estúpida piedad, no dudaré en informar al abuelo.

El príncipe Antonio mostró una leve y calculada sonrisa.

—No esperaba menos de ti, *hermanito*.

15

Me encerraron en una celda rodeada de paredes mohosas donde la única fuente de luz eran unos plafones eléctricos, lo que impedía controlar el paso del tiempo. No vino ningún médico a examinar la herida de bala del muslo, que no dejaba de sangrar. Hice unos vendajes improvisados con los harapos a los que llamaban ropa y traté de ser cuidadosa. Esperaba que se curase, pero sin la medicina y el tratamiento correspondiente, la infección no tardó demasiado en acudir a la carne viva llena de pus. La fiebre invadió todo mi cuerpo y, con la cara completamente enrojecida, me sentía somnolienta y débil.

Las respiraciones iban y venían y la consciencia menguaba y entraba como una marea baja. Rezaba para que mi cuerpo sanara, rezaba por tener la oportunidad de vivir. Rezaba a dioses en quienes ya no creía, rezaba a cualquier dios dispuesto a escucharme… Incluso a los que odiaba.

Así no era como iba a terminar mis días.

En la oscuridad, seguí inspirando y expirando, mantuve los ojos bien abiertos, continué repitiendo mi nombre y recordando quién era. Pensaba en quienes me echarían de menos si moría.

Meiya.

La abuela.

Taohua.

Posiblemente hasta Baihu, a su modo retorcido.

—No voy a morir —conseguí anunciar al aire amargo.

«Soy la chica bendecida por la Muerte. Tengo la intención de vivir, nada puede detenerme».

¿Eran verdades que debía creer o palabras esperanzadoras condenadas a hacerse añicos?

Puede que la Muerte fuera mi mecenas, pero no me debía nada. Para ella, mi vida era como la de cualquier otra persona: un fruto a la espera de ser cosechado. Si viviría lo suficiente para madurar con el dulce jugo de la vida o si, por desgracia, me recolectarían demasiado pronto y verde como a muchos Xianlings, era una cuestión que solo ella podía responder.

Las horas se sucedían. No dejé de rezar ni de recordarme a mí misma todos los motivos que tenía para vivir.

Al oír unos pasos, supe que algún dios había respondido a mis plegarias.

Pero no era el dios que esperaba.

—Estás viva. —Unos ojos verde pálido me observaban a través de las barras metálicas que me enjaulaban como a un animal.

«Antonio Augusto». El segundo príncipe de Roma.

¿Había venido para regodearse y deleitarse con mi dolor? ¿Era ese el precio por osar robarle su oro días, semanas o puede que meses atrás? El tiempo se escapaba de mis dedos como el agua. Ignoraba cuánto había pasado desde mi secuestro. Lo único que sabía era que para mí se había convertido en un tormento interminable.

—Todo esto habría sido mucho más fácil de no haber intentado escapar y herido gravemente a varios de mis guardias en el camino —apuntó mientras examinaba la celda—. No quiero que empecemos con mal pie. Mi padre decía que a las abejas se las atrae con miel. No quería que nuestro segundo encuentro se desarrollara así, pero tu intento de fuga no me dejó otra opción.

—¿A qué has venido? —pregunté con un hilo de voz.

—¿Así es cómo me saludas? Deberías estarme agradecida por obligar a mi hermano a salvarte la vida y no convertirte en una adicta. He visto los efectos del opio en tu pueblo, cómo se pierden en un éxtasis prestado, el hambre que les devora los sesos. Una vez lo pruebes, se convertirá en todo lo que anheles, en lo único en que podrás pensar. La adicción hará que olvides tu nombre, a tu familia y amigos, a todo aquel que te estima y a quien estimas. He visto a guerreros fuertes como toros convertirse en monos de feria y bailar al son de los caprichos de mi hermano.

—¿Has venido a matarme? —No tenía tiempo para sus jueguecitos.

Se rio entre dientes.

—No.

—¿Buscas venganza?

Inclinó la cabeza. Noté cierta diversión en sus ojos pálidos.

—Por desgracia, no, aunque me robaste una gran cantidad de dinero. Si estuviéramos en Roma, podría encarcelarte una buena temporada.

—Así *he pasado* una buena temporada —mascullé, señalando a nuestro alrededor.

—Puedo prolongar tu estancia si insistes en complicar las cosas.

Apreté los labios, pero no había sonrisa alguna en ellos.

—Lo sé. En la ciudad de Jing, puedes matarme con tus propias manos e irte de rositas porque eres romano y yo no.

—No te caigo bien.

—¿Tendrías que caerme bien?

—Te salvé de mi hermano.

—Me salvaste porque no querías que me convirtiera en su arma. Tú mismo lo dijiste: la droga me consumiría. Sería un perrito dispuesto a lamer las botas de cualquiera que me diera la próxima dosis, ¿no es así? Y no quieres cerca a un perro que no sea leal.

Dejó entrever media sonrisa.

—Eres lista.

—¿Me tomabas por idiota? —repliqué. Me mordí la lengua para no contarle que me había criado una de las mujeres más inteligentes nunca vistas en el imperio de Erlang, la mujer responsable de los éxitos de uno de los generales más condecorados antes de que la historia olvidara su nombre—. Dime qué haces aquí.

Su sonrisa se acentuó.

—He venido a ofrecerte la oportunidad de vivir. Quieres vivir, Yang Ruying, ¿verdad?

Se me hizo un nudo en la garganta y mi corazón se aceleró cuando pronunció mi nombre con tal amabilidad y benevolencia.

«Más que nada». La promesa de la vida era tentadora, pero me negué a hacérselo saber.

—¿A qué precio?

Soltó una risa gutural, mitad exhalación, mitad burla.

—¿Sabes por qué sigues viva? —Se acercó aún más y rodeó las barras de la celda con los brazos; me miró como los halcones contemplan a su presa; pero no era su presa, todavía no. Quería algo de mí, lo que significaba que en este intercambio no me encontraba indefensa. Era posible que el campo de juego no estuviera tan nivelado como él había diseñado, aunque, al menos, yo no tenía las manos vacías. Contaba con una moneda de cambio, una que aprovecharía al máximo—. Dime, Ruying, ¿por qué estás dispuesta a morir?

La sonrisa de mi hermana, las cálidas manos de mi abuela acariciando las mías. Me enderecé.

—Príncipe, me estás haciendo la pregunta equivocada —pronuncié lentamente y con dulzura. Quería una víctima dócil. La abuela también me había enseñado que se pillan más moscas con miel que con vinagre. Qué mala suerte que no quisiera moscas, sino apretar el corazón de ese falso dios con mis manos.

—Dime entonces cuál es la pregunta correcta.

—A la chica bendecida por la Muerte no se le pregunta por quién moriría. Debes preguntarle por quién *mataría*.

Volvió a inclinar la cabeza. Me había ganado su atención.

—¿No basta con dejarte vivir?

Sí, pero era codiciosa. Quería más. Si deseaba mi magia, tendría que concederme todo cuanto le pidiera. Solo tenía que plantearle el trato de forma en que pensara que él salía ganando.

—No, no basta, sobre todo si tengo que traicionar a mi pueblo, mi tierra, mi imperio. La muerte es una clase de magia muy peligrosa, una que entraña responsabilidades inmensas. En malas manos, un don como este puede destruir el mundo.

Un monstruo como él, o sus hermanos, lo utilizarían para reducir a Erlang a cenizas.

Examiné sus brazos fuertes y elegantes, que reposaban sobre las barras de hierro sin miedo a lo que pudiera hacerle.

—Tienes una muy buena opinión de tu magia —agregó.

—Ya has visto de lo que soy capaz. Si eres espabilado, pensarás como yo.

—¿Regateas conmigo?

—¿Y si así fuera?

Su sonrisa adquirió un toque de malicia.

—No sé lo que quieres, pero sé lo que no quieres: ver sufrir a tu hermana y a tu abuela por tu estúpida terquedad.

Al nombrar a mi familia, me dio un vuelco el corazón.

—¿Están bien? ¿Qué les habéis hecho?

—Están sanas y salvas. Y que continúen en ese estado depende de tu cooperación.

—¿Me estás chantajeando?

—¿Y si así fuera? —El príncipe se humedeció los labios—. Este es un juego de dos. No sé quién crees que soy, pero como dice tu pueblo, 我不是省油的灯: «No soy una lámpara que ahorra aceite por ti»; es decir, no soy alguien a quien puedas manipular fácilmente.

Su perfecta pronunciación de mi lengua materna me dejó atónita.

En Erlang, eran muchos quienes aprendían su idioma, pero pocos de los suyos aprendían el nuestro, sobre todo si pertenecían a la nobleza o al poder. Para eso ya tenían intérpretes.

—No me ha costado demasiado averiguar un poco sobre ti. Ha bastado con una visita a la tienda de empeños que frecuentas para descubrir todo lo que necesito saber de ti, tu abuela y tu hermana; las descendientes caídas de un antaño glorioso clan. Cuando tu hermana y tú…

—Te juro que si le pones una mano encima… —Sus palabras eran un anzuelo, y yo lo había mordido por completo. Cuando me puse en pie de un salto, una descarga eléctrica se propagó por mis muñecas. Contuve una mueca de dolor cuando mi cuerpo impactó contra las baldosas de piedra y aterricé con la pierna mala.

Reprimí las lágrimas. No lloraría delante de él. No lloraría delante de ninguno de ellos.

—No es justo —gruñí al percatarme del diminuto dispositivo que sujetaba con la mano.

El dolor remitió lentamente, pero me quedó un malestar en los músculos.

—La vida no es justa, querida.

Debería ser más sensata y no enfrentarme a un príncipe que podría matarme con la misma facilidad que chasquea los dedos. Y, aun así, allí estaba, imprudente como de costumbre, jugando con los bigotes del tigre, tentando a la muerte.

Quería eliminarlo. Quería llegar fuera de la celda, cogerlo de la camisa y reventar su cara bonita contra las piedras para ver cuánto le gustaba.

La ira se enconó como un veneno de acción lenta; se enredó entre mis costillas como serpientes minúsculas y se retorció con ganas. A pesar de que ya no tenía a la Muerte susurrándome al oído, su hambre rondaba cada uno de mis pensamientos. Quería hacerlo gimotear, hacerlo temer, hacerlo llorar mientras suplicaba por su vida.

El príncipe que se consideraba superior a los demás, que me miraba con desprecio con una sonrisita que me revolvía el estómago merecía el castigo de la muerte.

«Acabaré con él —me prometí a mí misma—. Soy la chica bendecida por la Muerte y veré cómo este hombre se postra ante mí. Seré la causa de su fin».

Pero los brazaletes en las muñecas, la ausencia de magia en mis venas y la fiebre por la herida de la pierna contaban una historia muy distinta. Sería un milagro salir con vida de la celda, y no digamos ajusticiar a un príncipe de Roma.

Suspiró.

—Relájate. No tengo el menor interés en tu hermana, y así seguirá siendo si haces lo que te diga. No quiero hacerte daño. Cuanto antes dejes de enfrentarte a mí, más fáciles serán las cosas.

—Quieres decir siempre y cuando me someta a ti y obedezca como un perro adiestrado que ladra cuando se le ordena —me mofé cuando mi cuerpo se desplomó en el suelo, llevado hasta la extenuación.

Carecía de poder en esa negociación, por mucho que tuviera algo que él deseara, nada le impediría arrebatármelo.

No tenía nada.

No *era* nada.

—No tienes por qué estar aquí, Yang Ruying. Puedo cambiarte la vida si me dejas. Darte una buena vivienda. Cuidar y sustentar a tu familia: comida, un techo y tanto dinero que no sabrás qué hacer con él. Puedo darte lo que siempre has deseado; hacer que a tu familia y a ti os sucedan cosas maravillosas. La vida es mucho más que luchar por sobrevivir. ¿Acaso no es lo quieres? —Volvió a inspeccionar la diminuta celda. Su voz adquirió un cariz reconfortante y sosegado cuando reanudó su intervención—: Quiero tu magia, algo que puedes ofrecerme. Y tú quieres la supervivencia de tu familia, algo que puedo garantizar. Imagino que tu abuela te habrá contado montones de historias funestas y te habrá advertido de los peligros que acechan en la oscuridad, pero una anciana y una adicta al opio no sobrevivirán a las penurias que nos aguardan.

Las lágrimas me punzaban los ojos como agujas diminutas. Las contuve, pero la desesperación era atroz y me hizo venirme abajo con un torrente asfixiante.

Me sangraba el corazón porque sus crueles recordatorios estaban en lo cierto.

La guerra era brutal y violenta. Para proteger a mi familia, yo lo necesitaba a él más de lo que él me necesitaba a mí.

—¿Qué propones? —me atreví finalmente a preguntar, cabizbaja en señal de derrota.

Olí el peligro que escondía su sonrisa.

—Un acuerdo beneficioso para ambos. Yo no soy Valentín, no quiero que Pangu y sus habitantes se reduzcan a cenizas para construir una segunda Roma en territorio usurpado.

Fruncí el ceño con incredulidad. Esperaba que el príncipe tuviera los ojos puestos en algo más trivial, como poder o el trono. Incluso esperaba que me pidiera asesinar a su hermano, al joven emperador de Erlang o al Fantasma.

—¿Quieres *ayudarnos*?

—Quiero salvar ambos mundos. Y para hacerlo, sí, necesito tu ayuda.

—¿Cómo? Desconozco por completo la política de tu mundo y no tengo poder ni influencia alguna en la del mío.

—Puede que no goces de estatus, pero tienes algo mucho más valioso: magia. Mis hermanos cuentan con simpatizantes en Roma, pero puedo encargarme de los tejemanejes políticos a ese lado del Velo. Lo que necesito es a alguien que pueda eliminar cualquier detonante de guerra a *este* lado.

—¿Quieres que mate al Fantasma?

El príncipe negó con la cabeza.

—Los rebeldes que llaman al levantamiento de Erlang son un incordio, pero los revolucionarios siempre han estado presentes en la historia, y en raras ocasiones han derrocado imperios. No son una amenaza. Al menos no por ahora. Quien me preocupa es el emperador.

El nuevo emperador era joven y su mente, maleable.

—¿Quieres que acabe con sus consejeros?

Él entreabrió ligeramente la boca, medio sorprendido, medio impresionado.

—Tanta inteligencia podría salirte cara, Yang Ruying.

Fruncí los labios. Asesinar a los ministros y consejeros del emperador que deseaban que Erlang se alzara contra la tiranía de Roma solo prolongaría el reinado de esta última, lo que le daría tiempo para amasar más poder y echar raíces cual parásito en las venas del imperio, chupándonos la vida como demonios vengativos.

Cerré los ojos.

En cierto modo, tenía razón. Evitaría la guerra y mantendría la paz pendiendo de un hilo un poco más. Le daría a la abuela la oportunidad de disfrutar sus últimos años bajo el espejismo de la normalidad.

«Vivir arrodillado no es vivir». Meiya se equivocaba. Vivir arrodillado es preferible a morir.

—Sé que no te caigo bien, pero confía en mí; en estos momentos, soy tu mejor baza.

Lo miré con desdén.

—Todos los romanos sois iguales.

—Puede que ante tus ojos, sí. Y puede que no haya nada que pueda decir para ganarme tu confianza, pero quiero mantener Pangu a salvo de quienes quieren explotarla. He sido testigo del sufrimiento de demasiadas personas. No quiero presenciar cómo el veneno de la codicia romana emponzoña tu mundo al igual que hizo con el mío. No quiero que seamos enemigos, Yang Ruying. Si me lo permites, puedo ser tu aliado.

Sus palabras eran dulces, pero yo sabía algo de política. Pillaba las mentiras al vuelo y percibía la manipulación cuando intentaba nublarme la vista. Sabía que no debía fiarme de un romano.

—Un hombre como tú no se siente satisfecho con la felicidad ajena. La supervivencia de mi mundo no es lo único que deseas, ¿verdad?

Arqueó una ceja. Se inclinó hacia delante y clavó los ojos en mí como si fuera un poema que ansiaba descifrar.

—¿Qué clase de hombre crees que soy, entonces?

—Alguien ambicioso, alguien egoísta, alguien que quiere deponer a sus hermanos y reclamar el trono. Es el cuento más viejo del mundo. Pangu también tiene príncipes. He escuchado demasiadas historias sobre estos juegos de poder entre jóvenes con títulos y sus egos como para reconocerlas.

Se encogió de hombros y alardeó de una inocencia fingida.

—¿Y qué hay de malo en querer el poder? ¿Qué mejor modo de proteger ambos mundos que convirtiéndome en el soberano de Roma? Que tu familia cuente con el amparo del hombre más poderoso de ambos reinos suena idílico, ¿no? Puedo codiciar la autoridad y un deseo de paz a la vez, ¿verdad? La ambición y la moralidad no se excluyen mutuamente.

—Pero un paso en falso y tu hermano nos aniquila a mí y a mi familia.

—Si Valentín hereda el trono, tu familia no será la única que pierda la vida, te lo aseguro. Todo Pangu sufrirá, pero, al menos, no estaremos solos en el más allá. ¿Me equivoco? —Odiaba que tuviera una respuesta para todo y que todo lo que decía estuviera en lo correcto.

Continuó:

—良禽择木而栖, 贤臣择主而事: «Los pájaros sabios anidan en las ramas de árboles fuertes y las mentes sabias sirven a maestros fuertes».

No me gustó la forma en que el proverbio de mi pueblo salió de sus labios con tal naturalidad.

—Eres un erudito de la literatura de Erlang.

—Si vivo aquí, debo tomar la iniciativa de entender a tu gente y su cultura. 知人知己, como vosotros decís: «Conoce a los demás como te conoces a ti mismo».

Era inteligente y calculador; alguien a quien no me convenía tener de enemigo.

No obstante, si podía darme poder, también podía despojarme de él. Llevarme a lo más alto y derribarme como si nada. Si aceptaba el trato, viviría a su merced, existiría como una espada a su lado; un títere que acata órdenes.

«Los héroes mueren. Los cobardes viven».

Para hacer lo correcto, para estar en el lado correcto de la historia, primero tenía que sobrevivir.

—Tengo tres condiciones.

—Soy todo oídos.

—La magia entraña un precio. Solo mataré para ti y…

—Nuestro acuerdo no es para siempre. Solo hasta que acumule el poder para convencer a mi abuelo de una solución más adecuada o hasta que me nombren heredero. Lo que pase antes.

—Y si muero antes de que eso ocurra, cuidarás de mi hermana y de mi abuela en mi ausencia, como compensación por mi muerte.

—¿Temes que te apuñale por la espalda? —se mofó—. Prometido. Mantente leal a mí y yo seré leal a nuestro acuerdo. ¿Cuál es la tercera condición?

—Quiero que Taohua salga en libertad.

—¿Taohua?

—La chica que se enfrentó a cuatro de tus hombres la noche del mercado. La hija del general Ma.

—¿La guerrera? —titubeó—. ¿Por qué?

—¿Qué don es más importante, el suyo o el mío? ¿Qué poder es más inusual?

Exigir lo que no me correspondía fue un movimiento osado, pero no podía olvidarme de Taohua. Me había ayudado tantas veces que había perdido la cuenta. Eso no era nada en comparación con todo lo que había hecho por mí.

—Está bien, veré qué puedo hacer —accedió.

—No —repliqué—. No quiero que lo intentes. Quiero que me prometas que dejarás que se marche a casa y que nadie le pondrá a ella o a su familia una mano encima, jamás.

Arrugó ligeramente el rabillo del ojo izquierdo, como si le divirtiera que regateara con él. Al fin, asintió.

—Muy bien. Como desees. —Traté de no sonreír, de no reír. En su lugar, oculté todo bajo una exhalación de gratitud—. Pero antes, nos aseguraremos de que estás a la altura del trato —agregó.

—¿Por qué? Has visto mi don con tus propios ojos. Sabes de lo que soy capaz.

—Estoy al tanto de la magnitud de tu magia, pero ¿qué hay de ti?

—¿Qué pasa conmigo?

—¿Dispones de la fuerza suficiente para hacer uso de ella? Porque, hasta ahora, no he presenciado más que debilidad y titubeo. Le perdonaste la vida a Dawson e hiciste lo mismo con el chico en la caja de cristal. ¡Hasta perdonaste a los guardias que habrían hecho cualquier cosa con tal de matarte! Muestras piedad a la primera de cambio, como si temieras tu propio potencial o en lo que te pudieras convertir. Necesito saber si se trata de mera bondad o de una forma de debilidad. ¿Eres capaz de manejar el poder extraordinario que tu cuerpo manifiesta o eres una chica a quien le han otorgado más de lo que puede asumir?

Apreté la mandíbula. No me atreví a discrepar porque estaba en lo cierto. Había mostrado piedad, incluso a los soldados, a quienes degollé solo lo suficiente como para quitármelos de encima, aunque no tan profundo como para causar una herida mortal.

La Muerte era cruel. Y permanente. No conocía a esos hombres. Podrían trabajar para el enemigo, pero esa no era razón suficiente para ejecutarlos a sangre fría.

Así que no lo hice.

No obstante, parecía que esas pequeñas muestras de misericordia eran un lujo que no podía seguir permitiéndome.

—Roma no es Erlang, Ruying. Aquí no guardamos lo que se queda obsoleto solo porque sí. Si dejas de serme útil, me desharé de ti sin pensármelo dos veces.

—Entonces, ¿cómo pruebo mi valía ante ti?

Una sonrisa pausada y deliberada; una que me produjo un escalofrío.

Qué pregunta más idiota.

—Mañana iremos de viaje a tu lado de la ciudad, cuando los médicos te hayan curado.

—Dudo que la herida cure en un solo día.

—Querida, no tienes ni idea de las maravillas científicas que existen a mi lado del Velo. No estarás cien por cien recuperada, pero te repondrás en cuestión de horas. —Se aproximó un poco más—. Haz lo que te pido, demuestra que eres capaz de cumplir órdenes. Con el tiempo, cuando seas una de los nuestros, te descubriré un mundo de posibilidades.

—¿Y si no puedo?

Sus ojos se tornaron amables y cálidos.

¿Era su piedad, reconfortante a la par que titubeante, real o parte de un señuelo?

—Esperemos que no tengas que averiguarlo.

«No estoy traicionando a los míos —dije para mis adentros—, los estoy protegiendo, que es distinto».

Tenía que ser distinto.

La guerra era impasible. Descendía de una larga estirpe de generales y soldados y me había criado una de las más brillantes estrategas de su generación. Lo sabía mejor que nadie.

El privilegio de poder elegir era algo que jamás poseería, por mucho que Antonio Augusto tratara de convencerme de lo contrario. Imposible.

17

Mi ciudad era un mar de lágrimas. Por sus desaparecidos, por sus muertos y por los supervivientes que se marcharon a raíz de la tragedia y de la pérdida. Aparentemente, solo habían pasado siete días desde que los romanos hicieran una redada en la capital y me secuestraran entrada la noche.

Sentía como si hubieran pasado siete años.

Antes del ataque, los Xianlings podían contarse con los dedos; la magia llevaba generaciones escapando de nuestras venas. Y, en ese momento, en la ciudad moraban menos que nunca. Sin magia, ¿con qué armas contábamos frente al poderío de la ciencia? Mi hermana quería luchar, pero ¿con qué? ¿Con esperanza y optimismo y palabras bonitas que llamaban a la revolución?

Demasiado endeble; Roma nos freiría a balazos.

Las lágrimas me ardían en los ojos mientras presenciaba el luto de mi ciudad a través de los cristales tintados del coche de Antonio Augusto: una construcción elegante de metal y cristal que se deslizaba cual serpiente por las calles angostas. La multitud se apartaba a su paso como los océanos se abrían ante los dragones de las leyendas. Los mortales se arrodillaban ante su presencia, como si fuera algo digno de ser venerado.

Apretaba los puños sobre el regazo.

Nuestra antigua y noble magia. Nuestro antiguo pasado imperial. Ahora parecían tan mediocres e insignificantes, algo que solo existía en los relatos de la abuela.

Aceptarlo me hundió la moral. Un gris que vaticinaba tormenta nublaba el cielo antaño cerúleo.

—Si supieran lo cerca que se encuentran sus seres queridos… —me lamenté al ver a madres dando alaridos por sus hijos en la calle y a huérfanos con retratos hechos a mano en busca de sus padres.

—Serían hombres muertos si trataran de poner un pie en territorio romano y llevarse lo que han perdido. Valentín aplastará a todo aquel que filtre información.

En otras palabras: si quería seguir con vida, más me valía cerrar el pico.

—¿Está enterado el emperador de Erlang?

Antonio tardó unos instantes en responder.

—睁一只眼,闭一只眼: «Mantiene un ojo abierto y el otro cerrado», como dicen los tuyos.

—Prefiere hacer la vista gorda.

—Hace bien en hacer la vista gorda —objetó Antonio a la defensiva.

—¿Qué influencia tenéis sobre el emperador? —le hice la misma pregunta que tantas veces había formulado al sol, a la luna y a nuestro precioso y fracturado cielo—. Tu pueblo no deja de cometer atrocidades contra el mío y el emperador permanece impasible y guarda silencio. ¿Por qué?

La sonrisa del príncipe era sosegada y hermosa; desgarradora. La sonrisa de un demonio, petulante por todos los secretos que alguien tan insustancial y baladí como yo jamás descubriría.

Me hervía la sangre al mirarlo, así que decidí apartar la vista de él y de los horrores que me aguardaban tras la ventanilla tintada.

Monstruos.

Los romanos eran unos auténticos monstruos.

Como si pudiera leerme la mente, Antonio se dirigió a mí con ojos dulces y gentiles, como esperando que viera en él algo que no existía.

—Al igual que tú, hacemos lo que debemos para sobrevivir.

Quizás esperaba que esas palabras me inspiraran compasión y diluyeran mi enfado, pero solo consiguió que la sangre me hirviera aún más.

—¿Qué parte de todo esto puede justificarse como algo que debéis hacer? —Las palabras salieron de mi boca antes de poder contenerlas, antes de que pudiera fragmentar su ira en piezas manejables y meterlas en compartimentos separados para que no causaran problemas—. ¿Por qué nos cogéis? ¿Qué quiere Roma?

No dijo ni mu. Su silencio puso fin a nuestra conversación.

El coche se detuvo y las puertas se abrieron.

Al bajar, me topé con las puertas rojizas de la Torre de Loto, cuyas lámparas brillaban incluso a plena luz del día.

—Debo encargarme de unos asuntos —anunció el príncipe mientras entrábamos, no por la puerta principal, sino por una entrada anidada en las sombras de un callejón cercano; estrecha y oscura, escondida a la vista. La puerta daba acceso a una escalera bien iluminada, de madera pulida y forrada con una moqueta de color rojo brillante—. Dawson, acompaña a la señorita Yang a la suite. Me encontraré con ella en cuanto termine.

Dawson era el guardia a quien había estado a punto de matar la noche del mercado. ¿Seguía al príncipe allá donde iba? De ser así, qué suerte la mía de que la sombra del príncipe Antonio fuera un hombre que había dejado tan claro que quería ver mi cadáver por haber estado a punto de acabar con él.

Qué suerte la suya que no pudiera ponerme una mano encima. Al menos mientras contara con el favor del príncipe; mientras el príncipe necesitara mi magia.

Sin mediar palabra, me escoltó por los pasillos hasta llegar a una habitación privada en la planta superior, muy por encima del vestíbulo y de todas sus inmoralidades.

Allí arriba, el mundo parecía más calmado, podría decirse que casi apacible; alejado del dolor y la tristeza de mi gente.

El cuarto era bonito y estaba pulcro, decorado con mobiliario romano en lugar del nuestro: sillas de terciopelo, mesas de metal y paneles gruesos de cristal. La puerta se cerró a mis espaldas y volví a quedarme a solas.

Una pausa.

Escuché y escudriñe cuanto me rodeaba. A continuación, me dirigí a la ventana y la abrí de un tirón.

Podría saltar y emprender la carrera, pero ¿a dónde iría?

¿A casa? El príncipe mandaría que me buscaran allí. Si volvía ahora, no traería más que desgracias para mi familia.

Poco importaba cuán desesperada estuviera por regresar a mi hogar con mis seres queridos, no podía correr ese riesgo. No cuando tenía al demonio pisándome los talones.

Había tomado una decisión. Me había atrevido a pactar con un romano y ahora tenía que pagar el precio.

La puerta se abrió con gran cuidado.

—¿Ruying?

Alcé la vista pensando que el príncipe había venido a mi encuentro, pero cuando me giré vi a Baihu blanco como un fantasma.

Se sobresaltó cuando nuestras miradas se cruzaron. Tras lo cual se le humedecieron los ojos por una preocupación que casi me rompió el corazón en ese instante.

—¿Estás bien? —preguntó. Las lágrimas afloraron. Me moría por echarme a sus brazos y hundir la cara en su pecho, sentir su calor arropándome y gritar «¡Ayuda!»—. No tenemos mucho tiempo —murmuró—. He distraído a Antonio y...

Antes de que pudiera terminar, la puerta se abrió una vez más y el príncipe Antonio entró. Sus ojos siempre atentos se clavaron en nosotros.

—¿Os conocéis? —inquirió con tono suave; la interpretación perfecta de la inocencia.

—No —me apresuré a decir yo, antes de que Baihu tuviera tiempo de responder.

El príncipe sonrió. Se acercó donde yo estaba, me rozó la mejilla con la punta de los dedos y me limpió la lágrima que no sabía que se había escapado.

—Puedes retirarte —indicó a Baihu sin apartar la vista de mí—. Entrega los documentos a Dawson.

Baihu se lo pensó dos veces pero, al final, me dedicó una última mirada de añoranza, dio media vuelta y se fue.

Contuve el llanto. Me negaba a derramar más lágrimas. No frente a Antonio.

Soltó una risa.

—Ven, siéntate. —Señaló la mesa, se puso cómodo y abrió la ventana de par en par. Un soplo de aire frío envolvió la habitación, acompañado por el bullicio procedente de la calle de abajo—. Para ser una especie avanzada genéticamente con magia ilimitada a su disposición, cabría suponer que vuestra civilización sería más impresionante, más adelantada. No obstante, aquí reina la sencillez, de forma similar a mi mundo hace mil años —reflexionó—. Imagino que cuando la magia está de tu lado, la tecnología y los descubrimientos científicos no son tus prioridades principales. En lugar de crear herramientas para solucionar problemas, tu pueblo simplemente usa la magia; algo práctico al principio, pero desfavorable para vuestro desarrollo a largo plazo.

Seguí el recorrido de su mirada y analicé a los civiles de todavía ojos húmedos por todo lo que habían perdido. El olor a humo perduraba. A lo lejos, podía escuchar cierto revuelo en dirección a la Valla que separaba nuestro lado de la ciudad del suyo; que separaba a hijos de sus madres.

Gritos que exigían justicia.

Gritos que suplicaban ayuda, que ignoraban que esos falsos dioses nunca nos socorrerían y que, de hecho, eran quienes infligían nuestro tormento.

—No es justo culpar a mi pueblo por lo que estamos haciendo —reanudó su discurso—. ¿Enfrentarse a aeronaves con arcos y flechas? Lo desequilibradas que están nuestras posiciones es de risa. La naturaleza tiene un orden preferencial: evolución lo llaman. Si no progresas y mantienes tu puesto en la cadena alimenticia, te eliminan.

Apreté la mandíbula. 落后就要挨打: «Si te quedas atrás, que te hagan pedazos será culpa tuya». Otro dicho que resonaba en las antiguas y lúgubres calles.

No sabría decir si la altanería con la que habló era parte de su esencia o si me estaba pinchando a propósito.

—Que no nos centremos en la ciencia no significa que seamos menos inteligentes —maticé con tono frío y venenoso; un recordatorio discreto de que mi pueblo no había sido siempre una presa enclenque de la que podía burlarse cuando le entrara en gana—. Quizás, el motivo por el que no tengamos armas de destrucción masiva es que nunca las hayamos necesitado. Es posible que, al margen de nuestra propia codicia y guerras, no nos hayan extirpado la humanidad como a vosotros.

Entrecerró los ojos, con expresión mitad molesta, mitad divertida.

—¿Y dónde está esa magia ahora? Vivo en Erlang desde hace casi tres años y, a excepción de ti, no me ha sorprendido nada. Llegué a Pangu con la esperanza de presenciar cosas extraordinarias, de arrodillarme ante una especie superior, pero al final resultó que *nosotros* somos los dioses a los que veneráis.

—Si tan insignificantes te parecen mi mundo y mi pueblo, ¿por qué no te marchas? —tuve la arrogancia de preguntar; una burla con un fondo de verdad.

Todo el mundo sabía por qué habían llegado los romanos. Todo el mundo sabía que se habían metido a la fuerza en nuestras vidas y se habían quedado en nuestras tierras, no como invitados, sino como tiranos temibles, pero nadie sabía *por qué* se habían quedado. La especulación y los rumores que circulaban de forma discreta eran interminables: que los romanos estaban aquí por nuestro oro, plata, joyas y cereales; que estaban aquí por nuestra magia, tantos trabajadores a los que habían reclutado en zonas rurales con promesas de oro y una vida mejor; una vida de lujos en un mundo carente de magia donde serían adorados y respetados. Nunca más se supo de todos esos soñadores ingenuos y buscadores desesperados a los que se habían llevado a la zona romana del reino.

¿O acaso se trataba de otra cosa?

«Al igual que tú, hacemos lo que debemos para sobrevivir».

Los romanos querían algo de nosotros, y no se trataba de la alianza política, como habían señalado hacía dos décadas.

Era posible que, si descubriéramos qué querían, pudiéramos deshacernos de ellos sin llegar a la guerra.

Para mi sorpresa, el príncipe suavizó sus facciones.

—Te has enfadado.

—Claramente. Estás insultando a mis ancestros.

Tras una pausa, Antonio negó con la cabeza.

—Lo siento, me he ido de la lengua sin pensar. Debería haber tenido en cuenta tus sentimientos. —¿Una disculpa? ¿De un príncipe de Roma? Pestañeé, dudando si había sido imaginación mía. Se apresuró a mirar a otro lado y cualquier resquicio de culpa se desvaneció como si nada—: Me han dicho que vuestra magia era más fuerte.

—Sí, con las últimas generaciones nuestra magia es más... débil. Los Xianlings son cada vez más escasos, no solo en Erlang, sino en todo el continente.

Si lográbamos devolver a Erlang a su antigua gloria, quizás algún día los romanos fueran quienes se postraran ante nosotros.

—¿Por qué? —curioseó.

—Si lo supiera, los tuyos no estarían aquí. —«Si lo supiera, no estaría aquí entreteniendo tu ignorancia», me entraron ganas de decir.

Una ligera mueca con la boca.

—Os falta control.

—Será porque desde que tu pueblo redujo a cenizas los templos de Wucai y los monjes desaparecieron, nadie nos ha enseñado a sacar provecho de nuestros dones debidamente.

—Dicen que, hace mucho tiempo, la gente temía a los Xianlings, que incluso os daban caza. Por eso fundaron los templos de Wucai, para enseñar a los Xianlings a controlar su magia, para que esta y la humanidad vivieran en armonía.

Había dado en el clavo.

De haber nacido en los buenos tiempos previos a la guerra, antes de la intrusión romana, me habrían enviado allí. Con la tutela y la orientación correctas, habría aprendido a utilizar la magia para, un día, llegar a controlarla en lugar de temerla.

—¿Cómo aprendiste a usar tus poderes?

—Gracias a los libros. Gracias a los consejos de mi abuela. Gracias a la pura voluntad de supervivencia.

—¿Eso es todo?

—Eso es todo.

Asintió con la cabeza con actitud reflexiva.

—Ya he visto tu poder en acción, así que hoy probaremos algo nuevo. —Analizó la multitud—. ¿Ves a ese hombre alto? ¿El de la nariz rota y una cicatriz en la ceja izquierda?

—¿Qué pasa con él? —Localicé al tipo del que hablaba: un hombre del montón, de piel bronceada y grandes manos. Tenía el ceño fruncido mientras descansaba la espalda en la viga de un edificio y sujetaba un bollo con la mano. Teniendo en cuenta la ropa de lino y las uñas llenas de barro, supuse que era un trabajador en la hora del almuerzo; un repartidor de sacos de grano en la entrada de las tiendas.

—Quiero que lo mates.

Di un respingo.

—¿Por qué?

—Tu trabajo es hacer lo que te pido, no formular preguntas.

Antonio me entregó una pistola y me hizo apuntar a la multitud bulliciosa. Sentí una opresión en el pecho y mis costillas se contrajeron hasta que cada respiración era una tortura.

Miré con fijeza al hombre; un extraño, alguien cuya vida desconocía por completo, alguien que no había hecho nada malo excepto atraer la atención de la persona equivocada en el momento equivocado.

Cada vez que había usado mis poderes y herido a alguien, había sido porque no me quedaba otro remedio, porque era ellos o yo, pero ¿eso? Eso era distinto. Ese hombre no había hecho nada para merecerlo.

—No puedo —me negué con un hilo de voz—. Así no.

—Si quieres trabajar para mí, tienes que acostumbrarte a matar inocentes, puede que hasta a buenas personas. No lo hagas más difícil. Necesito saber si puedo contar contigo para hacerte mi aliada. Confía en mí, Ruying, si no pasas la prueba, no te gustará lo próximo que he planeado.

Aunque su expresión era severa y concentrada, tal y como esperarías del príncipe cruel que mi mundo identificaba con cualquiera de sus hermanos, sus ojos contaban otra historia: pacientes y húmedos, los de un chico suplicante. Como si dijera la verdad y no quisiera que descubriera las consecuencias de decepcionarlo.

Me tembló la mano al levantar el arma y apuntar a ese extraño, que bien podría ser un hermano leal, un padre cariñoso, un hijo querido, el todo de alguien.

Pero también podría ser una persona despreciable con el corazón podrido.

Me vino a la cabeza mi propio padre.

Sujetaba el gatillo con el dedo. Quería apretar, soltar la bala y poner fin a todo aquello.

Pero, como de costumbre, vacilé.

Por el rabillo de ojo veía como Antonio me observaba. ¿Qué pasaría si lo apuntaba a él con el arma? ¿Cuál sería el desenlace?

Fatal. Si se me ocurría tocar un pelo a un príncipe de Roma, no solo significaría la muerte para mí, sino para todos los míos.

—Haz lo que te digo —repitió en señal de advertencia.

Intenté centrarme, doblegar mi voluntad para obedecer sus órdenes.

—No —me rebelé—. No puedo.

Antonio suspiró. La decepción y la resignación se dibujaban claramente en su rostro.

—Deseaba de todo corazón que no suspendieras la prueba.

—¡No voy a matar a un inocente por nada! Enséñame quiénes son tus enemigos.

—Eso no es lo que te estoy pidiendo.

—Pero ¿quién soy yo, y quién eres tú, para decidir quién vive y quién muere? No somos dioses. No puedes truncar la vida de los demás como una flor que arrancas del campo.

Endureció la mirada.

—Ah, ¿no? —Desenfundó otra pistola y disparó—. Con tus poderes, puedes ser quien quieras, hasta una diosa.

Unos instantes de silencio hasta que... se desencadenó el pánico.

Antonio cerró la ventana antes de que pudiera presenciar las secuelas de la matanza. Me arrebató la pistola de las manos.

—Y, para que lo sepas, ese hombre era uno de mis enemigos. Era un partidario del Fantasma. Su grupito de rebeldes y él llevan un tiempo espiándome, conspirando para asaltar el depósito de armas de Roma; una ofensa que mi abuelo y mis hermanos no toleran lo más mínimo.

—Dijiste que querías salvar mi mundo. ¿Cómo va a salvarnos el exterminar a quienes desean defender Pangu?

Su sonrisa era pausada y conducía a error.

—Eso es información clasificada. Y mi confianza es un privilegio que debes ganarte, Ruying.

Algo en mi interior se estremeció.

—¿Y por qué debería confiar en ti?

Me apuntó con el arma.

—Porque puedo acabar contigo cuando me plazca. —Hizo una mueca—. Por desgracia, has suspendido la prueba.

—No habías especificado que...

—Quiero a una asesina capaz de cumplir órdenes, no a una chica que quiera conocer la historia de cada uno de sus objetivos.

La histeria del exterior se intensificó con el estruendo de pies que se alejaban a toda prisa.

Caos.

Terror.

Si tenían un sonido, seguro que era ese.

Contemplé el arma que tenía en su mano y me pregunté cómo me sentiría al matar sin consecuencias. La magia tenía un precio, pero ¿qué había de las pistolas y las balas? Tal violencia no exigía un pago.

¿Era esa la razón de la forma de ser de los romanos? ¿Por qué Antonio podía ser tan frío? ¿Porque las consecuencias era un concepto extraño? Como mínimo, algo que jamás le había salpicado. Solo tenía que apretar el gatillo y la Muerte se encargaba del resto.

Posiblemente, en lugar de años de vida, le arrebataran una parte de su alma con cada asesinato, hasta acabar transformado en un mero envoltorio monstruoso y cruel.

Si cumplía sus mandatos y me convertía en la herramienta que quería, ¿me volvería como él algún día?

Cerré los ojos.

—Puedes ser sumamente poderosa, Ruying, siempre y cuando aceptes quién eres.

—No todo el mundo ansía poder.

—No todo el mundo ansía poder... —repitió, a lo que siguió una carcajada—. Eso dices ahora, pero cuando pruebes lo que es en realidad, harás lo que sea por conservarlo. Grábate lo que digo.

El príncipe se puso en pie y me tendió la mano. Me quedé mirándola; la misma mano que acababa de matar a un hombre con gran facilidad.

—Vamos, haré de ti una asesina antes de que acabe el día.

Noté un nudo en la garganta y traté de contener los chillidos de mi cabeza. Mi respiración era superficial y tenía el corazón en un puño.

No quería hacerlo. No quería ayudarlo.

Y, aun así...

Cogí su mano y dejé que me ayudara a incorporarme. Su piel era más cálida y suave de lo que imaginaba.

No parecían las manos de un asesino.

Aunque supongo que las mías tampoco.

—Tenía previsto ir despacio contigo. Pensé que nos parecíamos más de lo que creías y que serías más fácil de moldear. Pero, sin duda, necesitas un empujón mucho mayor. No me culpes por lo que suceda a continuación. Te había avisado.

—¿Dónde vamos?

—Pronto lo descubrirás.

18

El coche aminoró la velocidad hasta detenerse y me topé con un lugar conocido: paredes rojas desconchadas, un par de puertas astilladas, pomos oxidados.

Mi casa.

—¿Qué hacemos aquí?

De inmediato, centré toda mi atención en el arma que el príncipe Antonio limpiaba con esmero sobre su regazo; brillante bajo la luz del atardecer.

—Te lo dije —me advirtió—. Haré de ti una asesina antes de que acabe el día.

Traté de abrir la boca, traté de protestar, pero no logré articular ningún sonido.

En su lugar, mis ojos iban sin parar de las puertas de mi casa a la hilera de elegantes coches negros que seguían al príncipe como una sombra. Armados y peligrosos. Se me encogía el corazón solo de pensar en qué pasaría si lo presionaba demasiado.

Antonio se percató de mi silencio.

—Parece que, al final, he encontrado un modo de acallar esa lengua viperina.

—¡Déjalas al margen de esto!

—En situaciones conflictivas, siempre hay daños colaterales, Ruying. Cuanto antes lo aprendas, más tiempo vivirás.

Me clavé las uñas en las piernas para evitar hacer algo de lo que me arrepentiría.

—¡Déjalas al margen de esto! —repetí.

—Sé una buena aprendiz y no le pondré una mano encima a tu hermana. —El príncipe continuó limpiando la pistola—. Pero si no lo eres, bueno...

No tuvo que terminar la frase.

Tomé aliento. La amenaza de llanto, habitual y punzante, me atacaba de nuevo. Otra vez sentía esas serpientes que me comprimían las costillas. Odiaba a ese príncipe despiadado con todo mi ser. Odiaba su falta de respeto por la vida, su arrogancia y lo implacable que podía llegar a ser para conseguir lo que quería.

Odiaba todo su ser con todo mi ser.

—Hay francotiradores a nuestro alrededor, preparados para disparar en cuanto dé la orden. Si fallas esta prueba...

Todo sucedió tan rápido que no supe lo que hacía hasta que empuñé su pistola, fría como el hielo, y con el cañón le presioné la sien.

—¡Que las dejes al margen de esto! —insistí por última vez.

Para mi asombro, en vez de acobardarse, me dedicó una sonrisa burlona.

Sus ojos se encontraron con los míos sin mostrar miedo alguno, como retándome a demostrar que no iba de farol.

Agarré el arma con más ahínco.

—¡Llama a los francotiradores!

—¿O qué?

—Te demostraré que puedo ser una gran asesina.

—Hazlo —susurró en un tono provocador sin apartar su mirada de mí, con el cuerpo sumamente pegado al mío en aquel espacio reducido.

—¿El qué?

—Hazlo. Mátame. Aprieta el gatillo. —Me dejó helada. ¿Me estaba poniendo a prueba?—. Mátame, Ruying Yang. Aprieta el gatillo y perdonaré la vida a tu familia.

—¿Qué dices?

—Mátame. Enséñame hasta dónde llegarías para proteger a los tuyos. Te lo pregunto de nuevo: ¿tienes lo que hay que tener para ser una auténtica asesina?

Lo había planeado todo. Y yo había caído de lleno en su trampa.

Empezó a contar:

—Cinco.

No podía matarlo. No había forma de saber lo que sus guardias nos harían a mí y a mi familia.

—Cuatro —masculló, con ojos feroces y burlones.

—Tres. Si no me matas, me aseguraré de que tu familia pague por tu debilidad. —Moví un dedo.

—Dos. No quieras saber lo que pasará si llego a uno.

Apreté el gatillo.

Clic.

Nada.

La recámara estaba vacía. ¡Pues claro que estaba vacía! Antonio Augusto nunca jugaría así con su propia vida. Me estaba provocando. Quería ver hasta dónde podía llevarme.

Con una sonrisa retorcida, cogió el arma y la colocó de nuevo sobre sus piernas.

—Me caes bien, Yang Ruying. Antes, yo era como tú, ingenuo sobre el mundo y su brutalidad. —Me acarició la barbilla con los dedos y trazó el recorrido de mi mandíbula. Era tan escueta la distancia que nos separaba que su olor me envolvió como una marea hambrienta de sal marina y sándalo—. Se necesita coraje para matar, pero se necesita poder para perdonar una vida. Te admiro por tu magia, por tu contención y, lo más importante... —Me agarró del cuello y, con el pulgar, me apretó con fuerza la yugular—. Me gusta que no seas inmune al miedo, inmune al amor.

Me apartó a un lado, cargó una bala y, esa vez, me apoyó la pistola en la cabeza.

Dejé de respirar.

Esperaba lo inevitable. Lo había amenazado, casi lo mato. Después de aquello, no me dejaría con vida. Le había desafiado en todo momento. Por mucho que quisiera mi magia, no podía mantener a su lado a alguien tan peligroso.

Apretaría el gatillo y yo diría adiós a mi existencia. Como si nada.

Tras mi muerte, mi familia correría peligro y el mundo no recordaría a una muchacha llamada Yang Ruying, ni como heroína ni como villana. Otra vida arrebatada a manos romanas. Un grito inaudible en la oscuridad.

—Si osas volver a hacerlo, no me lo pensaré dos veces antes de ejecutaros a ti, a tu familia y a cualquiera a quien tengas en estima. ¿Queda claro?

Asentí, conteniendo las lágrimas.

—¿Queda claro? —repitió más alto esta vez—. ¡Responde!

—Sí —sollocé—. Queda claro.

Esperaba que Antonio Augusto sonriera, se regodeara triunfante por mi derrota, pero, en su lugar, suspiró y frunció el ceño como con culpa y pesar.

—Te advertí de que mi plan B no te iba a gustar. Tu poder es exquisito y eres bella, pero existen infinidad de cosas hermosas en el mundo. No pienses ni por un segundo que yo, Antonio Augusto, soy de esos que ven una cara bonita y pierden la cabeza o se vuelven unos blandos. De ser así, me habrían despachado hace mucho tiempo, y Roma no llegaría a conocer a su mejor gobernante. Me caes bien, Yang Ruying. Admiro tu magia, tu afán de supervivencia y todo lo que te hace peligrosa y de poca confianza, pero eres prescindible, como todo lo demás en mi vida. En mi tierra, tenemos un refrán: «No muerdas la mano que te da de comer». Si obedeces mis órdenes, te prometo seguridad y prosperidad. Si no, bueno...

Clic.

Me encogí de miedo. Estaba demasiado asustada para hablar o para siquiera respirar.

—Te mataré. Y, llegado el momento, no tendré la cortesía de contar hasta cinco. ¿Queda claro?

—Sí.

—Bien. Creo que estás lista para la prueba. —Hizo un gesto con la mano y el conductor arrancó el motor. El coche zumbó al volver a la vida—. No voy a subestimarte, pero necesito que dejes de subestimarte a ti misma.

19

Las calles adoquinadas disfrutaban de un calor menos intenso. La mitad romana de la ciudad de Jing era otro mundo en comparación con el nuestro. Las viviendas apretujadas de terracota hacía tiempo que habían sido destruidas en favor de palacetes diseminados con ventanas de vidrio, puertas de hierro y jardines impecables.

No obstante, en lugar de calles bulliciosas y risas animadas procedentes de los grandes establecimientos, solo advertí residencias desocupadas y escaparates despejados, vacíos como el corazón de sus invasores.

De pequeña, me preguntaba por qué los romanos eran visitantes asiduos de nuestro lado de la ciudad, para cuyas tiendas se creían demasiado buenos.

Ahora lo entendía.

Esas casas no eran hogares. Allí, todo recordaba a una ciudad fantasma de ambiciones fracasadas, inquietantemente silenciosa.

Cáscaras huecas de hormigón revestidas de un blanco impoluto: una maravilla, una belleza digna de admiración, pero para que esas calles recibieran la denominación de ciudad, antes necesitaban habitantes y vida; el tipo de movimiento frenético, risas y aire cálido cargado que solo existían en nuestro lado de la Valla.

Ser testigo del abandono y la soledad de la mitad romana no me provocó placer ni satisfacción; más bien, el temor se aposentó en mi vientre. Tal multitud de casas se traducía en que los romanos planeaban llenar ese lugar con su raza, pero lo estaban aplazando.

A la espera de algo.

¿El qué? El mero hecho de imaginarlo me aterrorizaba.

Soldados ataviados con uniformes patrullaban las escasas avenidas desarmados, desprovistos de las armas voluminosas que eran una imagen habitual vigilando la Valla.

Ningún ceño fruncido ni miradas asesinas, solo saludos corteses cuando el coche del príncipe pasó como un tiburón que se desliza en aguas frías; una muestra de decoro exclusiva para sus congéneres.

—La mayoría de los romanos que viven aquí son diplomáticos, políticos, oficiales militares, empresarios o sus familias; gente acaudalada, gente importante —me informó el príncipe en tono aleccionador, dándome una explicación que no le había pedido.

—Gente poderosa, como tú —maticé, con la voz aún tenue y temblorosa por lo que había sucedido escasos veinte minutos antes. Todos los habitantes de ese lado de la Valla eran personas de las que debía mantenerme alejada, con las que debía tener cuidado.

Aunque en esas calles se respiraba paz y belleza, una chica como yo jamás estaría a salvo en ese lado de la Valla. Jamás gozaría de respeto o me verían como a una igual. A menos que el príncipe estuviera a mi lado, como un dueño que vigila a su mascota bien atada.

—Como yo —repitió con discreción. Sus palabras escondían un matiz, una emoción fugaz que desapareció tan pronto como vino; demasiado rápido para descifrar de qué se trataba—. La mayoría de los domicilios siguen vacíos, pese a las invitaciones de mi abuelo para trasladar a más personas aquí.

—¿Se niegan porque nos temen? —Recordé la advertencia que me había hecho la abuela cuando era pequeña.

«La Valla se construyó para proteger a los romanos».

«¿De quién?».

«De nosotros —había susurrado—. De ti».

—No —escupió el príncipe—; al menos no exclusivamente. Dejar atrás todo lo que conoces, tu zona de confort, por algo nuevo en un lugar lejano es una decisión importante.

Quizás, no se atrevían a presenciar los horrores que su pueblo cometía contra el mío; las ruinas de una civilización; las penurias y la indigencia que poblaban nuestras calles porque ellos habían expulsado a media ciudad de sus hogares con el fin de levantar esas viviendas huecas sobre las cenizas y los huesos de nuestras penas.

Para su propio disfrute.

Un lado de la ciudad deslumbraba gracias a la electricidad, mientras el otro nadaba en la oscuridad. Para hacer espacio a sus amplios parques y sus calles empedradas, lo que restaba de nuestra ciudad estaba apiñado y atestado para dar cobijo a los más necesitados: los negocios se apilaban unos encima de otros y en los antiguos edificios se habían añadidos endebles plantas adicionales: camas improvisadas en pasillos, viviendas agrietadas y divididas en secciones para rascar un poco de espacio.

Media ciudad tiritaba bajo un abandono total, mientras la otra mitad, a leguas del provocador brillo eléctrico, no sentía más que dolor y rabia.

Al caer la noche, los niños se encaramaban a la Valla, estirando sus diminutas manos en un intento por llegar a las luces doradas, mágicas y parpadeantes, tan cerca y tan lejos de su alcance a la vez.

Posé la mirada en el cielo y me pregunté cómo era la capital antes de que los romanos llegaran y construyeran sus edificios vacíos decorados con columnas blanco marfil. ¿Era hermosa, tal y como la describía la abuela? Seguro que sí. Más hermosa de lo que Roma jamás podría crear. Se decía que la ciudad de Jing había sido la morada de la magia, en sentido figurado y literal.

Pero entonces, con la magia agonizando, lo que quedaba en su lugar era una desesperación sombría que empañaba todo como si de una gruesa capa de polvo se tratara.

Miré furtivamente al príncipe Antonio. ¿Tan fácil era ignorar las consecuencias humanas de las brutalidades de su pueblo? ¿Se sentía seguro en su lado de la Valla mientras sus drogas y soldados doblegaban mi imperio?

Siete días atrás, los vecinos de Erlang habían visto cómo la capital ardía y sus habitantes eran secuestrados.

¿Por qué motivo?

¿Qué querían de nosotros los romanos?

Pasamos por delante de varias tiendecitas y establecimientos donde comían, bebían, bailaban y adquirían productos básicos y baratijas. Los escasos comercios de los que disponían para tales actividades eran pequeños a la par que inertes, como todo a ese lado de la Valla. En busca de la alegría real, tenían que cruzar hasta nuestro lado, donde apreciaban nuestro arte, nuestra música y nuestra animada cultura, pero no a nosotros.

En la esquina de la calle había una madre que sujetaba de la mano a su hijo pequeño, esperando a que pasáramos con el coche. ¿Se sentían culpables por lo que nos estaban haciendo? ¿Habían llegado a presenciar la devastación al otro lado de la Valla, donde mis congéneres seguían de luto con ropajes de color blanco hueso por los raptados en la redada?

Tumbas vacías. Familia que jamás tendrían un cierre. Los horrores de esa noche se transmitirían de generación en generación como folclore, si es que sobrevivíamos para ver una nueva generación.

Erlang era un imperio que había prosperado durante cientos de años, un paraíso en el que la magia y la humanidad habían vivido en armonía, casi siempre.

Pero Roma se las había arreglado para convertirnos en el hazmerreír en tan solo veinte años. Sin prisa, pero sin pausa, con un acto violento tras otro, echaron por tierra nuestro honor y nuestro legado y edificaron casas y calles iluminadas sobre nuestras ruinas.

Todavía podía escuchar el eco de los chillidos de mis congéneres, los gritos de los rebeldes con el coraje suficiente para manifestarse contra los romanos, las plegarias desesperadas de los pangulines que, en cierto modo, seguían viendo a los romanos como dioses, postrados ante sus puertas y orando por un milagro.

Nuestro mundo temblaba bajo nubarrones mientras que el suyo florecía bajo el sol.

Cerré los ojos, traté de deshacer el nudo de mi garganta e intenté sacarme de la cabeza esos pensamientos negativos.

El coche redujo la marcha en el centro del sector romano ante un edificio tan magnífico como fastuoso. No hacía falta ser un genio para saber que era la residencia del príncipe.

Respiré profundamente. Antonio bajó del coche y yo hice lo mismo. Subimos unos escalones de piedra. Al igual que su exterior, el interior de la casa rebosaba lujos. Un vestíbulo con espléndidas vidrieras y mobiliario dorado nos recibió. En los techos podían apreciarse pinturas intrincadas enmarcadas en oro, donde cada escena se comunicaba con la siguiente, como contando una historia que desconocía. Era espectacular, al igual que muchas otras cosas que había visto en esa mitad encantada de la ciudad.

Nunca había estado en el interior del palacio imperial del emperador de Erlang, aclamado como el sitio más bello del mundo, pero me costaba imaginar algo más cautivador que aquello. Allí, todo estaba ricamente decorado y era excesivamente lujoso. En cada rincón de la casa podían apreciarse destellos dorados.

Parecía más una reafirmación que un hogar.

Bramaba: «Somos mejores que vosotros». Como si los príncipes estuvieran compensando exageradamente por algo.

—¿Qué hacemos aquí? —quise saber.

—Sígueme. —El príncipe me condujo hasta un par de puertas eléctricas. Nos adentramos en una pequeña caja metálica que descendió al subsuelo. Al final, resultó que la mansión era aún más grande de lo que aparentaba en el exterior. Oculta en el vientre de la bestia, se hallaba una red compleja de pasillos subterráneos, iluminados por las violentas luces romanas.

Antonio salió del medio de transporte metálico y yo seguí su ejemplo. Caminaba con pasos lentos y medidos, y notaba cómo no me quitaba la vista de encima en ningún momento, con los labios contraídos como si quisiera decirme algo.

—Espera. —La palabra emergió al fin cuando llegamos al extremo del pasillo y nos encontramos frente a unas puertas de hierro enormes—. Esta es tu última tarea del día. Que vivas o mueras dependerá de cómo actúes a continuación.

—¿Quieres que mate a alguien por ti?

—Quiero que me demuestres que eres digna de los cometidos que pretendo encargarte, que eres la persona que estaba buscando. La aliada que necesito a mi lado. Demuéstramelo, Yang Ruying, porque no quiero matarte. —Percibía cierto miedo en su modo de expresarse. Debilidad. Como si fuera un hombre que confesaba algo que no deseaba que el mundo oyera. En ese momento, quise creer lo que decía, verlo como algo más que a un príncipe con una codicia monstruosa—. A la muerte de mi padre, cuando mi abuelo me confió la tarea de gobernar esta ciudad, le prometí a mi padre que protegería esta tierra con esmero, al igual que él había hecho. Y eso significa erradicar cualquier indicio de rebelión, un motivo que mi abuelo o mis hermanos podrían usar para justificar la guerra. Te juro que no soy el hombre que crees. No soy como Valentín o mi abuelo, que soltó los misiles y las bombas sobre tu mundo solo porque podía. Quiero lo mismo que tú, Ruying: paz. Tenemos ese objetivo en común. Es lo único que ambos deseamos. Lo único que *todos* deberían desear.

«Paz»..., qué palabra tan tentadora. Una que sonaba a ficción, pues era lo único que ningún ciudadano de Erlang conocía desde la llegada de Roma.

—Dicen que la guerra es inevitable —contraataqué.

—Yo no. Creo que es posible prevenirla, pero no puedo hacerlo yo solo. Te necesito. Una asesina silenciosa que es capaz de retirar piezas del tablero sin que nadie se percate, sin sospechas o acusaciones que desencadenarían conflictos.

Me hizo pensar en las marcas reveladoras que había dejado en su guardia, Dawson, tras el incidente nocturno en el mercado: la piel envejecida, la mirada apagada.

—Mi magia no es totalmente imposible de rastrear.

—A mí me basta —contestó—. Es lo más cercano a lo imposible de rastrear que he podido encontrar. —Antonio abrió la puerta, que reveló una sala llena de eco, similar a la arena en la que me habían juzgado unos cuantos días atrás.

En el centro también había una jaula de cristal, pero esa era de menores dimensiones.

Y, al igual que la última vez, había un hombre en su interior. De largas extremidades y ojos afilados, con brazaletes de metal en las muñecas.

Mi presa.

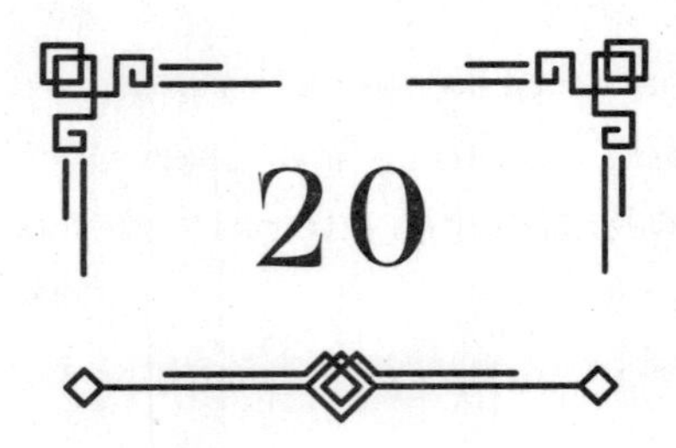

20

La primera vida que trunqué fue también el primer chico al que besé.

Tenía siete años y, en el crepúsculo del verano, los niños del vecindario se refugiaban del calor en el bosque, bajo las hojas crujientes, verdes cuales cortes finos de jade. Un arroyo borboteaba montaña abajo y desembocaba en una cascada resplandeciente que formaba un lago helado a sus pies.

En ocasiones, nos retábamos los unos a los otros a saltar de la cascada. La subida era abrupta, pero la emoción merecía la pena. Los recuerdos de esos días brillan por sus risas, sus promesas de por y para siempre y los sueños de crecer.

Aquel atardecer, no obstante, no hubo risas ni promesas, solo lágrimas y una inquietante sombra dorada sobre un telón grisáceo. Lo que debió haber sido una broma inofensiva acabó siendo algo sin marcha atrás.

La mayoría de los niños no heredan los dones de sus padres y, algunos, ni siquiera ningún tipo de magia. Hushan era uno de los pocos que sí. Era hijo de un comerciante marino y su habilidad para controlar el agua resultaría de gran utilidad cuando, algún día, tomara las riendas del negocio de su padre.

Incluso de pequeño, Hushan poseía tanta confianza en sí mismo que me parecía invencible. Hacía que todo se viera sumamente fácil. No había nada que se le escapara. De haber llegado a la edad adulta, podría haberse convertido en el héroe que mi mundo necesitaba en esos tiempos de caos. Alguien que lideraría y lucharía, un mártir cuya sangre cambiaría el mundo. Alguien con la valentía suficiente para morir por sus creencias.

Todo lo opuesto a mí.

Quizás por eso me gustaba. Su sonrisa agradable, sus ojos bondadosos.

Me tendió una mano y lo acompañé hasta el acantilado mientras nuestros amigos chapoteaban en el agua. Allí arriba, alejados del ruido, sus labios rozaron los míos con delicadeza y sentí cómo el fuego ardía en mi interior. Un cosquilleo como de alfileres y agujas me invadía, pero no producía dolor, solo alegría y alivio. Sus labios eran pétalos aterciopelados y sus caricias, tiernas. Sin embargo, cuando un grupo de chicos salió dando un salto de detrás de los árboles, riendo escandalosamente, me sobresalté.

El borde del acantilado estaba mojado y resbalé: me despeñé por el barranco. En esos momentos aterradores de caída libre, traté de aferrarme a algo, a lo que fuera, y Hushan pagó los platos rotos. Recordaba nuestra piel desnuda contra la dureza del agua y la aspereza de las rocas; la carne salpicada de magulladuras escarlata; la risa de Hushan. La caída fue rápida, zanjada con un segundo de infarto antes de que las aguas gélidas nos engulleran. Si las cosas hubieran acabado ahí, otro gallo habría cantado. La abuela me habría reñido por ponerme en peligro por un beso y me habría advertido de la inmadurez de los chicos.

Habría sido otro recuerdo que debía ser olvidado.

Pero las cosas no quedaron ahí.

Mi cuerpo impactó contra el agua. Intenté salir a la superficie, pero algo me arrastraba hacia abajo. Nadaba a contracorriente, estiraba las manos para llegar a la luz ondulante. A la superficie. Al aire.

Sin embargo, algo tiraba de mí hacia abajo, con ímpetu. Una fuerza demasiado intensa para un lago tranquilo; una corriente que recordaba a la magia de las olas del océano.

—¿Qué haces? —oí los gritos de pánico de mi hermana.

Las risas procedentes de arriba borboteaban en el agua.

Yo no me reía. Me estaba ahogando. Me ardían los pulmones.

—Hushan, ¡para! —La voz de Baihu.

Luchaba por llegar al aire. Buscaba, rezaba por encontrar algo a lo que agarrarme, para impulsarme hacia arriba. Cuando el mundo se tornó en sombras blancas y negras, pensé que iba a morir, pero un cordón dorado y centelleante resplandecía sobre mi cabeza como la luz de las estrellas en la oscuridad de la noche.

—Hushan, ¡ya está bien! Te estás pasando.

Era bonito y me llamaba.

«¿Quieres vivir, Ruying?».

Estiré el brazo hasta que la luz rodeó mis dedos. En un intento desesperado por respirar, tiré del cordón como si me fuera la vida en ello; lo que hiciera falta con tal de salir del agua.

Algo impactó contra mí con la fuerza de un dique que se derrumba. Cálido y reconfortante, como un baño de agua caliente en un día glacial de invierno, suficiente para transformar el miedo en coraje. Una energía bruta corría por mis venas e infundía fortaleza a mi organismo.

La parte más adictiva de mi don siempre había sido esa. Aunque la adrenalina que acompañaba a robar *qi* y dejar que fluyera en mi interior era agradable, sobrenatural, en el fondo sabía que eso era lo que más ansiaba en el mundo.

Sentirme invencible, poderosa. Saber que cuando deseaba que algo malo le pasara a una mala persona, no era un simple deseo, sino una manifestación que podía hacer realidad con el mero chasquido de mis dedos. Un impulso que combatía cada segundo de vigilia, pero ser la chica bendecida por la Muerte significaba que tenía poder, por muy letal y cruel que este fuera. Había nacido para ser propiedad de mi padre, condenada a vivir, sufrir y morir como propiedad de un marido o de un hijo, como mi madre, o como mi abuela si no hubiera tenido que enterrar a mi padre.

No obstante, en ese momento bajo la cascada, aún desconocía tales epifanías. En ese momento, solo quería una cosa.

Vivir.

Muerta de miedo, me sujeté fuerte e hice de la luz ondulante mi ancla hasta que llegué a la superficie y tomé un aire denso y reparador.

La corriente disminuyó y la luz se desvaneció.

Las risas se apagaron.

Cuando miré a mi alrededor, Hushan flotaba bocabajo en el agua, con el cuerpo tan inmóvil como una hoja de sauce marchita.

No había rastro de sangre.

Alguien gritó. Puede que fuera yo; puede que fuera cualquiera de los chicos que estaban de pie en la orilla.

Cuando llegaron los curanderos, dijeron que su muerte se debía a que había agotado su don.

Hubo quienes los creyeron; sin embargo, yo sabía la verdad.

Posiblemente fuera por el trauma de perder a un amigo o porque, en el fondo, esos niños sabían de lo que era capaz, pero después de lo ocurrido, dejaron de quedar conmigo.

Llamaban a Meiya para ir a jugar, pero no a mí.

No me importaba. Después de eso hice una nueva amiga.

Taohua: alguien que jamás me juzgó por mis errores ni temía al monstruo en mi interior, el don que no había pedido.

Más tarde, descubrí que apenas había registros de Xianlings con mi don. Ninguno era bueno. Ninguno disfrutó de una larga vida.

«Monstruos de carne y hueso destinados a la ruina».

Merecía toda la culpa y la vergüenza con las que cargaba, así como todo el dolor que el mundo me infligiera.

21

—Solo uno de los dos saldrá hoy con vida de la jaula —susurró el príncipe, haciendo una amarga promesa. Aun así, sus ojos desprendían calidez y súplica, igual que en la Torre de Loto. Se acercó y su aliento me erizó la piel del cuello cuando sus labios me rozaron la oreja con suavidad. Sentí un escalofrío—. Quiero que seas tú, Ruying. No me decepciones.

Colocó una mano en mi hombro y la otra en el mentón, y me obligó a mirar al hombre ensangrentado del interior de la jaula.

Mi oponente tenía ojos salvajes y feroces. Estaba tan desesperado por sobrevivir como yo; una sinfonía de deseo en lo más profundo de nuestro ser. Ninguno de los dos dejaría vencer al otro escudándose en la piel o la moralidad.

—Es un Xianling. Posee el don de la multiplicación. Un talento poco común, pero ya ha cumplido con su cometido. Es hora de librarnos de él.

—¿Ha cumplido con su cometido? ¿Es esta una visión de mi futuro? ¿Me echarás a las fauces del próximo asesino cuando haya cumplido con mi cometido?

—Puede que sí —admitió con dureza—. O puede que no. No me des razones para querer verte muerta y no te haré daño.

Antonio soltó la mano.

Dawson me acompañó hasta la jaula y me empujó dentro.

Bañado en sangre y magullado, el joven se movía ligeramente. Al encontrarnos cara a cara, dentro de las inexorables cristaleras, me fijé en sus ojos: afilados e imperturbables; una serpiente lista para atacar. El tipo de concentración que indicaba peligro y requería precaución.

«¿Multiplicación?». Sí que era un poder raro, uno del que solo había oído hablar en libros y leyendas. Se trataba de Xianlings capaces de multiplicar su cuerpo en dos, tres, incluso cuatro versiones de ellos mismos. Cualquiera creería que un príncipe querría tener de su lado un poder tan especial. ¿Por qué lo forzaba a luchar? Aunque hubiera cumplido con su cometido, al margen de lo que eso significara, una habilidad como la suya sería un gran complemento para el arsenal romano.

Valía más vivo que muerto.

¿No?

—Sin vacilaciones —la voz de Antonio resonó por los altavoces. No sabía si se trataba de un consejo o una amenaza—. La Muerte no te habría concedido este poder si no quisiera que lo usaras. Es tu destino, Ruying. No huyas de él. Acéptalo.

Parecía mi hermana hablando.

El silencio se instauró en la jaula.

Los brazaletes emitieron un pitido.

La ciencia se hizo a un lado y la magia regresó con una rapidez visceral.

«Mátalo», exigió una voz en mi cabeza, instándome a avanzar conforme la magia de la Muerte era cada vez más abrasadora, como la paja abandonada bajo el sol estival, lista para prenderse.

Con los brazos descansando en los costados, apreté los puños hasta hundir las uñas en la carne.

Recordé los ruegos que mi abuela hacía a nuestros ancestros en la oscuridad de la noche: «Nadie debería tener ese poder. Por favor, ayudad a mi nieta. Liberadla de este don grotesco».

Sentía una opresión en las costillas. No quería defraudar a mi abuela al convertirme en la asesina de sus pesadillas.

Pero el rostro de mi adversario mostraba una sonrisa atroz.

—Cómo voy a disfrutarlo. El príncipe estará terriblemente disgustado cuando acabe con su nueva mascota —musitó antes de embestir contra mí con las manos teñidas de sangre.

Lo esquivé por los pelos.

«Mátalo», se impacientó la Muerte.

Mi oponente lanzó un gancho de derecha con la esperanza de dejarme fuera de juego.

La magia ardía en mi interior y se propagaba por mis venas como un fuego incontrolable.

«Ningún mortal puede decidir quién vive y quién muere».

Me tiré al suelo y, justo después, me puse de cuclillas. Con los puños apretados, estaba a punto de echar a correr cuando se multiplicó por dos, con un gruñido propio de una bestia a la que cortan por la mitad. «Le duele. Su poder le causa dolor». Antes de poder usar esa comprensión a mi favor, su doble me agarró del cuello y me inmovilizó contra las baldosas del suelo.

«Solo uno de los dos saldrá hoy con vida de la jaula».

—¡No quiero hacerte daño! —dije con gran esfuerzo.

No me escuchaba. Me apretó la garganta tan fuerte que me cortó la respiración.

«¡Mátalo! —exigió la Muerte—. ¡Acaba con la pelea antes de que empiece!».

Me asaltaron los recuerdos de la cascada de hacía tantos años atrás.

El poder era adictivo, tanto como el opio. Cada vez que sucumbía a los impulsos pecaminosos, temía no ser capaz de parar. Con cada sometimiento a la magia de la Muerte, una parte de ella me acompañaba en este reino y su reclamo sobre mi ser se incrementaba. Y las voces, la tentación, se intensificaban cada vez más, como fantasmas que atormentaban cada una de mis respiraciones.

A todas horas deseaba volver a experimentar esa euforia, ese subidón emocionante, la sensación de poder, de control. El miedo en los ojos de mi víctima. Saber que era fuerte y peligrosa, alguien a quien temer.

Apretó con mayor intensidad. La oscuridad me nublaba la visión. Luchaba por mantener el equilibrio con movimientos basculantes, trataba de ponerme en pie, pero su doble me retenía.

Oí una carcajada sobre mí.

—Un don irrepetible malgastado en una chiquilla debilucha y cobarde. —La voz de mi adversario perforó los tonos grises y mi visión borrosa. Sonreía como si ya hubiera ganado la batalla.

«Matar o morir».

El doble me aplastó la cabeza con la bota; el caucho rígido contra la carne de mi mejilla. Una ráfaga de dolor punzante e intenso. La presión me inundó el cráneo como si estuviera bajo el agua.

La boca me sabía a sangre y la cabeza me zumbaba.

—No tenemos que luchar solo porque quiera que lo hagamos —me esforcé por decir—. No somos unos títeres de Roma.

Por segunda vez, probé a incorporarme, pero me dio una patada en el estómago y volvió a estrellarme contra el suelo.

—Pensé que me costaría mucho más matar a la chica bendecida por la Muerte, pero resulta que no eres más que una cobarde.

«¡Mátalo!», vociferó la Muerte, abriéndose paso entre un mundo que me daba vueltas.

—La Muerte tendría que haber bendecido a un hombre, a alguien digno.

Escupí la sangre que tenía en la boca.

—¡Yo *soy* digna!

Dicho lo cual, estiré los brazos y tiré.

Envolví su *qi* con mi magia y, esa vez, no me contuve. La energía dorada fluía a través de mí como un río caudaloso. Su delicioso calor era un néctar que sanaba mis huesos fracturados hasta que las heridas propias de los mortales desaparecieron. Mi cuerpo rejuveneció, un acto de caridad de la Muerte. De forma similar a los criadores que recompensan a las abejas con un poco de miel, la Muerte era un ama amable. El *qi* solía cruzar como el agua por una compuerta, pero, en ocasiones, dejaba un poco a su paso y curaba cualquier herida, carne o hueso.

La Muerte me necesitaba tanto como yo a ella. Cuanto más fuerte era yo, más fuerte era ella también.

El doble se desplomó contra el suelo. Puso los ojos en blanco y cayó en el olvido hasta que solo la versión verdadera yacía tirada en el suelo.

Tendría que haber parado ahí, retirarme del borde mientras su *qi* se apagaba. Su vida todavía se estremecía bajo mi mano; los últimos suspiros de un animal agonizante.

Casi podía sentir cómo su alma se liberaba de su cuerpo. «Ya has tomado suficiente —intenté decirme a mí misma—. ¡Ya basta!».

Pero no paré.

«Solo uno de los dos saldrá hoy con vida de la jaula».

Apreté con más fuerza y noté un chasquido.

«Quiero que seas tú».

Cuando los últimos coletazos de vida abandonaron al hombre, algo en mi interior murió con él.

Cuando su alma se liberó de su cuerpo, cerré los ojos para no ver el color que había adquirido, algo que siempre me dejaba un regusto amargo. La breve visión de una vida desaprovechada, del tipo de persona que había sido antes de que yo truncara su existencia, de todas las penas y alegrías que me había llevado.

Una conexión demasiado personal, demasiado inquietante.

A veces, cuando nos vemos obligados a enfrentarnos a las consecuencias de nuestros actos, es más fácil mirar a otro lado.

Al igual que un castillo de naipes que se desploma, yo me vine abajo y rompí en llanto.

Otra vida, había arrebatado otra vida. Y, con ella, la Muerte y sus placeres violentos se adentraron un poco más en mi alma, lo que abría más grietas bajo la fachada de niña buena que con tanto esfuerzo mantenía por la abuela, por mí misma y por aquellos que me veían como a un monstruo por un don que no había pedido.

Una mano cálida se apoyó en mi hombro.

Luego otra. Antes de darme cuenta, alguien me arropaba en sus brazos. Un lugar seguro y afable donde resguardarme del frío exterior.

En silencio, Antonio Augusto me abrazaba con fuerza, como si, al hacerlo, pudiera mantener unidos mis pedazos rotos, mantenerme entera frente a las olas salvajes y grises de odio que impactan contra un acantilado a punto de desmoronarse.

En mi interior, sabía que ese momento estaba mal.

Apoyarme en él estaba mal, envolverlo con mis brazos y aferrarme a él por supervivencia estaba mal.

Pero aun así, lo hice.

—Cada vez será más fácil —susurró, rozándome la sien con los labios—. Te lo prometo.

—¿Cómo lo sabes?

—Porque lo he vivido en mis carnes.

23

Más tarde, cuando los guardias sacaron el cuerpo, me senté en el extremo de la jaula, con la espalda apoyada en el frío cristal.

Con ojos compasivos, el príncipe se colocó a mi lado; nuestros cuerpos estaban tan cerca que podía notar el calor que emanaba de él, pero no lo suficientemente cerca como para tocarnos; nuestra piel alejada por un espacio comprimido que nos separaba como un cañón, uno que jamás seríamos capaces de cruzar.

—Se estaba muriendo. Mis científicos dijeron que no llegaría a finales de mes. Aunque no lo hubieras matado, habría fallecido en cuestión de semanas —aseveró en voz baja. Dedicó unos instantes a observarme y me ofreció una pastilla blanca que sacó del bolsillo—. Te ayudará a...

No le di la oportunidad de terminar la frase porque tiré la píldora al suelo. No quería su medicina ni sus soluciones químicas y científicas.

Quería sentir el dolor.

Tenía que hacerlo.

Acababa de matar a un hombre. Si obviaba el resentimiento como Antonio, como los romanos, ¿qué me diferenciaría de los monstruos de nuestras antiguas leyendas? ¿De ellos?

El asesinato era un pecado y, pese a ello, Antonio ni siquiera había pestañeado al apretar el gatillo en la Torre de Loto. No podía permitir que ese tipo de indiferencia me invadiera. Tenía que sentir el dolor, ahogarme en él. Sufrir, llorar y dejar que me engullera la culpa; un recordatorio constante de que todo cuanto había hecho ese día estaba mal.

Lo último que me unía con mi antigua yo.

Con la niña que la abuela había criado. Con la hermana que Meiya había salvado.

—Merecía morir —apuntó Antonio tras una pausa, con voz tenue y ronca, reconfortante como una mano que acaricia una espalda temblorosa—. Era una mala persona; el hijo rico de un hombre rico; un miserable que robaba a los más indefensos y aterrorizaba a inocentes y que salía impune porque tenía un padre que lo sacaba de cada apuro y lo colmaba de privilegios. Acabando con él, le has hecho un favor al mundo. A veces, debemos hacer sacrificios por el bien común.

—No soy mejor que él —me lamenté. Incluso en ese momento, las manos me vibraban a causa del *qi* y el poder.

—No os parecíais en nada. —Cuando Antonio me miró, sus ojos sostenían los míos con atención, dulzura; me parecía estar hablando con otro hombre, con un chico de mi edad en lugar de un príncipe que tenía mi vida en sus manos, capaz de aplastarme como a un gusano. Los instantes que compartimos en la jaula dejaron una mancha permanente.

Sus ojos pálidos irradiaban una paciencia y comprensión sutiles. Como si me viera, a mi yo real. La chica que se sentía tentada a la par que aterrada por sus habilidades, su pronóstico de futuro, si dejaba que sus peores instintos tomaran el control.

—Ese hombre hacía cosas malas porque quería, porque le gustaba. Lo tuyo es distinto. Tú las haces por obligación, como yo.

¿Intentaba que me sintiera mejor?

«Yo también quiero hacer cosas malas —una verdad que no era capaz de confesar—. Todos los días. Coger lo que me plazca sin disculparme. Hacer que los que se burlan de mí se postren y chillen de miedo…».

La rabia hervía en mi interior; era una llama constante.

Escondí la barbilla en las rodillas y me abracé las piernas con fuerza como si, al hacerlo, pudiera mantener todo unido un poco más.

—¿Cómo te has sentido? —curioseó.

No debería hablar con él. No debería pasar tiempo con ese villano, con nuestros cuerpos tan cerca que podía sentir su calor chamuscando el exterior de mi cuerpo; su aroma a sal marina y sándalo. Pero tenía el pecho vacío y sus palabras delicadas, tiernas y reconfortantes como el oro líquido rellenaban las grietas de mi corazón fracturado.

—¿Quieres saber lo peor? —susurré en la oscura sala. Una especie de confesión hecha bajo el juicio de ese dios indigno—. Me ha gustado. Esa sensación, cuando la vida pasa a través de mí, es lo mejor que he experimentado jamás. Que, posiblemente, experimente jamás. Una vez, cuando era pequeña y curiosa, probé un pelín de opio, atraída por las afirmaciones y presunciones de la gente; una sustancia tan celestial que incluso los mismos dioses de más allá del cielo cantan sus alabanzas. Pero, cuando lo inhalé, el subidón no fue nada en comparación con el que me proporcionaba la Muerte. Me gusta el modo en que la energía se concentra en mis manos. Me gusta saber que puedo matar a quien quiera, cuando quiera. La Muerte es hermosa, pero también es cruel. Sus susurros me atormentan, pues sabe que, con cada latido, ansío esa sensación.

—Pero lo resistes, porque crees que es lo correcto, ¿no? Lo que haría una buena persona.

—Sí.

—Y, la mayoría de los días, no quieres resistir.

Una sensación de quemazón en los ojos. Lágrimas. Más lágrimas. Apreté los párpados para que el príncipe no me viera llorar.

—Lo único que impide que sucumba al deseo es el miedo a morir. Los Xianlings que caen en la tentación de la magia viven poco tiempo.

—Y, ¿estás segura de que todo eso es verdad y no una mentira contada por quienes no poseen magia? Para manteneros atados, para ejercer poder sobre quienes sois más poderosos.

—¿Qué quieres decir?

El príncipe miró a otro lado. Percibí la frialdad en sus ojos tras esa intimidad inesperada. Tenía más que decir, pero solo hubo silencio. Un momento compartido, bonito como los bordados que la abuela cosía, se deshizo, se enmarañó en dos mitades que apenas sostenían unos hilos enredados.

Primero un latido, luego otro.

Antonio colocó su mano sobre la mía: cálida y fuerte.

—Sé cómo te sientes. —Sus palabras retumbaron en la jaula.

—¿En serio? —ironicé con mayor dureza y crueldad de lo que pretendía—. Seguro que hay tantas víctimas a tus espaldas que el asesinato te resulta tan fácil como respirar.

Una leve sonrisa en sus labios.

—Al contrario de lo que la gente cree, tengo sentimientos. Siento culpa, arrepentimiento, vergüenza y duda a todas horas. Me pregunto si hago lo que hago por los motivos correctos, si el fin justifica los medios. Siento igual que tú, igual que cualquiera, solo que a mí se me da mejor ocultarlo. Soy un príncipe. Intento demostrar que merezco un trono despiadado. Si muestro debilidad, mi abuelo me repudiará. Perderé todo valor a sus ojos. Y, sin valor, no puedo ayudar a mi pueblo. No puedo ayudar a *tu* pueblo. —Me apretó la mano, como si fuéramos aliados, amigos—. Con el tiempo, se vuelve más fácil. Aunque nunca deje de doler, cada vez lo ocultarás mejor.

—¿Por qué me cuentas esto?

—La confianza es recíproca. Quiero confiar en ti y quiero que confíes en mí; algo que no pasará a menos que ponga mis cartas boca arriba y te muestre al hombre que hay bajo la coraza.

—¿Por qué? —volví a inquirir con un hilo de voz—. Mientras tengas a mi familia en la palma de la mano, obedeceré cada una de tus órdenes. No necesitas mi confianza. No me necesitas como aliada.

—¿Y si fuera al revés? ¿Y si veo las partes de ti que quieres ocultar? ¿Los males que habitan en las sombras de tu consciencia, la Muerte susurrándote al oído...? ¿Y si, al mirar tus demonios, veo el reflejo de los míos? ¿A alguien a quien le aterroriza que lo tachen de villano y estar en el lado equivocado de la historia?

El corazón me dio un vuelco al oír sus palabras; parecía que las había arrancado de mis pensamientos más oscuros. Habló con tal convicción que temía que pudiera ver las partes horribles que esperaba ocultar bajo palabras dulces y sonrisas de niña buena. Cada día, desde lo ocurrido en la cascada, luchaba contra la magia en mi interior, contra mis odiosos impulsos.

—¿Y si *estamos* en el lado equivocado de la historia? Nadie debería poseer tanto poder.

—Pues lo posees, Ruying. Olvídate de las mentiras que intentan colarte. Vale la pena tener poder. Podría decirse que es lo único que vale la pena tener. Si aceptaras el tuyo, podrías hacer que cualquiera se arrodillara a tus pies al oír tu nombre. Puedo hacerte tan poderosa que nadie más te hará daño.

Sus palabras eran una melodía seductora. Estuvieron a punto de convencerme; agitaron mi corazón.

El poder significaba una cosa para cada persona. Para mí, el poder simbolizaba seguridad y estabilidad; la oportunidad de disfrutar de las alegrías sin miedo al mañana. El poder implicaba ser capaz de proteger a mis seres queridos. El poder entrañaba la capacidad de castigar a quienes me lastimaran. Una vida exenta de consecuencias, como hacían los romanos.

—¿Sabes por qué te escogí como aliada en esta guerra?

—¿Eso somos? ¿Aliados? Para ser aliados, debemos estar en igualdad de condiciones. Y nada de esto, entre tú y yo, es equitativo.

—Si lo deseas —anunció con voz tenue—, *podemos* ser aliados. *Quiero* que seamos aliados. De no ser así, jamás te habría salvado de Valentín cuando trató de inyectarte el opio.

Parpadeé.

—¿Si deseo que seamos aliados? ¿Acaso tengo otra opción? Y no intentes manipularme. Me salvaste porque codicias mi magia. Quieres usarme como arma. Punto.

Antonio sonrió y sacudió la cabeza.

—En el tiempo que llevo aquí, he conocido a muchos Xianlings con dones imposibles. Mis hermanos y mi abuelo creen que, cuanto más poderoso es un Xianling, más hay que controlarlo, pero he visto cómo demasiados han perdido el juicio por culpa del opio. No quiero que te conviertas en otro caparazón sin vida, un cuerpo sin mente. Te quiero no como títere que cuelga de unos hilos, sino como alguien que está a mi lado.

—¿Por qué? —No podía sacar sus palabras de mi piel; la letra de una melodía que sonaba tan auténtica que parecía llenar el abismo que nos dividía y acercaba mi corazón al suyo.

Era un príncipe romano. No tenía motivos para mentirme.

No obstante, eso tampoco significaba que pudiera confiar en sus palabras.

—Por tus ojos, por la forma en que me miraste cuando nos conocimos, como si me necesitaras. La desesperación te llevó a robar el oro. Tendría que haberme enfadado, pero no te culpé por ello. Porque hice lo mismo cuando, hace mucho, me encontraba en tu misma situación.

—¿En mi misma situación?

—No nací príncipe, Ruying. Nací en las calles de Roma. Mis padres no tenían nada, eran ratas callejeras que hacían lo posible por sobrevivir. Pero no era suficiente. Era joven, estaba desesperado y tenía hambre. Atraje la atención de mi padre adoptivo, el difunto heredero de Roma, del mismo modo que tú atrajiste la mía: le robé, igual que tú me robaste a mí. Un saquito de oro, aunque yo fui más elegante. Se lo arranqué de la cintura y me alejé apresuradamente hasta las sombras antes de emprender la carrera. Cuando llegué a la parte inferior de un puente de carreteras en el que mi familia compartía refugio con otras, pensé que me había librado. Hasta llegada la noche, cuando el príncipe se presentó con sus hombres, armas en mano. Me dio dos opciones: dispararme y hacerme pagar por mi delito o matar a mis seres queridos para optar a la riqueza, al poder y al estatus; una vida como príncipe de Roma en vez de un don nadie que no tenía donde caerse muerto, que siempre sería un cero a la izquierda.

Se me paró el corazón.

—¿Mataste a tus padres?

El rostro de Antonio era frío, indescifrable.

—La familia Augusto cree en el talento por encima de todo. Su dinastía se cimienta en la meritocracia y el trono no siempre se transmite de padres a hijos. Mi abuelo temía que Valentín no fuera capaz de soportar el peso de un imperio cuando creciera, así que mi padre tuvo que buscar un repuesto. Por si acaso. Y, desde esa noche, he pasado cada segundo tratando de demostrar mi valor ante mi abuelo, pero parece que nunca seré suficiente...

Lo observé mientras inspeccionaba las cicatrices de sus angustias del pasado, como si estuviera hablando del tiempo:

distante y sombrío; pero vislumbré un atisbo de dolor en sus ojos, una fina capa de lágrimas que le empañaba la miraba.

—Al menos, no he llegado tan lejos como mi padre y no te he obligado a matar a los tuyos para demostrarme lo que vales.

—Te aseguro que no quieres que lo haga. Si fuera capaz de matar a mi familia por poder, imagina con qué facilidad podría matar a la tuya. Quieres a alguien que busque la supervivencia, que busque ser más que quien estaba destinado a ser, pero sin sobrepasar tu ambición; con la frialdad suficiente para hacer lo que sea necesario para alcanzar sus objetivos.

La forma en que Antonio me miraba cambió en ese momento.

—No sé si me gusta lo inteligente que eres.

—Y a mí no sé si me gusta lo malvado que eres tú.

La tensión en la comisura de sus labios dio paso a una sonrisa amplia y auténtica y, justo después, a una risa complaciente que le hizo estremecerse y provocó que nuestros hombros se rozaran. Podía sentir el calor que emanaba de su cuerpo, tan cerca. Una parte de mí quería apoyarse en él de la forma en que haría con la abuela, Meiya, Baihu o Taohua, con una ternura infantil que hace que el mundo parezca menos cruel.

No lo hice.

—Entonces, ¿no eres un príncipe?

—No por sangre, aunque me gusta pensar que me he ganado el título por mis años de múltiples contribuciones al imperio, y mi abuelo está de acuerdo. De lo contrario, no depositaría tanto poder en mis manos. Aun así, la sangre tira. Mi abuelo me respeta, me valora, pero no me quiere tanto como a Valentín. Por eso él ostenta más poder que yo. Por eso sus comandantes y políticos poseen más influencia que los míos.

—Porque creen que heredará el trono. Sauces que se inclinan según sople el viento —musité—. ¿Piensas que tu abuelo le cederá la corona?

—Opino que el poder pertenece a quienes poseen el coraje necesario para aprovecharlo. —Una respuesta diplomática—. Un día, cuando gobierne Roma, no infligiré más dolor a los inocentes. Conozco de sobra el sufrimiento. Lo he visto con mis propios ojos, he sentido el frío en los huesos, he lamentado los moratones que dañaban mi cuerpo. Lo he oído en el lloriqueo de mi madre cuando sacrificaba su cuerpo para protegerme de las bandas de hombres que se llevaban lo que querían cuando querían. Lo he oído en los sollozos de mi padre cuando se postraba ante extraños y suplicaba unas monedas para poder permitirse algo, lo que fuera, para alimentar mi cuerpo desnutrido que cada vez enfermaba más. No quiero que haya más personas como tú y yo en el mundo, nacidas para sufrir porque nadie se preocupa por los pobres y desamparados. —La voz se le quebró un poco. Un breve silencio mientras se enderezaba y limpiaba sus ojos empañados.

—Por eso, no suelo cruzar la Valla. No porque desprecie a tu pueblo, como a muchos les gusta asumir, sino porque me avergüenzo. —Cuando retomó su intervención, su tono era más bajo, como si compartiera un secreto. Se trataba de un hombre que había pasado la mayoría de su vida necesitando aparentar fortaleza, crueldad y, ahí estaba, mostrándome las grietas de su armadura, los puntos débiles en los que herirlo. Un depredador que se ponía boca arriba para exponer la suavidad de su vientre. Esa era su ofrenda de paz, un intento por ganarse mi confianza—. He experimentado el sufrimiento en mis carnes. Veo a mis padres biológicos en los rostros de tus vecinos y me acuerdo de ellos. De mis orígenes. De mi antigua vida. De ser una rata de alcantarilla que el mundo finge no ver. De la desesperación y el hambre, y del enfado; un enfado terrible. Con el mundo en que nací. Con las cartas que me habían tocado y la vida que me veía obligado a soportar. Entiendo tu rabia,

Ruying, porque, hace mucho tiempo, yo pasé por lo mismo. Antes de que me regalaran esta lujosa corona, este lujoso título y esta lujosa vestimenta, pedía limosna al igual que tantos en esta ciudad cruel. A diferencia de mis hermanos, no nací con un pan bajo el brazo, y no puedo hacer la vista gorda ante las penurias de tantos inocentes.

—¿Y por qué debería fiarme de tus palabras? ¿Cómo sé, si te conviertes en emperador, que serás diferente?

Dicho lo cual, me sonrió y extendió los brazos en la distancia que separaba nuestros cuerpos, como haciendo un gesto de paz dedicado a todo lo que nos dividía a nosotros y a nuestros mundos.

—¿Por qué deberíamos fiarnos de nadie? 人心隔肚皮. Como se dice por aquí: «Nuestros corazones están separados por la piel y la carne de nuestros cuerpos individuales». Yo no puedo oír tus pensamientos y tú no puedes oír los míos. No nos queda más que la fe y la confianza en que el otro no nos lleve por el mal camino.

—¿Me llevarás por el mal camino, mi príncipe?

—Te llevaré a la gloria. Te llevaré a la vida con la que siempre has soñado. Te llevaré a un mañana mejor. No solo para mi mundo, sino para ambos mundos. Una guerra entre la magia y la ciencia solo beneficia a quienes viven en grandes castillos, lejos del suelo donde la violencia destruye vidas y despoja a las buenas personas de sus futuros. Convertiría a los huérfanos y a los más necesitados en blancos fáciles para los codiciosos. Aquel día en los calabozos hablaba en serio, Ruying. Quiero salvar los dos mundos, no solo Roma.

«Salvar los dos mundos».

—¿De qué necesita salvarse Roma?

Se rio. Un secreto. Un guiño.

—Como ya te he dicho, preferiría que fuéramos amigos; aliados en vez de enemigos. Cuanto menos me odies, más fácil te será confiar en mí y serme leal. Si te hace sentir mejor, toda vida con la que deseo que acabes merece la muerte de una forma u otra porque, llegado el momento, sembrarán el caos y el derramamiento de sangre si no se corrige, como las malas hierbas que devoran un jardín inmaculado.

—Y, ¿por qué debería creer lo que dices de tu hermano? Hablas de paz, pero ¿cómo? Dices que la confianza hay que ganársela. ¿He hecho lo suficiente para merecer una respuesta honesta?

Antonio no se enfadó ni perdió los estribos por mis palabras desafiantes como pensaba que haría. Su mirada seguía siendo dulce e indulgente y me observaba con intriga y asombro.

—Valentín quiere una guerra. Los consejeros de tu emperador quieren una guerra. Soy lo único que evita que mi abuelo caiga en la tentación e invada Pangu con todas las armas de destrucción masiva que guardamos en nuestro arsenal. Le he convencido de que podemos emplear la ciencia para llegar a un acuerdo del que todos nos beneficiemos; una idea que perderá su encanto si Erlang sigue contraatacando. ¿Los hombres a los que quiero muertos? Son quienes empujan a tu emperador a atacarnos y darnos caza, o los seguidores del Fantasma empecinados en el caos y la venganza. Mi abuelo podrá tener muchas virtudes, pero la tolerancia no es una de ellas. No hay demasiado que yo pueda hacer para impedirle que tome represalias.

Una pausa. ¿Un ataque romano sería tan terrible?

A fin de cuentas, la magia era una fuerza inconmensurable. ¿Qué pasaría si nos rebeláramos, los pilláramos con la guardia baja y ganáramos?

—El apocalipsis se cierne en el horizonte como una nube de tormenta, lista para atacar. Una guerra entre la magia y la ciencia podría acabar con todos nosotros —prosiguió Antonio, como si leyera mis pensamientos—. Si no me crees, tienes que ver una cosa.

Me cogió de la mano y me ayudó a levantarme.

A través de una serie de puertas bloqueadas, me condujo a una sala débilmente iluminada. Pulsó un interruptor y la luz regresó a la vida fila por fila: unos rayos de color blanco horrible sobre unos mecanismos gris oscuro. Tenía el corazón en un puño; algo oprimía el aire. Tomé una bocanada profunda y luego otra mientras asimilaba lo que tenía ante mis ojos: una colección infinita de armamento apilada en estanterías de metal. Armas, muchas armas. Como las que había visto por las calles, colgando a hombros romanos, y otras muchas que no había visto jamás.

Si eran tan importantes como para guardarlas bajo llave, debían de ser fatales. Creaciones de la ciencia cuya existencia Roma no quería que conociéramos.

—Antes me has preguntado qué poder tenía mi pueblo sobre tu emperador. Aquí tienes la respuesta. Este es uno de los numerosos depósitos que hay por toda la ciudad, por todo el imperio. Solo una de estas armas puede matar a una docena de soldados de Erlang en menos de un minuto.

—Capaz de asesinar a los Xianlings más letales antes de que ni siquiera puedan utilizar su magia —repetí lo que la abuela me había enseñado.

—Y no solo eso. Estas armas no son nada en comparación con otras que ya hemos preparado. —Antonio me llevó a una robusta mesa de acero en el centro del armero. La pulsó con el dedo y su superficie cobró vida en forma de una pantalla eléctrica. Tecleó algo en el sistema y apareció la imagen de un avión, de la clase que solía cruzar el portal entre su mundo y el nuestro, pero mucho más pequeño—. Cazas. —Pasó la pantalla con la mano—. Naciste tras la guerra que se produjo entre Roma y Erlang, al igual que yo. Pero, a diferencia de ti, he visto vídeos de lo sucedido; grabaciones de los caza antes de que machacaran a vuestros ejércitos y convirtieran a todos esos buenos hombres en manojos de carne y huesos astillados. Las creaciones científicas de mi reino van mucho más allá de lo que cualquiera en tu mundo es capaz de imaginar. Una de nuestras bombas supera los poderes de diez mil de vuestros Xianlings más extraños, de diez mil de vuestros presuntos dioses. Tendrías que dar las gracias de que el difunto emperador hincara la rodilla antes de que mi abuelo lanzara esto sobre los civiles de la ciudad.

Antonio hizo una mueca, una especie de 不忍 entre las cejas: un futuro que no soportaba imaginar.

Deslizó la pantalla y la imagen dio paso a otro objeto afilado y esbelto. No sabía cómo se llamaba.

—Misiles. Uno de estos arrasaría la mitad de la ciudad de Jing en un abrir y cerrar de ojos. Mi abuelo estuvo a punto de usarlos en Erlang tras un desacuerdo con el antiguo emperador hace muchos años. Amenazó con enviar una flota y aniquilar vuestro imperio y a todos sus habitantes, pero mi padre lo disuadió. A pesar de todo, mi padre adoptivo era un buen hombre. O, al menos, trataba de serlo. Como yo, esperaba dar con la solución que salvara mi mundo y liberara al tuyo de nuestra tiranía. Él tampoco quería ver morir a inocentes.

El difunto heredero de Roma, que había fallecido muchos años atrás. Nadie sabía por qué. Era secreto de estado romano, algo que escapaba hasta a los más chismosos de la capital.

—Supongo que no puede decirse lo mismo de tu abuelo.

—Mi abuelo busca resultados. Nunca ha sido de tener en cuenta los daños colaterales de sus objetivos con tal de conseguir lo que quiere. Mi padre decía que había crecido en otros tiempos. Cuando la guerra asoló nuestro mundo, Roma fue atacada por todos lados: tierra y mar, frente a los superpoderes de nuestro mundo. Todos combatíamos por los mismos recursos limitados. Las guerras se prolongaron durante décadas. El derecho de nuestra familia a reinar se vio cuestionado una y otra vez. Perdimos territorios, reclamamos otros. Expulsamos a unos de su capital y luego perdimos la nuestra. Sucedieron muchas cosas y muchas cosas se perdieron. Mi abuelo vivió un trauma inimaginable, unos recuerdos que moldearon quién es a día de hoy: alguien que haría todo lo posible por proteger su hogar.

—Mi abuela también sufrió mucho dolor —contraataqué—. De hecho, estoy segura de que cualquier niño de Erlang que creció bajo la sombra de Roma también ha pasado por una angustia inimaginable y, aun así, ninguno ha amenazado con borrar del mapa imperios enteros.

—Sus acciones en Erlang son insignificantes en comparación con lo que ha hecho con nuestros enemigos al otro lado del Velo —puntualizó—. Lo que quiere decir que, si estalla la guerra entre nuestros mundos, no habrá vuelta atrás. No sobreviviréis, Ruying. Erlang no sobrevivirá. No si mi abuelo se propone destruir todo cuanto se oponga a él. —Volvió a estirar la mano y sus cálidos dedos acariciaron los míos. Me miró con la misma atención, pero ahora teñida de una desesperación sorprendentemente fuera de lugar. Un hombre que suplicaba que lo escuchara, que hiciera caso a su advertencia, al igual que un rato atrás en la Torre de Loto—. No soy un carnicero como mi abuelo, que lanza misiles a los civiles con tal de aniquilar a los rebeldes. Tampoco te pediré jamás que asesines a inocentes por pura codicia o deseos retorcidos de poder y una falsa superioridad como mis hermanos. Soy, más bien, un cirujano, y pretendo que seas mi bisturí, que únicamente cortes donde sea preciso, para erradicar a los instigadores de esta guerra, no solo en el caso de Roma, también en el de Pangu. A ambos lados del Velo. Para salvar a muchos, hay que sacrificar a unos pocos. Puedes odiarme todo lo que quieras, pero debes entender que tu mundo me necesita. Ayúdame a ayudar a Pangu. Deja que encuentre la forma de que coexistamos.

Mi respiración era superficial.

De nuevo, pensé en mi hermana y en mi abuela. En lo decepcionadas que se sentirían al verme bajo las órdenes de un príncipe romano, traicionado a nuestro imperio por la oportunidad de vivir como un perrito faldero.

No sería mejor que los traidores a los que insultábamos. Que Baihu, a quien ponía mala cara y despreciaba, como si tuviera poder alguno para juzgarlo.

Me moría de ganas por hacer lo correcto, pero todas las opciones que se presentaban ante mí me parecían tan buenas como malas. Quizás esa era la cuestión: anhelaba demasiadas cosas y estaban desgarrando mis frágiles costuras. Entre ser una buena persona y sobrevivir, solo podía escoger una.

—Para preservar la paz, debemos hacer sacrificios —razonó el príncipe—. Esto no es un mundo de blancos y negros, buenos o manos. En ocasiones, para subsistir, debemos hacer todo lo posible. Y, a veces, debemos tomar decisiones difíciles por un bien mayor.

Como matar.

—Eso no es una solución definitiva —objeté en un susurro.

—Tienes razón, no lo es, pero el apocalipsis está cerca y es la mejor solución que se me ocurre. La mejor solución que tiene el imperio.

—¿El apocalipsis?

—La impaciencia de mi abuelo por ver avances en Pangu crece por momentos. Quiere resultados.

—¿De qué resultados estamos hablando? —proseguí, un poco más alto, aunque solo con un ápice de valentía—. ¿Qué queréis de mi mundo?

Los ojos de Antonio se tornaron afilados como su sonrisa serpentina. Era demasiado astuto como para caer en trampas de poca monta.

—A donde quiero llegar —su voz era como un suave arrullo, aunque denotaba autoridad en cada palabra y exigía ser escuchada y temida— es que algunos miembros de familia quieren ver no solo Erlang sino todo Pangu reducida a escombros para dejar paso a Roma. Tratan de forzar a mi abuelo. Un año de margen, puede que menos. Es todo lo que tenemos antes de que tome una decisión final. Ruying, si quieres que tu mundo sobreviva, debes confiar en mí. Haz lo que te pido, ayúdame a hacer lo correcto. Convencer a mi abuelo de que la guerra es innecesaria y que mantener esta paz tediosa es lo mejor para todos.

—¿Por qué te importa tanto que mi gente viva o muera?

—Porque mi padre apreciaba a los tuyos. Amaba esta tierra, su cultura y su impactante belleza. Sus montañas y sus ríos, sus bosques de un verdor que parecían irreales. Todo aquí es justo lo opuesto a las sombrías ciudades de metal y cristal que Roma conoce desde hace demasiadas generaciones. Ahora que no está, debo continuar con su legado, proteger este mundo y todas sus maravillas en la medida de lo posible.

—¿Hasta de tu propio abuelo?

—Sobre todo de mi abuelo.

—¿Por qué me cuentas todo esto?

Aunque guardaba sus secretos más ocultos para él, había revelado demasiado para no pretender sacar provecho alguno.

—Para que comprendas la gravedad de la situación. Para que sepas que cuando digo que necesito tu ayuda, es verdad. ¿Confías en mí?

—No, pero ¿qué otra alternativa me queda?

Cerré los ojos.

«Perdón».

INTERLUDIO

Entre ambas orillas

LA MUERTE

La chica era esbelta y menuda, desnutrida a causa de tantos años de pobreza. Se movía cual sombra entre el reino de los vivos y el de los muertos. Con sus dedos, extraía el *qi* de los cuerpos ajenos con cuidado y gran precisión.

Delicada, amable.

La última obra de misericordia que podía ofrecer a las desgraciadas almas que su príncipe deseaba eliminar en ese precario juego de poder.

Una a una, las liberaba de sus cuerpos mortales y dejaba que revolotearan en el éter. Lo hacía en silencio, con dolor y desesperación porque, si no hacía lo que el príncipe ordenaba, ¿cuál sería el destino de su familia? ¿Y el suyo?

Para ser la chica bendecida por la Muerte, le asustaba morir más de lo que debería.

Quizás se debía a que había vislumbrado el otro reino, sentido la nada interminable que existía más allá del velo que separaba a los vivos de los muertos.

Yang Ruying no quería morir. Había demasiadas cosas que deseaba hacer, demasiadas personas a las que proteger.

«Por Meiya —pensó para sí misma—. Por la abuela».

«Por la supervivencia».

LA CHICA

El Festival del Medio Otoño trajo consigo el olor familiar de los pasteles de luna y los fuegos artificiales.

Con la noche a punto de caer, me movía en silencio, sigilosa como el aliento invernal, mientras las festividades retumbaban a lo lejos; una habilidad que me enseñó mi abuela, una mujer previsora y demasiado precavida.

Pese a que jamás blandió una espada y nunca aprendió a matar, era la primogénita de un gran general antes de convertirse en la esposa de otro aún más brillante. De pequeña, veía discutir a sus hermanos, antes de que se convirtieran en hombres y, uno tras otro, perdieran la vida en el campo de batalla. Leyó los manuales de artes marciales que su padre guardaba en el despacho y vio cómo su marido enseñaba a luchar a su hijo, a derrotar a un hombre con tan solo tres movimientos.

La abuela nos descubrió todo eso no para que fuéramos unas asesinas, sino para asegurarse de que sabíamos protegernos. Tras la muerte de papá, nuestra casa perdió su antigua gloria y se precipitó a un terrible destino junto con nuestra ciudad en ruinas.

Mi abuela era inteligente y valiente; poseía todas las cualidades de un gran hombre. Sin embargo, nunca podría protegernos como su padre, su marido y su hijo una vez la protegieron, lo que significaba que teníamos que aprender a protegernos a nosotras mismas.

Ni siquiera bastaba con mi mortífero don.

La abuela se acordaba de las historias que le había contado su madre. Después, acompañó a mi abuelo y fue testigo de primera mano de los horrores de la guerra. Sabía lo valiosas que eran la fuerza, la velocidad y la habilidad para escurrirse entre las sombras para las chicas sin protección en tiempos tumultuosos.

En muchos aspectos, yo tenía más suerte que la mayoría.

Era pobre, pero estaba bien atendida.

Era una chica sin opciones y, aun así, tenía el poder de romper las reglas y de forjar mi propio camino como la encarnación de la Muerte si lo deseaba.

Si tuviera el coraje necesario.

«No te salgas de las rayas que el mundo ha dibujado para ti. No hagas ruido y ten cuidado», eran palabras que me habían susurrado en señal de advertencia. Unas palabras que me mantenían atada de pies y manos cuando trataba de sacar el máximo partido a situaciones difíciles, una y otra vez.

«Esta soy yo sacándole el máximo partido a una situación difícil», me decía a mí misma cuando la Muerte me arrastraba a sus oscuros callejones y el hambre en mi pecho se volvía cada vez más difícil de ignorar.

Los asesinatos empezaron con hombres que escondían pasados horribles.

Traidores.

Asesinos desalmados.

El tipo de hombres tan sedientos de poder y fortuna que no se lo pensaban dos veces antes de traicionar a los suyos.

Se trataba de los pangulines que cantaban las alabanzas romanas, que intentaban dotar al enemigo de armas y soldados

Xianlings. Hombres que querían explotar la guerra en su propio beneficio y meterse a la cama con esos dioses crueles de más allá del cielo para sacar ventaja, no solo en esa generación, sino también en las venideras.

Después, llegó el turno de los hombres buenos. Hombres cuyos pecados no eran tan fáciles de definir. Los hombres buenos querían cosas buenas, pero por medios que se interponían en los planes de Antonio o amenazaban con inclinar la balanza que, a duras penas, mantenía el equilibrio entre la paz y la guerra; cuyos motivos incautos a veces comprendía de forma demasiado íntima; cuya noble valentía y optimismo me recordaban demasiado a mi hermana.

Esos eran los hombres que Antonio ofrecía en silencio, sin explicación ni motivo aparente. Pero yo lo sabía. Siempre lo sabía.

Temía el silencio de Antonio más que sus palabras. Cuanto más delgado era el expediente, más convencida estaba de que no debía seguir sus órdenes.

Y, pese a ello, siempre lo hacía. Dejaba que mis dedos bailaran e invocaran el polvo del *qi* de sus cuerpos para introducirlo en el mío.

Cuando sentía que esas pobres almas perecían en mis manos, me resultaba imposible de soportar.

Cerraba los ojos y disipaba esos pensamientos.

«Céntrate».

«Este es tu deber ahora», me recordaba a mí misma. Todo lo hacía por el bien común.

Por la paz, por muy frágil que esta fuera.

Antonio me recordaba reiteradamente que debía ser discreta. Si alguien descubría que yo estaba detrás de los misteriosos crímenes, no podría protegerme sin causar una revuelta política.

Como el ambiente cada vez estaba más crispado, eran más y más quienes solo miraban por sí mismos y sus propios intereses. Antonio debía tener cuidado con cada movimiento si quería evitar la guerra y el conflicto. Un paso en falso y, un día, podrían usarlo en su contra.

Los pangulines no eran los únicos que andaban en la cuerda floja.

Al final, resultó que los dioses también conocían el miedo.

Como lo demostraba la larga lista de nombres de los que Antonio esperaba que me deshiciera.

Esa noche, mi objetivo era el líder de un pequeño grupo de rebeldes que conspiraba para asaltar la artillería del depósito de armas romano.

Me colé en la vinoteca donde pasaba sus últimos momentos en silencio entre el gentío. En un rincón apenas iluminado, se servía una copa antes de la que temía que fuera una misión suicida.

Cabizbaja, escondía mi rostro entre el pelo enmarañado, ataviada con la vestimenta típica de una rata callejera en busca de su próxima comida. Me acerqué de forma progresiva hasta sentir el zumbido de su *qi* en la palma de mi mano, lo bastante cerca para hacer caso a mi llamada.

Un movimiento con la mano y cayó desplomado al suelo.

La energía me inundaba, deliciosa como un vino de arroz crianza.

Un tirón más y su alma, de un tono azul añil, huyó de su cuerpo inerte.

Traté de mirar hacia otro lado, pero no fui suficientemente rápida.

Y, así, todas las ilusiones de la euforia se desvanecieron.

Su alma era penetrante y fría, como un fragmento de hielo que arañaba mi interior; con un ligero regusto salado, como las lágrimas que mi mundo se había acostumbrado a derramar, y la fragancia de los crisantemos que los vecinos regalaban a las familias en duelo. El asfixiante olor a humo del dinero que quemaron por el padre y los abuelos y los bisabuelos que habían pasado a mejor vida antes de su nacimiento.

De repente, sabía más de lo que pretendía. Su vida había estado repleta de tristeza y luto, como en el caso de la mayoría de los hombres que había asesinado recientemente.

El dolor y la rabia lo habían consumido, hasta que no quedó nada a favor de la esperanza.

Solo desesperación.

Los hombres que no tenían nada que perder eran siempre los más peligrosos.

«Todos a quienes conozco han perdido a alguien por culpa de los romanos», un dicho que resonaba en mis oídos mientras la muchedumbre achispada seguía bebiendo, cantando, berreando y llorando.

Darían por sentado que el cadáver de la esquina era cualquier hombre tratando de ahogar sus penas. Nadie se percataría de que estaba muerto hasta más tarde.

Me escabullí sin que nadie se diera cuenta.

«Era una mala persona», volví a recordármelo cuando noté el sabor de las lágrimas.

Pero, por mucho que me lo repitiera, sabía que era mentira. No era una mala persona, solo alguien a quien se le habían agotado las opciones; alguien en quien las penurias y las pérdidas se habían agriado hasta dar paso a la crueldad.

«El sacrificio de unos pocos por la longevidad de muchos».

Esos hombres aspiraban a rebelarse contra Roma y provocar su cólera en el proceso. Al eliminarlos del tablero, estaba prolongando la paz para que mi pueblo pudiera disfrutar de unos años más de noches pacíficas como esa. De pasteles de luna y vino de arroz, de farolillos y niños calentitos con sus nuevos abrigos corriendo por las calles en libertad, felices y risueños con toda la inocencia de la infancia; ajenos a que el apocalipsis acechaba en el horizonte, pues los miembros del senado romano instaban a su monarca a desatar toda la ira de sus ejércitos sobre nosotros.

«我不求荣华富贵 —suspiré al frío aire de la noche—. 我只求奶奶和妹妹安度余年: No deseo prosperidad o riqueza; solo deseo que mi hermana y mi abuela puedan vivir en paz».

Intenté ignorar a los niños vestidos con ropa raída.

A los sintecho que dormían, ateridos, en rincones oscuros.

A las familias que se acurrucaban para mantener el calor.

A los padres que, de rodillas, suplicaban unas monedas con las que alimentar a sus hijos famélicos.

A los padres que vendían a sus propios hijos para comprar otra dosis de opio.

Escenas conocidas. Pero, en ese momento, cuando atisbaba aquellas impactantes angustias que me partían el corazón, solo veía a Antonio. Su infancia. Cómo, mucho tiempo atrás, había crecido como uno de esos niños hambrientos en otro mundo.

Compartía su dolor y se negaba a hacer la vista gorda con su sufrimiento solo porque podía.

Incluso en el más malvado de los dioses había bondad. Y todos quienes eran monstruosos no eran monstruos.

Como yo.

Como él.

Era posible que Antonio estuviera en lo cierto y nos pareciéramos más de lo que me gustaba creer o quisiera ver.

Ambos habíamos nacido con grandes poderes y, por consiguiente, llevábamos el lastre de usarlos con gran responsabilidad.

«Este no es un mundo de blancos y negros, buenos o manos. En ocasiones, debemos tomar decisiones difíciles por un bien mayor».

Solo esperaba que no fuera para siempre. Que, pronto, Antonio ascendiera al trono romano y cambiara las cosas a mejor.

Esperaba que, cuando llegara el día, esas personas siguieran con vida para ver el sol brillar sobre nuestra ciudad una vez más.

Un mundo en el que pudiéramos andar con la cabeza alta.

Un mundo en el que el privilegio de los romanos no se construyera sobre el sufrimiento de Pangu.

La esperanza era algo extraordinario, pero no un antídoto. No hacía que los asesinatos fueran más llevaderos.

Lloraba por hombres buenos igual que lloraba por hombres malos.

Me bañaba en las olas heladas del autodesprecio, que me alejaban cada vez más de las luces del puerto. Tan lejos que pensaba que no sería capaz de regresar.

Para mi sorpresa, Antonio respondía a mi debilidad con gentileza.

Cuando las lágrimas brotaban, siempre posaba una mano sobre mi hombro y luego me abrazaba.

Siempre me abrazaba, traspasando la vergüenza que era fuerte cual condena y me arrastraba a sus oscuras profundidades.

Sus brazos eran fuertes y reconfortantes, y cuando estaba arropada a salvo entre ellos, sentía que eran mi ancla, lo único que me protegía de las brutales olas. Aunque la marea subiera cada vez más, mientras yo hacía todo lo posible para mantenerme de puntillas encima del agua, él era lo único que me mantenía unida a mi desgastada cordura.

Cuando las tardes de verano se oscurecieron para dar paso al crepúsculo del invierno, se convirtió en mi única fuente de calor. El único lugar en el que podía dar rienda suelta a mis emociones repetidamente. La única persona con quien podía hablar y que me escuchaba y comprendía.

Sin vergüenza.

Sin prejuicios.

Antonio no me odiaba como mi hermana ni me miraba con decepción como mi abuela.

Cuando el príncipe me miraba, solo me veía a mí.

«Todo va a salir bien —me tranquilizaba—. Estás haciendo lo correcto. *Estamos* haciendo lo correcto. Confía en mí».

Cada vez que me lo decía, me daban ganas de creer en él.

Sabía que estaba mal, pero no podía borrar los deseos que ardían en mi piel, no podía cortar a tijeretazos mi parte traidora que quería recostarse en él, permanecer entre sus brazos un poquito más. Hundir mi rostro en su pecho y no pensar en las consecuencias de mis actos ni en las caras de quienes había asesinado.

En todo lo que podrían haber hecho con sus vidas. Un futuro en el que esos hombres vivieran en mi lugar podría cambiar el mundo como Meiya soñaba en sus grandes fantasías.

La culpa me engullía como los buitres la carroña.

La vergüenza me echaba una soga alrededor del cuello, demasiado apretada para respirar.

Las voces que con tanto empeño trataba de ignorar. Las cosas que fingía no ver, no saber, no pensar.

Y pese a todo…

Al cumplir la voluntad de Antonio, lo ayudaba a amasar poder, a acercarse unos pasos más al trono de Roma, donde podría efectuar cambios y gobernar con mayor benevolencia que su abuelo.

No era una egoísta. No estaba traicionando a mi pueblo. Lo hacía para proteger a mi familia sí, pero, de paso, también protegía a todas las familias que llamaban hogar a Erlang.

Porque, si algún día Antonio heredaba el trono romano, lo haría mejor por nosotros.

Tenía que hacerlo.

Porque Erlang no sobreviviría a una guerra entre la magia y la ciencia. En cuestión de meses, si su abuelo decidía invadir mi reino en vez de permitir la perpetuidad del *status quo*, sería el fin de todo.

El fin de Erlang.

El fin de todos nosotros.

El *apocalipsis*, como Antonio lo había llamado. No habría lugar donde correr u ocultarse.

Temía la llegada de ese día.

Temía por las pobres almas que pulularían por las calles, si es que quedaba alguna calle tras la lluvia de fuego romana, como habían hecho años atrás en la guerra de un día que había matado a mi abuelo.

Una vida de rodillas era preferible a la muerte.

Preferible a un imperio en ruinas. Preferible a calles infestadas de cadáveres sin nadie para enterrarlos.

La época de tregua era solo temporal. Si más hombres como a los que aniquilaba seguían provocando a Roma y dando motivos al emperador para luchar y tomar represalias, los últimos restos de ese punto muerto también se desvanecerían. Todo se vería reducido a polvo, que arrastraría un viento invernal.

Por eso tenía que recorrer ese camino con Antonio, por eso seguía sus instrucciones sin cuestionarlo.

Aunque las náuseas se arremolinaran en el estómago.

En tiempos así no había buenas o malas decisiones, solo formas de sacar el máximo provecho a las situaciones difíciles…

Esa tierra ya había presenciado demasiadas tragedias.

Ni una más, por favor.

PARTE 3

卧虎藏龙

Tigre agazapado, dragón escondido

24

El tiempo me arrastraba en su abrazo. La Muerte me acechaba en cada respiración.

Los días transcurrían y, con ellos, las estaciones. En un abrir y cerrar de ojos, había pasado seis meses con los dedos tensos. Cuando las hojas se marchitaron y la nieve cayó, una parte de mí murió con ellas.

En los seis meses que se prolongaba mi acuerdo con Antonio, la cuenta de mis pecados era extensa: cuarenta y ocho vidas inocentes que Antonio percibía como amenazas contra Roma y Erlang.

Sus rostros atormentaban mis sueños; su sangre manchaba mis manos como el jugo de las bayas podridas, de color escarlata y carmesí. Las introduje en agua infinidad de veces, pero la muerte no era algo que pudiera lavarse tan fácilmente.

«Los poderosos son los únicos capaces de proteger a sus seres queridos», repetía las palabras del príncipe mientras observaba mi hogar de la infancia, sus puertas rojizas recién pintadas, relucientes a la luz del sol.

Los vendedores vociferaban y la nieve crujía bajo las ruedas de las calesas en el lejano mercado matinal. Las celebraciones flotaban en el aire en los días posteriores al Año Nuevo. El olor a pólvora de los fuegos artificiales todavía era intenso, y las decoraciones festivas permanecían colgadas en las calles. Pese al horror y al trauma de la redada romana seis meses atrás, la alegría había encontrado el modo de colarse por la fría escarcha como un obstinado retoño de primavera.

Desde la última vez que estuve ahí, hacía tres semanas, la puerta de mi casa no era lo único que se había pintado. Además, habían limpiado las paredes y arrancado las malas hierbas. Oculta en las sombras, ya no veía los restos desolados de una vivienda en ruinas, sino el fuerte de una familia acomodada, tan acomodada como era posible bajo el influjo romano.

No quería que supieran dónde estaba o qué hacía, de modo que Antonio traspasaba dinero a los bolsillos de la abuela con pequeños negocios y se aseguraba de que cada céntimo volviera a ella multiplicado por diez.

También me había ofrecido trasladar a mi familia a un lugar seguro y tranquilo, lejos de la atenta mirada de Valentín y de todos los peligros asociados a ser la asesina, aliada y amiga de Antonio, lo que hubiera entre nosotros. Pero la abuela jamás dejaría el hogar que había construido con mi abuelo, donde había criado a sus hijos para luego verlos morir de uno en uno. Mi padre fue el único que llegó a la edad adulta e incluso él murió en sus brazos, años después, lo que la dejó abatida y apesadumbrada, sola en este mundo tratando de cuidar a dos niñas pequeñas.

Ese era nuestro hogar. Su hogar. Allí habían vivido tres generaciones del clan Yang; jamás abandonaría nuestro legado. Puede que seis meses antes, de haber llamado la guerra a su puerta, se hubiera marchado, pero ya no…

La conocía demasiado bien.

Porque, si se marchaba, ¿dónde volvería a encontrarlas? Ese era el único hogar que había conocido y, hasta que regresara a sus brazos, permanecería allí hasta que le dolieran los huesos y su cuerpo se debilitara; permanecería hasta su último aliento, esperándome.

Siempre a la espera, incansablemente, de que su pequeña volviera a casa.

Y, si la abuela quería quedarse, haría todo cuanto estuviera en mi mano para asegurarme de que así fuera, para mantenerlas a ella y a la casa a salvo.

A mi alrededor, la nieve se derretía lentamente mientras el sol se alzaba en el pálido cielo azul. Nos encontrábamos en la cúspide de la primavera, aunque los últimos suspiros del invierno se aferraban al aire frío como un emperador que no está preparado para renunciar a su reinado. A pesar del abrigo forrado, daba diente con diente y notaba cierta humedad dentro de las botas de cuero, que había hundido en el aguanieve al intentar esconderme de miradas indiscretas y de cualquiera que pudiera reconocerme.

Cuando escuché el ruido de los cascos y las lentas ruedas de la calesa, me introduje un poco más en las sombras. Con las manos desnudas, me agarré a la pared helada del callejón hasta que pude atisbar el pelo canoso de la abuela y los mechones oscuros de Meiya.

远在天边，近在眼前: «Lejos como el borde del cielo, pero lo bastante cerca para estar justo ante mis ojos». Podría llegar hasta ellas, tocarlas si quisiera...

Reprimí la ya demasiado familiar punzada de las lágrimas. A pesar de conseguir todo cuanto deseaba, esos días no hacía más que llorar o contener el llanto.

Debía irme, pero no lograba apartar la vista.

Eran mi familia. Mi hogar. El único lugar donde todas mis retorcidas piezas tenían sentido. Me encontraba a salvo en los brazos reconfortantes de Antonio, pero esa sensación no era nada en comparación con mi casa. En comparación con estar sentada a la mesa con la abuela y Meiya. Me apoyé en el roce de Antonio porque era consciente de su poder y sabía que podría protegerme. Aquí, con mi hermana y mi abuela, nos protegíamos las unas a las otras.

Cuando mi hermana ayudó a mi abuela a bajar del carruaje, contuve la respiración y me sujeté a la pared con más fuerza. Los últimos inviernos eran más fríos y los huesos de la abuela, más frágiles con cada año que pasaba. Como dicen las personas mayores, estaba en una edad en la que, si se caía una vez, no volvería a enderezarse bien.

Noté una punzada en el corazón ante la idea de que pudiera hacerse daño y yo no estuviera allí para cuidarla.

¿Y si, por negociar con el enemigo, había renunciado a mi derecho a pasar los últimos años e instantes de mi abuela a su lado?

Esa idea me aterraba mucho más que la muerte, más que mis propios poderes, más que los fantasmas que atormentaban mis sueños exigiendo venganza.

No obstante, si mis seres queridos conseguían vivir largas y prósperas vidas porque yo era una traidora que derramaba la sangre de mis congéneres por el enemigo, era un precio que estaba dispuesta a pagar.

Ya estaba metida hasta el cuello en la puja de Antonio por poder y su sueño de un mañana mejor.

Era demasiado tarde para dar marcha atrás.

—Cuidado —avisó Meiya a la abuela mientras bajaban del vehículo. Las mejillas de mi hermana habían recuperado su color y no había ni rastro de venas oscuras en la punta de sus dedos.

El suministro de opio que, con discreción, Antonio entregaba a mi hermana era igual de adictivo, pero no dañaba el cuerpo tanto como el habitual. Seguía dependiendo de él. Seguía siendo una moneda de cambio en la palma de su mano.

Pequeñas muestras de piedad.

Me percaté de que tenía los ojos ligeramente enrojecidos e inflamados. Había estado llorando; algo le quitaba el sueño. Tanto ella como la abuela me habían buscado incesablemente...

El dolor me atacó de forma repentina e intensa. Notaba cómo subía la sangre antes de las arcadas y el vómito, antes del ardor en mi interior, como si me quemara con aceite hirviendo, y de que las rodillas, frías y entumecidas, me fallaran.

Me agaché detrás de la pared justo a tiempo, escondida entre las sombras y el barro donde nadie pudiera verme. Vomité uno, dos y tres borbotones de sangre; sangre descolorida y espesa, coagulada de un modo que distaba de la normalidad.

«Ya está empezando».

Había oído las historias de Xianlings que habían agotado su magia, pero nunca creí que sucedería tan rápido. Me limpié con el dorso de la mano, con cuidado de no mancharme las mangas del abrigo; una vieja costumbre de cuando las cosas bonitas eran algo excepcional y debíamos atesorarlas.

Respiré profundamente y me reincorporé. Debía irme. Para empezar, no tendría que haberme quedado tanto tiempo. Solo un vistazo: esa era la promesa que me hacía cada vez que venía. Y, aun así, me quedaba más tiempo del que debía, del que sabía que era seguro.

En más de una ocasión había dado unos pasos torpes hacia delante, anhelando secar las lágrimas de mi abuela, correr a los brazos de mi hermana, entrar en mi antigua habitación y meterme en mi antigua cama como si no hubiera pasado el tiempo. Como si los romanos nunca me hubieran secuestrado esa noche.

Unos días atrás, cuando el Año Nuevo Lunar vino y se fue, se convirtió en el primero que no pasé con mi familia.

En su lugar, lo pasé al este del imperio, en una población fronteriza enclavada entre Erlang y Lei-Zhen, donde un consejero imperial con gran influencia sobre el emperador pasaba las vacaciones en su localidad natal junto a su madre, su esposa y sus dos hijos pequeños; un niño y una niña con sonrisas con hoyuelos y ojos llenos de sueños. Con una risa que irradiaba alegría cuando corrían a los brazos de su padre.

El oficial era un buen hombre que donaba dinero a los pobres y defendía a los más necesitados; una característica más escasa de lo que a la gente le gustaba admitir, ya que la tensión entre Roma y Erlang aumentaba a diario. La mayoría de las personas estaban demasiado ocupadas cuidando de sí mismas para cuidar de los demás.

Trepé los muros, me encaramé en el exterior de la ventana mientras arropaba a sus hijos antes de dormir y, a continuación, me colé en su habitación para, con delicadeza, despojarlo de su alma mientras dormía.

Un acto de bondad que solo mostraba con hombres que no merecían la muerte.

Que suponían la mayoría de los que Antonio me encomendaba últimamente.

El Año Nuevo era el momento de comer empanadillas, tirar fuegos artificiales, empapelar las paredes con caligrafía roja y pasar tiempo con tus seres queridos. Tendría que haber estado en casa con mi hermana y mi abuela, no despojando a unos niños de su padre, a una mujer de su marido y a una madre de su hijo. En cuanto a sus hijos… No tendrían que haberse despertado la víspera de Año Nuevo con el cadáver de su padre como buenos días.

«Ya no soy la Ruying a la que conocían», me recordaba a mí misma. Tenía las manos manchadas de demasiada sangre.

Aunque me temblaban los pies, cuando mi corazón anhelaba estar en casa, con mi familia, con la intensidad de diez mil soles ardientes, no me atrevía a caminar hacia la luz. La abuela lloraba por la nieta a la que habían secuestrado, pero su dolor no era nada frente al odio y la vergüenza que sentiría si descubría lo que había hecho, lo que estaba haciendo, para mantenerlas a Meiya y a ella a salvo.

Antonio había cumplido sus promesas. Dio a mi familia la protección que le había pedido y, con disimulo, llenaba el bolsillo de la abuela con suficientes riquezas para que no tuviera que volver a preocuparse por la comida, un techo o leña para el invierno nunca más.

Y con el respaldo de un príncipe romano, yo era libre de hacer lo que me entrara en gana y de ir donde me apeteciera.

Excepto a mi casa.

Ese era el camino que había escogido. Lo recorrería hasta que me sangraran los pies, hasta que la magia acabara con mi vida, hasta que la Muerte me llevara hasta el decimoctavo nivel de escarmiento para arrepentirme por mis pecados, o hasta que viera a Antonio sentado en el trono de Roma y fuera testigo de un mundo mejor y más seguro bajo su dictamen.

25

Antes de cada misión, recordaba las órdenes de Antonio: «Hazlo de tal forma que sea imposible de rastrear, una muerte por causas naturales. Un infarto cerebral o un ataque al corazón, que lo llamen como quieran. La condición es que nadie sepa que estoy detrás».

El objetivo de mi cometido de ese día era un mercader con la lengua demasiado larga que causaba revuelo donde no debía.

Lo esperé en el exterior de su casa. Nuestros hombros se rozaron cuando pasó por mi lado y, justo después, me acerqué a él con la magia de la Muerte.

Dos pasos más tarde, su *qi* empezó a atenuarse y su respiración se tornó más costosa. Cinco pasos después, se desplomó entre la multitud e impactó en el suelo con un golpe que recordaba a un saco de arroz.

Nueve pasos más y oí el grito de una mujer.

Seguí caminando. El mundo grisáceo de la Muerte se desvanecía de forma progresiva y los colores regresaban a cada paso que me alejaba de mi víctima.

Necesité dieciocho pasos para que todo regresara a su tono natural.

Últimamente los colores tardaban más en restaurarse con cada asesinato; un recordatorio sutil del precio de la magia.

Cuando llegué a la esquina, me apoyé en la pared del callejón para tranquilizarme.

Me goteaba sangre de la nariz.

Los dioses me daban con una mano y me arrebataban con la otra.

«Cuarenta y nueve».

26

Antonio estaba en lo cierto.

Cada vez me costaba menos asesinar. Odiaba que, tras cada crimen, mi ética se viniera abajo y se insensibilizara hasta llegar a un punto en que la culpa ya no desencadenaba el llanto.

«Conquista tus miedos o ellos te conquistarán a ti», me decía a mí misma para justificar la persona en quien me había convertido.

Alguien de quien mi abuela y mi hermana se avergonzarían de conocer.

Alguien que yo me avergonzaba de ser.

Me sentía como un reloj de arena: tras cada misión, mi esencia vital escapaba.

La lista de enemigos de Antonio era interminable.

Mi vida, menguante.

¿Qué sería de mí cuando la arena se detuviera?

Exhalando un profundo suspiro, me aparté de la pared. Dawson me estaba esperando en la Valla. Había pasado demasiado tiempo cerca de mi casa y se me había hecho tarde. Estaba a punto de salir del callejón cuando una figura esbelta bloqueó el paso de luz.

—¿Ruying? —Una voz que me paró en seco el corazón.

«Meiya».

Cuando mi hermana se detuvo en la entrada del callejón, el mundo desapareció y el latido de mi corazón se convirtió en el único sonido audible en el silencio atronador.

Me quedé sin aliento. Abría y cerraba los labios como un pez tragando aire, tratando de dar con las palabras adecuadas. No tendría que estar allí, no tendría que haberme visto. Pero...

Las lágrimas brotaron antes de poder contenerlas.

—Meiya —gimoteé su nombre, que sonaba calmante y melódico en mi boca—. Te he echado tanto de menos. Yo...

Mi hermana dio un traspié hacia atrás cuando me acerqué; leía la aprehensión en sus ojos. Dirigió la vista hacia mis manos, hacia las finas tiras de metal que rodeaban mis muñecas.

Frunció el ceño. La decepción le desencajó el rostro.

—Parece que Baihu llevaba razón.

—¿Baihu? —me enderecé. Llevaba sin verlo desde aquel día en la Torre de Loto con Antonio—. ¿Qué te ha contado?

Meiya miró a izquierda y derecha; comprobó el entorno antes de adentrarse en las sombras del callejón.

La seguí.

Siempre la seguía.

El corazón me palpitaba cual animal enjaulado; me preguntaba si ella alcanzaba a oírlo.

Estaba anocheciendo. Seguro que, dentro de poco, Dawson se preguntaría dónde me había metido. Tenía que regresar antes de que se impacientara y viniera a buscarme.

La última vez que volví de una misión demasiado tarde, usó las esposas para enviarme dolorosas descargas eléctricas durante casi cinco minutos como advertencia. No podía permitir que Meiya me viera pasar por ese tipo de dolor.

—Después de lo de Hushan, prometiste que no volverías a usar tu poder —me reprochó cuando nos detuvimos. No pude evitar fijarme en cómo se separaba de mí, como si no soportara que estuviéramos cerca—. Una vez me dijiste que la magia no es un don, que ningún mortal debería tener el poder de decidir quién vive y quién muere. No era más que una excusa, ¿no? No tienes el mayor reparo en usarla contra Erlang, contra tu propio pueblo.

Sus ojos afilados parecían dos cuchillas y cada mirada de desprecio cortaba un poco más mi maltrecho corazón.

—A menos que se trate de una situación de vida o muerte —la corregí.

—El hombre que acaba de morir no ha hecho nada que te amenace y, aun así, lo has matado.

Me incomodó.

—No tienes pruebas de que haya sido yo.

—Identificaría tu magia en cualquier parte, hermanita. Te conozco. No creas que por esconderse detrás de una pared no voy a verte. ¿Por qué haces esto, Ruying? ¿Por qué te ocultas de nosotras? ¿Te haces una idea de cuánto está sufriendo la abuela?

Me dejó sin respiración.

—No le has dicho nada, ¿verdad?

—¿Y romperle el corazón de nuevo? —rio—. No soy tan cruel como tú.

—Han cambiado muchas cosas, Meiya. Sé que no te gusta lo que estoy haciendo, pero, créeme, es por el bien común.

Se mofó. Su rostro permanecía impasible pese a las lágrimas que se amontonaban en sus ojos.

—¿Sabes qué? Cuando Baihu me contó que nos habías traicionado y ahora trabajabas para Roma, pensé que estaba mintiendo: «¿Mi hermana? Imposible. Nunca haría algo así. Mi hermana no…».

—No es lo que piensas. ¡Lo hago por ti! ¡Por la abuela! ¡Por Erlang! ¡Por…

—¿Cómo puede decir eso cuando, literalmente, estás masacrando a nuestra gente, a nuestro pueblo? —ladró, con los dientes al descubierto, con un odio salvaje hacia Roma, hacia el mundo…

Hacia mí.

Otro nudo en la garganta. Detalle a detalle, le relaté los sucesos de los últimos seis meses, cómo la oculté bajo las tablas del suelo y dejé que me capturaran para protegerla. La jaula, los brazaletes, la exhibición y mi intento de fuga.

Y, después, la oferta de Antonio.

Cuando terminé, reinaba el silencio. Instantes después, sacudió la cabeza.

—¿Recuerdas lo que nos dijo la abuela cuando éramos pequeñas y acabábamos de descubrir nuestros poderes?

Me acordaba.

—El poder conlleva una responsabilidad.

—Los dioses nos bendijeron con magia para proteger a quienes no pueden protegerse a sí mismos.

—Yo no pedí este maldito don, hermana. Ninguno de nosotros, pero hago todo lo que está en mi mano para proteger a quienes no pueden. El príncipe Antonio es un buen hombre. Si lo ayudo a hacerse con el poder, preservaré la paz. El apocalipsis se acerca y si…

—¡Abre los ojos y mira a tu alrededor, Ruying! La gente de Erlang, de Pangu, jamás conocerá la paz auténtica mientras Roma tenga poder sobre nosotros. No podemos retroceder en el tiempo y revertir el error de nuestros predecesores de confiar en ellos, pero no es tarde para recuperar lo que perdimos. Este mundo nos pertenece. Esta tierra, teñida con la sangre de nuestros ancestros y sostenida por sus huesos, nos pertenece. Los dioses nos bendijeron con magia, no los romanos. Puede que se crean muy poderosos, como el emperador Qin, pero no tienen ningún derecho sobre esta tierra. No podemos dejar que gobiernen *nuestra* ciudad como dioses crueles de más allá del cielo. Debemos hacer algo al respecto. Debemos *luchar*, Ruying.

Me acordé del depósito de armas que Antonio me había enseñado: los aviones caza y los misiles de Roma, la destrucción que causarían en nuestro mundo con solo apretar un botón.

—No es tan sencillo, hermana. ¿Qué te hace pensar que tenemos alguna posibilidad frente a Roma y su ciencia? Tú nunca has sentido cómo la ciencia drena la magia de tu cuerpo. —Alcé las esposas para que las viera—. Y espero que siga siendo así.

Meiya entrecerró los ojos con expresión obstinada.

—La ciencia será muy poderosa, pero la magia puede serlo aún más si estamos dispuestos a aprovechar nuestros poderes al máximo y a darlo todo.

—Una guerra entre la magia y la ciencia puede poner fin a *todo*.

—Si lo que me espera igualmente es una muerte miserable, prefiero morir luchando por lo que creo a vivir de rodillas como una cobarde. Creo que se lo debemos a nuestros antepasados, ¿no? —Meiya se aproximó un poco y sus facciones se suavizaron. —Si quieres, el Fantasma puede…

—No —la corté antes de que terminara la frase—. Antonio me matará en cuanto dude de mi lealtad. No puedo poneros en ese peligro a la abuela y a ti. Y, si eres inteligente, tú tampoco lo harás.

Fuera lo correcto o no, ofrecería mi propia vida a la Muerte antes de que mis seres queridos sufrieran daño alguno.

Tenía las manos bañadas en sangre y la magia me estaba matando lentamente. El único consuelo que me quedaba era saber que mi familia me enterraría y viviría a salvo bajo la protección de Antonio mucho tiempo después de que yo no fuera más que polvo y huesos. Su seguridad era más importante que todo lo demás, incluso por encima de preservar la paz.

—Ruying —continuó con un hilo de voz, con los ojos oscuros, iguales a los míos, cargados de esperanza—, eres la chica bendecida por la Muerte. Podrías reducir el mundo a cenizas si quisieras. Mamá te llamó Ruying porque quería que fueras valiente. Incluso en su último aliento, creyó en ti. Haz que se sienta orgullosa, hermana. Sé la heroína que nuestro mundo necesita.

—Estoy haciendo lo correcto —protesté—. Os estoy protegiendo a la abuela y a ti. Estoy protegiendo la paz. No todos los romanos son malos, Meiya, algunos son...

La risa de mi hermana fue un puñal que se me clavó en el pecho: gélido, con un odio repleto de amargura, con una rabia apenas contenida que borboteaba en la superficie—. ¡Ningún romano es bueno, Ruying! ¡Mira lo que esos demonios le han hecho a nuestro mundo! Un príncipe romano cuya riqueza y privilegio se han construido sobre los restos de nuestra gente no va a ayudarnos. Es uno de ellos, y tú serás igual de malvada si decides darnos la espalda y servirles como un perro.

Sus palabras me hicieron estremecerme y me provocaron náuseas en la boca del estómago.

—No lo entiendes. Él es diferente, quiere ayudar. No es como sus hermanos. Es *bueno*, lo sé.

—Espero, por tu bien, que no seas tan ingenua, Ruying. Dime que no eres una estúpida que se traga sus mentiras.

—No todo es blanco y negro, Meiya. Si Antonio se convierte en monarca de Roma, será un buen gobernante y traerá la paz a ambos reinos.

El resentimiento aplastó la esperanza cuando los ojos de Meiya se tornaron tan pétreos y fríos como ese largo invierno.

—Jamás habrá paz mientras los suyos deambulen por nuestro mundo. Mira a tu alrededor, Ruying, cómo nos tratan los romanos. Las cosas solo irán a peor cuanto más poder acumulen. Por favor. Cuanto más parados nos quedemos...

—No puedo. —Meiya dio un paso atrás y mi corazón se hizo añicos. Diez mil esquirlas astilladas me abrieron el pecho en canal, más afiladas que cualquier espada, aunque todo sangraba bajo la superficie donde ella no podía verlo—. La paz es sagrada y cada pecado que he cometido, y los que aún me faltan, merecen la pena. A veces, debemos hacer sacrificios por un bien mayor. El camino hacia un mundo mejor no se construye a base de buenas intenciones y sueños de justicia. A veces, la paz se pavimenta sobre los restos marchitos de acciones abominables.

Una mueca de dolor se dibujó en sus labios.

—Puede que estés usando todo esto a modo de excusa. Puede que el motivo real por el que sirves a ese príncipe romano es que eres una blandengue, como nuestro padre. Y, al igual que él, solo te preocupas por ti misma. Tu nombre y tu don se han desperdiciado contigo.

—Meiya, confía en mí —traté de decir, desesperada por intentar que viera las cosas desde mi perspectiva, pero ella mantenía la distancia y rechazaba cualquier acercamiento. Volví a notar el distanciamiento infranqueable entre nosotras.

—Recibimos el don por una razón, Ruying. Cuando se posee un poder así, pero se desperdicia de forma voluntaria es cuando suceden cosas terribles. Y suceden por nuestra culpa.

—Meiya...

—¡No te atrevas a decir mi nombre! —espetó—. Te lo diré una última vez. Si no paramos los pies a los romanos, no valdrá la pena vivir el tipo de vida que nos dejen. Si quieres protegernos a la abuela y a mí, ayuda al Fantasma a derrocar a Roma y todo lo que representa. Ayúdanos a hacer que el sol vuelva a brillar en Erlang. No es solo lo que la abuela y yo queremos, también es lo que mamá habría querido.

—Lo siento, Meiya, no puedo.

—Entonces ya no eres mi hermana. —Sus labios dieron paso a una sonrisa escalofriante y los ojos se le llenaron de lágrimas—. Mamá se avergonzaría de la persona en que te has convertido.

La vi marcharse.

No echó la vista atrás.

Conocía bien a mi hermana. Cuando tomaba una decisión, nada en el mundo la haría cambiar de opinión.

Bajo su sombra, caí de rodillas.

Por primera vez en muchísimo tiempo me preguntaba si había cometido un gran error.

Por encima de la ciudad, el portal parpadeó durante unos instantes.

27

En el lado romano de la ciudad se respiraba riqueza por todas partes, pero no es oro todo lo que reluce. Los soldados estacionados me dedicaban miradas cautelosas al acercarme a la Valla, sujetando sus armas enfundadas demasiado fuerte para mi gusto. Daba igual cuántas veces entrara y saliera por esas puertas, la respuesta era la misma. La repulsión y el desprecio eran evidentes en sus ojos.

Un nudo en la garganta que trataba de tragarme de forma constante porque no me quedaba otro remedio. Protestar y montar una escena significaba la muerte.

La suya, no la mía.

Con prontitud, les mostré la placa que me autorizaba a cruzar la Valla y a caminar por sus calles.

Intercambiaron una mirada.

—¿Yang Ruying? —comprobaron mi nombre, pero antes de poder responder, los brazaletes volvieron a la vida y me arrebataron la magia una vez más.

El mismo ritual cada vez que ponía un pie en su mundo. Por mucho que el príncipe Antonio me apreciara, no podían dejar que un Xianling danzara libremente por sus calles.

—Llegas tarde. —Dawson apareció por detrás de ellos con el dichoso aparato en la mano.

—El suelo está resbaladizo —me justifiqué, con mi mejor esfuerzo por mantener un tono neutro. Las palabras de mi hermana aún me retumbaban en los oídos como los fustazos constantes de un látigo inmisericorde que destrozaban mi corazón.

No podía demostrarlo. No dejaría que Dawson se enterara de lo que había pasado.

Aunque Antonio nunca me prohibió visitar a mi familia de forma explícita, era mejor así. Si descubría las alianzas de Meiya, habría problemas. No para mí, sino para ella.

—Pues la próxima vez, aceleras el paso. —Tras lo cual, usando el pulgar, pulsó con ganas el botón del mando y una descarga eléctrica atroz me recorrió el cuerpo, como si me arrancaran la carne de los huesos, como si diez mil dientes de una sierra me desgarraran a la vez.

Me mordí los labios. El dolor se intensificaba cada vez más, pero no le daría la satisfacción de verme gritar.

—Ya sabes que podría matarte —gruñí cuando el dolor disminuyó.

Apretó de nuevo y, esa vez, la descarga fue más punzante que la anterior.

—No mientras tenga esto entre las manos.

«Un día, acabaré lo que empecé hace seis meses esa noche en el mercado». Ojalá hubiera matado a ese monstruo cuando tuve la oportunidad.

No se lo dije. No dije nada. No era digno de mis palabras, y mucho menos de mi magia. Lo mataría con una de las pistolas que Antonio me había enseñado a usar. El disparo no sería letal, al menos no de inmediato. No le concedería una muerte rápida: antes tenía que probar los brazaletes y sufrir mi mismo dolor.

Cuando se dio cuenta de que no iba a gritar, puso los ojos en blancos y perdió el interés. Dio media vuelta y lo seguí, guardando la distancia.

Lo odiaba. Odiaba la violencia innecesaria que ejercía con una alegría retorcida para mantenerme a raya, pese a que yo raras veces sobrepasaba los límites que Antonio había marcado. Sí, los rozaba cada vez que decía algo que a Antonio no le gustaba, pero jamás me castigaba, alzaba la voz o se enfadaba.

Se limitaba a sonreír ante mis palabras imprudentes; algo que no sabía cómo interpretar.

En cuanto a Dawson, me odiaba. No estaba segura de si me detestaba por mi sangre Xianling, por no pertenecer a su mundo o porque, tiempo atrás, había estado a punto de matarlo.

La belleza de la ciudad blindada de Roma, anidada en el centro de nuestra apagada capital, era una escena que pocos de mis congéneres habían presenciado.

Los pangulines que habían gozado de tal privilegio eran con frecuencia oficiales importantes fieles a los bolsillos de Roma o miembros de la realeza con poder e influencia, el tipo de estatus del que Roma se beneficiaba en cierto modo. Intentaba no pensar en los Xianlings a los que habían secuestrado de sus camas y que ahora se hallaban atrapados en las intrincadas mazmorras de la ciudad. Esos que no tenían ni idea de que se encontraban en el lado romano de la ciudad y que nunca verían los edificios de marfil ni las columnas de mármol.

A nadie se le habría ocurrido que la hija de una dinastía caída podría ser miembro de esa lista exclusiva de visitantes.

Y ahí estaba.

Si mi padre pudiera verme, ¿se sentiría orgulloso o avergonzado? De ser un hombre, posiblemente lo viera como un logro, pero al ser mujer, le parecería un acto de traición. Así era como funcionaban las cosas.

Los hombres con poder despertaban admiración; héroes legendarios dignos de canciones y poemas que recordar en su honor. A las mujeres con poder se las tachaba de mezquinas y malvadas por aspirar a algo más en la vida que tener hijos y cumplir obligaciones. Tenían prohibido perseguir sus sueños y «amor» era una palabra que no llegaban a entender del todo.

Me vinieron a la cabeza recuerdos de Baihu bajo la luz del sol, con los ojos amables y la sonrisa dulce de nuestra juventud. Como de costumbre, no dejaba de preguntarme dónde se encontraría y qué estaría haciendo.

Los últimos meses, nuestras vidas habían existido en paralelo. Cuando yo callejeaba por su lado de la Valla, a él lo retenían en el otro. No sabría decir si era una coincidencia o si Antonio nos mantenía distanciados a propósito.

Recordaba nuestro último encuentro en la Torre de Loto, la forma en que Antonio había dedicado su atención a Baihu y a mí, con sus ojos verde jade cargados de sospecha. No podía olvidar la mueca en sus labios, una muestra fugaz de la irritación que le producía vernos tan juntos.

¿Qué pensaría Baihu si me viera ahora?

Yo, que me burlaba de él por ser un traidor y, en cuestión de meses, había encarnado todo lo que despreciaba de él. Desprovista de opciones y esperanza, condenada a ser una mancha gris en un gran lienzo. Solo esperaba que, pese a todo, ponerme del lado de Antonio fuera lo correcto; que cumpliría sus promesas de misericordia y bondad.

«Estoy haciendo lo correcto», trataba de tranquilizarme cuando las palabras de mi hermana me machacaban la conciencia, como el eco permanente de un gong que rehusaba a silenciarse.

Antonio era bueno. Era amable. Tenía fe en el futuro que imaginaba; uno en el que los romanos y los Xianlings vivían en armonía; un futuro en el que la guerra no era necesaria y en el que la paz, por precaria que fuera, podía prolongarse y mantenerse.

Tenía fe en Antonio.

Porque no me quedaba más remedio.

Porque la alternativa era demasiado horrible para ni siquiera imaginarla.

No dejaría que sus hermanos se alzaran victoriosos. No permitía que se sentaran en su gran y poderoso trono de huesos y que masacraran a mi gente como ovejas en un matadero.

Guerra.

Derramamiento de sangre.

El *apocalipsis*.

Una vida de rodillas no era vida como tal, pero la guerra entre la magia y la ciencia podría ser el fin de todo tal y como lo conocíamos.

Meiya se aferraba a sus esperanzas y a sus palabras de justicia de mártir, pero el cambio no se conseguía así de fácil.

No cuando nuestros adversarios ostentaban el poder de diez mil dioses en la palma de la mano, capaz de desatar una tormenta de armas que llevarían el infierno a la tierra que llamaba «hogar» y destruiría cualquier cosa a la vista.

Las rebeliones solo los irritarían todavía más y aproximarían la guerra a nuestras fronteras.

Me apreté más el abrigo. El silencio inquietante que reinaba en las calles desiertas hacía que pareciera que la temperatura era inferior que en la mitad de la ciudad de Erlang, donde las calles rebosaban de gente y de risas agradables. Allí, no obstante, no había más que soledad y un pesar sagrado que enmascaraban con su superioridad y elegancia.

Mucho tiempo atrás, cuando se firmó el primer tratado y el difunto emperador aún vivía, la Valla se encontraba más hacia el oeste.

Pero los romanos exigieron más terrenos, más espacio para que su ciudad creciera y atraer a más residentes. Nuestros emperadores, el antiguo y el actual, accedieron sin luchar en ambas ocasiones. Por eso la gente los llamaba los «emperadores títeres». No poseían poder alguno, no cuando Roma tenía a la mayoría de su corte en el bolsillo o despertaba sus deseos.

El poder cambiaba de manos delante de nuestros ojos y no podíamos hacer nada para evitarlo. Antes pensaba que nuestros emperadores eran unos cobardes que nos habían vendido a Roma por miedo.

Ahora sabía que no era verdad.

Que, en realidad, eran unos estrategas. Que pujaban por tiempo. Si no hubieran concedido a Roma todas sus demandas, la ciudad habría ardido, y toda su gente con ella.

¿Cómo podrían nuestros cuerpos, de carne blanda y frágil, vencer a máquinas de guerra tan monstruosas que los supervivientes de aquel único día de guerra seguían temblando de miedo cada vez que un avión cruzaba nuestro cielo?

Ellos eran fuertes. Nosotros, débiles.

Era la evolución.

Conquista o sé conquistado.

Los soldados que patrullaban las calles fruncían el ceño al verme. Por mis facciones y mi ropa, que llevaba para mimetizarme en mi lado de la ciudad. Sin embargo, por mucho que llevara sus atuendos, caminara como ellos o hablara como ellos, seguirían viéndome a través de mi fachada; se percatarían del acento gangoso que tanto luchaba por eliminar, los gestos sutiles que gritaban «impostora».

Al menos, con Dawson como guía, los soldados no me paraban cada par de pasos para cuestionar mi derecho a estar allí.

Los pocos romanos que nos adelantaron mantuvieron la distancia. No sabía si por miedo o aversión. Las bandas metálicas de las muñecas me marcaban como «extraña».

Odiaba la forma en que me miraban, odiaba su ignorancia sobre lo que sustentaba su libertinaje y su gozo imprudente: la sangre, los huesos y el trauma intergeneracional de mi pueblo.

Y, a pesar de todo, ansiaba su aceptación; que me miraran como a una de los suyos; que me vieran no por mis orígenes, sino como a alguien excepcional, más poderosa de lo que sus sueños mortales lograban alcanzar.

Querían que me miraran como hacía Antonio.

Con respeto.

Con reverencia.

Con la tierna bondad que me brindaba la sensación cálida de seguridad que pocas personas me habían hecho sentir.

Quería que mi don les pareciera algo maravilloso y no peligroso.

Independientemente de cuántas veces cuchichearan y me señalaran, hicieran muecas de desagrado o vociferaran que no era bienvenida en suelo romano, pese a la invitación de su príncipe, el dolor en el pecho no remitía.

Antonio había cumplido su promesa: mi familia estaba sana y salva y mis bolsillos, llenos de oro. Ya no tenía que preocuparme del frío del invierno o del hambre. Y, cada acto funesto que cometía, cada hombre que asesinaba, contribuía a que la ciudad siguiera respirando y los corazones de sus habitantes, latiendo.

La sangre me manchaba las manos, pero también evitaba que la guerra desfilara por nuestras calles.

Estaba haciendo lo correcto, aunque me sentía más desconsolada que cuando no tenía nada.

Una gota de humedad me besó la mejilla.

El cielo lloraba de nuevo.

28

Dawson se detuvo en la puerta cuando llegamos a casa de Antonio, en lo alto de una colina con vistas a ambas mitades de la ciudad de Jing. Él no tenía autorización para entrar cuando le entrara en gana, pero yo sí.

Dejé entrever una sonrisa de satisfacción por esa pequeña victoria.

La vivienda era exactamente igual al resto de la ciudad: opulenta y ostentosa, pero desprovista de calidez, a lo que se sumaba un silencio profundo que me hacía compadecerme de él. Aseguraba que le gustaba estar solo, de modo que pocos guardias custodiaban sus pasillos. Mentira. Evitaba el acceso de personas a su casa porque no confiaba en nadie más que en sí mismo.

Cualquiera de los guardias podría reunir sus secretos y dar parte a su hermano.

La vida de un príncipe con aspiraciones al trono era solitaria.

Ninguna de las veces que acudí para informar de mis misiones me encontré con otro visitante.

Por ello, el repique de unos vasos atrajo mi atención.

Me dirigí hacia la fuente del sonido: la biblioteca, cuya puerta estaba entreabierta.

Me asomé.

La persona que encontré no fue Antonio, sino el príncipe Valentín, a solas en la sala de color caoba, observando la ciudad de Jing a través de los ventanales y dando golpecitos rítmicos al cristal con una copa de vino. Tenía la mandíbula tensa, y observaba la ciudad con mirada severa y la sombra del deseo en sus ojos; una especie de hambre que no podía satisfacer.

Fruncí el ceño. Me disponía a escabullirme cuando dio media vuelta y me vio.

—¿Quieres acompañarme? —me invitó con la voz suave como el mármol, alzando la copa en el aire—. Odio beber solo y parece que mi hermano se está tomando su tiempo para volver a casa.

Dudé. Miré a mis espaldas para comprobar que se dirigía a mí. Desde aquella vez en que había tratado de inyectarme el opio, Valentín no se había percatado de mi existencia. Que se acordara de mí me dejó de piedra.

El reloj hacía tic tac. Era casi mediodía; demasiado temprano para tomar alcohol, aunque cualquiera podría alegar que también era demasiado temprano para cometer un asesinato y yo acababa de hacerlo.

—Acércate —me animó con un susurro profundo y aterciopelado. Irradiaba seguridad en sí mismo y carisma, como un sol cegador. Antonio decía que Valentín era un gran negociador. Comprendía por qué incluso los oficiales más obstinados de Erlang habían sucumbido a la sumisión de tal voz y un rostro tan seductor—. No muerdo.

Tenía las mejillas enrojecidas. No era la primera copa que tomaba.

Con pasos cautelosos, me aproximé y tomé asiento en uno de los sillones con respaldo, apoyabrazos tallados y almohadillas suaves.

Los romanos sí sabían disfrutar de la vida.

Los pasillos estaban iluminados con electricidad en lugar de velas. Empleaban artilugios para hervir el agua y sus fuegos eran instantáneos. Los romanos no tenían que trabajar por nada en su lado de la Valla.

Todo era de disponibilidad inmediata con solo pulsar un botón.

—¿Qué te sirvo? —Señaló la mesa de bebidas espirituosas, que llevaban etiquetas que no reconocía; no era demasiado aficionada del alcohol. No me gustaba el mareo, las reacciones lentas y el control adormecido que me provocaba.

—Lo que tú estés tomando —respondí.

Valentín llenó otra copa de vino de la misma botella, un líquido tan oscuro que se asemejaba al color de la sangre.

Cuando me tendió la bebida, esperé a que diera un sorbo antes de beber. Era un vino fuerte, más dulce que lo que esperaba.

—Me han dicho que has estado asesinando a gente para mi hermano.

—Para Roma —repetí la respuesta que Antonio me había enseñado—. Me han dicho que has estado aterrorizando al joven emperador —añadí segundos después, observando a Valentín con la mirada de un tigre que estudia a su presa.

El príncipe rozaba la ebriedad. Era la primera vez que lo veía tan vulnerable. El conocimiento era poder, y no debía desaprovechar la oportunidad. Solo tenía que conseguir que bajara la guardia y...

—No es un cumplido muy agradable —contestó con una carcajada—. Alguien tiene que limpiar los estropicios de Antonio.

—¿Qué estropicios?

Se echó a reír.

—A mi hermano le gusta dárselas de santo, mofarse de Casio y de mí por nuestros métodos, pero es tan frío e insensato como nosotros.

—¿Casio?

—Nuestro otro hermano.

El príncipe romano benjamín, el pupilo militar que jamás había cruzado el portal si los rumores eran ciertos. El que había permanecido al lado de su abuelo todos esos años.

Su nieto de mayor confianza.

—¿No sabías que éramos tres príncipes romanos? —Valentín se estaba yendo de la lengua—. Yo, que soy su único nieto biológico; Antonio, el niño prodigio al que sacaron de las alcantarillas; y Casio..., el adorado Casio de mi abuelo. El último superviviente de su hombre de confianza. Cuando su familia falleció, mi abuelo decidió adoptarlo y ponerlo en la línea de sucesión en caso de que Antonio o yo resultáramos poco satisfactorios. —Una risita—. ¿Antonio no te lo había contado? ¿Cuántos secretos te oculta? Vete tú a saber.

Sentí una opresión en el pecho ante su burla.

—¿Qué más tengo que saber?

Otra risotada.

—¿Conoces ya al emperador?

Me hizo gracia la forma en que dijo «ya». ¡Como si alguien como yo tuviera derecho a recibir audiencia del emperador de Erlang cuando le apeteciera!

—No lo conozco en persona, pero comentan que es muy apuesto —repliqué para cambiar de tema. Lo guiaría de forma sutil. Le haría sentir cómodo para que escupiera secretos por esa boca suelta.

Giraba el vino en la copa y observaba cómo el líquido oscuro se arremolinaba en su interior.

—El emperador Yongle es un tipo interesante. No tiene nada que ver con cómo lo pinta tu gente. Es calculador y cauteloso, pero también un hombre destrozado que ha perdido a su padre y cuya única hermana con vida está retenida en nuestros calabozos. —Frunció el ceño ligeramente; casi me pareció advertir tristeza.

Me incliné hacia adelante. ¿Un monstruo como él era capaz de sentir remordimientos?

El príncipe guardó silencio. Su pensamiento estaba muy lejos de allí; su atención, en otra parte.

—Tu mundo es hermoso. Me recuerda a las fotografías de mi abuelo de cuando el nuestro no estaba tan contaminado; de cuando nuestra tierra nos quería y no trataba de conducir a la raza humana a la extinción con pandemias, hambrunas, sequías e inundaciones. ¿Sabes? Envidio a tu gente, la suerte que tenéis de que vuestro mundo os quiera.

No tenía ni idea de lo que hablaba, pero retenía cada una de sus palabras, memorizaba cada cambio de tono. Detrás de aquello se escondía un secreto y, tarde o temprano, lo descifraría.

—Háblame de tu mundo —lo persuadí—. ¿Cómo es?

—Supongo que parecido al tuyo. El cielo es azul y la hierba, verde, aunque el aire aquí es más limpio. Cuando cruzó el portal por primera vez, mi padre hablaba maravillas de vuestras montañas y ríos. ¿Cómo es el dicho? ¿*Qian shan, rui shui*?: «¿Montaña pálida, agua verde?».

—*Qing shan, lü shui* —lo corregí—. ¿Añoras tu mundo? —continué—. ¿Cuánto tiempo llevas aquí?

—Demasiado. Y, sí, lo echo de menos. No pasa un día sin que sueñe con mi hogar, tanto como lo temo.

—¿Por qué?

Se encogió de hombros y soltó una exhalación risueña.

—Mi hermano y yo no podemos marcharnos hasta que mi abuelo consiga lo que quiere. Y... —se detuvo. Como si se hubiera despertado sobresaltado, centró la mirada y sacudió la cabeza como si tratara de salir del estado de turbidez del alcohol. Una sonrisa maliciosa—. Casi hablo de más.

«No te lamentes. Sigue largando», pensé mientras sonreía con educación.

—En absoluto.

Valentín apoyó el vaso y se masajeó la sien. Sus ojos tenían un brillo especial.

—No sé qué me ha pasado hoy.

Reconocía el rostro de un hombre atormentado nada más verlo. ¿Eran lágrimas por el estado de embriaguez o de auténtica culpa y vergüenza?

Me sentí mal al verlo así. Quien interpretaba el papel de príncipe asolado por la culpa era Antonio. No imaginaba ver a alguien como Valentín tan afectado y con la guardia baja; una faceta de él cuya existencia desconocía, que distaba del príncipe cruel que describían los rumores de mi ciudad.

Del asesino despiadado que recordaba de pequeña, el asesino que bostezaba ante nuestro tormento.

Cuando una lágrima brotó de su ojo izquierdo, me enderecé ligeramente y contuve el impulso de ofrecerle un pañuelo de mi bolsillo.

«Es el mal encarnado. No merece mi compasión».

—Cuéntame, Yang Ruying, ¿qué piensas de nosotros? —me abordó de repente.

Atenta a la fina capa de hielo bajo mis pies, vacilé y sopesé mi respuesta.

—No sé. ¿Qué piensas tú de mí?

Se encogió de hombros.

—Buen disparo, como de costumbre. Un arma diseñada para matar con los mínimos daños colaterales. Qué lástima que no te hubiera reclamado al principio, no haberte hecho mía antes de que Antonio tomara la iniciativa. Quién sabe, puede que algún día trabajes para mí cuando mi abuelo eche a Antonio a un lado. No llevo bien no salirme con la mía.

Su mirada volvía a ser penetrante y sobria. No estaba tan borracho como me había hecho creer.

Estuve a punto de sonreír. Ese era el Valentín que conocía.

—¿Es posible?

—¿El qué?

—Que tu abuelo eche a Antonio. Si de verdad lo pensaras, no odiarías tanto a Antonio. ¿Te molesta que tu abuelo le preste más atención que a ti? ¿Que confíe más en Antonio que en su propia sangre?

Apretó la mandíbula y entrecerró los ojos.

—No me gusta que mis presas me hablen así.

—No soy tu presa. —Era la asesina secreta de su hermano. Aunque quisiera hacerme daño, no podría. No mientras contara con la protección de Antonio.

—Aún no —bisbiseó—. Mi abuelo tendría que haberos exterminado a todos y haber doblegado esta tierra hace años. Pero el idiota de mi padre soñaba con una realidad en la que nuestros dos mundos coexistieran. Obligó a mi abuelo a mostrar piedad con los salvajes de tu pueblo. Antonio es un cobarde, como mi padre. Roma necesita un hombre con agallas para salvarla, no un santurrón que reflexiona sobre los derechos de aquellos a quienes no gobierna.

—¿Salvarla de qué? —inquirí. Qué cerca estaba del secreto.

—De nuestros dioses —rio—. De nuestra diosa inexistente llamada Madre Naturaleza. Nos castiga por nuestros pecados año tras año. Nuestro mundo se muere. Qué fácil sería si pudiéramos apoderarnos del vuestro. Lanzar unos cuantos misiles y bombas sobre las ciudades y masacrar a la población.

De no haber sido por los brazaletes y el zumbido de la ciencia, la magia me herviría bajo la piel a causa de sus palabras. Esa vez, puede que cediera a la tentación de la Muerte y castigara a un hombre que lo merecía.

Pero si le tocaba un solo pelo de la cabeza, no saldría de allí con vida.

—Antonio cree tener una mejor solución con su ciencia y sus experimentos interminables —añadió—. Pero nuestra gente no necesita ciencia, sino una segunda oportunidad. Un lugar seguro y limpio, alejado de nuestro vengativo planeta. Tu mundo posee todo lo necesario para un nuevo comienzo: minerales en bruto, tierra y océanos. Podríamos construir fábricas, tirar nuestra basura y minar vuestros suelos. Todo lo que mi mundo ya no soporta. —Una risita de borracho—. Llevo razón. Mi abuelo sabe que llevo razón. Intentar razonar con simplones como tú es una pérdida de tiempo. Tarde o temprano, verá la luz y entenderá que el único modo de salvar a Roma es destruir Pangu.

Apreté la mandíbula para que no me viera estremecerme. Al menos, Antonio decía la verdad. Quería que Roma fuera misericordiosa, mientras que otros en su mundo ambicionaban el apocalipsis y la destrucción.

Reducir todo a cenizas, mis vecinos incluidos.

Pese a que la Muerte ya no me susurraba al oído, me moría de ganas de hacerlo sangrar por sus palabras, por su arrogancia y su odio, por su corazón podrido y cruel. Quería recordarle que, por muchos golpes de pecho que se dieran, los romanos no eran dioses. Ni mucho menos.

Bajo esa fachada había carne y hueso.

Eran mortales como el resto de nosotros.

Aun así, sonreí forzadamente y asentí como si estuviera de acuerdo. Una salvaje como mascota, seducida por sus mentiras cuando, en realidad, estaba planeando cincuenta formas distintas de acabar con su vida.

De repente, las misiones de Antonio me parecieron más importantes que nunca. Un día, él llegaría al trono romano y le pediría que me dejara matar a su desgraciado hermano. Y sería glorioso.

A diferencia de Dawson, la muerte de Valentín merecería los últimos segundos, minutos o incluso horas de mi vida.

Y, a la vez, durante un instante fugaz, desee poder experimentar el mundo como Valentín Augusto hacía, solo por una vez.

Rodeado de lujos desde su nacimiento, arrullado en la creencia de una grandeza que le inculcaron quienes deseaban usarlo en un propio beneficio. Las necesidades de Valentín no eran necesidades como tal. Surgidas de sus privilegios, no eran más que el espejismo de la convicción de que podía conseguir todo cuanto quisiera, fuera lo que fuera.

Sonaron unos pasos procedentes del pasillo.

El príncipe Valentín sonrió.

—Menos mal, mi querido hermano ya está en casa. Por nada del mundo me gustaría que se perdiera esto.

Hizo una mueca cargada de malicia y me percaté del brillo de una jeringuilla que asomaba del bolsillo de su traje. Me arrollaron los recuerdos de nuestro último encuentro, que me hicieron levantarme apresuradamente y me impulsaron a correr.

Se abalanzó sobre mí y, de forma instintiva, busqué la magia de la Muerte, pero las esposas la mantenían encadenada en una jaula fantasmal. Daba igual cuánto me agarrara sus barrotes, la magia era rala como la seda de araña, se desintegraba en mis manos y resultaba imposible de sostener.

Así, no me quedó otra que esquivarlo, con la esperanza de que las habilidades de combate que Taohua me había enseñado bastaran para protegerme. Puede que no fuera tan fuerte como ella, pero poseía una gran rapidez y mi cuerpo se movía por instinto, aunque me encontrara desprovista de la tutela omnipresente de la Muerte.

No obstante, las piernas de Valentín eran más largas que las mías, y sus movimientos, fluidos y ensayados. Había estado preparándolo todo desde que yo había entrado por la puerta.

—Te avisé de que serías mi presa, ¿o no? —dijo con escarnio mientras me agarraba del cuello de la camiseta, con la jeringuilla peligrosamente cerca de mi garganta.

Sin la ayuda de la Muerte, tendría que salir de esa a la vieja usanza. Cerré la mano formando un puño, golpeé a Valentín con todas mis fuerzas e hice que perdiera el equilibrio.

De todo lo que Valentín Augusto creía saber de mí, dudaba que hubiera anticipado que sabía luchar, que una mujer podría retorcerse de sus garras.

Mientras daba el traspié, aproveché para pegarle una patada en el pecho y, así, derribarlo. La aguja de opio voló por los aires. Tuve la tentación de ir corriendo a cogerla e inyectar el turbio líquido en sus venas en lugar de en las mías; una dosis de su propia medicina, para que supiera el dolor que había provocado a tantas personas.

—¿Qué está pasando aquí? —la voz de Antonio me interrumpió antes de que sucumbiera a mis oscuros deseos.

Intenté tragarme la rabia que me hervía en la garganta.

—Es un lastre para la misión de Sihai —escupió Valentín mientras se levantaba.

Tenía sangre en la comisura de la boca, donde lo había golpeado.

Me daban ganas de sonreír.

«Me alegro».

—Es una salvaje, como todos los demás. Su magia es demasiado poderosa y no debemos dejarla así de indómita —reanudó Valentín, con un fuerte resentimiento en cada palabra—. Esa pequeña… —Cuando dio un paso al frente, Antonio hizo lo mismo y colocó su cuerpo entre ambos para actuar de escudo frente a su hermano, que arqueó una ceja en señal de confusión—. ¿Qué estás haciendo?

Antonio me empujó un poco más hacia atrás, para ocultarme y protegerme.

—Ruying trabaja para mí. No necesito que te metas. No tienes derecho alguno a presentarte en mi casa y atacar a mi...

—¿A tu qué, hermano? ¿Tu aliada, tu amiga, tu amante, tu puta o como quieras llamarla? Porque, sin duda, te ha embrujado. No olvides lo que el abuelo te enseñó. No olvides *quién* eres, Antonio, quién es ella y cuál es nuestra misión aquí.

Antonio endureció la mirada ante tales palabras.

—Presta atención a mi advertencia, Valentín. Solo consentiré lo que ha pasado una vez. Si vuelves a acercarte a Ruying, no sé de qué seré capaz.

—Te arrepentirás de esto —amenazó con una desagradable risa—. Grábate mis palabras: esta fresca te costará la vida.

—Eso es asunto mío, *hermanito*. —Antonio me puso una mano en el hombro—. Confío en ella.

Valentín rio.

—¿Por qué?

—Porque sí.

29

El sonido de los disparos ya no me sobresaltaba y los culatazos ya no me hacían perder el equilibrio.

Al principio, fui una alumna reticente cuando Antonio decidió que me enseñaría a manejar las armas de su mundo, pero era un profesor paciente. Mi puntería mejoró de forma considerable tras cada entrenamiento hasta que los aciertos en el blanco dejaron de ser golpes de suerte.

Semanas atrás, yo había bromeado con que en seis meses la estudiante superaría al maestro, y una sonrisa había aflorado en el rostro de Antonio como las peonías que se abren bajo el sol estival, lo que calentó mi interior con un espléndido resplandor.

Esos días, mis sonrisas reflejaban las suyas a la menor oportunidad. Y no lograba sacarme su mirada de la cabeza, nunca.

Hacía tiempo que la curiosidad y el amargo recelo de nuestro primer encuentro se habían disuelto. Ahora, me miraba con una ternura que nada tenía que ver con el príncipe al que conocí meses atrás.

Podía percibirlo no solo en sus ojos, sino en el amago de sonrisa que aparecía en la comisura de sus labios; sonrisas auténticas, no del tipo forzado para encandilar a los consejeros y mercaderes que entraban y salían de su oficina presentando un problema tras otro.

Una leve muestra de afecto, pero afecto a fin de cuentas. Uno que esperaba que bastara para salvar a mi hermana si descubría su alianza con el Fantasma.

Si es que no se había enterado ya.

A los ojos de Antonio no se les escapaba el menor detalle, solo que raramente decía en voz alta lo que su mente callaba.

Apreté el gatillo. Otra ráfaga de balas tronó en la sala, pero ninguna alcanzó su objetivo. Estaba distraída. Los recuerdos de mi último encuentro con Meiya traqueteaban en mi cabeza como el toque persistente de la campana de un monasterio y rondaban cada uno de mis pensamientos. Y, cuando cerraba los ojos, veía la burla cruel de Valentín al abalanzarse sobre mí con una jeringuilla de opio líquido en la mano...

Como si pudiera leerme la mente, Antonio rompió el silencio.

—Te pido disculpas por el comportamiento de mi hermano.

Estuve a punto de sonreír. Me sonrojé y el corazón se me aceleró de repente. Cuando la voz de Antonio adquiría un cariz amable y sus palabras transmitían indulgencia, me hacía pensar que estaba de mi lado, que siempre estaría de mi lado.

Después de tantos años en los que mi hermana me veía como el enemigo, mi abuela me temía, Baihu y Taohua me habían dejado de lado... Era una sensación que agradecía.

—Y yo te pido disculpas por haberlo atacado —respondí.

—No es necesario. Se lo merece.

—Gracias.

—¿Por qué?

—Por ponerte de mi lado. Por no permitir que me inyectara el opio hace meses. —«Por defenderme. Por creer en mí».

Movió los labios; casi una sonrisa.

—Si fueras un instrumento sediento de opio, ¿con quién discutiría todos los días? ¿Quién pondría los ojos en blanco cuando dijera alguna estupidez?

Me encogí de hombros.

—¿Dawson? Parece valiente.

—Nadie al otro lado del Velo es tan valiente como tú, Ruying.

Sentí un calor en las mejillas. No hablaba en serio.

No era valiente.

Ni en sueños.

De ser valiente, no estaría allí; mi hermana no me odiaría; la abuela no derramaría lágrimas de preocupación porque estaba demasiado avergonzada para enfrentarme a ella y decirle que estaba viva.

—Nada en el contrato te prohíbe ir a casa con tu familia, lo sabes, ¿no? —prosiguió.

Ahogué un grito.

—¿Lo sabías?

¿Cómo era posible?

¿Antonio me estaba espiando?

Me había dicho que estaría sola durante las misiones porque no podían ver a ningún soldado romano cerca de la escena del crimen, pero ¿y si me vigilaban más de cerca de lo que pensaba?

¿Y si habían escuchado mi conversación con Meiya? ¿Y si sabía que trabajaba para el Fantasma? ¿Sería capaz de…?

—Relájate —me calmó al percibir mi pánico—. No te estoy espiando, pero tengo guardias vigilando tu casa. Es parte del trato, ¿no? Tú te ocupas de a quienes quiero muertos y yo me ocupo de a quienes quieres con vida. Últimamente, me han informado de que una chica extraña acechaba en las inmediaciones de la casa de los Yang, como una acosadora…

Arqueó una ceja.

Bajé la vista.

—Entra si tanto las echas de menos. Puede que no te importe pasar horas a la intemperie solo para ver a tu hermana y a tu abuela, pero a ellas sí, de enterarse. No te impido que vuelvas a casa. Tu abuela te echa de menos, ya lo sabes. No perderá la esperanza de encontrarte, por mucho tiempo que pase. Y algo me dice que no se rendirá hasta que estés en casa o vea tu cadáver.

¿Era una amenaza?

Las viejas costumbres nunca mueren.

Me mantuve alerta y cautelosa; el hielo que había bajo mis pies era delgado como el papel.

—Vamos, ve a casa para que al menos sepan que estás viva —me animó.

Agarré la pistola con más fuerza, a cuyo peso me había acostumbrado e incluso me resultaba cómodo tras meses de práctica. Volví a centrar mi atención en la diana y apreté el gatillo.

Una en el blanco, rozando el centro por los pelos, mientras el resto de orificios de bala estaban repartidos por la hoja exterior.

—Si mi abuela se enterara de nuestro acuerdo, de lo que hago para asegurarme de que Meiya y ella estén a salvo y con el estómago lleno durante el largo invierno, preferiría que estuviera muerta.

—Eso no lo sabes.

—Sí que lo sé. —Cuatro palabras que pronuncié con suma discreción, como si no quisiera que nadie las oyera—. ¿Qué más te da? ¿No te alegras de que guarde la distancia con ellas? Cuanto más lejos esté de mis seres queridos, más improbable es que cambie de opinión y te dé la espalda.

—No si eso implica que sufras en el proceso. —De nuevo, esa muestra de dulzura, una preocupación auténtica, un desliz excepcional de la máscara de hierro que se había convertido en algo cada vez más habitual durante los últimos meses.

¿Era real o solo se trataba de una manipulación disfrazada de preocupación?

Cuando lo observaba, sentía el corazón lleno por su atenta mirada. Tan lleno que temía que todo fuera producto de mi imaginación. O que me tomara por tonta. Mentiras con las que llenarme la cabeza de pájaros para que viera el mundo desde su perspectiva y le sirviera mi lealtad y mi magia en bandeja de plata.

«Mamá se avergonzaría de la persona en que te has convertido», ahí estaba otra vez el eco de las palabras de Meiya. Me sonrojaba ante el enemigo y el corazón me latía demasiado rápido, como a los traidores.

Separé los labios y esperé a que el príncipe dijera algo más, a que soltara las palabras que deseaba con desesperación: que mi familia me querría pasara lo que pasase, que estaba haciendo lo correcto y que todo eso habría valido la pena cuando gobernara Roma y devolviera a mi mundo a su antiguo yo.

No lo hizo.

Antonio no era de los que hacían promesas que no podían cumplir.

Estaba a punto de volver a cargar el arma cuando posó su cálida mano sobre la mía. Nuestros dedos se entrelazaron ligeramente.

—Siento haberte arrastrado a todo esto —se disculpó con gran ternura.

—Yo también.

Dos palabras apenas más altas que un suspiro, pero suficientes para que el príncipe se estremeciera y diera un paso atrás. Su mano apretó la mía durante unos instantes antes de soltarla y abrió la boca como si quisiera decir algo, pero apretó la mandíbula y se mordió la lengua para no dejar escapar sus pensamientos misteriosos.

Siempre quedaba algo por decir entre nosotros dos.

Conteníamos nuestras palabras con armaduras y escudos y guardábamos secretos a ambos lados. A pesar de lo que crecía entre nosotros, ninguno confiaba lo suficiente en el otro para ser honesto o mostrarse vulnerable.

Pero, cuanto más tiempo pasábamos juntos, cuanto más amable era conmigo, más cómoda me sentía a su lado y más creía que podría hacerle daño.

Igual que él podría hacérmelo a mí.

Si no peor.

Podría romperle el corazón.

¿Podría él romperme el mío?

Éramos aliados, no amigos. Y, sin duda, de ahí no pasaba.

A pesar de su belleza, a pesar de todos los modos en que mi corazón se aceleraba cuando su piel besaba la mía con el más sutil roce, no podía pasar de ahí.

Pertenecíamos a dos mundos diferentes, a dos estatus diferentes. No teníamos futuro alguno.

Creer lo contrario era de necios.

Aunque me hacía promesas de que seríamos iguales, aliados, ambos sabíamos que Antonio tenía el poder de romperme el corazón de forma más dolorosa que yo a él.

No íbamos a hacernos ilusiones.

—Tiene suerte de tenerte, tu hermana. Daría lo que fuera por tener a alguien como tú en mi vida, alguien que sacrificara tanto para protegerme, para cuidarme.

«¿Acaso Valentín no haría lo mismo?», la pregunta no llegó a salir por mi boca; menuda estupidez había pensado.

Antonio y Valentín eran rivales antes que familia. Aunque hubieran sido hermanos de sangre, por mucho que la sangre tirara, nada superaría la fuerte tentación del poder.

Valentín había dejado muy claro qué era lo que más ansiaba en el mundo. Y no tenía nada que ver con la familia.

—¿Cuántos años tienes? —pregunté en su lugar.

Arqueó una ceja; lo había pillado desprevenido.

—Veinte.

Solo un año más que yo.

—Pensaba que eras mayor.

—¿Por qué? ¿Te parezco un apuesto madurito? —se burló, con un brillo en los ojos. En momentos así, donde reinaba la risa, era fácil olvidar quién era él y quién era yo; el mundo que nos dividía; la guerra que nos separaría si no lográbamos la paz que ambos buscábamos.

—No —respondí, pensando en cómo me había encañonado con el arma en aquel coche meses atrás. En la frialdad de sus ojos, la sutil crueldad que siempre acechaba, que tanto distaba de la ternura que ahora me mostraba. ¿Cuál era la máscara y cuál era la realidad?—. Solo me pareces muy sensato para tu edad.

—¿Porque soy implacable con mis objetivos? —ironizó. No respondí. Quien calla, otorga—. Mi padre dijo lo mismo cuando me adoptó, que soy muy maduro, alguien que tiene lo que hay que tener para obtener resultados. Implacable con mis deseos, cruel en mis misiones. No me avergüenzo de quién soy. Soy capaz de cosas malas, *terribles*. 铁石心肠: «Un corazón de piedra», podría decirse. Y tú también lo serías si te hubieran criado como a mí. —Hizo una pausa y volvió a dirigirme su atención, inquebrantable—. ¿Te doy miedo, Ruying?

«Sí», suspiré para mis adentros, algo que no era capaz de admitir, porque sonaría a traición, lo que no sabía era si para él o para mí.

Como no contesté, se tomó mi silencio como respuesta.

Inclinó la cabeza.

—¿Te doy miedo yo? —le pregunté por mi parte.

—Sí. —Su respuesta fue como una puñalada en el corazón, un dolor similar a cuando te arrancan la carne de los huesos, como si la propia Muerte me hubiera atravesado. Dio un paso hacia delante—. Pero no del modo en que piensas. Te temo del modo en que los mortales se estremecen ante los dioses. Olvida lo que te han enseñado, Ruying. No tienes nada de monstruoso, más bien todo lo contrario: creo que eres una maravilla digna de ser observada. En palabras de tu pueblo, 我三生有幸,遇到你: «Te he conocido con la suerte de tres vidas». Ser testigo de tu poder... No te haces una idea de cuánto me asombras una vez tras otra. Los habitantes de Pangu llaman «dioses» a mis congéneres, pero la auténtica diosa aquí eres tú. Tu poder merece ser venerado, Ruying. Mereces ser temida. Al mirarte, veo a una chica que se niega a alcanzar su máximo potencial. Y, si me lo permites, si confías en mí, me gustaría ayudarte a lograrlo.

«Confianza», qué palabra tan sencilla.

¿Confiaba en él? ¿Podía confiar en él?

Quería. Tanto que me asustaba.

Antonio estaba tan cerca que sentía el calor de su cuerpo contra el mío. Su aroma; sal marina y sándalo, cautivadora como un hechizo. Si quisiera, podría posar mis labios sobre los suyos. Podría saborearlo y él podría saborearme.

Si daba un solo paso al frente, me besaría.

Sabía que lo haría.

Solté la mano que no sabía que sujetaba la mía.

—¿Me odias, Ruying Yang? —preguntó cuando su mano cayó.

—No —la respuesta me salió sola porque era una verdad que no necesitaba ocultar. No lo odiaba. Ya no. No ahora que conocía a la persona que se escondía bajo su fachada de príncipe.

—Me alegro. —Curvó ligeramente los labios—. No hay muchas personas en las que pueda confiar a ninguno de los lados del Velo. Ni en mis comandantes ni en mis hermanos. Ni siquiera creo que pueda confiar en mi abuelo, que es la razón por la que sigo con vida. Una vez confié en mis padres biológicos y en mi padre adoptivo, pero ya no están aquí. Me gusta hablar contigo porque sé que siempre me dirás la verdad. Sé que entenderás lo que el resto no puede. Lo que se siente al ser egoísta, al *querer* todo lo que el mundo nos ha arrebatado, todo lo que nos ha negado. Harías cualquier cosa para sobrevivir, como yo. Conoces la desesperación. Conoces el hambre. Me veo reflejado en ti. Un igual que no esperaba encontrar en otra persona.

Sus palabras eran una pesada sinfonía que sonaba al ritmo de mi corazón.

Estaba en lo cierto. Conocía muy bien esos sentimientos; eran las agujas que perforaban mis valores, la gravedad que me había empujado hacia él tantas lunas atrás.

Porque, aunque Antonio no quisiera proteger a mi pueblo, yo estaría allí, abandonando a mi país y a mis vecinos por una necesidad egoísta de supervivencia, para proteger a mis seres queridos.

Por mi familia, con gusto abandonaría al mundo entero.

—No somos iguales —lo provoqué—. Yo puedo matar a alguien sin tocarlo. ¿Y tú?

—Yo puedo dirigir ejércitos y arrasar ciudades. ¿Y tú?

Apreté los labios para no dejar escapar una sonrisa.

—No soy una diosa, y tú tampoco.

—Para mí sí lo eres.

—La historia no está del lado de quienes se autodenominan «dioses», ni de quienes juegan a serlo.

—No, la historia no está del lado de los mortales que juegan a ser dioses, pero en nuestro interior habitan el poder y la ambición, y no deberíamos avergonzarnos de ello. Somos fuertes y valientes porque podemos tomar decisiones que otros no pueden. Sacrificar un poco por un mucho. Realizar un cambio permanente en nuestras naciones.

—Asesinar en nombre de la paz —repetí, para después retomar la pregunta que sabía que acabaría haciéndole en algún momento—: Dime, si te conviertes en emperador, ¿devolverás a Roma a su propio mundo y dejarás que Pangu regrese a su antiguo yo?

¿Se marcharía como si los últimos veinte años no hubieran ocurrido jamás?

¿Podría realmente resistirse a la tentación de la codicia, a diferencia de su abuelo, y dejaría que mi mundo recobrara su antiguo esplendor?

Antonio no contestó de inmediato. Luego, se sinceró:

—No creo que podamos volver a meter a un tigre en su jaula, pero quiero que nuestros mundos lleguen a un acuerdo y solucionemos las cosas con el mínimo número de víctimas posible.

—¿Qué quiere Roma de Pangu? —La pregunta que me rondaba por la cabeza desde que lo conocí. ¿Qué hacían aquí y qué querían? Aquel día, algunos fragmentos habían escapado de los labios ebrios de Valentín, pero no era suficiente. Teorías sin la verdad como ancla. Además, ¿hasta qué punto podía fiarme de la palabra de Valentín? Puede que solo tratara de confundirme, de distraerme y crear conflictos entre su hermano y yo.

Quería una respuesta, y la quería de Antonio.

Pero no podía ofrecerme más que silencio.

Así, de repente, la melodía que sonaba entre nosotros se detuvo. Su muda respuesta era una advertencia; una línea en la arena, una que no debía volver a cruzar.

Cambió de tema.

—Tu último trabajo ha sido el más discreto hasta la fecha. Enhorabuena.

Forcé una sonrisa de orgullo, como si buscara su aprobación.

—¿Cuántos más?

—Pocos más. —«Pocos más, pocos más...». Siempre decía «pocos más»—. Ya tengo tu próxima misión.

—¿Cuándo? —Bajé el arma.

¿Qué diría Meiya si se enterara de todas las oportunidades desperdiciadas, de todas las veces que había podido matar a Antonio Augusto y no lo hice?

Si ella estuviera en mi lugar, ¿dudaría? ¿Pensaría en que asesinar a un príncipe de Roma pondría en peligro la vida de mi abuela? ¿O acaso solo le importaban la revolución y el odio?

—Salimos en cinco días. Te daré un informe completo cuando lleguemos.

—¿Salimos? ¿Vienes conmigo?

—No, *tú* vienes *conmigo*.

—Debe de tratarse de algo importante para que su alteza embellezca la escena del crimen. ¿Dónde vamos?

—A la capital de Sihai, la ciudad de Donghai.

Los rumores de la tetería se arremolinaban en mi cabeza como las almas robadas que retumbaban en mis pesadillas.

—Donghai —repetí en voz alta, por si había entendido mal a Antonio—. Conque los rumores eran ciertos.

Se contaba que Sihai y Roma maquinaban para firmar un tratado para gozar de inmunidad en caso de que Roma declarara la guerra al resto del continente.

—Depende de los rumores que te hayan llegado. —Inclinó la barbilla y volvió a ponerse la máscara de príncipe, con lo que lo más cercano a un amigo que tenía en esa ciudad solitaria desapareció. El aire a nuestro alrededor se enrareció con frías formalidades una vez más—. Si te refieres a que Roma y Sihai van a firmar un nuevo tratado independiente, sí, los rumores son ciertos.

No sabía de qué me sorprendía. El último tratado de Pangu con Roma se remontaba a décadas atrás, cuando lo firmaron los cinco imperios del continente. Tenía una duración prevista de noventa y nueve años, pero, tras todo lo ocurrido en Erlang, el desasosiego se incrementaba entre nuestros vecinos. El resto de imperios temían convertirse en el nuevo objetivo de Roma. Ahora que el mundo estaba al tanto de los peligros del opio, Roma no sería capaz de debilitar imperios con la droga como había hecho con nosotros; sin embargo, seguro que contaba con otros métodos.

Las visiones del depósito de armas me vinieron a la cabeza, así como las historias de la abuela de la guerra, bochornosamente breve, que había acabado con la vida de mi abuelo.

Que Sihai escogiera ese momento para firmar un tratado independiente con Roma solo podía significar una cosa.

—Ahora, cada uno vela por sus propios intereses.

Antonio había dejado de mirarme.

—Tratan de convencer a mi abuelo, pero mientras me quede aliento, mientras él me escuche, no permitiré que reduzcan a Erlang a cenizas y polvo. Y, aunque no pueda detenerlo, protegeré a tu familia como prometí. Tus seres queridos estarán a salvo, pase lo que pase.

Intenté sonreír, intenté parecer complacida mientras la vergüenza me reconcomía con unas fauces afiladas como cuchillas que me desgarraban desde el interior. Me enderecé un poco.

—¿Cuál es el plan y quién es el objetivo?

—Te daré un informe completo cuando lleguemos a Sihai. Entretanto, tómate unos días libres y disfruta, ya sea visitando los mejores puestos de comida de la ciudad o quedándote parada delante de tu casa un rato, pero abrígate bien.

Sabía cuándo me estaba despachando. Me disponía a alejarme cuando, de repente, Antonio me rozó la mano con dulzura, como si me pidiera que me quedara un poco más.

—Espera. —Una palabra sosegada que obligaba a todo a detenerse. Su mirada denotaba fragilidad mientras recorría la habitación, mirando todo excepto a mí—. Tenía que haber hecho esto hace mucho tiempo.

Sacó un pequeño mando a distancia del bolsillo, el que controlaba las esposas, y pulsó un botón.

Di un respingo, preparada por instinto para sentir el dolor.

En lugar de la descarga eléctrica a la que ya estaba acostumbrada, mi cuerpo se encontró con el hormigueo de la magia, que inundaba mis sentidos.

—Sé cuánto detestas estar apartada de tu magia, lo vacía que te deja en su ausencia. Como le dije a Valentín el otro día, confío en ti. Te confiaría mi vida.

No sabía qué responder. De todas las pequeñas muestras de misericordia que podía concederme, esa era la más inesperada. Y no se trata de algo nimio en absoluto, era algo colosal. Un privilegio del que ningún otro Xianling a las órdenes del príncipe disfrutaba.

A ojos de Roma, los Xianlings eran peligrosos. Para que pudiéramos existir en ese lado de la Valla, debían bloquear nuestra magia cuando no la estábamos utilizando.

—¿Qué dirá Valentín si se entera?

—No tengo intención de contárselo. ¿Y tú? Esto también es para ti. —Me entregó un distintivo con el escudo de la familia Augusto grabado—. Esta insignia es una extensión de mí, Ruying. Te ofrece acceso ilimitado a todos los establecimientos romanos de la ciudad, y la próxima vez que cruces la Valla, nadie se atreverá a cuestionarte. Si alguien vuelve a mirarte mal, enséñale la insignia. Si no te muestran el mismo respeto que a mí, sería traición.

Me dejó boquiabierta. ¿Cómo se había dado cuenta de la amargura que me reconcomía? Debía de controlar muy de cerca cada uno de mis movimientos y mis penas.

—Gracias —fue todo lo que alcancé a decir.

—Descansa. —Antonio dio un último paso hacia mí hasta colocar sus labios en mi oreja, con su cálido aliento sobre mi piel—: Entretanto, te contaré un pequeño secreto si prometes no contárselo a nadie. La historia es una canción que entonan los vencedores. Las verdades y mentiras son lo que hacemos de esos acordes. Mantente leal a mí y te juro que el mundo te recordará como a una heroína, forjada en este mundo de magia y ciencia porque, llueva, truene o relampaguee, ganaré este juego de poder y te dejaré un legado que perdurará tras tu muerte; un nombre que susurrarán durante miles de años. Tus sueños más descabellados. Todo lo que siempre has deseado.

Heroicidad.

Legado.

Ser recordado era algo con lo que soñaba mi padre, algo que mi abuelo y tantos de nuestros antepasados habían soñado antes de que sus nombres cayeran en el olvido.

Hubo un tiempo en el que yo también aspiraba a esas cosas grandiosas y fantásticas.

Quería estar a la altura del peso asfixiante de mi nombre, de los sueños y esperanzas de mi madre, que dio su vida para traerme a este mundo.

Pero eso fue antes de que mi padre recurriera al opio para ahogar sus penas, antes de que mi ciudad se derrumbara ante mis ojos, antes de saber qué era pasar hambre, morirme de frío o sentir terror.

Después de todo eso, solo me importaba proteger a mis seres queridos. Velar por los últimos restos de paz para que mi abuela no viviera para presenciar otra guerra. Y que, si así fuera, estaría a salvo siempre y cuando contara con el favor de un príncipe de Roma.

Mientras Antonio tuviera el poder, yo también lo tendría.

30

Esa noche, soñé con el pasado; recuerdos de la primavera, cuando un sol dorado atravesaba los brotes de las hojas.

Aquella mañana, papá nos llevaba a Meiya y a mí al bullicioso mercado matinal y, con su cálida mano, sujetaba la mía. Nos había dejado escoger lo que quisiéramos para desayunar. Llevaba la cesta a rebosar de lichis frescos y de los deliciosos pasteles de osmanto que tanto me gustaban y que la abuela no me dejaba comer porque llevaban demasiado azúcar. Meiya llevaba dos brochetas de *tanghulu* en su mano diminuta y, por turnos, mordisqueaba ambas. Hombres ataviados con túnicas de seda nos detenían por la calle para saludar a papá con reverencias y sonrisas agradables, y charlaban sobre la política de la corte y el fin de las guerras.

El cielo lucía azul cerúleo, desprovisto del alto portal romano que lo empañaba. No había aviones ni helicópteros, ni tampoco vallas, parques divididos en sectores o tiendas con el cartel SOLO ROMANOS.

Ahí fue cuando me di cuenta de que se trataba de un sueño, un bello paisaje imaginario demasiado bueno para ser verdad.

No debía disfrutar de esas fantasías imposibles. Solo me romperían el corazón un poco más con la llegada de la luz del día, pero me daba igual. Me aferraba al sueño y bailaba con mi hermana, saboreaba cada una de sus sonrisas y la mirada amable de mi padre; la vida que tendría que haber llevado si los romanos nos hubieran dejado en paz.

Justo cuando una sonrisa florecía en mis labios, un trueno violento rompió el espejismo en diez mil pedazos de porcelana.

Los colores vibrantes se apagaron y la primavera dio paso al calor; a un verano ardiente y rancio con cigarras y moscas zumbando.

Papá se desmayó en el vestíbulo; había botellas de alcohol vacías a sus pies, y él mascullaba borracho acerca de la justicia y el honor.

Fui a su encuentro a toda prisa y traté de incorporarlo, pero me empujó. Gruñía y gritaba que era culpa mía y de Meiya que mamá estuviera muerta y nuestra casa en la ruina.

—¡Hijos! —aullaba—. ¡Tendría que haberme dado hijos!

Cuando alzó la mano y curvó los dedos para formar un puño, tropecé y salí corriendo; me escondí en un armario y recé para que no me encontrara. Desde las sombras, observaba cómo vociferaba y berreaba mientras estrellaba los jarrones de cerámica contra los pilares tallados con la gloria de nuestros antepasados.

Después, cuando se había calmado y cansado, se quedaba aturdido de rodillas y miraba fijamente el portal reluciente que vigilaba la ciudad como un dios que contempla a sus súbditos o un cazador a la espera de hincarle el diente a su presa.

De forma progresiva, las pipas de opio sustituyeron al vino.

Los mismos hombres que saludaban a mi padre con sonrisas y le pedían favores empezaron a girar la cara al vernos y se burlaban del 败家子, «bastardo, mal hijo», que despilfarraba y se jugaba generaciones de respeto y fortuna. Todo lo que nuestros antepasados habían levantado con su sangre, juventud y sacrificios incesantes se pudrió en las manos irresponsables de mi padre, hasta que no quedó nada para el carbón del invierno o las gachas de arroz.

Otro trueno.

Las nubes de tormenta ocultaban cualquier resquicio de luz y lo siguiente que supe fue que Meiya me metía dentro de un armario para esconderme. Muerta de miedo, me agazapaba en la oscuridad y dejaba que mi hermana gemela se enfrentara a la cólera de mi padre sola.

Incluso de pequeñas, Meiya era más fuerte y valiente.

Yo, una cobarde.

Se decía que nuestros dones no eran una manifestación de nuestras almas, pero a veces me preguntaba si nuestras almas eran una manifestación de nuestros dones. ¿Era una coincidencia que Meiya estuviera bendecida con la magia para curar y prolongar la vida y yo tuviera el poder de arrebatarla?

Un dar y recibir.

Una sanadora y una asesina.

Una mártir y su hermana cobarde.

Yo sucumbía a mi maldad, a mis tentaciones y a mi egoísmo, mientras que ella se mantenía firme en lo correcto, aunque significara aguantar penas y sacrificios injustos para su edad.

Volví a vislumbrar el rostro de decepción de Meiya, la forma en que dio un respingo cuando traté de acercarme.

«No eres mi hermana, ni tampoco una heroína. No eres más que otra traidora cobarde».

Sus palabras retumbaban en mi cabeza a medida que el mundo se adentraba más y más en la oscuridad, hasta que me quedé parada bajo un cielo grisáceo, contemplando las cenizas y las ruinas de la ciudad que un día llamé «hogar».

El portal que conectaba mi mundo con Roma se rasgó y brilló con un fulgor rojizo como…

Me desperté sobresaltada, con la piel empapada en sudor.

Un sueño.

Solo era otro sueño.

31

Mi apartamento se encontraba en el lado romano de la Valla, en la planta superior de un espacioso edificio a un paso de donde Antonio vivía. El inmueble, que pese a su profusa decoración se encontraba desolado, estaba destinado a acoger a más inquilinos que nunca llegaron.

No podía quejarme.

Me gustaba la amplitud y la tranquila soledad me parecía una bendición la mayoría de los días, excepto cuando la cabeza me bullía con demasiados pensamientos.

Me había dicho que podía decorar el piso a mi gusto, pero no necesitaba demasiado: una cama, un armario y un par de sillas en el pequeño balcón con vistas a la ciudad de Jing. La evocadora visión de los farolillos festivos me recordaba sin cesar el camino que había tomado y todos a quienes había dado la espalda.

Tras el sueño, me desperté con los ojos bañados en lágrimas y me vestí a toda prisa; me puse una túnica oscura y me recogí el pelo en un moño que rematé con un *guan* de plata, una horquilla masculina. Siempre era más fácil viajar a la ciudad de Jing ataviada con ropa de hombre que de mujer.

Aunque en casa de Antonio había un cocinero que podía prepararme lo que me apeteciera, incluidas las exquisiteces de mi país, y que en ese lado de la Valla abundaban las cafeterías elegantes, ese día me sentía demasiado cansada para lidiar con el silencio y las miradas recelosas. Anhelaba mi hogar y quería comodidad. Se me antojaba un cuenco de fideos con alubias negras del puesto favorito de papá, donde solía llevarnos cuando tenía los medios para esos lujos.

La insignia de Antonio funcionaba a las mil maravillas y, finalmente, logré pasar de un lado a otro de la Valla sin esfuerzo. Era un día soleado y el aire, fresco; un breve momento de calidez tras un largo invierno plomizo.

Dejé a un lado la culpa, la vergüenza y los sentimientos insufribles.

Tanto dolor y responsabilidades me tenían extenuada. Solo quería unos instantes a solas, como una persona normal, para disfrutar de mis platos favoritos y no preocuparme de la guerra entre Roma y Erlang o de si estaba tomando las decisiones correctas. Yo…

Un niño vestido con una túnica de lino andrajosa se me echó encima con una fuerza que casi me hace perder el equilibrio y que me dejó tambaleándome en un intento por enderezarme. Tantos años de cautela desarrollada por la miseria hicieron que mi mente se centrara y noté que me sentía más ligera: el saco de monedas que llevaba en la cintura había desaparecido.

Un ladrón.

Me entraron ganas de sonreír al recordar cómo, en una ocasión, yo había usado la misma técnica con un hombre enfundado en seda y, como una tonta, intenté robar a un romano aparentemente inofensivo que resultó ser un príncipe.

Miré hacia arriba. El muchacho que huía estaba en los huesos y mi enfado desapareció antes de que pudiera tomar forma. No necesitaba esas monedas. Podía volver a mi apartamento, coger más y comprar una nueva bolsita. Pero, para él, ese dinero podía suponer la diferencia entre la vida y la muerte.

No valía la pena.

Estaba a punto de marcharme cuando el niño se detuvo bruscamente y echó la vista atrás, señalando algo con su oscura mirada.

Quería que lo persiguiera.

Fruncí el ceño, pero lo seguí.

Me condujo hasta la Torre de Loto; un faro resplandeciente de deseo y pecado, con un interior forrado en seda y una belleza que parecía de otra época.

En el lúgubre callejón de al lado, vi una figura cubierta con un traje carmesí, un tono que recordaba a la sangre seca, que me acechaba con una mirada fría y severa.

«Baihu».

Inclinó ligeramente la cabeza y movió la mano: me enseñó la bolsita que me habían robado.

Entré en el callejón, movida por el instinto persistente de los tiempos en que seguía a Baihu como un perrito allá donde fuera. Una vez fue mi amigo, alguien en quien pensaba que podía confiar.

Con todo, tenía la magia preparada en la punta de los dedos.

Por si acaso.

Cruzamos la misma puerta que Antonio usó la última vez que estuvimos allí. La misma escalera débilmente iluminada, solo que esa vez subimos hasta el último piso, derechos a su oficina. La misma que había visitado en infinidad de ocasiones, en lo que ahora me parecía hace un siglo. Recuerdos de tiempos más fáciles y tiempos más complejos. De cuando me atormentaban los fantasmas, no de mis pecados, sino del temor constante al invierno, a la adicción de mi hermana, a los precios fluctuantes del opio y el arroz, y a los rumores omnipresentes de guerra.

Los últimos vestigios de las joyas de mi madre, las monedas que resonaban en los bolsillos cuando una sola baya de verano se me antojaba un lujo.

En ese momento, ya no pasaba frío y estaba a salvo, igual que mi hermana y mi abuela. Podía comer lichis a puñados, incluso en invierno; naranjas, sandías y ciruelas, todos los caprichos de mi infancia que dejamos de poder permitirnos cuando mi padre dilapidó la fortuna que las espaldas deslomadas y la sangre derramada en el campo de batalla de mis antepasados habían concedido a nuestra casa.

Sacrificios nobles.

¿Qué pensarían si se enteraran de que había vendido mi dignidad y negociado con mi orgullo?

Era una traidora, como Baihu.

Ahora que me había puesto en su lugar, lo entendía.

La ética era pura ficción. De presentarse la oportunidad, cualquiera habría tomado las mismas decisiones que nosotros.

Entre supervivencia y honor, prefería la supervivencia.

«Los héroes mueren. Los cobardes viven».

Sentía las garras de mis actos oscuros arañándome el pecho, pero ese era el camino que había tomado. El camino que continuaría recorriendo, pasara lo que pasase. ¿Qué otra elección tenía?

¿Qué otra elección tenía una chica como yo en una época así?

—Te veo bien. —Baihu me saludó como si no hubiera pasado el tiempo.

Con el sonido de su voz, esos últimos meses bañados en sangre se desvanecieron como el colorete que arrastran las lágrimas.

Recorrí con la mirada la oficina, un lugar que antaño odiaba porque se había construido con el dinero sucio de nuestro pueblo.

Ahora mis manos lucían la misma suciedad.

Seis meses atrás, hice que se avergonzara de ser un traidor; ignorante de que poco después yo seguiría sus pasos con una estela de almas en pena a mis espaldas; vidas y futuros robados.

—¿Qué quieres? —inquirí.

Me había atraído hasta allí por una razón. Si su deseo hubiera sido que nos pusiéramos al día, me habría buscado hacía meses.

Su rostro era sombrío, con un titubeo visible en sus rasgos angulosos, como oscuros nubarrones que anuncian una tormenta.

—Necesito tu ayuda —confesó tras cerrar la puerta secreta que teníamos detrás; su voz era baja y sus ojos, penetrantes; dos llamas feroces que ardían de forma ininterrumpida.

—Ya dijiste algo así la última vez que estuve aquí.

—El objetivo es el mismo.

—Me sorprende que siga con vida.

—Esa es la cuestión. No quiero que muera, solo necesito que... lo *apartes* de la ecuación. Pero cuando tu objetivo siempre va tres o cuatro pasos por delante de ti y de cualquier otro jugador, pillarlo con la guardia baja no es tarea sencilla. Parece que secuestrar a un príncipe de Roma es todo un reto.

Atrajo toda mi atención.

—¿*Qué*? Has perdido la cabeza.

—No.

—Déjate de secuestros. Si se te ocurre ponerles una mano encima a Antonio o Valentín sin permiso, ¡podrían matarte por traición! ¿Acaso...?

—Soy un espía, Ru. —La confesión de Baihu estrelló mis pensamientos frenéticos como un carruaje al que sacan de la carretera. Una densa neblina de polvo lo nubló todo. No podía pensar. No podía respirar—. Soy un espía y necesito tu ayuda.

«No».

—¿Se trata de una trampa para poner a prueba mi lealtad a Roma? ¿Te manda Valentín? —quise saber, escudriñando la sala en busca de más puertas ocultas, cámaras, o de Antonio o Valentín detrás de las cortinas, listos para pillarme. Hacía unos días, Valentín le había dicho a Antonio que no podía confiar en mí. ¿Se había parado a pensar que, quizás, el tigre que mantenía a su lado podría ser el primero en volverse en su contra?

—No es una broma ni una prueba. Hablamos de algo grave y *necesitamos* tu ayuda. —Fue entonces cuando vi la verdad, la desesperación en sus ojos. Algo que no podía fingirse.

Me acordé de lo que mi hermana había dicho en el callejón: «Parece que Baihu estaba en lo cierto».

—¿Meiya lo sabía?

—Meiya lo sabe desde hace mucho. No era únicamente nostalgia por la infancia o… afecto personal lo que me llevaba a ayudarte a conseguir el opio —dijo con un hilo de voz, tan frágil por la culpa que estaba a punto de romperse.

—¿Me has mentido todo este tiempo?

—No me quedaba otra, Ru. He mentido a todos. Tenía que hacerlo. Por Erlang. Por Pangu. Por las nuevas y las antiguas generaciones, por todos aquellos que no pueden protegerse de la codicia insaciable de Roma que destroza nuestro mundo como una bestia hambrienta.

Cogió mi mano, y yo estaba tan aturdida por lo que acababa de decir que no la retiré. El calor de su piel envolvió la mía, y me resultó familiar, reconfortante y aterrador, todo a la vez.

—¿Por qué me lo cuentas? —interrogué—. Podría dar media vuelta y venderte a Antonio ahora mismo. ¿Te das cuenta de que, al decírmelo, has puesto en riesgo todo lo que has construido?

—Lo sé.

—¿Entonces?

—Porque no tengo más elección, Ruying. Necesito tu ayuda.

Cerré los ojos.

—¿Y el objetivo?

No necesitaba preguntarlo, ya lo sabía.

Si Baihu necesitaba mi ayuda, el objetivo debía ser alguien a quien no tuviera fácil acceso. Alguien que resultaba ser la única persona a la que yo necesitaba con vida.

—Antonio.

Aunque ya sabía que se trataba de él, no pude contener el respingo cuando oí su nombre.

—No —la respuesta me salió sola, sin pensar.

—Escúchame, Ruying.

—No voy a matarlo.

—Eres nuestra única esperanza. He visto cómo te trata. Confía en ti. Baja la guardia cuando está contigo y te concede unos privilegios de los que nadie más disfruta. No quiero que lo mates, Ru, solo... que lo *debilites*. Que lo vuelvas vulnerable. Que lo contengas por un tiempo. Por favor. No lo harías por mí. Lo harías por Erlang, por Pangu, por nuestro pueblo. Por Meiya. Debemos cambiar el curso del conflicto antes de que sea demasiado tarde. Debemos...

Lo aparté.

—¿Por qué Antonio y no Valentín? A diferencia de su retorcido hermano, Antonio está de nuestra parte.

—Es romano. Ningún romano está de nuestra parte. No tienes ni idea de cómo es en realidad a puerta cerrada. Puede que Valentín esté sediento de sangre, pero Antonio no es ningún santo. De hecho, es tan desalmado como el resto de su familia, aunque finja lo contrario. Dice que eres su igual, pero ¿te has dado cuenta de que siempre habláis en su idioma y que solo habla el nuestro cuando le conviene?

—No —refuté—. Antonio es diferente. Quiere la paz, quiere proteger a los nuestros. Es bueno. Y, si algo les pasa a Antonio o Valentín, su abuelo no lo tolerará. ¡Estallaría la guerra, Baihu! ¿Es eso lo que quieres?

Conforme las palabras salían de mi boca me di cuenta de que de eso se trataba, de por qué había jurado lealtad al príncipe belicista y no al que quería solucionar los problemas y lograr la paz a toda costa.

La mirada de Baihu se tornó fría y su rostro, indescifrable.

—La guerra es preferible al genocidio. ¿Qué crees, que el monarca romano no ha planificado cómo destruirnos por completo llegado el momento de luchar?, ¿que no está preparando ejércitos enormes mientras que nuestros vecinos piensan con ingenuidad que el tratado y que doblar la rodilla de forma incesante pueden mantener la paz? Mi primo es un cobarde. Y lo mismo se aplica al resto de emperadores que gobiernan este continente, que afirman ser descendientes de los dioses y prometen protegernos con su santidad.

«Vivir arrodillado no es vivir», las palabras de mi hermana. Daba igual cuánto me esforzara por acallar su voz, las palabras de Meiya asolaban mis pensamientos y se introducían en mis raídas creencias y en mi moral en ruinas.

Reconocía la determinación al vuelo. Baihu era obstinado. Si creía en algo, lo hacía con todo su ser, y así sería hasta su último latido.

—¿Es eso lo que de verdad crees o repites lo que el Fantasma te ha enseñado? —lo ataqué.

Si el emperador Yongle era un títere como todos afirmaban, jamás enviaría a un espía a mezclarse así entre nuestros enemigos. No tendría las agallas necesarias. Además, pese a la sangre real de Baihu por parte de su padre, no sentía el menor aprecio por la dinastía Erlang y pensaba que su difunto padre era un borracho despreciable que no merecía su apellido ni los títulos.

Si Baihu no trabajaba para el emperador, solo podía tratarse de una persona. La misma persona cuyas mentiras Meiya se tragaba con reverencia. El hombre que había cimentado toda su existencia en la promesa de una guerra, un levantamiento y una revolución que impartirían justicia para Erlang.

«El Fantasma».

Baihu se tensó con mi acusación, como un arco del que tiras con demasiada fuerza, con la flecha apuntando a la yugular de la presa, debatiendo si soltar o no.

De forma repentina, se le contrajo un músculo de la mandíbula como si estuviera dubitativo.

—Sí, es lo que creo. Y sí, trabajo para el Fantasma si es lo que intentas preguntar.

Me puse rígida.

El Fantasma era un hombre de susurros y leyendas, al que habían conjurado las sombras y el miedo, envuelto en un halo de misterio. Nadie sabía cuál era su aspecto bajo la máscara de hierro. Había quienes decían que era como yo: un huérfano que lo había perdido todo por el opio. Otros, que poseía sangre real, un mártir dispuesto a morir por su país. Incluso algunos afirmaban que se trataba de un instigador de guerra, que se rebelaba para sembrar el caos y recoger beneficios.

Baihu era la última persona a la que creía capaz de dejarse seducir por las palabras del Fantasma. Para mí, el Fantasma no era más que un egoísta que quería usar el revuelo en su propio beneficio; un manipulador que reunía tropas y simpatizantes usando la rabia y falsas promesas; otro parásito como los romanos.

Un oportunista sediento de poder que ansiaba alcanzar un estatus aprovechándose de las desgracias.

Baihu dio un paso hacia delante.

Yo di un paso hacia atrás.

En ese momento, sobresalía por encima de mí como nunca antes cuando éramos niños. Así de cerca, me percaté de lo alto que se había vuelto, de cómo sus músculos fornidos se marcaban bajo el traje. Del oscurecimiento de sus pestañas. El querubín de los recuerdos de mi infancia había desaparecido hacía tiempo del hombre que se alzaba ante mí, con una mandíbula angulosa y rasgos afilados capaces de cortar.

Mantuve a la Muerte a mano. Baihu jamás me haría daño, pero la forma en que miraba hablaba de peligro y la violencia marcaba un ritmo constante en su respiración.

—Te guste o no, la guerra llegará. Si no damos el primer paso, para cuando los romanos se hayan preparado para invadirnos por completo, será demasiado tarde.

—No. Si Antonio hereda el trono, él…

—No trates de convencerme con sus mentiras del bien común. —Baihu torció el gesto—. Antonio es tan despiadado como su hermano y su abuelo. Te conozco, Ruying. Eres demasiado inteligente para tragarte sus mentiras y, aun así, te has dejado arrullar por ellas porque temes a la verdad. Porque te da miedo admitir que haces esto por ti.

Me enderecé y lo miré a los ojos, con la barbilla inclinada y la mirada severa para mostrarle que no estaba asustada. Y, por primera vez dentro de su oficina, era verdad.

No estaba asustada.

Los colores de la muerte ensuciaban mis manos. Si quisiera matar a Baihu, a mi amigo de la infancia, el hombre al que amé una vez, alguien a quien quizás aún amaría si fuéramos otras personas en otros tiempos, sería pan comido.

—¿Y qué si es así? Querer vivir y aspirar a una vida mejor para mi familia no es ningún pecado.

—Pero sí lo es si asesinas a tu pueblo a sangre fría a cambio de protección, de todos los lujos con los que Antonio te consiente. No le costó demasiado ganarse tu confianza, ¿verdad? Solo tuvo que encerrarte en una celda asquerosa con una herida purulenta y entonces llegar como el salvador ególatra que le gusta fingir que es; un príncipe de cuento que llega para protegerte de los monstruos que acechan en las sombras. Y, mientras, no tienes ni idea de que el monstruo más peligroso está a tu lado, porque no es espantoso ni terrorífico como al mundo le gusta pintar a las almas miserables. No, es apuesto, con un rostro que podría confundirse con el de un dios. Todas sus miradas prolongadas y palabras de admiración parecen una nana que calma tu frágil ego porque es la primera vez que alguien te dice esas cosas. Porque te has convencido de que no mereces que te quieran. ¿Tienes la autoestima tan baja para dejarte conquistar por el príncipe enemigo porque crees que ve en ti algo que los demás no pueden? ¿Tanto te odias, Ruying?

El corazón me dejó de latir. Las palabras de Baihu fueron un jarro de agua fría sobre mi espalda. 一针见血: «El pinchazo de una aguja para ver sangre». Baihu me conocía desde hacía mucho y me entendía demasiado bien.

Al igual que mi hermana, era capaz de hacerme daño de formas que nadie más podía.

—No soy una mártir, Baihu —me defendí con las únicas palabras que fui capaz de pronunciar.

—¿Has olvidado los insultos que llevas gritándome los últimos tres años? ¿Cómo te mofabas de mí por ser un traidor? Y, ahora que nuestro imperio te necesita, ¿eliges al enemigo sobre tu propio pueblo? —gritó, con unos jadeos tan intensos que creía que iba a romperse.

Estaba disgustado, furioso, y tenía todo el derecho a estarlo.

Sus acusaciones eran ciertas y, cada palabra, una espada que se clavaba en mi pecho, me desgarraba la carne y astillaba los huesos. Merecía cada ápice de dolor.

Mientras Baihu mentía en nombre de la libertad, mi traición era real. Mis crímenes eran imperdonables, unos pecados que jamás podría expiar.

Lo sabía.

Lo supe desde el momento en que salí de la jaula y agarré a Antonio de la mano. Podía mirar a otro lado y convencerme de lo contrario, pero no puedes ganarle a la verdad para siempre.

—¿Y todo por qué? —continuó—. ¿Por tu abuela y tu hermana? ¿Dos vidas frente al mundo?

—Esas dos vidas *son* mi mundo —espeté—. Los dioses nos han abandonado definitivamente, Baihu. Los héroes mueren, los cobardes viven. Y yo quiero vivir.

La sangre de los míos era la sangre de mi alma. Su supervivencia me importaba tanto como la mía. Cuando la magia de la Muerte se llevara los últimos fragmentos de mi *qi* y mis días en el reino de los mortales llegaran a su fin, seguiría viva en los recuerdos de mi hermana y mi abuela.

Con eso me bastaba.

Baihu soltó una risita y sacudió la cabeza.

—No tienes ni idea de cómo es Antonio en realidad, ¿verdad? De lo que ha hecho. De lo que él y sus científicos están *haciendo* con los nuestros.

—Llevas razón. No tengo ni idea de qué está haciendo, al menos no en detalle. Y, francamente, me importa una mierda. Este es *mi* camino, *mi* tumba, *mi* decisión. Creo en Antonio. Creo que si Erlang quiere sobrevivir, lo necesitamos con vida. Lo necesitamos de nuestro lado. Y *lo* necesito para mantener a salvo a mi familia.

—El Fantasma también puede proteger a tu familia —soltó—. Antonio no es tu única opción.

Me reí.

—Ah, ¿sí? Después de todas las cosas maravillosas que ha hecho, ¿crees que me fío de un psicópata belicista? Sus sermones convencieron a Meiya de que empezara a consumir opio. Todo esto empezó por su culpa. Todo el dolor, las penurias y los miedos que me quitaban el sueño por la noche empezaron cuando convirtió a mi hermana en adicta, y ¿para qué?, ¿para hacerla más fuerte?, ¿para que arriesgara su vida por él como tú? No dejaré que mi hermana muera. Me arrancaría el corazón antes de dejar que algo malo le pasara a mi familia. El Fantasma no puede protegerlas. Apenas puede protegerse a sí mismo, oculto tras sus fieles. Si Antonio quisiera, podría dar con el Fantasma y aplastarlo como a un bicho.

—El Fantasma no empezó todo esto —masculló—. ¡Fue Roma, cuando introdujo el opio en nuestras calles, cuando rasgó el cielo e invadió nuestras vidas como demonios salidos del decimoctavo nivel del infierno!

Suspiré y miré por la ventana, las vías bulliciosas bajo nuestros pies, los tejados de la ciudad que siempre consideré mi hogar. Una ciudad que había quedado reducida a cenizas en mis sueños, y su historia y sus habitantes con ella.

—¿Y qué pasa si el Fantasma pierde? —contraataqué—. ¿Y si estás en el lado equivocado de la historia y Roma está destinada a ganar esta guerra? ¿Qué pasará entonces?

—¿No crees que de verdad merece la pena luchar por la libertad, Ruying?

—Tú no has visto lo que yo, Baihu. Solo merece la pena luchar por la libertad cuando tienes una oportunidad en el campo de batalla. De lo contrario, no es más que un sacrificio absurdo por un sueño imposible. Todos hemos escuchado los relatos de la guerra de un día hace veinte años. Con qué facilidad nos venció Roma. Nada ha cambiado. Si quieres rebelarte, desatarás una guerra que no ganaremos. Para sobrevivir, debemos posicionarnos en el lado ganador. Y si ese lado es Roma, lo siento mucho. No puedo ayudarte, aunque tampoco te delataré. Es la única indulgencia que puedo ofrecerte.

—No voy a ponérselo fácil solo porque estés de su lado.

—Hazlo lo mejor que puedas, Baihu, pero recuerda algo: si te has propuesto herir a Antonio, de ahora en adelante tú y yo tendremos que ser enemigos.

—¿Qué le ves, Ruying? ¿Vale la pena que traiciones todo lo que conoces?

—Él no vale la pena, pero sus ideas y sus sueños *sí*. La paz vale la pena.

«La supervivencia de mi familia vale la pena».

—¡Es malvado, Ru!

—Pues como todos nosotros —respondí con enfado—. Hacemos lo que debemos para sobrevivir.

Llegados a ese punto, la ira de Baihu había desaparecido y la decepción ocupó su puesto. Su dolor me hacía tanto daño como a él.

Al final, me había convertido en el monstruo como el que, una vez, prometió que nunca me vería.

—¿De verdad crees que le gustas? Puede que vaya en serio con sus palabras agradables y las alabanzas que te canta, pero, a fin de cuentas, no eres más que un juguete para él. Antonio es así desde que lo conozco. Le gusta cualquier cosa bonita y brillante que despierte su curiosidad. Lo que siente por ti es más o menos lo mismo. Eres muchas cosas, Ruying, pero estúpida no es una de ellas. No te ama. Un hombre como él *nunca* te amará.

—Adiós, Baihu.

—¿Alguna vez te has preguntado qué le pasa a quienes no pasan la exhibición? ¿Sabes lo que están haciendo con nuestro pueblo...?

—Ni lo sé, ni me importa, hablando claro.

—Muy bien, márchate. Vuelve con tu príncipe. Sigue mintiéndote a ti misma, pero no olvides una cosa, Ruying, si no estás con nosotros, estás contra nosotros. Y tú eres quien se encuentra en el lado equivocado de la historia.

32

El sol salió y se puso. Días después, según lo previsto, zarpamos hacia Donghai en un navío de guerra romano, lo suficientemente grande para tragarse ciudades enteras. Atravesaba las olas como un cuchillo que se desliza sobre el satén. El viento azotaba, brutal y violento, su enorme cuerpo de metal, como si el propio océano quisiera sacar a esa monstruosidad de sus aguas.

De haberse tratado de otro barco, el mar se habría alzado victorioso, nos habría hundido y colmado todo de torrentes de agua. Sin embargo, los buques romanos contaban con unos motores creados por la ciencia. No cedió ante el viento ni la tormenta. El océano podía esforzarse cuanto quisiera: el barco romano seguiría contaminando y destruyendo a su paso hasta llegar a su destino.

El viento me alborotaba el pelo e impactaba contra mi ropa. Me agarré con fuerza a los rieles de hierro a medida que nos acercábamos más a la ciudad de Donghai. La capital del imperio de Sihai la conformaban una serie de islas repletas de bosques verde jade, dispersas en una corriente sedosa de azules imposibles y flanqueadas por playas doradas. Sus edificios de aleros curvos y sus torres octogonales, de unos vibrantes rojo rústico y dorado antiguo, rozaban el cielo.

Más allá de la ciudad, asomaban las sombras pálidas de las montañas, grandes como gigantes; de una altura tan grandiosa que se mezclaban con el cielo y las nubes como dioses silenciosos que velan por sus devotos.

Mil años atrás, tras la Gran Guerra que erradicó el imperio de Qin, el pueblo de Sihai talló en esas montañas imágenes de los dioses y el nombre de todos los caídos en el conflicto para conmemorar su último sacrificio por el continente, por los Xianlings y por la libertad.

A lo largo de la historia, muchos habían intentado dedicar sus vidas a los nacidos con magia, obligándonos a recorrer caminos de destrucción y sacrificio para sus propios fines egoístas.

Igual que hacía Roma en esos momentos.

Solo que, ahora, los dioses no vendrían a salvarnos.

No lograba sacarme de la cabeza la conversación con Baihu. ¿Y si estaba en lo correcto? ¿Y si debíamos levantarnos y luchar, aunque nos costara la vida? ¿Y si me decía la verdad y, bajo todas sus visiones grandiosas, Antonio era tan monstruoso como el resto de ellos?

Antonio no tenía sangre pangulín. Esa tierra le traía sin cuidado. Su lealtad hacia nosotros no iba más allá del respeto a los deseos de su difunto padre. Podría cambiar de opinión fácilmente.

Traicionarnos en nombre del poder.

Mientras el portal estuviera abierto, mientras los romanos siguieran allí, Erlang viviría postrada. Y puede que, en un futuro, todo el continente se arrodillara y llorara como nosotros habíamos hecho.

Y, un día después, puede que borraran cualquier huella de Pangu sobre la faz de la tierra para sustituirla por edificios romanos imponentes, calles romanas y sonidos romanos.

Cerré los ojos en un intento por desconectar de mis dudas y alejar las terribles visiones de cómo la sangre de Erlang ensuciaba mis manos, la ira de los dioses nublaba los cielos y mis pecados pasaban a la historia, empañando poemas y recibiendo escarnios durante miles de años.

«Monstruo —oía sus cánticos tortuosos, unas voces grabadas a fuego en mi cabeza—. Monstruo. Monstruo. Monstruo...».

—¿Una moneda a cambio de que me digas en qué piensas? —Me sobresalté al oír la voz de Antonio, tan inesperada y cercana, cuyo aliento me resultó cálido frente a los vientos huracanados cuando se colocó detrás de mí y me provocó un escalofrío en la nuca.

—Meditaba sobre la magia de la ciencia —mentí como si nada, señalando el barco—. ¿De qué otras cosas imposibles es capaz tu gente? ¿Qué otra clase de milagros existen en tu lado del Velo?

Y, el pensamiento más aterrador: ¿qué nos ocultáis? Traté de no pensar en la sala de guerra, en los vídeos de los aviones, los misiles y las bombas que podían arrasar ciudades enteras en cuestión de segundos; visiones de una pesadilla, un fragmento del infierno que robaron a los demonios que habitaban bajo nuestros pies. Seguro.

—Para la ciencia, no hay nada imposible —fue su respuesta.

—Antes, mi pueblo también pensaba que no había nada imposible para la magia, pero los tuyos demostraron que estábamos equivocados.

天外有天: «Hay un cielo fuera del cielo, un mundo fuera del nuestro». No importa cuán poderosa, fuerte y extraordinaria fuera la magia, Roma y su ciencia nos pisotearon cuando nuestras fuerzas se enfrentaron. Toqué mis brazaletes. Ya no zumbaban, pero si cruzaba la línea y provocaba a Antonio de forma que no le gustara, ¿pulsaría el botón y me arrebataría la magia de nuevo?

Si estallara una auténtica guerra, ¿tendría Erlang alguna oportunidad o estaríamos condenados desde el principio?

—Toma, para que entres en calor. —Antonio me pasó una taza de porcelana con un líquido marrón lechoso—. Es chocolate caliente. Pruébalo, creo que te gustará —añadió—. Cuando mi padre vivía, lo tomábamos cuando hacía mal tiempo, que en mi mundo era cada dos por tres, sobre todo después de que empezara el deshielo de los casquetes polares.

No sabía de qué hablaba, pero le di un sorbo. Haciendo honor a su nombre, la bebida estaba caliente y dulce. Era la primera vez que probaba el chocolate, una exquisitez romana demasiado costosa para cualquiera excepto para los traficantes de opio y la realeza. Pero si esa bebida era similar a la auténtica, pensé que podría gustarme.

—¿Qué te parece?

—A Meiya también le gustaría, si estuviera aquí. —Tras esa reflexión, dejé la taza y me obligué a no dar otro sorbo. Si mi hermana no estaba allí para disfrutarla conmigo, yo tampoco debía saborearla. De niñas, lo compartíamos todo. Éramos gemelas, uña y carne. Eso no cambiaría nunca. Ni aunque estuviéramos en bandos distintos de la guerra que se estaba fraguando, nada podría separarnos.

Al menos, por mi parte.

—¿Cuál es el plan? —lo interrogué, sabiendo que era una conversación inevitable—. ¿Quién es el objetivo?

—Cuando lleguemos, interpretaré el papel de príncipe atento que llega para firmar el tratado en nombre de mi abuelo, y tú te harás pasar por mi guardia. —Se acercó un poco más, acorralándome con su mirada severa—. Después, tras la firma, tendrás que asesinar al emperador de Sihai por mí. Haz que parezca natural.

Pestañeé dos veces.

—¿El emperador de Sihai? ¿Estás de broma? Va a firmar el tratado, será un aliado de Roma. ¿Por qué lo quieres muerto?

—Tengo mis motivos.

—Pero ¡es el emperador!

—Un emperador es un hombre como cualquier otro, Ruying.

—No, no sé cómo funcionáis en Roma, pero en Pangu, matar a alguien con sangre real es un sacrilegio. El emperador de Sihai gobierna los cuatro océanos. ¡Es un descendiente directo de los dioses más antiguos de Pangu, de los dragones!

Antonio movió los labios como si le estuviera contando un chiste.

—Mis antepasados también afirmaban ser descendientes de los dioses, de Júpiter, de Neptuno y de Plutón, de Zeus, de Poseidón y de Hades. Nuestros dioses tenían muchos nombres y variaciones y, según nuestras leyendas, tuvieron una gran prole. Y, pese a todo, no hay magia alguna en nuestros linajes. Soy mortal, igual que mis antepasados. No todos quienes sostienen descender de los dioses dicen la verdad, Ruying.

Me hervía la sangre. Apreté los puños hasta que las uñas dejaron marcas en forma de media luna en mi piel.

—Es posible que tú no creas en tus leyendas, pero yo sí creo en las mías. La magia no corre por tus venas, pero sí por las mías. En lo que a mí respecta, el emperador de Sihai es descendiente de los grandes dragones. No es como el resto de hombres que me has mandado exterminar.

Antonio asintió sutilmente, con la vista fija en el horizonte.

—He leído las historias sobre Pangu, aunque, más bien, suenan a fábulas. ¿De verdad crees que la dinastía de Sihai procede de los dragones que, hace tiempo, regían el mar y la tierra y renunciaron a sus poderes inconmensurables para adoptar formas mortales?

—Renunciaron a sus formas de dragón porque nos tenían envidia.

—¿Por qué nos envidiarían los dioses si nuestras vidas son breves como la explosión de una llama violenta? Aparecemos y desaparecemos como si nada, y caemos en el olvido sin gran dificultad. Somos insignificantes como un grano de arena imperceptible en la extensa e infinita playa de la historia. Se trata de ficción que han tejido como verdad. Los dioses de tus historias no existen, ni tampoco la magia. Lo único que existe es la ciencia. La magia es, simplemente, una forma de ciencia que todavía no entendemos. Es muy posible que vuestras habilidades sean el resultado de la evolución genética, al igual que las habilidades de los guerreros que liberaron a los Xianlings del emperador Qin: humanos que se hacen pasar por dioses reencarnados en formas mortales para reunir el apoyo de quienes desean creen en algo más grande que ellos.

—¿Por qué quieres muerto al emperador de Sihai? —le pregunté con tranquilidad, con los dientes apretados. Me ardía todo por dentro ante tales acusaciones, su tono de sabelotodo al tratar de explicarme mi mundo, mis dioses, mi historia y *mi* magia. Como si yo no supiera nada. Como si fuera una niña pequeña a la que hay que instruir.

Yo nunca había cuestionado sus creencias, ¿quién se creía que era él para cuestionar las mías?

—El emperador va a firmar el tratado contigo —reanudé tras un largo suspiro—. Eso lo convierte en tu aliado. Tendrías que quererlo vivo, no muerto.

Antonio guardó silencio, inmóvil como el mármol excepto por sus rizos, enmarañados por el viento oceánico. Mi trabajo no era poner sus planes en tela de juicio, algo que ya me había dejado muy claro.

Pero daba igual cuánto poder ostentara sobre mí o mi tierra. La cultura, la historia, las creencias y las leyendas de mi pueblo que moldeaban nuestras identidades nos pertenecían, y solo nosotros podíamos criticarlas e interpretarlas a nuestro antojo.

Él no.

Nunca.

Un silencio prolongado.

Antonio no solía enfadarse cuando expresaba cómo me sentía. De hecho, siempre había un brillo en su mirada cuando le hacía frente. Le gustaba la idea de que alguien le ofreciera honestidad en vez de acobardarse y decirle lo que quería oír.

Pero, últimamente, sentía que caminaba sobre una fina capa de hielo conforme me alejaba de la costa, de mi hogar, de quien era. Uno de esos días, ¿iría demasiado lejos y diría algo que no le vendría bien?

—¿En qué se diferencia el emperador del resto de hombres a los que has asesinado hasta la fecha? —quiso saber.

—Iremos al infierno si matamos a un descendiente de los dioses.

Arqueó una ceja y nuestras miradas se encontraron. No eran osadas e impacientes, como esperaba tras cruzar la fina línea que nos separaba, eran más bien tiernas, como acostumbraban desde hacía poco, cuando me observaba con tal afecto que me dolía el corazón.

Porque, en momentos así, sus sentimientos parecían tangibles, reales; algo a lo que podría llegar y reclamar si quisiera.

Con solo una mirada, sentía un nudo en el estómago y mi corazón retumbaba como tambores de guerra.

Se acercó aún más, hasta que nuestros pechos estuvieron a punto de rozarse.

Quería tocarlo, inclinarme para descubrir si me besaría. Para descubrir si la ternura existía realmente o era producto de mi imaginación.

¿Y si Baihu tenía razón y Antonio solo se sentía fascinado por mí y mis poderes?

¿Y si era tan patética como Baihu había insinuado, que adulaba al primer hombre que me susurraba cosas bonitas y confundía las palabras corteses con un afecto real pensando que me comprendía?

¿Y si…?

—Estoy seguro que no son más que mentiras que se dicen para proteger el control que las dinastías tienen sobre el poder. Una mentira astuta, pero una mentira a fin de cuentas —susurró lentamente, todavía demasiado cerca—. Y, de ser verdad, ¿entonces qué? Si tenemos que ir al infierno por ello, al menos iremos juntos. Después de todo lo que hemos hecho, ya tenemos un boleto para el averno, ¿no crees? ¿Qué importa un poco más de sangre en la lista?

Aparté la mirada y di un paso atrás.

—Al menos, dime por qué.

—Eso no entra en nuestro acuerdo. —Podía percibir un deje divertido en sus palabras, pero también cómo el hielo se volvía cada vez más fino.

—Yo…

—Recuerda quién eres, Ruying —dijo al fin—. No respondo ante ti.

Me dejó helada; el frío envolvía hasta el último de mis huesos. Un pequeño y repentino recordatorio de que, por muy amable que pareciera, Antonio y yo pertenecíamos a mundos distintos. Nunca seríamos iguales.

Puede que Baihu estuviera en lo cierto. No tenía ni idea de lo que Antonio era capaz, y sería estúpido por mi parte provocar su ira o tentar una llama que escapaba a mi control.

«Es como el sol. Cuando más cerca vuele de él, más rápido me quemará».

—Lo… Lo siento. —Una disculpa apaciguadora que no tenía muy claro qué significaba.

—Yo también te pido disculpas por lo que he dicho de tus historias y tus tradiciones. —Suspiró y sacudió la cabeza—. En cuanto a por qué necesito al emperador muerto... Tengo mis secretos, Ruying. Es parte de mi labor como príncipe. Espero que, algún día, pueda compartir un par contigo.

«Y yo».

—Bueno, ¿qué me dices? ¿Me ayudas?

—¿Tengo otra opción?

—Siempre tienes otra opción.

Quería creerlo, pero también quería creer en muchas otras cosas.

—¿Tengo que hacerlo yo?

—Tengo un plan B, pero me gustaría que fueras tú. Para que todo salga perfecto, para que Sihai no tenga pruebas ni modo alguno de convertir la paz en guerra, tienes que ser tú.

Hice una pausa.

—Déjame que lo piense.

Quizás Antonio estaba en lo correcto y esas historias no fueran más que falsas leyendas, pinceladas de ficción que se hacían pasar por hechos reales. Y, aunque fueran verdad, ya estaba condenada al infierno. Como él había dicho, llegados a ese punto, ¿qué importaba una vida más?

Una gota en el océano.

Tenía las manos tan rojas que no sería capaz de distinguir la sangre de un emperador de la de un ministro de Nueva York, ni la del muchacho de la caja de cristal de la de Hushan, el chico a quien su broma cruel le costó todo.

Abría y cerraba las manos; un movimiento involuntario que se había convertido en un hábito cuando trataba de alejar recuerdos de mi mente, acallar los susurros insaciables de la Muerte para coger más, para desear más. Contuve el aliento. Me disponía a dar media vuelta y alejarme cuando Antonio cubrió mis manos con las suyas y las acercó a sus labios para exhalar aire cálido en mi piel aterida.

Sus manos sostenían las mías, su roce era suave y tórrido. Deseaba acercarme un poco más y dejar que su calor subiera por mis brazos y me envolviera como un baño de agua caliente en un día de invierno.

Una tentación tan intensa como la de la propia Muerte.

—Si tienes frío, puedo traerte unos guantes —se ofreció con palabras suaves y tiernas, solo para mí.

Y, otra vez, la punzada en el pecho. Retiré las manos, a mi pesar. No me quitaba de la cabeza las burlas de Baihu ni la rabia de Meiya. Oía cómo procedían de todas direcciones hasta que no era capaz de escuchar mis propios pensamientos.

—Me he enterado de que, últimamente, tras las misiones toses sangre —me comunicó—. ¿Estás bien?

—No es nada —aseveré—. Es el precio de la magia. Y solo me pasa de vez en cuando, no tras cada asesinato.

—No tendría que pasar nunca. Las historias que cuentan los emperadores son rumores y mentiras para engañar a los niños. Mis científicos han realizado experimentos en tu gente. La magia no tendría que hacer daño como te hace a ti. No tendría...

—La magia nos afecta de formas distintas —rebatí, evitando su mirada, aunque sentía cómo prendía toda mi visión periférica.

Negó con la cabeza. Quería decir algo más, pero algo se lo impedía.

—Si eso es cierto, encontraremos un modo de ralentizarlo y detenerlo juntos.

—Que un Xianling viva o muera no depende de nosotros. Nuestras vidas las dicta el destino, según la voluntad del cielo. No puedes jugar a los dioses con tu ciencia. No funciona así. Puedo recortar mi vida al agotar el *qi* que me ata al reino de los mortales, pero no puedo prolongarla. La vida tiene su orden, y esto forma parte de ello.

Tensó un músculo de la mandíbula como si quisiera debatir conmigo, algo que solía repetirse cuando nuestras opiniones, pensamientos o creencias discrepaban.

—No sufrirás daño alguno —se limitó a decir tras una pausa—. Mientras sea tu protector, nada, ni el destino ni tus misteriosos dioses te alejarán de mí.

Dicho lo cual, tomó distancia y se marchó.

Cuando al fin estuve sola, dirigí mi atención al océano y pensé en Meiya, en la abuela y en Taohua. En la gente de la ciudad de Jing y de Erlang.

Sangre de mi sangre. Sangre de mi alma.

La vergüenza en los ojos de mi hermana la última vez que nuestros caminos se cruzaron.

Baihu, que había permitido que el mundo lo tachara de traidor por sus creencias.

¿Cuáles eran las mías?

Oí la voz de la abuela: «Haz lo correcto». Quería que fuera una buena chica, mi mejor versión.

Yo también quería ser buena persona y hacer lo correcto.

Quería que se sintieran orgullosos de mí.

Pero…

33

Un séquito de hombres se encontraba en el puerto para darnos la bienvenida.

Reconocí al emperador por sus túnicas doradas de dragones y a Feng de Sihai, su primogénito y heredero, por los cuadros que la abuela me había enseñado tiempo atrás.

Rizos oscuros, tez ligeramente bronceada por el sol y llamativos ojos azules del color de los cuatro océanos. Feng de Sihai era tan apuesto como en los cuadros. Llegó a ser el sueño de todos los padres y tutores de jóvenes solteras.

Pero diez mil doncellas le fueron ofrecidas y las diez mil fueron rechazadas. Resultó que el príncipe de ensueño no tenía el menor interés en las hijas que le entregaban.

—Su alteza. —El emperador saludó a Antonio en el idioma romano, a lo que le siguió un apretón de manos firme, como dictaba la tradición romana. El emperador y su hijo mostraban sonrisas amables, pese a la mirada glacial como el viento que nos subía por la espalda; ojos de guerreros precavidos—. 请: «Por favor». Debe sentirse exhausto tras el viaje. Las charlas sobre política pueden esperar. Primero, os acomodaremos junto a sus acompañantes en palacio.

Me dolía presenciar cómo el emperador trataba con tal cortesía al hombre que quería su cabeza; presenciar cómo un descendiente de los dragones agachaba la cabeza como un humilde sirviente ante Antonio.

Cuando los mismísimos miembros de la realeza rebajaban su dignidad por Roma, ¿qué presagiaba eso para nuestro futuro?

Durante un momento fugaz, comprendí por qué la gente se unía al Fantasma, por qué Baihu arriesgaba su vida por el sueño de la revolución, por qué Meiya pintaba carteles y se escabullía cuando llegaba la medianoche, dispuesta a morir por una luz de esperanza.

Puede que Baihu estuviera en lo cierto.

Puede que fuera yo quien estaba en el lado equivocado de la lucha; un pensamiento que ejerció presión detrás de mis ojos hasta que lo hice desaparecer con un parpadeo.

Antonio, el emperador y el heredero subieron a un carruaje tirado por caballos y flanqueado por guardias. Yo marchaba justo a la derecha de Antonio; una posición de poder. Estar tan cerca de él significaba que confiaba en mí lo suficiente como para ser su última línea de defensa si se desataba el caos.

Dentro del carruaje los tres charlaban, pero yo no lograba escuchar ni media palabra. Desde algún sitio, un Xianling debía estar blindando su conversación con magia.

Estaba a punto de apartar la mirada cuando el emperador clavó sus ojos en los míos; azul marino como las profundidades del mar; un remanso de amabilidad. Cuando me dedicó una ligera sonrisa, algo en mi interior se derritió como la miel e hizo que quisiera devolvérsela.

No llegué a conocer a mi abuelo porque falleció antes de que yo naciera, pero sentía que lo conocía por las historias de la abuela; un guerrero que nos dejó demasiado joven, demasiado orgulloso para retirarse del combate, ni siquiera cuando sus huesos se debilitaron y su cuerpo se convirtió en un manto de cicatrices que atesoraba como medallas de honor.

Poco se hablaba de la guerra que había acabado con su vida. A los míos no les gustaba charlar sobre la humillante rebelión que duró un día ni de la lluvia de fuego que los romanos desataron esa jornada y que dejó a infinidad de personas heridas o traumatizadas de por vida; eso si tuvieron suerte de sobrevivir.

Aquel día, fueron muchos los que se dieron cuenta de que todo supuesto dios ante el que nos arrodillábamos nos había abandonado.

De pequeñas, a Meiya y a mí nos gustaba imaginar el tipo de hombre en que se habría convertido el abuelo de haber tenido la oportunidad de envejecer como la gente por la que se sacrificó para proteger.

Me gustaba pensar que el emperador de Sihai y él eran parecidos: ojos amables y sonrisas gentiles, una característica poco habitual entre los hombres de poder. Aunque había escuchado las historias de mi abuela y sabía que mi abuelo era tan afable como cruel. Implacable en sus ambiciones, sacrificaba la vida de sus hombres de forma irresponsable con tal de cantar victoria batalla tras batalla.

La habilidad de sacrificar a unos pocos por el bien de muchos.

Puede que el abuelo y yo nos pareciéramos más de lo que me gustaba admitir. En ese momento, al mirar al emperador de Sihai y sabiendo por qué había invitado a Antonio a su tierra, quizás los tres nos pareciéramos más de lo que creíamos.

No obstante, me quedaría con la duda, porque al día siguiente iba a asesinar al emperador. Sentiría cómo su *qi* traspasaba mis venas; lo arrancaría de su cuerpo hasta que su carne y sus huesos se convirtieran en una cáscara vacía sin un resquicio de vida.

Sería la culpable de hacer desaparecer su sonrisa benévola de ese mundo.

Otra vida que se sumaba a mi lista de pecados.

Sihai se lamentaría.

El mundo cambiaría.

En cuanto a mí, siempre me recordarían como una traidora. Al margen de que Roma ganara o perdiera la guerra, de que la historia se narrara de forma victoriosa por su parte o la nuestra, siempre se me conocería como la traidora que eliminó al emperador de Sihai y sumió al continente en el caos que Antonio consideró más oportuno para nuestras dos naciones.

O, quizás no para los dos mundos... Puede que solo fuera lo más oportuno para su mundo, no para el mío.

Sentía un dolor sordo en las costillas, el sutil siseo de las serpientes que habían infestado mis entrañas.

El palacio-imperio de Sihai era una ciudad en toda regla, un laberinto de enormes pabellones para las concubinas, hijos y visitantes estatales del emperador, como Antonio.

Lentos arroyos serpenteaban junto a los senderos, que rodeaban piedras con tallas intrincadas que representaban dragones y otras criaturas míticas que, según los rumores, residían en las profundidades del océano. Estatuas de mármol y jade proyectaban bellas sombras y, por los jardines imperiales, se encontraban algunas serigrafías dispersas con bordados cosidos a manos.

En ellas reconocí escenas de la Gran Guerra con el emperador Qin descritas con todo lujo de detalles. Historias de colores brillantes atrapadas en paneles de seda o grabadas en piedras congeladas. Era un espectáculo para la vista, uno que habría disfrutado mucho más si mi corazón no estuviera condenado al fuego eterno.

Antonio asentía y dedicaba sus mejores sonrisas, y yo solo quería que me tragara la tierra, que el tiempo se detuviera en ese instante para que el día siguiente no llegara jamás, el tratado no se firmara y yo no tuviera que…

Tras una breve visita, el emperador nos acompañó a una sección del palacio que se dividía en diversos pabellones destinados a enviados e invitados; no demasiado lejos del pabellón del dragón, donde el propio emperador pasaba sus noches.

Mantén cerca a tus amigos y aún más cerca a tus enemigos, como reza el dicho.

De las paredes colgaban tapices y más estatuas de jade decoraban cada rincón. Como marcaba la tradición de Sihai, la mayoría representaban a dragones que emergían del mar.

Contaban las leyendas que el rugido de un dragón era capaz de invocar al trueno y atraer a la lluvia. Sus escamas podían arañar los relámpagos con fuerza suficiente para partir el planeta en dos y su aliento era el viento que acariciaba nuestras pieles mortales.

Había quienes creían que los dragones todavía moraban en las profundidades de los océanos, pero habían pasado siglos desde que se había avistado el último.

Había quienes afirmaban que los miembros de la dinastía de Sihai todavía podían transformarse en los antiguos dragones si querían. Y, en su forma de dragón, ostentaban poder sobre el viento, el agua y las tormentas de la clase más violenta, como sus ancestros.

Si habían conservado la vieja magia, la dinastía estaba haciendo un gran trabajo al mantenerlo en secreto. Esperaba que las leyendas no fueran más que eso, porque, de ser ciertas, Valentín Augusto y el emperador romano no se detendrían ante nada para controlar ese poder.

Roma ya había aplastado a Erlang con el pie. ¿Acaso a Sihai le aguardaba el mismo destino?

Si el pueblo de Sihai (del resto de imperios y de las pequeñas dinastías) era espabilado, tomaría la última década de Erlang como advertencia.

Puede que los romanos se enmascararan como dioses salidos de cuentos y que descendieran de los cielos, pero carecían de la benevolencia que creímos en un primer momento y no habían llegado para salvarnos.

Si queríamos cambios, tendríamos que salvarnos solos.

Cuando el emperador y el príncipe Feng se marcharon, Antonio me convocó en la biblioteca del pabellón.

—Tienes dudas —anunció cuando por fin estuvimos a solas.

No se le escapaba ni una. Aunque sus miradas y sonrisas estuvieran dedicadas a otras personas, una parte de su atención siempre iba dirigida a mí. Me observaba y me entendía, puede que demasiado. Y, de nuevo, yo también lo observaba. Yo también lo entendía. Puede que demasiado.

—Parecen amables —fue todo lo que dije.

—Personas amables hay muchas, pero eso no significa que puedan escapar de la muerte llegado el momento.

Me mordí el labio sin saber qué decir. Ya había cruzado la línea un rato atrás y temía hacerlo una segunda vez. ¿Sería ese el día en que le arrancaría demasiados bigotes al tigre?

Antonio exhaló y se rascó la sien.

—No me mires así.

—¿Así cómo?

—Como si fuera el malo de la historia.

«Puede que seas el malo», pensé, pero no lo dije.

Volvió a respirar profundamente y recobró la compostura.

—¿Todavía quieres saber por qué necesito que muera?

—Sería de ayuda. En el resto de misiones, sabía qué estaba en juego: la paz entre nuestras tierras. Pero el emperador de Sihai es tu aliado.

—Esto no puede salir de aquí.

—Así será.

—Hablo en serio, Ruying. Si Valentín se entera de que te lo he contado, te matará. No confía en ti y no hay muchas formas en las que pueda protegerte de él.

—No diré nada. Lo prometo.

Antonio señaló la silla que había al otro lado de la mesa y tomé asiento.

—No se trata de asesinar al emperador de Sihai, sino de asesinarlo en el momento indicado. Si muere antes de firmar el tratado, el poder de los cuatro océanos pasa a su hijo, que es joven y ambicioso y aún no ha probado el poder, lo que sumiría todo en la incertidumbre. Pero si el emperador muere *mañana,* después de firmar, este será su último decreto. Creo que no tengo que explicar qué significa para el futuro de nuestras naciones, ¿verdad?

Sentí un nudo en la garganta. No era necesario.

Cuando Feng de Sihai ascendiera al trono, no tendría más remedio que honrar el tratado como último decreto de su padre. Si se le ocurriera anularlo, se trataría de un ataque al legado del difunto emperador, algo que a ningún buen hijo se le pasaría por la cabeza.

Si se tratara del primer decreto del heredero, tendría peso, pero sería tan quebradizo como el resto de juramentos vacíos. El legado de su padre sería una cadena capaz de controlar al joven dragón en los años venideros.

Roma quería arrinconar a Sihai, atarle las manos a la espalda no solo con palabras o política, sino con la cultura de Pangu.

Un plan demasiado inteligente para ser obra de Valentín o su abuelo, dos personas que no entendían nuestro mundo ni la mitad que Antonio.

—Feng de Sihai es joven, orgulloso y está hambriento de poder —añadió el príncipe—. No tiene la paciencia ni la capacidad de sacrificio de su padre. Un emperador inexperto y volátil pone en peligro el futuro de los míos porque, por muy poderosa que sea Roma, no podemos combatir a enemigos por tierra y mar. Me han llegado rumores de lo que la armada de Sihai es capaz, y no quiero poner a prueba las historias.

—Te estás preparando para la guerra.

—Mi abuelo se está preparando para la guerra.

—Pero dijiste que lo contendrías, que mantendrías la paz. Por eso estoy aquí, haciendo el trabajo sucio por ti, eliminando a tus enemigos, despejando el tablero para que ambos lados vivan.

—Dije que lo *intentaría* —replicó con cierta dureza y defensa en su voz.

—¿Qué pasaría si tu abuelo decidiera que todo tiene un límite y estuviera cansado de esperar? ¿Lo desobedecerías si ordenara un ataque a Erlang?

Una pausa. Nuestras miradas se encontraron y percibí un atisbo de indecisión. ¿Por mi pregunta o por si debía responder con honestidad? Daba igual porque la respuesta era la misma.

—No, no lo desobedecería.

—Entonces no estás de nuestra parte.

—Ruying…

—No eres más que un cobarde al que le gusta hacer el bien por su nación, pero que no tiene agallas para hacer lo correcto.

«Como yo».

—Todo lo que he trabajado para conseguir desde que llegué a Pangu ha sido por tu mundo, por tu gente. Hago todo lo que puedo, pero, a veces, no llego donde quiero. De no haber sido por mí, mi abuelo habría exterminado a tu pueblo hace años.

¿Qué diferencia suponía postergar la tragedia cuando era algo inevitable? Un destino cruel que ya estaba escrito en las estrellas.

Podíamos correr, podíamos ocultarnos, pero el destino acabaría alcanzándonos a todos.

Posiblemente, Baihu estaba en lo cierto. Posiblemente, tendría que haber escuchado a mi hermana.

Si la guerra se hubiera producido con anterioridad, antes de que los romanos echaran raíces y se prepararan, ¿habríamos tenido más posibilidades de victoria? Si no nos hubiéramos postrado ante la ciencia con tal facilidad durante aquella humillante guerra, ¿serían las cosas distintas ahora? ¿Tenía la magia alguna oportunidad de luchar y vencer a la ciencia?

¿Estábamos a tiempo de echarlos como tendríamos que haber hecho hace dos décadas cuando descendieron de los cielos por primera vez?

Me comprometí a ser la asesina a sueldo de Antonio para prolongar la paz, pero no veía resultados. Solo les daba algo más de tiempo.

Allí estaba, sucumbiendo a la tentación y cortando los talones a mi nación porque tenía miedo. De la incertidumbre, de la revolución, de un futuro en el que Erlang no existía.

Aunque odiaba la violencia, siempre se las arreglaba para encontrarme por mucho que corriera. Me acechaba desde las sombras y despertaba a la Muerte de su sueño arrullador. Unos decían que la magia se concedía por casualidad. Otros, con un propósito.

Cuando, seis meses atrás, miré a Antonio Augusto a los ojos y no vi a un príncipe sino a un muchacho destrozado que quería hacer lo mejor por ambos mundos, creía que había encontrado mi propósito.

No era una solución permanente, pero era nuestra mejor baza.

En ese momento, veía todo con mayor claridad.

Me equivocaba.

Qué equivocada estaba.

—¿Quieres retirarte del acuerdo? —preguntó.

—No —mentí.

El triunfo asomaba en sus ojos cuando me entregó una delgada carpeta de cuero; nuestros dedos se rozaron cuando la cogí.

—Dentro encontrarás el plan, todo lo que debes saber de mañana. Solo es una vida, Ruying, no debería ser demasiado difícil.

35

Esa noche, no dejé de dar vueltas, sumida en el silencio de mi habitación. Con todas mis fuerzas, me aferraba a los recuerdos de Meiya y la abuela con la intención de recordar qué hacía allí.

Pensaba que tenía que hacerlo por ellas.

Por nosotras.

Por sobrevivir.

Pero, si de verdad lo hiciera por ellas, no lucharía en el bando enemigo.

Meiya moriría con gusto por la libertad, igual que la abuela.

Cuando era pequeña, soñaba con el mundo en el que mi madre creció. Tiempos de una paz que languidecía, antes de que los romanos descendieran de los cielos y lo echaran todo a perder. Durante mucho tiempo, deseé haber nacido en su época y no en la mía, para poder llevar una vida que fuera algo más que mera supervivencia.

Y ahora me preguntaba si la próxima generación me envidiaría a mí, si envidiaría estos días de indecisión a caballo entre la paz y el caos como yo había hecho con mi madre.

No hacía falta morir para sufrir.

A veces, vivir era un destino mucho peor.

Me miré las manos.

Si asesinaba al emperador, daría a Roma la confianza necesaria para invadir Erlang sin temor a la invasión de Sihai. Su muerte se multiplicaría en millones más hasta acumularse altas como un tsunami y causaría un fuerte trauma que perduraría generaciones. Una guerra sin parangón; una capaz de convertir todo el continente de Pangu en un extenso campo de batalla y de arruinar la tierra durante milenios.

Estaba tan desesperada por creer las palabras de Antonio, el mundo que imaginaba, la paz que reivindicaba apreciar.

No sabía cuándo ese aluvión de dudas se había apoderado de cada pensamiento sobre él. El odio que antes se enroscaba cual serpiente se había vuelto suave y delicado, como los pétalos de rosa y la seda brillante. Sus ojos, fríos y verdes como el jade ante los que mi pecho se contraía y expandía, cuyos latidos atronadores delataban algo que jamás reconocería.

Así que decidí darle la espalda.

«Es tan malvado como su hermano», me recordaba a mí misma. La única diferencia era que se trataba de alguien malvado que podía proteger a mi familia.

Un embaucador que me había usado igual que yo a él.

Ni más, ni menos.

Él siempre sería Antonio Augusto.

Yo siempre sería Yang Ruying.

Dos personas que pertenecían a mundos distintos.

Que nunca recorrerían el mismo camino.

Nuestra amistad indefinida era frágil. Sus miradas penetrantes y sus sonrisas delicadas no me protegerían de su ira.

«Los héroes mueren. Los cobardes viven. —Palabras familiares que retumbaban en mi cabeza como una burla, que me instaban a cerrar la ventana e irme a la cama—. No son vidas que yo deba salvar. Su dolor no es el mío. Las únicas personas de las que debo preocuparme somos mi familia y yo».

Hacía seis meses, esos pensamientos me habrían convencido, habrían cedido como zarzas sometidas a presión.

Pero ya no.

No me di cuenta de lo que estaba haciendo hasta que apoyé un pie en el alféizar, lista para salir trepando.

El sentido común me repetía las mismas tres palabras: «Es un error. Es un error. Es un error…».

Si saliera trepando por la ventana y tratara de advertir al emperador, ¿me creería? ¿O me tacharía de mentirosa y me mataría *in situ*? Y, aunque el emperador no lo hiciera… Si Antonio llegara a enterarse, me mataría él mismo.

Y la muerte no era algo de lo que podías retractarte, eso lo sabía demasiado bien.

Si mataba al emperador al día siguiente, estaría tirando una cerilla encendida a un montón de heno en verano y prendería mucho más que a mí o a mi familia.

Una llamarada cuyas consecuencias no podría soportar.

No quería morir, pero puede que Meiya estuviera en lo correcto. Puede que valiera la pena morir por la libertad.

Había un límite de hasta dónde podía corromperme en pro de la supervivencia.

Tenía que haberlo.

DE PEQUEÑAS, LA ABUELA INSISTÍA EN QUE MI HERMANA Meiya y yo aprendiéramos *qing gong:* el arte de moverse con rapidez y ligereza. Nos enseñó a saltar de tejado en tejado, en completo silencio, como espectros en la noche, y a escalar las paredes más lisas.

«Nunca se sabe cuándo podríais necesitarlo».

En aquel momento, no entendía de qué hablaba, pero ahora sí. Era preferible que una chica supiera cómo salir de una situación en la que ya no quería estar. Escapar en mitad de la noche, escabullirse en la oscuridad, una oportunidad de dejar el pasado atrás.

苦海无涯, 回头是岸: «El mar de la amarga miseria es infinito, pero si te das la vuelta, la costa estará justo a tus espaldas». Nunca era demasiado tarde para cambiar y empezar de cero.

De niña, odiaba las duras lecciones de la abuela y su insistencia en la perfección.

Esa noche, me sentía agradecida.

Nos crio bien. Sus aspiraciones incesantes de que nos convirtiéramos en nuestra mejor versión, de que siempre nos esforzáramos por ser mejores, nos habían hecho fuertes.

Era casi medianoche cuando recorrí el palacio pasando de un tejado a otro hasta llegar al pabellón del emperador. Subí por la ventana abierta de su despacho y me encontré con el padre y el hijo alrededor de un escritorio a la luz de las velas, encorvados sobre un documento que habían desplegado.

La habitación estaba a oscuras, yo era silenciosa y mis pasos, ligeros gracias a la práctica. Durante unos instantes, vacilé en la ventana. El cuarto carecía de guardias y el emperador y su hijo estaban demasiado absortos en lo que estaban leyendo para percatarse de mi presencia.

Esa noche, la seguridad era laxa. Imaginaba que habían enviado a sus mejores guardias a proteger a Antonio.

Con toda razón. Si algo le sucediera a Antonio Augusto en suelo de Sihai, sería peligroso no solo para Sihai, sino para todo el continente. Sería la excusa perfecta para que Roma iniciara la guerra con Pangu.

El príncipe Feng fue el primero en fijarse en mí mientras atravesaba la ventana, cuando mi sombra perturbó la tranquila habitación y atrajo su atención. Con gran celeridad, se llevó la mano a la espada que portaba en la cadera, pero yo fui aún más rápida en arrodillarme, con las manos extendidas a plena vista para que supieran que no era una amenaza.

Me postré hasta rozar el suelo con la frente; una muestra de respeto. Así era como se debía saludar a un emperador y a su hijo, no con un miserable apretón de manos como Antonio había escogido por la mañana.

Si dejábamos que Roma remplazara nuestras costumbres por las suyas, no quedarían más que las cáscaras de un mundo, una cultura caída en el olvido. Tradiciones que se remontaban a miles de años atrás perecerían con el soplo del viento.

Cuando alcé la vista, el emperador lucía una sonrisa tan amplia que casi rozaba sus ojos llorosos, que preservaban su amabilidad y confianza. La culpa me consumía al recordar que, esa misma mañana, había sopesado asesinarlo.

—Feng'*er*. —El emperador hizo un gesto con la mano y, a regañadientes, el príncipe Feng enfundó la espada.

Pero el príncipe solo la guardó para sacar otra: ojos como dagas. Percibía la advertencia en la forma en que me miraba, dispuesto a liquidarme si osaba pasarme de la raya.

—¿Qué estás haciendo aquí? —La voz del príncipe recordaba a los nubarrones que presagiaban una tormenta, retumbando con la promesa silenciosa de violencia.

—He venido a salvar a vuestro padre, alteza.

—¿Salvarme? —El emperador rio, dio un paso al frente y apoyó una rodilla en el suelo para que estuviéramos cara a cara.

Feng de Sihai también avanzó y se colocó cerca de los talones de su padre, con la mano descansando sobre la espada. Si hacía cualquier movimiento brusco, me arrancaría la cabeza del cuello.

Me quedé quieta, con la cabeza ligeramente inclinada. No esperaba menos: el heredero de Sihai tenía que ser el mejor espadachín. Tampoco podía culparlo por su vigilancia. Acababa de trepar por su ventana como una aparición para llevarme sus almas. De hecho, ser testigo de lo mucho que el príncipe cuidaba de su padre me pareció gratificante.

Ojalá yo le hubiera podido profesar el mismo amor al mío.

—Y, ¿cómo piensas salvarme de Antonio Augusto, jovencita? —me interrogó el emperador. Sus labios mostraban una ligera sonrisa, como si le pareciera gracioso. No se sintió alarmado ni aterrado como yo esperaba.

—¿Lo sabéis? —pregunté con la voz entrecortada. La expresión de su rostro era toda la respuesta que necesitaba.

—¿Que Antonio Augusto me matará mañana tras la firma del tratado? ¿Y cómo no? —Su sonrisa se marchitó y su mirada se apartó de la mía. Apreciaba cierta serenidad en su tono de voz; era la voz de un hombre dispuesto a encontrarse con la muerte—. La familia Augusto no confía en nadie, ni siquiera en los suyos. No son de correr riesgos. Jamás se arriesgarían a dejarme con vida y que, algún día, anulara el tratado. Debo morir para ganarme su confianza, para proteger a mi pueblo de la guerra.

Me mordí el interior de la mejilla. Qué ingenua había sido al pensar que el emperador no sospechaba nada.

Lo sabía. Claro que lo sabía.

—Acompáñame. —El emperador me ayudó a incorporarme y me ofreció un asiento en la mesa—. Debes estar helada. Feng'*er*, sírvele un té. Ahora, cuéntame qué venías a decirme.

Respiré profundamente. No tenía sentido ocultarle información. Ya lo había arriesgado todo para llegar hasta allí, así que no me guardé nada: desde los secuestros en las mazmorras bajo la ciudad de Jing, hasta el plan de Roma de dividir y conquistar tras el nuevo tratado con Sihai.

Hablé sin cesar. Y, cuando terminé, el emperador asintió con la cabeza e intercambió una mirada con su hijo.

—Gracias por haber venido, Yang Ruying. Los cuatro océanos siempre recordarán lo que has hecho esta noche. No tendrás que hacer nada mañana. Si tengo que morir por mi pueblo, moriré con mis propias manos, a mi manera.

—Padre —suplicó el príncipe Feng—. Si nos cruzamos de brazos mientras exterminan a nuestros vecinos, no quedará nadie cuando dirijan su avaricia hacia Sihai. Esa clase de tiranos jamás se sienten satisfechos.

—Podemos luchar, sí, pero ¿a qué precio? Al tomar represalias, nos marcaríamos como enemigos de Roma y convertiríamos estos océanos en zona de guerra. No puedo arriesgarme a la destrucción de nuestro hogar en los siglos venideros. No somos los únicos que habitan estos océanos, deberás recordarlo cuando seas el emperador, Feng'*er*. Este mundo no nos pertenece a nosotros en exclusiva, pertenece a todas las formas de vida; no somos más que sus guardianes. Cuando ascendí al trono, hice una promesa a los océanos. Una que debo cumplir. Aunque me cueste la vida.

—¿Y si mentían al decir que perdonarían a Sihai?

—Al menos, le habré ofrecido a nuestra gente unos cuantos años más de paz con mis viejos huesos —replicó él sin dirigir la mirada a su hijo. Había lágrimas en los ojos del emperador y un temblor en sus labios. Sentía que estaba interrumpiendo un momento tremendamente privado entre padre e hijo, uno de los últimos que tendrían—. Cuando no esté, Sihai necesitará un buen emperador, el mejor emperador que los cuatro océanos hayan visto jamás, para que los guíe a la salida de estos tiempos oscuros.

—Padre…

—Necesito que ese seas tú, Feng'*er*. Conviértete en el gobernante justo y benevolente que sé que puedes ser.

—No tienes por qué hacerlo, padre. —El príncipe cayó de rodillas y agarró las manos del emperador, en un intento de que lo escuchara, suplicando como solo un hijo puede hacer con su padre—. Encontraremos otras formas de ganarnos su confianza. Podríamos…

—No. Este es el sacrificio que quieren. Debemos complacerlos. Mi vida a cambio de un reinado pacífico es un buen trato.

—¡No es justo! —jadeó el príncipe, con la voz rota mientras las lágrimas se le acumulaban entre las pestañas, amenazando con derramarse de esos ojos azules como un huracán.

—Lo sé.

—¿Por qué tenemos que arrodillarnos? ¿Por qué tenemos que doblegarnos ante su voluntad? Esta es *nuestra* nación, *nuestra* tierra. ¿Por qué tenemos que entregarles todo en bandeja de plata? No son dioses, ¡son demonios salidos del infierno!

—Nos arrodillamos porque una guerra entre la magia y la ciencia podría destruirnos a todos, hijo. A veces, rendirse es preferible a una matanza sin sentido. Merece la pena luchar por la libertad y el orgullo, pero solo merece la pena *morir* por la paz.

Las mismas palabras que me había dicho a mí misma meses atrás.

¿Quién tenía razón, el príncipe o el emperador?

El ambiente se crispó. Sus palabras me recordaron a la conversación que tantas veces había tenido con Meiya.

—Tu muerte no nos traerá la paz, padre. El tratado no nos salvará, solo nos encadenará a las órdenes de Roma y nos convertirá en su perro faldero mientras ellos reclaman nuestro continente, palmo a palmo, masacre tras masacre. —La voz ascendente del príncipe resultaba atronadora.

Me encogí y esperé a que el emperador contraatacara como un relámpago y destrozara el cielo. Pero, en lugar de alzar el tono, agarró la mano de su hijo con ternura y le dio un apretón.

—Hijo, es mi decisión. Es un riesgo que estoy dispuesto a correr, un sacrificio que estoy dispuesto a hacer.

Al final, los ojos del príncipe expulsaron las lágrimas contenidas, y este se soltó con brusquedad y dio la espalda a su padre para que no lo viera llorar.

El emperador extendió la otra mano sobre la mesa y cogió la mía.

—El destino te ha traído ante mí por un motivo, Yang Ruying. Una vez, mis astrónomos me dijeron que la Muerte solo bendice a un mortal cuando el mundo está al borde del caos y su protegido solo puede salvarlo o destruirlo.

—No soy ninguna heroína —fue todo lo que alcancé a decir.

—Entonces esperemos que tampoco seas una villana.

37

Me encaramé a la ventana antes del amanecer para ver cómo la salida del sol pintaba el cielo de un tono rojizo y le prometí a la Muerte que, pasara lo que pasase, ese día no lloraría.

El emperador había tomado una decisión. Yo no tenía derecho a juzgarla porque ni podía ver el futuro, ni podía predecir qué impacto tendría su elección.

Solo esperaba que un hombre bueno que hacía lo que consideraba correcto fuese suficiente. Que hubiera tomado el camino correcto.

La firma del tratado se celebraría a una hora próspera, poco antes del mediodía. Antes, el emperador quería enseñarle la ciudad a Antonio, que fuera testigo de su belleza y de la alegría de sus gentes. Por ello, después de desayunar, zarpamos desde los ríos de palacio en un espléndido barco tallado en forma de dragón con las fauces abiertas, pintado de color rojo y decorado con sedas, con el que cruzamos los canales de la ciudad lujosamente.

Un pedazo de palacio que flotaba sobre el agua.

En la cubierta superior se hallaba un pequeño pabellón con tejados de aleros curvos que sostenían unos gruesos pilares dorados, y que estaba cubierto con cortinas de seda tan finas que casi parecían transparentes, para apreciar mejor las vistas de la ciudad y garantizar la privacidad al mismo tiempo.

Alrededor de una mesa tallada, el emperador disfrutaba de un té con Antonio y el príncipe Feng. Cuatros guardias de Sihai y otros cuatro de Roma los rodeaban. Yo era uno de ellos, autorizada por el propio Antonio.

Estar en la misma sala donde se debatiría el futuro era todo un honor.

Excepto que yo no quería estar allí, no quería formar parte de aquello. Solo quería marcharme, regresar a casa. Cerrar los ojos y borrar los últimos seis meses.

Atraje el poder de la Muerte para notar cierta sensación de control.

Las palabras del emperador de la noche anterior todavía resonaban en mi cabeza: «La Muerte solo bendice a un mortal cuando el mundo está al borde del caos y su protegido solo puede salvarlo o destruirlo».

¿Era esa la intención de la Muerte? Si es que tenía alguna. De ser así, ¿por qué no bendecía a alguien con voluntad de liderazgo? ¿Alguien como Baihu? ¿Quién escucharía a una chica en presencia de príncipes y emperadores?

¿Qué poder tenía yo ahí?

¿Había pensado la Muerte alguna vez en lo que yo quería?

—El barco sería más seguro si se reemplazaran las cortinas por cristal blindado —musitó Antonio, con los labios ligeramente fruncidos hacia abajo. Se agarraba a la mesa cada vez que una onda sacudía el barco.

No le gustaba el agua.

—Ese es vuestro modo de hacer las cosas, no el nuestro —contestó el príncipe Feng, con una voz grave que exigía respeto.

Algo que Antonio jamás le ofrecería, aunque fuera por mezquindad.

El ambiente se tornó pesado.

Ambos príncipes lucían un ceño arrugado y un odio penetrante como un puñal.

Si el emperador, cuya aura era la única sensación de calma en la temblorosa embarcación, no hubiera estado entre ellos, de buena gana el príncipe Feng habría matado a Antonio Augusto y se habría lavado las manos en esos ríos antes del mediodía.

Aunque así desatara a la madre de todas las guerras, dudaba que el príncipe Feng lo lamentara. Ansiaba la sangre de Antonio, justicia por lo que Roma le había hecho a Pangu.

Como Baihu.

—Sihai gobierna los cuatro océanos. Nuestros barcos llevan construyéndose así miles de años. No necesitan modificación alguna, ni tampoco necesitamos consejos de gente como vos.

—Con el tiempo, todo necesita una actualización. Todo puede mejorarse. Así evolucionamos los humanos.

—Seguid creyendo eso, pero al pueblo de Pangu le gusta cómo son las cosas. O como *eran*. Vosotros...

—Feng'*er* —lo interrumpió el emperador con voz firme—. Disculpad a mi hijo, príncipe Antonio. La juventud va de la mano del orgullo, y el orgullo va de la mano de la arrogancia. Aún lo estamos trabajando. Espero que para cuando herede el trono, se haya deshecho de esas malas costumbres.

A medida que salíamos de palacio y nos adentrábamos en canales más amplios de la ciudad, donde el agua era más profunda y brava, el barco oscilaba con mayor violencia.

El rostro de Antonio empezó a adquirir un tono verdoso. Esa nave era mucho más reducida que la romana, lo bastante pequeña para que notáramos el impacto de cada ola y el borboteo de cada ondulación.

El príncipe Feng sonreía, con las manos escondidas bajo la mesa. Percibía la magia en el aire según me acercaba a la viga en busca de apoyo. Sentía náuseas en el estómago, que no estaba acostumbrado a las olas irregulares.

—No tenéis buena cara, mi príncipe —se mofó Feng.

Antonio fingió una mueca.

—Debe ser por vuestro barco destartalado. En mi tierra, nuestros navíos son tan robustos y están tan bien fabricados que apenas notas la diferencia entre el agua y la tierra firme.

—Seréis…

—Príncipe Antonio —interrumpió el emperador—, los barcos son el principal medio de transporte en Donghai, pero si preferís el suelo, podemos reunir de inmediato una flota de carruajes.

—No os preocupéis. Dadme unos minutos para adaptarme.

Mentira. Reconocía el miedo nada más verlo.

Cansada de la trifulca infantil de los príncipes, dirigí mi atención al exterior.

Nos flanqueaban una serie de barcos más pequeños, cada uno con docenas de soldados que observaban, aguardaban y estaban prestos.

Donghai recibía el apodo de «la ciudad de los diez mil ríos y los diez mil puentes».

Hacía honor a su nombre.

Los ríos, de tonos azulados y verdosos, recorrían sus calles, y sauces esbeltos se curvaban en el aire y lavaban sus hojas en las frescas aguas.

Más allá de esas corrientes, se encontraban vías repletas de tiendas con carteles que ondeaban a causa del viento, donde se vendía sopa de arroz, empanadillas, pato asado y un centenar de manjares distintos. En una esquina, un Xianling asaba castañas con sus propias manos y un titiritero hacía que unos muñecos de papel bailaran al son de las ráfagas del viento.

En Donghai, el ambiente era distinto y la magia abundaba mucho más que en casa. ¿Sería por el agua o había algo más?

Sobre nuestras cabezas, miles de farolillos emitían un resplandor misterioso sobre el río e iluminaban las aguas con un color rojizo.

Pese a que la ciudad era hermosa, los vecinos de Donghai eran el auténtico tesoro. Lanzaban flores y dedicaban palabras amables de agradecimiento a nuestro paso, ovacionando y mostrando a Antonio una cortesía de la que no era merecedor.

Busqué mejillas hundidas y venas oscuras entre la multitud, pero no encontré a nadie así en el canal. Eso no quería decir que el opio no se hubiera infiltrado en Donghai o en alguna de sus diez mil islas dispersas en los cuatro océanos.

Pero, de ser así, su influencia sobre la población aún era mínima. Si Feng de Sihai se andaba con ojo tras subir al trono, puede que lograra salvar a su pueblo de esa droga venenosa.

Odiaba que la gente cayera presa del opio, aunque era algo inevitable.

La única pregunta era ¿cuántas?

El príncipe Feng tenía razón. Roma no se conformaría con Erlang. Puede que el tratado protegiera a Sihai durante una temporada, pero no para siempre.

—He oído que el sistema hídrico de Sihai es legendario, una de las mayores maravillas de Pangu —comentó Antonio—. Me he percatado de que ninguno de vuestros barcos cuenta con remos. En Pangu, la mayoría de los barcos los impulsan hombres, pero este es distinto, ¿verdad? Lo impulsa la magia.

El emperador sonrió.

—La magia no impulsa el barco, sino los ríos. Bajo la ciudad se oculta un intrincado sistema de túneles y pasos de agua, cuyo movimiento controlan quienes tienen un dominio sobre el agua. Por eso, nuestros barcos navegan sin remos ni viento.

—El motivo por el que estos ríos se consideran una maravilla es porque son la mejor defensa de Donghai frente a los invasores —puntualizó el príncipe Feng, alzando la barbilla con orgullo—. A lo largo de la historia, muchos han tratado de invadirnos. Nuestros enemigos piensan que porque nuestra gente está esparcida por los cuatro océanos, la capital está mal atendida y defendida.

—¿Están en lo cierto?

El príncipe Feng dejó entrever una sonrisa burlona.

Recordaba lo que la abuela me había dicho sobre los canales de Donghai: en el lecho del río, profundo bajo la superficie, se amontonaban los cadáveres y los huesos de quienes habían osado atacar la ciudad.

Si me concentraba, podía percibir a la Muerte en esas aguas, siguiéndonos como un cazador esperando para atacar.

—Poco importa si a Donghai la custodian cien o cien mil hombres: nadie que haya intentado asediar la ciudad ha vivido para contarlo. El agua nutre estas calles como la sangre lo hace con nuestras venas, y nuestra ciudad es más poderosa que cualquier ejército que haya puesto un pie en Pangu. Os resultará un concepto extraño. —El tono del príncipe Feng era frío, y sus ojos azules, una cuchilla afilada que apuntaba hacia Antonio—: Vivir en armonía con el mundo, respetando la tierra que habitas.

La tensión en el aire era cada vez más palpable, como la cuerda de un arco antes de un disparo letal.

—Feng'*er* —le advirtió el emperador, pero el heredero presionaba más y más, con la mirada cargada de furia.

—Contadme, Antonio Augusto, ¿hay alguien en vuestra nación tan cruel como vos y vuestro hermano? ¿Acaso vuestro pueblo conoce el amor? ¿Alguna vez os habéis preocupado por una vida que no sea la vuestra? —El tono del heredero rezumaba rencor y no apartaba la vista de los ojos de Antonio.

No podía culparlo por su dolor.

Era un hombre joven que perdería a su padre en breve y heredaría un futuro incierto donde tendría que cargar con las responsabilidades de un emperador sin estar preparado.

—Sí —espetó Antonio.

Sin darme cuenta, me reí con disimulo, lo cual lamenté al instante cuando Antonio dirigió su atención hacia mí.

Frunció la comisura de los labios. Inclinó la cabeza y me miró de forma inquisitiva como en nuestro primer encuentro; como si fuera un puzle que ansiara resolver.

—¿No me crees, Yang Ruying?

—Yo... —Las palabras se me atascaban en la garganta y me ahogaba al emitir sonidos.

Eso solo hizo que Antonio sonriera con mayor amplitud. Disfrutaba al verme quedarme sin palabras.

—Si me disculpáis, necesito tomar el aire. —Sin aguardar respuesta por parte del emperador, Antonio se puso en pie e hizo un gesto para que lo siguiera.

Con las mejillas aún ardiéndome, fui tras él hasta la proa de la embarcación donde el viento invernal azotaba nuestra ropa; tiritaba y me arropé con el abrigo.

Dejamos atrás a los de guardias de Sihai que patrullaban la cubierta. Nos dedicaron miradas de curiosidad y desprecio.

Podía oír sus insultos tácitos.

«Traidora».

—Siento haberme reído —me excusé cuando llegamos al borde de la cubierta. Prefería decirlo yo antes de que Antonio me lo sacara a la fuerza.

—No te he traído aquí fuera para reprenderte. —Él dudó unos instantes—. Quería ver si te encontrabas bien. —Su voz era tenue, casi se perdía con el aullido del viento.

Sentí un escalofrío en la espalda y no se debía al frío.

—Estoy bien —mentí.

La voz debió delatarme, porque Antonio frunció el ceño. Le tembló la mano y, durante una milésima de segundo, pensé que iba a agarrarme, a acortar la distancia entre nuestros cuerpos y a envolverme en un abrazo.

No fue así.

—Lo siento —se limitó a decir.

—Yo también.

—Ruying, aún estás a tiempo de echarte atrás. No deseo que hagas nada que no quieras hacer.

—Eso no te ha detenido jamás —solté al recordar la vez en que amenazó a mi familia en el coche, me apuntó con un arma y me hizo escoger.

Como si rememorara el mismo incidente que yo, se le cayó la cara de vergüenza.

—Me equivocaba. Los errores de antes de conocerte…

Di un paso al frente y Antonio se detuvo a media frase, ojiplático. Juraría que sus mejillas adquirieron un cariz sonrojado. Podría deberse al viento, pero algo me decía que no.

Le gustaba ver cómo me aturullaba, así que me sentí bien al saber que yo también podía ponerlo nervioso; hacer que se tensara cuando me acercaba más de la cuenta.

—¿Tienes que matarlo? —pregunté en un susurro únicamente audible para él.

Esperaba que dijera que no. Quería que viera las maravillas de Sihai y la bondad de nuestras gentes, que supiera que Pangu era mucho más de lo que pensó en un primer momento. Quería que amara esa tierra del mismo modo que amaba la suya. Deseaba que luchara por nosotros, que convenciera a sus hermanos y a su abuelo de que mi pueblo merecía la oportunidad de vivir.

Tenía la esperanza de que, pese a todo, Antonio fuera una buena persona, que hiciera lo correcto, que fuera mi aliado tal y como había prometido.

Si había algún momento para cambiar las cosas, era ese.

Al perdonar la vida al emperador, podría...

Me acarició la mejilla con el pulgar; cuyo roce aportó calidez a mi frígida piel.

Con un nudo en la garganta, traté de ignorar los intensos latidos de mi corazón.

Si no tenía cuidado, el fuego podría reducirnos a cenizas.

—Lo siento —se disculpó.

Me estremecí y las lágrimas amenazaron con brotar de mis ojos. Tendría que haber sabido que eso pasaría, no sabía por qué me sentía tan decepcionada. Antonio era un príncipe de Roma. Su lealtad era hacia su propia nación, hacia su abuelo.

Daba igual que hubiera dado otra sensación: Roma y Pangu siempre nos separarían.

—No merece morir.

—Lo sé.

—No, Antonio, no lo sabes. —Di un paso al frente, y acorté tanto la distancia entre nosotros que nuestros cuerpos estaban al borde del roce. Antonio era mucho más alto que yo. Mis ojos llegaban a la altura de sus labios y, si él quisiera, podría acomodar mi cabeza bajo su barbilla y acunarme como algo frágil—. Lo sabe —dije con un hilo de voz. Antonio lo descubriría tarde o temprano. Si se lo contaba ahora, quizás podría hacerle cambiar de opinión y...—. El emperador sabe que planeas asesinarlo y no hará nada para impedírtelo. Hasta ese punto ama a su pueblo y su imperio. Está dispuesto a comprar tu confianza con su sangre, conseguir unos cuantos años más de paz para Sihai a cambio de su vida. No te traicionará, Antonio. *Por favor*. Es un buen hombre. Cancela el magnicidio. Déjalo vivir.

Sus ojos no mostraron ternura alguna como había esperado. En su lugar, se endurecieron y mostraron algo que parecía enfado, rabia. Tendría que haber sentido miedo, tendría que haber retrocedido y apartado la mirada, agachado la cabeza en señal de sumisión como mi padre decía que debían hacer las mujeres ante la presencia de un hombre enojado.

Pues no lo hice.

Mantuve la cabeza alta sin retirar el contacto visual, a la espera.

—Bien —musitó al fin—. Si quiere morir, que así sea. Vamos. —Intentó agarrarme—. Hace frío, volvamos dentro.

Lo aparté antes de que llegara a tocarme.

—¿Acaso no has oído lo que acabo de decirte? ¡No quiere rebelarse! ¡Cancela el magnicidio, Antonio! ¿Por qué un buen hombre debe morir solo porque tu familia no sepa confiar en las personas?

Se le ensombreció el rostro.

—¿Quiero saber cómo te has enterado de todo esto?

Mi valentía salió por patas por una trampilla y todo se paralizó.

Recordé los rostros de Meiya y de la abuela.

Vi sangre, y a la Muerte, y cadáveres ensuciando las calles como hojas de otoño.

—Ruying, tratándose de ti, estoy dispuesto a hacerme el tonto, pero no vuelvas a decirme qué puedo y qué no puedo hacer. No olvides quién soy y quién eres *tú*. Nosotros…

—¡Cuidado!

Una flecha pasó zumbando en el aire.

Sin pensarlo, aparté a Antonio justo a tiempo. La flecha pasó vertiginosamente por donde tendría que haber estado su cabeza.

Más flechas siguieron a la primera, procedentes de los tejados a ambos lados de la orilla del río, como una lluvia de verano repentina y violenta.

—¡Al suelo!

Traté de reunir la magia de la Muerte, pero antes de lograrlo, Antonio me agarró y tiró de mí hacia abajo. Cubrió mi cuerpo con el suyo, haciendo de escudo. Oí el gruñido que emitió cuando una flecha se le clavó en el hombro, cuyo impacto lo precipitó al suelo y a mí con él.

—¡Proteged al príncipe!

Conforme caía, el mundo se alejaba cada vez más de su eje, hasta que vi a esos hombres encaramados sobre las casas con aleros curvos a ambos lados del canal. Ataviados de negro, llevaban máscaras de ópera pintadas y ondeaban una bandera con la misma máscara en el centro.

«El Fantasma».

38

Los escudos nos protegieron antes de que más flechas dieran en el blanco. Unos soldados bendecidos con afinidades con el viento llegaron a toda prisa y descargaron violentas ráfagas de aire para desviar las saetas.

Estábamos rodeados por hombres. Algunos intentaban ayudar a Antonio a incorporarse. Otros gritaban pidiendo auxilio.

Los ojos de Antonio estaban posados en mí y solo en mí.

—¿Estás bien? —me preguntó. Con una mano, me sostenía la nuca y con la otra me sujetaba el hombro. No me di cuenta de cuándo o cómo habíamos terminado abrazados.

—Estás… sangrando —tartamudeé. Intenté presionar la herida con mis manos. Había visto la segunda flecha antes que yo. Podría haber corrido, haberla esquivado, haber hecho algo. Pero no fue así. En lugar de limitarse a pensar en él ante el peligro, fue a por mí, me protegió con su cuerpo—. ¡Eres un idiota! ¿Por qué no has corrido?

Antes de que Antonio pudiera darme una respuesta, uno de sus guardas nos agarró por los hombros y nos llevó al pabellón. La cubierta estaba ahora sembrada de soldados.

Nada más comenzar los disparos, la Muerte se filtró en el aire.

Cuando nos encontramos dentro, unas cortinas de cuero cayeron sobre las de seda. A continuación, media docena de soldados las clavaron a gran velocidad hasta que estuvimos a salvo dentro de un refugio de metal chapado, ensartado como una armadura prácticamente sin costuras.

—Puede que no tengamos cristales blindados, pero disponemos de otros medios igual de efectivos —puntualizó el príncipe Feng, con expresión extrañamente calmada y un tono de voz tan suave que no estaba segura de si alguien aparte de mí lo habría escuchado en mitad de toda aquella conmoción.

Los curanderos no tardaron en circundar a Antonio. Presionaron la herida con las manos para detener la hemorragia mientras le rasgaban la ropa. Extrajeron la flecha y, sin mayor dilación, se dispusieron a curar la herida aplicando un bálsamo y vendajes, todo ello antes de que pudiera siquiera sentarse. Sus movimientos eran suaves y organizados. Tal y como se habría esperado: eran los curanderos del rey. Llevaban toda la vida practicando para momentos así.

Antonio llevaba la camisa desgarrada y traté de no mirar, pero, por el rabillo del ojo, no pude evitar darme cuenta de las cicatrices plateadas que mutilaban su cuerpo. Corte tras corte, cubrían su espalda como las marcas de un látigo cruel.

Sentí un nudo en el estómago al recordar lo que me había contado de su infancia, de su vida en las calles antes de que un príncipe lo adoptara, así como las breves menciones a un abuelo que aparentaba ser tan despiadado como las calles que lo vieron crecer.

—¿Estará bien? —preguntamos al unísono el emperador y yo.

—Déjenme espacio —gruñó uno de los curanderos.

—Comprobad también si ella está herida —ordenó Antonio. Cuando nuestras miradas se encontraron, lució una sonrisa fugaz en un intento por tranquilizarme.

Como buena traidora, se me agitó el corazón como una nube de mariposas.

Aparté la vista. No quería notar esa sensación aterradora en mi interior, y no quería deberle la vida. Prefería arrancarme una flecha yo misma a deberle nada a Antonio Augusto.

—¿Ruying? —No me percaté de que su mano sujetaba la mía hasta que me dio un pequeño apretón.

De inmediato, la retiré. Fingí que no me di cuenta de cómo se le descompuso el rostro o de la opresión en el pecho que no me dejaba respirar.

—¿Por qué no has corrido? —inquirí.

—¿Y ver cómo te herían a ti?

Al oír sus palabras, la magia se despertó de repente. De un fuego lento pasó a ser una llamarada hambrienta.

«Yo tampoco quiero ver cómo te hieren a ti». Con gran esfuerzo, contuve las palabras dentro de la boca. Apreté la mandíbula. No quería decirlas en voz alta. No quería que Antonio lo supiera.

Así que le di la espalda, caminé hacia el borde de la embarcación, me apoyé en un pilar en busca de protección y me preparé para lo que mejor sabía hacer: matar.

En esos momentos, le debía la vida. Era justo que salvara la suya a cambio.

A nuestras espaldas, la corriente se movía con mayor rapidez y el barco se mecía con violencia, cuyas aguas extraían a la par los Espectros del Fantasma y los soldados de Sihai que deseaban utilizarla. Pero los soldados no podían transformar los canales en un arma sin ponernos en peligro. Las aguas eran profundas e impetuosas. Si las corrientes se tornaban lo suficientemente indomables para volcar el barco, sería nuestra sentencia de muerte.

Si a bordo solo se encontraran el emperador y sus hombres, puede que no supusiera ningún problema. Llevaban toda la vida al mando del agua y surcando esos arroyos: podrían salvarse. Pero había demasiados romanos desprovistos de magia para protegerse y un príncipe enemigo con pocos pronósticos de nadar lo bastante bien para sobrevivir.

No tenía pinta de acabar bien para nosotros.

Me asomé por las diminutas rendijas de las uniones de las cortinas blindadas. Flechas contra flechas. Espadas cara a cara. Los soldados de Sihai trataban de escalar los edificios que nos rodeaban, pero los Espectros los interceptaban uno a uno con armas letales y ráfagas de magia. Caían cuerpos de todas partes.

La sangre lo invadía todo.

De hecho, ya navegábamos por un río de sangre. Caos por doquier con la aparición de una marea de personas que daba alaridos. El pánico era un humo abrasante, oscuro y asfixiante y...

En medio del tumulto divisé a un niño con la cara enrojecida. No tendría más de cinco años y hacía equilibrios en una barrera en la orilla del agua para no verse atrapado en la locura. Se aferraba al pilar como si le fuera la vida en ello, llorando, sollozando: «¡Mamá! ¡Mamá!».

Dirigí mi atención al pilar. Mi cuerpo se movía por instinto, pero antes de que pudiera avanzar, una flecha perdida atravesó el aire. De un Espectro o un soldado de Sihai, no sabría decir.

La flecha perforó la garganta del niño y, de inmediato, chorros de sangre reemplazaron los gritos. Se le desencajó el rostro. Luchaba por respirar.

Antes de que mi cuerpo recordara cómo moverse, el chico se desplomó al suelo y desapareció bajo el pisoteo de sus vecinos aterrorizados. Nadie se detuvo para ayudarlo. Ni siquiera estaba segura de que alguien lo hubiera visto caer.

Su alma era naranja como el sol naciente; del color de una llama que se había apagado demasiado pronto.

Las balas y las flechas siguieron volando y otros colores siguieron al alma del niño.

Verdes.

Amarillos.

Dorados.

Plateados.

Morados.

Y azules.

Remolinos de colores se elevaban por los aires y dejaban atrás sus cuerpos; vidas que caían en el olvido una tras otra.

La explosión de color empezó a nublar mis sentidos.

Podía saborear sus vidas en el aire.

Dulces y amargas, picantes y ácidas. Felicidad y dolor, furia y soledad.

Aparté la vista mientras las almas inocentes se fundían en colores intensos cada vez con mayor celeridad, y recordé mi última conversación con Baihu.

—El Fantasma va a por Antonio —afirmó el emperador—. Quieren matarlo para que el monarca romano culpe a Sihai de su muerte, para romper el tratado o para arrojar a Sihai a una guerra con Roma, no sé, pero hay que sacar a Antonio de aquí. Tenemos que mantenerlo a salvo y...

Antes de que pudiera terminar, una explosión voló las cortinas de hierro y lanzó a todo el mundo contra el suelo, entre los escombros abrumadores de madera astillada y metal fracturado.

La magia en el ambiente era penetrante. Seis Espectros se colaron a través de la nube de escombros, con las espadas desenvainadas y la mirada fija en Antonio.

Intenté ponerme en pie, pero la cabeza me daba vueltas. Todo me daba vueltas.

El silencio retumbaba en mis oídos.

De reojo, vi cómo los guardias de Antonio cogían las pistolas al igual que los soldados de Sihai alcanzaban sus espadas, pero los Espectros estaban preparados y eran veloces. El metal chocaba. Las almas perecían en todas direcciones con tal rapidez y eficacia que, encogida, retrocedí mientras la sangre salpicaba los escombros como gotas candentes.

—Tened cuidado con la chica —ordenó alguien con una máscara dorada, señalando en mi dirección, donde yacía desplomada bajo restos de madera astillada—. Recordad, el Fantasma la quiere con vida.

Antes de que terminara su intervención, saqué la magia de la Muerte y envolví con ella a quienes tenía más cerca, pero cuando tiré, su *qi* se aferraba a sus cuerpos mortales, resistente como una faja de seda atada con fuerza a un gancho prominente. Solo un destello de lo que pretendía coger acabó fluyendo por mi cuerpo.

Su resistencia bastó para hacerme recular. Quienes tenían más motivos para vivir siempre eran los más difíciles de matar.

Seis meses atrás, no habría tenido la menor oportunidad, pero a medida que la luna florecía y se marchitaba, mi dominio sobre la magia de la Muerte había mejorado. Era fuerte, como un músculo bien entrenado.

Si no podía acabar con todos a la vez, los aplacaría uno a uno.

Apreté la mandíbula y centré todos mis esfuerzos en el Espectro más cercano.

Se tambaleó, su energía peleaba duro y se aferraba a todo lo que tenía.

Pero yo era fuerte y mi control, mayor. En cuestión de segundos, su *qi* cedió y pasó a mi cuerpo a regañadientes. Cogí lo bastante para dejarlo inconsciente; solté justo a tiempo, algo que había estado ensayando.

Cuando su cuerpo cayó al suelo, fui a por el siguiente Espectro.

Tiré rápido y con ganas, y él también se derrumbó. Sin perder tiempo, pasé al siguiente objetivo, que ya estaba en movimiento.

Se abalanzó hacia mí. Traté de llegar a las corrientes de su *qi*, pero el corazón me ardía del agotamiento y noté cómo se me empezaba a nublar la vista, así como la sensación familiar de sangre coagulada subiéndome por la garganta. Tenía las puntas de los dedos entumecidas y el aturdimiento se apoderaba de mí a pasos agigantados: me empapaba las extremidades y hacía que todo me pareciera mucho más pesado.

Un momento de pausa: suficiente para que mi objetivo atravesara la mesa rota bajo la que me escondía con un golpe violento. Tan rápido que apenas tuve tiempo para salir rodando.

Intenté tirar de su *qi*, pero, desconcertada y exhausta, mi fuerza era mínima. La energía burbujeaba en mi interior mientras se filtraba al reino de la Muerte. Cuando volví a centrarme, agarrando su *qi* con las manos, no fui lo bastante fuerte para hacerlo caer; apenas dio un traspié, una ligera sensación de vértigo.

Era mi oportunidad.

Encontré la navaja que guardaba en la bota. No podría combatirlo con magia, pero lo haría a la antigua usanza.

—No quiero matarte —dijo entre dientes. Una advertencia.

—Yo tampoco. —Lo tumbé de una patada. Tras lo cual, le atravesé el pecho con la cuchilla.

Otro hombre me embistió por detrás. Empuñaba la espada hacia delante; lo pillé demasiado tarde.

Pero, antes de que el metal mutilara mi carne, el estruendo de un disparo detuvo todo en seco.

Cuando el hombre se desplomó ante mis pies, yo tenía el rostro salpicado de sangre cobriza.

Alcé la vista y vi a Antonio apoyado en una pared, justo detrás del emperador, con una pistola humeante en la mano.

Disparó otra bala a Máscara Dorada, pero la figura esbelta que se alzaba a su lado desvió su trayectoria con el movimiento de sus dedos. En mi dirección.

La bala erró el tiro por cuestión de milímetros y me rozó el pelo cuando pasó volando.

Rodé y me puse a cubierto detrás de un pilar, sin aliento y todavía revisándome la cabeza en busca de heridas.

—Os arrepentiréis todos de proteger a este parásito —dijo Máscara Dorada.

El emperador empujó a Antonio detrás de él como un tigre que protege a su cría. Una de sus manos danzó en el aire y un brillo azulado apareció en la punta de sus dedos.

—Suspende inmediatamente el ataque o conocerás el auténtico arrepentimiento.

—Padre, ¡no!

—¡Los imperios son más fuertes juntos que separados! —gritó Máscara Dorada—. Si no lucháis a nuestro lado, tendremos que obligaros. El Fantasma prefiere al príncipe romano con vida, pero no lo *necesita* con vida...

Dicho lo cual, Máscara Dorada conjuró una espada de fuego en el aire y la arrojó hacia el emperador y Antonio.

El emperador hizo un giro con la muñeca y formó un resistente escudo de agua ante él.

El fuego evaporó el agua, pero el escudo contuvo las llamas durante unos instantes, suficiente para que el emperador apartara a Antonio de un empujón.

Máscara Dorada lanzó otra explosión de fuego al emperador, pero, esa vez, él no mostró resistencia. Se limitó a dedicar una tenue sonrisa a Antonio mientras cerraba los ojos y...

Para cuando Máscara Dorada se dio cuenta de lo que estaba ocurriendo y trató de deshacerlo, ya era demasiado tarde.

La llamarada atravesó el pecho del emperador y le chamuscó la carne hasta tornarla ennegrecida y llena de ampollas.

—¡Padre! —gritó el príncipe Feng tras los escombros.

En mitad del silencio aturdido, Antonio levantó su arma y trató de meterle una bala a Máscara Dorada, pero no fue lo bastante rápido.

—*Che* —rugió Máscara Dorada—. ¡Retirada! —Justo después, el resto de Espectros desapareció de los escombros de un salto.

Fuera lo que fuese que habían planeado, no era eso.

—Padre… —lloraba el príncipe Feng mientras se arrastraba para llegar hasta su padre.

Contuve la respiración. La muerte se cernía sobre el cuerpo agonizante del emperador. Vi cómo emergían unas sombras azules mientras su *qi* luchaba por no rendirse.

Colocó una mano sobre la de su hijo.

—Padre… —El príncipe Feng se derrumbó. Acunó al emperador en sus brazos, pero este observaba a Antonio.

—Os he salvado —dijo—. Por favor, que sea el fin de la lucha. Dejad que mi muerte consolide la paz entre Sihai y Roma en los años venideros. Si mi vida puede comprar la paz y prosperidad para mi pueblo, moriré con gusto.

Antonio contempló al emperador, pero no medió palabra alguna. Ni siquiera tuvo la osadía de mentir.

—Feng'*er* —se ahogó el emperador.

—¡Ayuda! —chilló el príncipe—. ¡Ayuda!

Nadie se movió. Sabían lo mismo que yo.

—Prométeme que firmarás el tratado, Feng'*er*. Prométeme que honrarás tu primer decreto como si fuera mi último deseo. Sihai lo necesita. *Yo* lo necesito. No permitas que muera en vano —suplicó con voz ronca, la cual era tenue como un suspiro, delicada como una tormenta que se disipa.

—Padre, no va a pasarte nada. Lo solucionaremos. Todo va a salir bien. —El príncipe Feng miró a los curanderos que se agazapaban en una esquina—. ¡Haced algo! ¡Salvadlo!

Aparté la vista para conceder al príncipe Feng cierta privacidad en esos últimos momentos. La Muerte había dejado su huella y no aceptaría un no por respuesta.

De nada valía implorar.

La Muerte no discriminaba ni se permitía favoritismos. Daba igual cuántos asuntos pendientes dejáramos atrás. Podíamos luchar contra ella todo lo que quisiéramos, que, cuando fuera nuestra hora, vendría sin lugar a dudas.

—Feng'*er*, prométeme que no iniciarás una guerra con Roma.

—Padre...

—Prométtelo, Feng'*er* —le rogó el emperador con voz rasgada, la de un hombre al que se le acababa el aliento, al que se le acababa el tiempo.

—Lo... lo prometo.

Los colores se infiltraron en el aire.

El alma del emperador era del azul tranquilo del cielo antes de una tormenta.

—¡Padre! —El grito del príncipe Feng fue ensordecedor.

Percibí la magia antes de que llegara: un torrente cargado de rencor que emanaba del príncipe.

El agua chapoteaba con fuerza contra el barco y se elevaba como enormes garras que destruían todo a su paso.

El agua actuó con presteza: arrastró a los enemigos de los tejados con estocadas raudas y el mundo se hizo eco de sus chillidos amortiguados y del chasquido de sus huesos. Apenas tuve tiempo de llegar hasta Antonio antes de que una tromba de agua nos proyectara hacia el canal.

Nos vimos envueltos en una marea gélida y amarga. La corriente se mostraba impasible y se agarraba con fuerza a cualquier alma, y nos arrastraba más y más y más abajo...

Sangre por sangre. El agua, guiada por la magia del heredero, exigía venganza por el emperador.

Atrapada en sus garras, jadeaba en busca de un aire inexistente y estiraba los brazos pidiendo auxilio.

39

La vida es algo caprichoso.

Un hilo delgado.

La chispa de una llama.

Porcelana delicada, fina, necesitada de protección.

Sabía lo que se sentía al ahogarse; ya había experimentado el ardor en los pulmones y los aspavientos de las extremidades.

Los recuerdos de aquel día en la cascada me habían dejado cicatrices.

Jadeaba en busca de aire, pero solo tragaba el agua que llenaba mis pulmones un trago tras otro.

Primero venía el miedo. Después, el dolor. Y, por último, la euforia y la paz.

El sistema hídrico de Sihai era intrincado, y sus corrientes, rápidas, demasiado fuertes para que un mortal se enfrentara a ellas. En la oscuridad, vislumbré destellos verdes en el azul profundo.

Un brazo alrededor de mi cintura.

«Por favor, Muerte, no quiero morir».

INTENTÉ NADAR, PERO ALGO TIRABA DE MÍ HACIA ABAJO.

Intenté respirar, pero no había aire.

Intenté luchar, pero…

41

Al igual que la madera a la deriva, ascendía y descendía.

Me hundí y emergí cientos de veces. Cada destello de realidad era breve y borroso, entremezclados los unos con los otros hasta que no pude distinguirlos.

El agua invernal rebosaba en mi garganta y me inundaba los pulmones.

Unas manos en mi espalda.

El peso del mundo me retenía.

—¡Ruying! ¡Despierta! —Una voz borboteaba a través de las aguas—. ¡Levántate!

La orilla de un río congelado. Al fin, las corrientes habían soltado a su presa; me dejaron con los pulmones ardiendo, pero el corazón todavía me latía.

Bajo mis manos, noté un gélido lodo mientras trataba de ponerme en pie.

—Vamos. —Mi propia voz.

La ropa chorreaba agua; su frigidez envolvía mi piel y me calaba hasta los huesos.

—No te abandonaré.

Unos tonos azul frío.

El sol poniéndose en la distancia.

—No te abandonaré.

La Muerte se cernía sobre mí.

—No te abandonaré…

«No quiero morir».

42

Hice una mueca de dolor al despertar; con la mano, rocé el vendaje que me cubría el abdomen, envuelto firmemente y con cuidado, pero insuficiente para prevenir una infección, porque mi piel ya desprendía calor. La fiebre empezaba a subir.

—Estás despierta. —Un murmullo intenso me hizo abrir los ojos entre la confusión.

Antonio se encontraba sentado en el borde de la cama, con una manta deshilachada sobre los hombros. El fuego de la esquina se estaba extinguiendo y el frío empezaba a apoderarse de la habitación. Sus labios habían perdido el color.

—¿Me has salvado? —Noté una punzada incómoda en el pecho. Las serpientes me comprimían las costillas y respirar parecía misión imposible, al igual que mirarlo.

—Pues claro. ¿Qué querías que hiciera, dejar que te ahogaras o abandonarte en la orilla y que murieras de hipotermia?

—Si no sabes nadar. —Recordaba cómo se agarraba a la mesa cada vez que el barco oscilaba, el miedo en sus ojos. Podría haber sido un simple mal de mar, pero cuando fruncía el ceño sabía que estábamos tocando un tema delicado.

—No iba a dejarte morir —repitió. Las mismas palabras que había pronunciado en el barco—. Da igual que nade o me ahogue. No dejaré que mueras.

La punzada de mi pecho se hizo más intensa. Había vuelto a arriesgarse por mí.

Ya le debía la vida dos veces. El viaje iba a salirme más caro de lo que pensé en un principio.

—¿Dónde estamos?

Las paredes desnudas que nos rodeaban distaban mucho de los lujos del palacio imperial de Donghai.

Una cabaña abandonada, envuelta en una gruesa capa de polvo, que estaba cubierta de moho y plantas salvajes que se habían infiltrado a través de las ventanas, apenas empapeladas, y las grietas que poblaban las paredes. Todo desprendía un ligero olor a suciedad y humedad, pero teníamos un techo sobre la cabeza que nos refugiaba de las bajas temperaturas que, en caso contrario, nos devorarían como una bestia hambrienta.

Parecía que nadie la había habitado desde hacía mucho tiempo, así que, al menos, no nos arriesgábamos a una invasión de la propiedad. Las pieles que me mantenían abrigada estaban apolilladas y las túnicas raídas, y tradicionales de Pangu, que Antonio llevaba estaban a años luz de sus trajes a medida y sus corbatas de seda.

Al menos estábamos secos.

Al menos estábamos vivos.

Me venían destellos de las corrientes rápidas y de la oscuridad interminable. Recordaba cómo jadeaba en busca de aire y cómo las corrientes de agua espesa y glacial eran imposibles de combatir y me arrastraban más y más abajo.

Me recorrió un escalofrío.

—Tenía que quitarte la ropa empapada —añadió Antonio, vacilante y sin dirigirme la mirada. Una ligera sombra tiñó sus mejillas. ¿Se había sonrojado?—. Espero que no te importe. Habrías cogido una pulmonía si te hubiera dejado esas túnicas, y tenía que vendarte la herida. Estabas sangrando y...

—Gracias —musité, conteniendo la media sonrisa por la forma en que se le atascaban las palabras. Le daba un toque humano a su rostro principesco y severo y me recordaba que, bajo todos sus gestos pensativos y sus reflexiones absortas en el deber, había un joven que acababa de entrar en la veintena. Solo unos meses mayor que yo, algo que olvidaba con frecuencia por la forma en que se comportaba.

—No me las des. Tú hiciste lo mismo por mí en el barco. Cuando viste la primera flecha, no echaste a correr ni te protegiste a ti misma; al contrario: lo primero en lo que pensaste fue en mí. Si no me hubieras apartado, es posible que ahora no estuviera vivo.

Se me agarró algo en la garganta. Llevaba razón. Lo aparté; fue algo instintivo, una acción que no pensé.

Pero que él cubriera mi cuerpo como un escudo humano y me cargara a través de ese desierto helado pese a estar herido… eran palabras mayores.

Si los papeles se invirtieran, ¿habría hecho yo lo mismo?

Posiblemente, sí, y me asustaba demasiado admitirlo.

O puede que sus sentimientos no fueran correspondidos y que su sacrificio recibiera la traición como pago.

Mientras Erlang sufriera bajo la tiranía romana, Antonio sería un enemigo mortal de mi nación. Daba igual cuánto me gustara; porque me gustaba, nada podría borrar esa verdad.

Un pensamiento que cavaba hondo y mordía con ganas, como los colmillos diminutos de insectos rabiosos sedientos de sangre.

Me permití dedicarle una ojeada por el rabillo del ojo y sentir la ternura de su mirada como un agradable rayo de sol. Una especie de calidez que se me metía por el cuello y ahondaba profundamente en mi carne, que suavizaba las marcas de mis indecisiones y hacía que todo fuera algo más llevadero.

Cuando fruncía los labios y dejaba ver esa media sonrisa con hoyuelos, que parecía hechizarme cada vez más, una parte de mí ansiaba inclinarse hacia la luz, dejar que me rodeara y perderme en él.

Un deseo que trataba de reprimir de inmediato.

Poco importaban mis ansias de dar rienda suelta a lo que florecía entre nosotros. No podía. Sabía que el fuego nos reduciría a cenizas si no nos andábamos con pies de plomo.

Si me inclinaba lo suficiente, no dudaría en consumir lo poco que quedaba de la chica que una vez fui; la hermana, la nieta y la amiga que recordaban mis seres queridos.

Pero, allí, alejados de los deslumbrantes palacios y de la política de Roma, estábamos solos.

Allí, esa noche, él no tendría que ser Antonio Augusto y yo no tendría que ser Yang Ruying. En su lugar, no seríamos más que un chico y una chica. Me eché a un lado en la cama y le dejé un hueco.

—Hace frío —susurré, cediendo a la tentación. Conocía de sobra las consecuencias de mi invitación, de mis palabras.

La esperanza que despertaría en él, y el futuro que jamás me permitiría disfrutar.

De enterarse, Meiya y la abuela se avergonzarían, pero ya había hecho demasiadas cosas que las colmarían de vergüenza. Eso no era nada en comparación con algunos de mis peores pecados.

Nadie tenía que enterarse de esa noche, de ese atisbo de valiosa calidez.

Antonio se mostró dubitativo y frunció el ceño.

—He leído que para una chica de Erlang es vergonzoso estar a solas en la misma habitación que un hombre al anochecer, por no hablar…

—¿Después de todas las personas a las que me has ordenado matar es *aquí* donde trazas la línea? —Solté una carcajada—.

Juntos mantendremos mejor el calor. No quiero morir por congelación y tampoco quiero que *tú* lo hagas. No después de todo lo que hemos pasado para mantenerte con vida. Ya nos preocuparemos por cuestiones de honor cuando hayamos sobrevivido a la noche.

Además, después de todo lo que había hecho los últimos seis meses, como trabajar para Roma o asesinar a mis congéneres, mi reputación y mis posibilidades de un matrimonio respetable se habían visto empañados hacía tiempo por la sangre que manchaba mis manos.

Cuando separó los labios, no estaba segura de si iba a seguir protestando o a pedir disculpas.

Al final, no hizo ninguna de las dos. Se limitó a subir a la cama y a colocarse a mi lado. Durante el breve instante en que se deslizó bajo las mantas, temblé por el frío que traía, pero poco después reapareció la calidez. Dos cuerpos calentaban nuestro refugio de mantas con mayor rapidez que uno.

La cama era lo que llamamos 炕: básicamente, una gran plataforma con un colchón sobre una estufa, concebida para dar cabida a toda la familia. En algún momento, la cabaña pudo ser el hogar de seis o más personas. Que tres generaciones vivieran bajo el mismo techo era lo más común en las áreas rurales de los imperios. El centro de la cama era la parte más cálida y se reservaba para los ancianos de la familia, los abuelos, mientras que los laterales se dejaban a los más jóvenes y sanos.

Me preguntaba dónde estarían en esos momentos los habitantes de la cabaña.

En teoría, si Antonio no quería pasar frío, tendría que haber encendido la estufa que había bajo la cama, pero dudaba que ni siquiera supiera que había una abajo.

A mi lado, su respiración se tornó superficial; cada inhalación y exhalación sonaba atronadora ante el silencio. Estaba tan cerca que podía notar sus latidos nerviosos, pero lo bastante lejos para considerarse algo indecente. Incluso en ese momento, era precavido; sin cruzar la distancia que nos separaba.

—Me asusté muchísimo cuando te desmayaste en la orilla —confesó en la oscuridad, en voz tan baja que me pregunté si quería que oyera sus palabras—. Pensé que ibas a morir.

Notaba sus ojos sobre mí, y cómo las llamas me subían por el cuello mientras fijaba la vista en el techo, en cualquier cosa que no fuera él.

Sentía que me ahogaba de nuevo, solo que, ahora, notaba la tentación de dejar que el agua me arrastrara.

—¿Cómo sobrevivimos a los canales?

Se rio con disimulo.

—¿Suerte? El agua era rápida... Un torrente de energía más que una corriente manipulada de forma intencionada. Me preguntaba si el poder bruto del príncipe sobrepasó a cualquiera que intentara controlar el agua y ahogarme. No sé... Aprendí a nadar, solo que... no se me da demasiado bien. El agua nos llevó a través de los pasadizos submarinos secretos con mayor rapidez de lo que yo jamás podría nadar. Y, cuando quise darme cuenta, nos habían escupido en un río donde la marea era más lenta y desde donde te traje a la orilla.

—¿Por qué me salvaste? —inquirí, con la voz tan silenciosa como él—. Podrías haberme dejado en la ribera, pero no lo hiciste.

—Te salvé porque quise. —Si supiera lo que había hecho justo la noche anterior, cómo había advertido al emperador de sus planes, ¿seguiría queriéndome con vida? —Porque tenía que hacerlo... Porque no soporto la idea de que mueras.

—¿Por mi don? ¿Porque no te gusta desperdiciar el talento?

—Si quieres creer eso.

Unos instantes de silencio. Ambos entendíamos qué quería decir, pero ninguno estaba dispuesto a pronunciarlo en voz alta, a ser el primero en admitir las mariposas que nos oprimían el estómago, cuyas alas se agitaban al unísono con nuestros corazones febriles.

—Hace años, oí hablar de una profecía de Pangu según la cual, un día, los bendecidos por la Muerte podrían salvar el mundo o destruirlo.

La misma profecía descreída que el emperador había mencionado la noche anterior.

—En mi mundo abundan las profecías. No te las tomes tan en serio. Si todas fueran ciertas, miles de personas estarían destinadas a salvar el mundo. La mayoría de las profecías no se cumplen y, las que se hacen realidad suelen ser meros golpes de suerte. —Hice una pausa para medir mis próximas palabras—. ¿Para eso me reclutaste, porque creíste que destruiría mi mundo?

—O para salvarlo, ya sea tu mundo o el mío —bisbiseó—. Y te mentiría si dijera que nunca se me ha pasado por la cabeza.

—¿Por eso eres amable conmigo?

—Puede que al principio.

—¿Ya no?

—Ya no.

Una pausa. Dejé escapar la respiración que contenía.

—¿Soy una estúpida por pensar que, debajo de todo, eres una buena persona y no el monstruo que todos piensan?

Desde el otro lado del abismo estrecho que nos dividía, Antonio extendió la mano y tocó la mía.

Fue él quien se estiró. Y fui yo quien dejó que nuestros dedos se enredaran bajo las sábanas.

—Gracias —fue todo lo que dijo. Dos palabras que escondían tanta angustia, tantos traumas.

—Gracias a ti —respondí con un hilo de voz—. Por ver quién soy, por entenderme. Creo que eres la primera persona que me mira y ve algo digno de admiración y no de temor.

—La gente siempre denuesta lo que no alcanza a entender. Te prometo, Ruying, que la historia solo te recordará como a una heroína, una leyenda cuyo esplendor será objeto de canciones, poemas y relatos en las próximas eras.

—No creo que se trate de algo que tú o yo podamos dictar. La historia escoge cómo se cuentan nuestras historias.

—Olvidas que la historia la escriben los vencedores, y yo pretendo salir vencedor. El mundo te recordará como a una heroína, Ruying, porque *yo* te recordaré como tal. Siempre.

Sus palabras me embaucaban como dulces mentiras. Quería que sus melodías fueran verdad. Me moría de ganas por habitar el mundo que me pintaba.

Pero Antonio no podía convertirme en heroína.

Si me mantenía leal a él, jamás sería una heroína para mi pueblo. No después de lo que había hecho. Y dudaba que su gente llegara a ver a una Xianling como algo más que una salvaje cuyo imperio había perecido bajo el poder de la ciencia.

Podría mentir por mí, pero la verdad viviría eternamente de susurro en susurro.

Y yo no quería que se me recordara con mentiras. Si de aquí a mil años el mundo seguía rememorando mi nombre, quería que lo hicieran por mis verdades. No quería un relato edulcorado y bañado en oro.

Lo bueno, lo malo y lo de en medio.

—El mundo es inmenso y tú eres capaz de mucho, Ruying —pronunció—. Cuando todo se vuelva cenizas y polvo, te recordarán las estrellas. Me aseguraré de ello. El poder es lo más bello que existe y tú eres más poderosa de lo que puedas imaginar. Recibe con los brazos abiertos la magia que te ha concedido la Muerte y enorgullécete de ella. Hazla *tuya*. Si quisiéramos, tú y yo podríamos ser dioses. Somos lo bastante fuertes para romper las cadenas de los valores mortales que nos atan a la mediocridad.

—¿Hablas de los valores que nos atan a la humanidad?

Los mismos valores que se me escapaban de entre los dedos con cada asesinato, como la arena, como el agua. Cuanto más me aferraba a ellos, antes desaparecían.

Pronto, se agotarían por completo y me quedaría desprovista.

«¿Qué pasará entonces?», una pregunta que llevaba haciéndome seis meses.

—Buenas noches —murmuré antes de que uno de los dos cruzara la línea que lo cambiaría todo.

—Buenas noches —repitió. Pero ninguno de los dos se movió. Dos corazones que latían al mismo son. Estábamos tan cerca que sería fácil besarlo, cruzar el abismo que nos dividía aunque, supuestamente, estábamos del mismo lado. Aliados. Amigos…

«Solo por esta noche. Puede que, si ahora…».

Antonio fue el primero en cruzar la línea invisible. Se inclinó hacia delante, con cautela, como dándome tiempo para empujarlo, para huir.

Pero no lo hice.

Cuando se acercó, yo lo imité.

Y, así, en el murmullo de la oscuridad, nuestros labios se acariciaron con delicadeza, como el roce de dos plumas que caen; el contacto de una cerilla con una piedra de fuego: la llama, el calor y el hambre me impulsaban hacia delante, más y más, con una gravedad desconocida hasta entonces; como un deseo que ni la propia Muerte podría arrancar de mi frío corazón.

Sin embargo, justo cuando su mano buscaba mi cuerpo, cuando sus labios apretaban con más fuerza los míos en pos de algo más de lo que estaba dispuesta a arriesgar en esa cabaña abandonada con un príncipe de Roma, el príncipe del mismo imperio que había construido sus calles de marfil sobre los huesos de mis ancestros, me aparté con las mejillas encendidas.

Antonio no se inclinó más hacia mí ni me abrazó con más fuerza, como una parte de mí deseaba que hiciera.

Me dejó a mi aire, como si fuera lo que había estado esperando.

Se hizo el silencio.

Notaba el corazón agitado y los pulmones pesados por las respiraciones que contenía para no hacer sonido alguno.

—Buenas noches —musité al fin.

Juraría que, en la oscuridad, Antonio susurró: «Buenas noches, mi amor».

Cerré los ojos. Lo que sentía por él tenía que acabarse. No podía recrearme en esos pensamientos, ni él tampoco.

El poder era un juego muy peligroso. Quienes deseaban ser fuertes no podían permitirse esa clase de sentimientos, no podían amar, porque en cuanto te preocupabas por algo, se convertía en tu debilidad.

Por mi bien, por el suyo, esos momentos cargados de delicadeza alejados del mundo debían quedarse ahí para siempre, en esa cabaña decrépita.

Al día siguiente, no podríamos volver a estar tan cerca.

Porque Antonio Augusto era el enemigo de mi pueblo. Nada podría cambiar eso.

Eché un vistazo con los ojos entrecerrados y vi cómo su rostro caía en la oscuridad. Cuando finalmente se dio la vuelta, liberó un último susurro en la noche:

—Puede que algún día te merezca.

«Y puede que algún día yo aprenda a perdonar».

Puede que, algún día, nuestras naciones aprendieran a coexistir, tal y como había hecho mi mundo con la magia.

43

ANTONIO

Esa mañana, el alba, cuya luz dorada se filtraba por las destrozadas ventanas de papel, llegó sin prisa.

Antonio no lograba conciliar el sueño, así que se limitó a permanecer tumbado en su lado de la cama y a observar a Ruying junto a él. Ver cómo su pecho subía y bajaba de forma continua y la serenidad de sus facciones lo hizo desear que el tiempo se congelara y pudieran quedarse así para siempre.

Una vez, su abuelo le había dicho que el amor era una debilidad. Por amor, su padre tuvo que morir. Su abuelo se había negado a dejar el futuro de su gente en las manos de un hombre débil.

Desde entonces, Antonio se prometió a sí mismo que nunca sería débil, que haría que su abuelo se sintiera orgulloso. Se había prometido a sí mismo que jamás amaría nada ni nadie que no fuera Roma o sus habitantes, como hacían los buenos monarcas. Y, en los albores del apocalipsis, su mundo necesitaba un buen monarca más que nunca, uno que pudiera devolverles la prosperidad.

Durante casi una década, Antonio había cumplido esa promesa. Se había privado de amor y se había reído de los Romeos y Julietas de su mundo, de las canciones de la radio. Ahora, tumbado en esa cama con Ruying a su lado, comprendía al fin a lo que su abuelo se refería al decir que el amor era una debilidad.

Por qué luchaban las guerras.

Por qué los poetas dedicaban su vida a poner palabras a ese sentimiento.

Con la mirada, recorrió los ojos de ella, sus mejillas, su nariz, sus labios. No se explicaba cómo Ruying se había colado en su corazón, marcando un punto y reclamándolo cual dragón con su tesoro.

Solo sabía que cuando vio cómo la flecha se dirigía hacia ella en el barco, se movió sin pensar, sin dudar ni por un instante. Y, cuando la vio sangrando en la orilla, cuando pensó que podía estar muerta, lo demás dejó de importarle.

Si algo le pasaba, Antonio reduciría el mundo a cenizas.

Empezaría una guerra para mantenerla a salvo.

Por eso tenía que dejarla ir. Pronto. No quería ver cómo la furia iluminaba su rostro como un fuego descontrolado que arrasa los árboles otoñales si llegaba a descubrir los horrores de los que era capaz o los crímenes que había cometido.

Lo que tenía planeado para su mundo.

No quería ver cómo su decepción florecía en odio.

Porque ella lo odiaría.

Para siempre.

Si veía quién era, sus errores y sus defectos, no lo entendería.

Antonio no quería que le rompieran el corazón.

Y, al mismo tiempo, no soportaba dejarla marchar.

Quería recordarla así toda la eternidad; un momento congelado tras un cristal.

Por mucho que ella le rompiera el corazón, siempre la recordaría como en ese instante.

Bella. Magnífica. Antonio Augusto no era un hombre religioso, pero la adoraría en su altar y se arrodillaría ante ella hasta que las estrellas desaparecieran, hasta que sus mundos no fueran más que partículas perdidas en el universo. Aunque un día se volvieran enemigos, él recordaría esa noche. Recordaría la suavidad de su mano sobre la suya, cómo, hace tiempo, le sonrió.

44

Mi herida se había infectado. El pus supuraba de ella. La limpié lo mejor que pude como la abuela me había enseñado, pero estábamos en mitad de la nada y no disponía de las hierbas o ingredientes necesarios para tratarla. Solo podía hacerlo lo mejor posible y rezar para que los hombres de Antonio nos encontraran antes de que la infección empeorara.

—¿Te duele? —quiso saber él mientras volvía a colocarme los vendajes caseros recién lavados, que no eran más que jirones de ropa, lo que más se les acercaba en esos momentos.

—Un poco —reconocí, con la camiseta todavía subida—. Se te da bien. —Señalé las vendas. Sus dedos se movían a conciencia, era como si lo hubiera hecho miles de veces.

—Tengo práctica —respondió. Recordé las cicatrices que había visto cuando los curanderos lo atendieron con magia—. En las calles de Roma reside un tipo especial de maldad, igual que en mi abuelo.

Esa era toda la explicación que necesitaba; toda la explicación que me daría.

—¿Me cuentas una historia? —me preguntó al finalizar—. Una de tu mundo.

—¿Qué tipo de historia quieres?

—Tu favorita.

Sonreí.

—¿Has oído hablar de la diosa Nüwa?

—¿La diosa celestial del monte Wucai?

Asentí con la cabeza.

—Mi abuela decía que era una diosa con cola de serpiente que vivió al inicio de los tiempos. Es la madre de los humanos y la protectora de nuestro reino. Los restos de su legado pueden encontrarse en cada fragmento de nuestra historia, de nuestras leyendas. Sus descendientes guiaron a los Grandes Dioses hacia la victoria contra el emperador Qin hace miles de años. Hay quienes todavía creen que sus descendientes resurgirán de nuevo y...

—¿Rescatarán a tu pueblo del mío?

—Es un rumor callejero.

—No menosprecies los rumores callejeros, Ruying. Los rumores conducen a la esperanza y la esperanza es la chispa de todo lo grandioso y terrible.

—Mi historia no tiene nada que ver con rebeliones. Esta historia empezó mucho tiempo atrás, cuando el mundo se creó, cuando Nüwa vivía sola en esta gran tierra, rodeada por el eco del silencio y el peso de la soledad sobre su espalda. Fue ese aislamiento lo que la llevó a moldear cosas usando la tierra: personas y animales. Tanto le gustó el resultado que les concedió el don de la vida al soplar sobre ellas.

»De todas sus creaciones, la que más estimaba era el ser humano. Tanto nos amaba que no podía crearnos con suficiente rapidez, así que comenzó a introducir una caña en el barro y allá donde salpicaba en el suelo, los humanos surgían como brotes en primavera, perfectos y hermosos. Se dice que aquellos a los que dio forma con sus propias manos heredaron su magia y se convirtieron en Xianlings. Los que creó usando cañas y barro no recibieron poderes, pero se sentían tan agradecidos por la vida que no les importó.

»Durante mucho tiempo, Nüwa vivió en armonía con sus creaciones y nos cuidaba como si fuéramos sus hijos. Observaba cómo prosperábamos y cómo aprendíamos a cultivar, a recolectar, a cazar y a fabricar nuestras propias y maravillosas creaciones. No obstante, la paz no duró demasiado. Un día de cielo aturbonado con truenos y relámpagos, dos dragones beligerantes emergieron del océano y rompieron los pilares que sostenían el firmamento, anegaron el mundo y causaron tales estragos en la tierra que muchos de sus amados humanos perecieron ahogados. Para salvarnos, ella tenía que reparar el cielo, así que, con una cuchilla, se hizo en la mano un corte tan profundo que la sangre manaba como un río. De esta se solidificaron cinco piedras de colores, que fundió y usó para parchear las grietas del cielo que habían destruido los dragones. Sin embargo, el proceso era tedioso y no soportaba vernos sufrir.

»Al final, decidió sacrificarse usando su propio cuerpo, sangre y magia para remendar el cielo. Por nosotros. La abuela me contó que en el lugar donde el cielo se derrumbó, donde Nüwa fundió las piedras de Wucai, se levantó el monte Wucai, donde sus hijos se reunían para venerarla. Durante miles de años, nos formamos bajo la tutela de los monjes para aprovechar nuestra magia. Para no olvidar nuestros orígenes ni que Nüwa se sacrificó para que nosotros pudiéramos vivir… Hasta que los tuyos llegaron y reclamaron como suyos el monte y los templos, y los monjes desaparecieron de mi nación.

—¿Qué fue de las piedras de Wucai que quedaron?

La pregunta me pilló desprevenida.

—¿Qué?

—Lo leí hace tiempo en un libro —respondió con indiferencia—. Tengo curiosidad. El libro no mencionaba dónde acabaron las piedras. ¿Tú lo sabes?

—Depende del tipo de leyendas en las que creas —repliqué con cautela—. Algunos afirman que las piedras se esparcieron en el cielo y se convirtieron en estrellas. Otros dicen que volvieron a hacerse sangre que se fundió en el suelo donde Nüwa falleció. Incluso hay quienes defienden que se convirtieron en el monte Wucai. La abuela me contó que, tras el desastre, solo quedó una piedra de Wucai. Al estar dotada de la magia de Nüwa, era demasiado peligroso conservar una sola piedra. Wucai significa «cinco colores», así que los monjes la dividieron en cinco piedras más pequeñas, cada una de un color, cada una poseedora de la magia de Nüwa.

—¿Dónde se encuentran las piedras ahora?

—No lo sé —reí—. Algunas personas sostienen que cada emperador conserva una piedra, pero creo que, de ser reales, se habrían perdido hace mucho tiempo entre imperios caídos y dementes sedientos de un poder superior al que nadie debería poseer.

—Cuando el tratado se firmó hace veinte años, los emperadores de Pangu nos obsequiaron supuestamente con los fragmentos de cinco piedras de colores, una procedente de cada imperio, cada una de un tono distinto. Siempre me he preguntado si las piedras eran reales.

Arqueé una ceja.

—Ni idea.

Otra cosa más que los emperadores no transmitían a sus súbditos. Fuera cual fuese la verdad, era algo que los mortales como yo nunca sabríamos.

La expresión de Antonio se tornó reflexiva con mi respuesta.

—En cualquier caso, es una historia bonita.

—Siempre me ha gustado Nüwa por lo que representa. Era una deidad serpiente y, con frecuencia, se asocia a las serpientes con el mal y el peligro. A veces, me pregunto si los otros dioses rechazaban a Nüwa por su cuerpo ofidio, de ahí su soledad y amor por los humanos, que la veneraban en lugar de temerla. Quien nace con el mal no siempre tiene que ser malvado. Quienes nacen para destruir, no siempre tienen que destruir. Nüwa escapó de su destino de convertirse en demonio, así que me infundió la esperanza de que…

—¿De que algún día podrás escapar de tus propios poderes? —Antonio me contempló unos segundos, como pensando qué decir a continuación—. En mi país, el cielo también está roto. No por una guerra entre dragones, aunque eso no habría estado mal. Nuestro cielo se quebró a causa de la codicia de los míos: nuestra contaminación y nuestra imprudencia, nuestra avaricia de lujo y confort. —Una risa forzada y amarga—. Si Nüwa fuera de nuestro mundo, si nos hubiera creado como creó a tu gente, me pregunto qué pensaría de nosotros. ¿Se sentiría avergonzada? ¿Nos amaría lo suficiente como para dar su vida por nosotros?

—Nüwa quiere a todos sus hijos.

La sonrisa de Antonio estaba vacía.

—A mí no me querría. Tampoco querría a mi abuelo, ni al pueblo de Roma. —Con la mano, se tocó la zona entre las costillas donde imagino que le tiraban las cicatrices—. ¿Quieres saber cuál es mi mayor miedo?

«¿La muerte?», estuve a punto de decir, pero un hombre que temía a la muerte jamás se interpondría entre una flecha y una mujer.

—¿La ira de tu abuelo?

—Casi, aunque no lo temo. Solo temo convertirme en él. —Su sonrisa se marchitó—. Creo que no hace falta que te diga a qué se deben mis cicatrices… Cada vez que Valentín y yo cometíamos un error, lo decepcionamos o hacíamos algo que él consideraba de débiles, nos hacía daño. Para él, cualquier cosa es una debilidad y la única forma de ser fuerte es volverse frío, cruel y desalmado como el viento invernal. Nos crio a su imagen, pensando que nos haría fuertes, pero nunca quise ser como él.

Su mano rozó la mía y dejé que nuestros dedos se entrelazaran como la noche anterior.

—No tienes que ser como él —susurré—. 苦海无涯, 回头是岸: «El mar de la amarga miseria es infinito, pero si te das la vuelta, la costa estará justo a tus espaldas».

—苦海无涯 —repitió «el mar de la amarga miseria es infinito», con la mirada perdida en algún lugar al que yo no alcanzaba—. ¿Puedo hacerte una pregunta? —dijo, con su mano todavía sujetando la mía y acariciándome el dorso con el pulgar, con dulzura e indecisión. Como si, ante el menor movimiento repentino, fuera a alejarme como la pasada noche.

—Sí.

—¿Por qué te cuesta más cosechar algunas almas que otras?

Sonreí.

—Yo no cosecho almas. Extraigo el *qi* que nos rodea a todos y ancla nuestras almas a nuestros cuerpos mortales. Al menos, eso creo. No suelen enseñarnos esas cosas en el colegio.

—¿Por qué no?

—Porque cada tipo de magia es distinto. Porque resulta imposible entender la magia al existir tantas variaciones de un mismo poder. Porque la magia es extraña. Y, sobre todo, porque la magia es peligrosa. Es una maldición que nos persigue, un demonio al que siempre debemos resistirnos.

—Eso es mentira. Las familias reales saben más de lo que cuentan. Si no tuvieran tanto miedo del potencial de su propio pueblo y entrenaran a los Xianlings en cuanto descubrieran sus dones, si os ayudaran llegar a lo más alto de vuestras posibilidades en lugar de enseñaros a domar y controlar vuestros poderes como algo que debéis reprimir, puede que Erlang tuviera alguna posibilidad en una guerra. Es difícil lograr el progreso cuando los humanos están demasiado preocupados ahogándose en el miedo a su propio potencial. Tus congéneres habrían podido, tendrían que haber podido, vivir como dioses. Es Roma quien tendría que haberse arrodillado. Y míranos a nosotros. Mira a tu pueblo, aterrorizado de sus propias bendiciones, de su propia sombra.

Fruncí el ceño.

—¿De qué estás hablando?

Antonio negó con la cabeza.

—Nada. Continúa, por favor. ¿Por qué cuesta más extraer algunos *qi* que otros?

Apreté un tanto los labios y retiré mi mano de la suya. Odiaba cuando hacía eso, decir algo que escapaba a mi comprensión con ese tono justiciero y luego negarse a explicármelo. No confiaba en mí. Aún no.

—Cómo te he dicho antes, no tengo ninguna respuesta real. No es el tipo de cosas que se estudian o aprenden, pues cada don es único a su manera. Sin embargo, mi teoría es que depende de la voluntad de vivir de cada uno. Cuantas más cosas te atan al reino de los mortales, con más fuerza luchas para agarrarte a tu *qi*. Es el instinto de supervivencia. Si tratara de matarte ahora, te defenderías.

De nuevo, frunció los labios.

—Pero ¿y si...? —Una flecha se coló en la cabaña y agujereó una de las ventanas de papel; no alcanzó a Antonio en el cuello de milagro.

—¡Al suelo! —gritó.

Ya estaba en movimiento. Corrí a toda prisa a la otra punta de la habitación para echar el pestillo a la puerta, aunque dudaba que un pedazo de madera podrida nos protegiera demasiado tiempo.

Me pegué a la pared y eché un vistazo por la ventana. Al otro lado del río se hallaban unos hombres con máscaras pintadas: los Espectros del Fantasma.

Solté un insulto. Esperaba que Feng de Sihai se hubiera ocupado de ellos en los canales, y no se me ocurrió que fueran tan insensatos como para patrullar esos bosques y arriesgarse a enfrentarse a los soldados romanos que buscarían a Antonio.

Pero supongo que, si querían capturar a Antonio vivo o muerto, era la ocasión perfecta. Y puede que fuera su última oportunidad.

—¿Cuántos son? —le preguntó al príncipe, que vino a arrodillarse a mi lado.

—Veinte —contesté tras contar sus almas resplandecientes a lo lejos.

—¿Puedes ocuparte de ellos?

—No sé, son demasiados. No puedo cargármelos a todos antes de que ellos nos liquiden.

—Yo creo en ti.

Me llenó el corazón con sus palabras, pero su fe no significaba nada. No cuando carecía de la fuerza para concluir con éxito.

Volví a mirar por la ventana. Los hombres junto al río habían dejado de moverse. Se encontraban a cientos de metros de distancia. Fuera de mi alcance, como si conocieran los límites de mi magia.

—¡Yang Ruying! —Una voz me llamó desde fuera. Un hombre con máscara roja, de pie delante del líder de la formación—. Ese es tu nombre, ¿verdad?

«¿Baihu?».

No, sus voces se parecían, pero no era él. Y Baihu jamás arriesgaría su alta posición en las filas romanas por una misión como esa. Por muy desesperado que estuviera, no era imprudente. Su posición como mano derecha de Valentín era demasiado valiosa como para perderla.

—No queremos hacerte daño, Yang Ruying. Entréganos al príncipe y te dejaremos marchar. ¿No quieres ir a casa y ver a tu familia?

Apreté la mandíbula. No teníamos pistolas ni espaldas, solo un cuchillo atado a mi pierna y la magia en mis venas. Abrí y cerré las manos.

—¿Tienes un plan? —inquirió Antonio.

—Uno no demasiado bueno. —Saqué el cuchillo y lo apreté contra su cuello.

45

Salimos con Antonio maniatado y la punta del cuchillo peligrosamente cerca de su garganta. Un movimiento absurdo y podría perforarle la yugular con la misma facilidad que reventar una baya.

Nos acercamos a los Espectros con pasos lentos y cautelosos, aunque me temblaban las manos.

Antonio me había salvado la vida. No podía abandonarlo. No sin antes saldar mi deuda.

Solo tenía una oportunidad de escapar, y si era lo bastante rápido y la suerte estaba de su lado, podría dejar atrás a los Espectros mientras yo le conseguía algo de tiempo.

En algún lugar del bosque tendría que haber un grupo de búsqueda romano. Si los dioses lo bendecían, lo encontraría antes de que los Espectros le dieran caza.

Máscara Roja aplaudió.

—Sabía que elegirías el camino correcto. Un hijo de Pangu siempre será un hijo de Pangu.

Antonio no dijo nada, no protestó. Me preguntaba si pensaría que lo había vendido; que, de forma egoísta, estaba intercambiando mi vida por la suya después de todo lo que había hecho por mí.

De manera gradual, avancé hacia los Espectros, pero también hacia el bosque. Allí, Antonio tendría infinidad de follaje, copas de árboles y sombras en los que ocultarse. Sobreviviría a aquello. Era demasiado inteligente y tenía demasiadas ambiciones para morir antes de derrocar a sus hermanos y heredar el trono.

Supongo que ahí estaba mi respuesta. Al final, acabaría salvándolo. Porque era un príncipe de Roma. Porque si moría en el lugar equivocado, a la hora equivocada, se desataría la guerra y el sacrificio de un buen hombre, de un buen emperador, habría sido en balde.

No obstante, ese no era el único motivo. En lo más profundo de mi ser, por mucho que me negara a admitirlo, sabía que lo quería con vida, aunque supiera que no debía, pese a mis dudas de si merecía vivir.

Puede que fuera el mejor final para ambos.

Si moría por él, siempre estaría en deuda conmigo, con una hija de Pangu. Y, muerta, no tendría que hacer daño a los míos y Antonio cuidaría de mi familia de por vida por el sentimiento de culpa.

Y, de forma egoísta, no soportaba la idea de dejarlo morir.

Al igual que él no soportaba dejarme morir a mí.

—No me matarán —dije con un hilo de voz. El bosque estaba a tiro de piedra. Si era lo bastante rápido... —. ¡Corre!

Lo empujé hacia el bosque agreste y saqué mi magia, preparada para lanzarme al cuello de las bestias para ver cuántos minutos podía darle de ventaja. Pero antes de ser capaz de dar un paso, Antonio me agarró de la mano.

—要死一起死 —pronunció entre dientes: «Si hemos de morir, moriremos juntos». Dicho lo cual, tiró de mí para que huyéramos juntos.

—¡Antonio, no! —grité, pero ya nos encontrábamos a la carrera—. Puedo contenerlos, puedo conseguirte algo de ventaja.

—¿Sabes cuánto me costó cargar contigo hasta la cabaña? ¡No correré por mi vida y te dejaré aquí tirada! —contraatacó completamente decidido.

Una flecha pasó zumbando a nuestro lado.

—Si llegamos al bosque y encontramos un lugar donde escondernos, puede que los perdamos o, al menos, ganaremos algo de tiempo hasta que tus hombres den contigo.

Eran demasiados y nosotros, solo dos. No teníamos la menor oportunidad.

—Hasta que den con *nosotros*.

—Tu muerte significa la guerra. La mía no significa nada. —Tenía que conseguir que se fuera. Tenía que empujarlo y decirle que se salvara.

Pero…

—Para mí, tu vida significa mucho —gruñó, agarrándome con fuerza hasta hacerme daño—. Y si mueres, también significará la guerra, porque la iniciaré yo mismo y…

Una espiral de color rojo llegó volando en nuestra dirección y, nada más rozar la hierba, la explosión dio paso a unas llamaradas descontroladas, con tal celeridad que apenas tuvimos tiempo de salir corriendo antes de que nos envolviera en un círculo perfecto. Un fuego tan rápido y atroz solo podía ser obra de la magia.

Antonio y yo nos colocamos espalda con espalda en un intento por alejarnos de las llamas, que desprendían un calor tan intenso que sentía que me escocían los pulmones a causa del aire sofocante.

«Ya está». Esperé a que el fuego nos consumiera, a que el calor lo transformara todo en dolor. Los dedos de Antonio se enredaron en los míos por última vez y yo apreté mi mano contra la suya.

—Si vamos al infierno, al menos iremos juntos —anunció, repitiendo lo que había dicho en el barco, sin saber que nuestro final estaría tan cerca.

Pero la muerte no llegó.

En su lugar, el incendio aminoró. Sentí el impulso repentino de poner a prueba a la suerte y atravesar rápidamente las llamas, pero algo me dijo que no sería tan fácil. Si la magia controlaba el fuego, podría crecer y quemar a voluntad de su maestro. Analicé a los Espectros en busca de una señal del portador del fuego, como una ceja o mano reveladoras.

—Nos sacaré de esta —mascullé.

No podía dejar que tantas deudas de vida quedaran sin saldar. El emperador de Sihai no se había sacrificado para que Antonio muriera antes de recompensar a su pueblo.

Alcé la mano para reunir mi magia, pero el príncipe me detuvo.

Sacudió la cabeza y me apretó la mano.

—¿Confías en mí? —preguntó con un murmullo.

—Sí —respondí con demasiada facilidad.

—Vale. Entonces, haz lo que te diga.

—Qué pena tan grande —comentó Máscara Roja, mientras los Espectros se deslizaban a nuestro alrededor como serpientes con la cabeza erguida y mostrando sus colmillos—. Un talento como el tuyo habría sido de gran utilidad para el Fantasma. Me duele presenciar cómo una descendiente del legendario clan Yang se rebaja a vivir como un perrito de Roma. Si tu abuelo se enterara, se revolvería en su tumba.

—Querer vivir no es nada de lo que avergonzarse. —Antonio me defendió con su voz seductora y principesca—. Y si habéis venido a tomarme como rehén, perdéis el tiempo. Mi abuelo no renunciará a Pangu por mí. No renunciará por nadie. Si me lleváis, solo desataréis más violencia, provocaréis más carnicerías. Pensadlo dos veces antes de hacer vuestra próxima jugada.

—Vaya, ese es precisamente el plan, querido príncipe. *Queremos* la guerra. *Queremos* una carnicería. Queremos que tu secuestro obligue a tu abuelo a abandonar sus pretextos de paz.

Queremos que ataque, que haga añicos las fantasías de Pangu de falsos dioses amables y tratados que tienen más influencia que vuestra avaricia.

—¿Ese es vuestro plan? ¿Usar la violencia para reunir a todos los imperios y pequeñas dinastías de Pangu que se autodenominan reinos porque los grandes imperios no se molestan en eliminarlos? —espetó Antonio—. Si tu mundo fuera testigo del potencial de la ciencia, cada uno se las ventilaría como bien pudiera. Nadie acudiría al rescate de Erlang o Sihai, te lo aseguro.

—Valientes palabras para un perdedor.

—Aunque no tiene por qué ser así —añadió Antonio—. Si dejáis que la chica se marche, no solo os acompañaré de buena gana, sino que os contaré todo lo que queráis saber de Roma. Todos los secretos científicos que ni vuestros mejores espías recabarían en cien años. Os contaré cómo funciona todo y os concederé el poder de convertir esto en una lucha justa de mortales contra mortales, no dioses contra mortales.

—¿Estás dispuesto a traicionar a tu imperio por una mujer? —se burló Máscara Roja—. 英雄难过美人关啊. —«Todos los héroes suspenden la prueba del amor»—. No te tenía por un cachorro enamorado, Antonio Augusto.

—Deja que se vaya.

—Como quieras. De todos modos, un arma como ella es demasiado excepcional para matarla. Sería una pena.

El fuego que nos rodeaba se extinguió.

—Vete —me ordenó Antonio.

—¿Qué? No, no voy a dejarte solo.

—Confía en mí, Ruying.

—Antonio…

Se inclinó hacia mí, me dio un beso en la mejilla y me cogió el cuchillo que tenía en la mano para esconderlo en su manga.

—Confía en mí, Ruying.

Tras lo cual, me apartó y di un traspiés, sin saber muy bien qué hacer. Podría luchar, pero sería en vano. Los Espectros me matarían antes de que yo fuera capaz de matarlos a ellos. No tenía ni idea de cuáles eran sus dones. Solo sería una pelea justa si Antonio y yo tuviéramos las pistolas, pero él había perdido la suya en el agua y a mí no se me permitía llevarlas.

—¡Vete! —gritó de malas Antonio—. Corre y no mires atrás. Confía en mí, Ruying. *Corre*.

Había algo salvaje en su mirada. Desesperación. Parecía que mis pies se habían quedado pegados al suelo. No podía abandonarlo así. ¿Qué clase de cobarde sería?

Pero ¿de qué servía allí?

Puede que mi mejor baza fuera huir y buscar ayuda. Encontrar a los soldados romanos y traer refuerzos.

Cuando mis pies empezaron a moverse, Antonio sonrió al fin.

—Adiós, mi amor.

Mientras corría, seguía mirando por encima del hombro.

Vi cómo se acercaba a Máscara Roja.

—Acompáñanos, mi príncipe. Tienes mucho que contarnos.

—Sin duda. —Se quedaron cara a cara. Tan cerca que, cuando Antonio empuñó el cuchillo y apuñaló a Máscara Roja en la garganta, fue demasiado tarde para defenderse—. ¿Quieres los secretos de Roma? Sobre mi cadáver.

Inmediatamente después, el príncipe se apuntó a sí mismo con el cuchillo y se lo clavó en el pecho.

«¡No!».

Se derrumbó antes de que mi garganta pudiera soltar un grito. Máscara Roja yacía inerte en el suelo y el resto de Espectros se quedaron petrificados. Nadie movió un dedo.

Después, todo sucedió en un abrir y cerrar de ojos. Lo único que oía era el latido de mi propio corazón. Lo único que veía era el cuerpo desplomado de Antonio, la mancha rojiza que se extendía a gran velocidad por sus túnicas raídas.

«Corre», fue lo último que me pidió.

Y corrí, pero no hacia el bosque.

Corrí hacia él.

—Quédate conmigo —gimoteé mientras me desmoronaba a su lado—. Por favor, quédate conmigo. —En la distancia, se oían unos gritos ahogados, el eco del caos a través de las grandes lágrimas que me ahogaban con cada respiración temblorosa—. ¡Por favor! —rogué que Antonio aguantara, que la Muerte le perdonara la vida.

La sangre se esparcía demasiado rápido. Me quemaba la mano mientras trataba de hacer presión y detener la hemorragia.

—Te he dicho que huyeras —me amonestó con gran esfuerzo, con la voz severa y llena de ira, pero cuando me acarició el rostro, fue todo delicadeza.

La Muerte acechaba en el aire. Intenté alejarla con todas mis fuerzas.

—¡No! ¡No puedes llevártelo! ¡No lo permitiré!

—¡Retirada! —bramó alguien a lo lejos.

—Antonio…

—¡Majestad! —Un par de manos cubrieron las mías—. Lo tenemos.

Alguien me apartó con delicadeza y no opuse resistencia.

Un grupo de médicos ataviados con batas blancas se arremolinaron alrededor de Antonio mientras la Muerte se cernía sobre él. A la espera.

PARTE 4

苦海无涯，回头是岸.

El mar de la amarga miseria es infinito,

pero si te das la vuelta,

la costa estará justo a tus espaldas

46

Volamos de regreso al lado romano de la ciudad de Jing en un helicóptero como los que rondaban el portal. Un pájaro sin alas, más rápido de lo que debería ser posible. En cuanto llegamos, se apresuraron a llevar a Antonio a una sala de emergencias subterránea para realizar una cirugía.

Me quedé en el pasillo y esperé.

«Una operación». El médico intentó explicármelo, pero había demasiadas cosas que escapaban a mi comprensión; demasiada terminología romana que ignoraba.

Lo único que sabía era que podría haberme abandonado y haberse salvado a sí mismo, pero decidió quedarse. Dio su vida por la mía. Pero ¿por qué se clavó un cuchillo en el pecho? ¿Para dar a los Espectros lo que querían y que así no me persiguieran o acaso la idea de vivir como rehén le parecía tan insoportable que prefería la muerte…?

«No. Va a recuperarse. Debe recuperarse. Ya hemos acumulado demasiadas deudas de vida. Tiene que vivir para poder cobrarlas todas. Para que pueda saldarlas».

Sin embargo, mientras los doctores romanos trataban de salvarlo, yo no podía más que esperar.

Con la barbilla apoyada en la mano, hice lo único posible en un momento así.

Recé.

A los dioses de las antiguas leyendas.

A los cielos de mis cuentos de antes de dormir.

A la Muerte, mecenas de mi don.

Al norte que, supuestamente, amaba a todos sus hijos y los protegía con todas sus fuerzas.

Recé a cualquier dios dispuesto a escucharme.

«Por favor —rogué al vacío, con la esperanza de que la Muerte me oyera—. Si te llevas su vida, jamás te lo perdonaré. Y, Antonio Augusto, hasta que te recompense por salvarme sin permiso, no puedes morir».

—No puedes morir —gemí a través de las lágrimas que empapaban mi ropa. Una y otra y otra vez…

«No puedes morir».

Pasado un tiempo, un joven médico trató mi herida, de la que me había olvidado, y no me permitió quedarme en el pasillo más tiempo ni ver a Antonio.

—Vete a descansar —me recomendó tras entregarme una medicina que me ayudaría a curar. Quise protestar, pero los guardias que había detrás de él hicieron que me lo pensara dos veces—. Te informaremos de cualquier novedad sobre el príncipe. Se pondrá bien.

«Se pondrá bien».

Al final, asentí y volví al apartamento que me habían concedido a las afueras de los dominios del príncipe, cerca de los cuarteles donde se alojaban sus guardias, y próximo al hospital oculto donde prometían cuidar de Antonio.

47

Me esperaba visita en el apartamento cuando llegué.

Baihu tenía un dedo sobre los labios cuando crucé la puerta. De inmediato, la conmoción desapareció y volví a la realidad.

Cerré la puerta a mis espaldas, pero no eché la llave.

Miré en todas direcciones para comprobar si había alguien más escondido en las sombras. Si Meiya estaba…

—He venido solo —afirmó, al confundir mi estado de alerta con preocupación.

La familiaridad de su voz, que tanto me recordaba a mi hogar, me hizo titubear. Una agradable sensación de calidez recorrió mi deteriorada piel. Me tambaleé hacia delante y estuve a punto de arrojarme a lo que sabía que sería un abrazo conocido, hasta que recordé que Baihu era un espía del Fantasma.

Alguien que, de forma directa o indirecta, había contribuido al intento de asesinato de Antonio.

Una de las razones por las que Antonio se debatía entre la vida y la muerte en ese quirófano.

—¿Estás bien? —Baihu mantuvo la distancia y sus ojos me inspeccionaron en busca de heridas. La preocupación le enmascaraba el rostro bajo la luz tenue.

Su mano medio tendida vacilaba entre ambos, como si quisiera tocarme y temiera mi reacción.

Cuando al fin logró armarse de valor, avanzó hacia mí y extendió los brazos, pero lo aparté con un fuerte manotazo.

—¡Has intentado matarlo! —dije con nerviosismo y la respiración entrecortada.

No me percaté de que estaba llorando hasta que noté los sollozos en la garganta y una pena que me rompía el corazón en mil pedazos. ¿Acababa de echarme a llorar o llevaba llorando desde Sihai, desde que Antonio se clavó el cuchillo en el pecho al escoger la muerte antes que ser un traidor a Roma?

—Es culpa tuya. ¡Todo es culpa tuya!

—¿Qué ha pasado? —tuvo el descaro de preguntar.

—¿Que qué ha pasado? ¡Cuéntamelo tú, Erlang Baihu! Tú planeaste el ataque en Sihai, ¿verdad? Tú enviaste a los Espectros a matar a Antonio y al emperador porque no querías que firmaran el tratado. Mataste a un buen emperador que se preocupaba por su pueblo solo porque tuvo la fortaleza de escoger la paz frente a la guerra, el sacrificio frente a la aniquilación.

Baihu endureció la mirada, como si finalmente comprendiera de qué lado estaba. Esperaba que su cara fuera presa de la ira y la furia. En su lugar, se limitó a reír y a asentir levemente con la cabeza. Y, así, como si nada, desaparecieron todos los pretextos. La preocupación que había mostrado por mí instantes atrás se desvaneció como las lágrimas bajo una tormenta.

—Te tiene pillada, ¿no? ¿Te haces una idea de lo que has hecho, Ru? —Su voz era tan suave como una respiración, por si acaso las paredes tenían oídos—. ¿Sabes que, de haber ayudado a los Espectros y haber dejado que se lo llevaran en lugar de protegerlo, podrías haber contribuido a cambiar el curso del conflicto? Pero no...

Baihu cerró los ojos, con las facciones de la cara ligeramente contraídas por la decepción.

—Te lo dije en su momento: no permitiré que lo matéis.

—¡No tenemos la menor intención de matarlo! No a menos que sea la última opción. Créeme, si arrebatarle la vida fuera nuestra prioridad, ya estaría muerto. No eres la única asesina que pisa esta tierra, Ruying. Tus poderes serán excepcionales, pero hay otros asesinos tan fuertes y discretos como tú, que llevan toda la vida entrenando para ser mejores que tú. Solo queríamos secuestrarlo e interrogarlo. Nos resulta más útil vivo que muerto. Además, ¿de verdad piensa que le concederíamos un final tan fácil como la muerte? Merece sufrir. Una vida de padecimiento para vengar a los millones de hermanos que hemos perdido por Antonio, su ciencia y sus reivindicaciones de paz... —Le temblaba la boca, una sonrisa forzada.

Se estaba mordiendo la lengua para no soltar cosas que pudieran herirme. Pero su silencio gritaba más fuerte que cualquier palabra y, en su mutismo, la vergüenza me consumía cuales brasas ardientes.

—No me arrepiento de mis actos —susurré. Mitad verdad, mitad mentira; un tono grisáceo a caballo entre el blanco y el negro—. Tenía que salvarlo. No podía dejar que la muerte del emperador fuera en vano.

Al oír eso, suavizó su expresión.

—El emperador fue un daño colateral con el que no contábamos. —Puede que fuera lo más cercano a una disculpa que iba a recibir.

Todavía oía el eco de los gritos del príncipe Feng mientras sostenía el cadáver de su padre. También podía ver cómo la sombra de color azul intenso del emperador explotaba en el aire cuando la Muerte se lo llevó a su reino.

La magia palpitaba en mis dedos. Los brazaletes seguían desbloqueados. Podría acabar con Baihu si quería. Vengar al emperador, devolverle lo que había hecho por Antonio, todo lo que me había hecho sentir al verlo, la vergüenza que aún me reconcomía las entrañas pese a dar todo de mí, a hacer lo que consideraba correcto.

—¿Sabes cuántas personas se convertirán en tus llamados «daños colaterales» si estalla la guerra? Innumerables vidas con nombres, ideas, deseos, miedos y miles de motivos para vivir. Como toda la gente a la que vi morir en Sihai. Inocentes, Baihu. —Lo miré fijamente, con la esperanza de que el menor atisbo de penitencia se reflejara en su rostro. No fue así—. Sé que quieres lo mejor para Erlang y para Pangu, pero la guerra no es la respuesta. Imposible.

—La guerra es la única respuesta. Puede que la paz fuera una opción los primeros años, pero ya no. —Dio un paso al frente y redujo la distancia entre nosotros.

—Dime, Ruying, ¿estás dispuesta a dar la espalda a tu propia sangre por él?

—No. —La respuesta fue sencilla—. Pero tampoco dejaré que lo matéis.

—¿Porque te ha salvado la vida? ¿Porque es amable contigo y te mira con cariño y no con miedo? ¿Basta tan poco para ganarse tu confianza, tu lealtad... tu corazón? Dime, ¿cuánto sabes en realidad de Antonio Augusto? ¿Sabes cómo pretende alcanzar la presunta paz de la que no deja de hablar? ¿Sabes qué ocurre con los Xianlings a los que consideran que no vale la pena mantener? ¿Estás al tanto de los laboratorios subterráneos?

El corazón se me detuvo en seco.

—¿Laboratorios?

—Antonio se pone poético y está dispuesto a dar su vida por ti, pero no trata todas las vidas de Pangu con tal veneración.

El miedo se arremolinó en mi estómago y me provocó una sensación de ardor y acidez.

Ante mi mutismo, sus ojos se mostraron compasivos y estremeció hasta el último músculo de mi cuerpo con su forma de mirarme: con gran aflicción, el tipo de pena que siempre había detestado, como si fuera una niñita perdida e indefensa que precisaba una lección y protección. Una chica demasiado frágil para enfrentarse a las tormentas y los fuertes vientos del invierno.

—¿Qué pasa en esos laboratorios?

—El padre de Antonio descubrió el portal entre nuestros mundos e inició sus investigaciones sobre la magia, pero fue Antonio quien cruzó los límites, cavó nuestras tumbas y clavó nuestros ataúdes.

—¿Qué intentas decirme?

—Valentín será un belicista con más poder que cerebro, pero lo que Antonio ha hecho, y *sigue* haciendo, es mil veces peor. Ha experimentado con los nuestros junto a su padre desde pequeño y ha continuado su ejemplo incluso tras su muerte.

Me dio un vuelco el estómago.

—¿El opio?

Baihu negó con la cabeza.

—Eso fue cosa de su padre, un modo de negociar con nuestra gente. Tenemos todo lo que quieren y ellos no tenían nada que nosotros quisiéramos. La balanza de poder no estaba a su favor, así que Roma decidió arruinar vidas para revertirlo. El opio solo es la punta del iceberg.

«¿Qué puede haber peor que el opio?».

—Muéstramelo. Quiero verlo con mis propios ojos.

48

Estaba preparada para escalar paredes, romper ventanas y mancharme las manos de rojo con regueros de sangre para obtener acceso al laboratorio.

La realidad resultó ser mucho más simple.

Como mano derecha de Valentín Augusto, Baihu disfrutaba de una larga lista de privilegios. Uno de ellos era el acceso incuestionable a casi cualquier rincón en territorio romano, que incluía su red subterránea de pasillos eternos, calabozos y salas de ciencia.

Seguí a Baihu pisándole los talones, desempeñando el papel de guardiana obediente mientras nos conducía a través de puertas electrónicas, redondas y de un tono blanco marfil diferentes a todo lo que había visto. Una raya diagonal las partía por la mitad y solo se abrían con las llaves que ciertos guardias llevaban al cuello. Cada vez que se abrían haciendo un zumbido eléctrico, se me ponía la carne de gallina.

Caminaba a paso ligero, vacilante, como un ladrón a la espera de ser capturado. Aguardaba la hora en que alguien me agarrara y me pidiera la identificación, pero nadie se atrevió con la imponente sombra de Baihu. Los guardias se inclinaban ante él y le mostraban el respeto que yo jamás le había otorgado.

Se me revolvía el estómago a cada pisada tediosa y el miedo a lo que pudiera encontrarme en esos pasillos me subía por la garganta. La cobarde que habitaba en mi interior ansiaba hacer una pausa, detenerse e ignorar para siempre los secretos que allí se escondían.

Pero, a la vez, me sentía cansada de deambular por la oscuridad, de caminar sobre un hielo delgado con los ojos cerrados solo porque me ayudaba a dormir por la noche.

Había llegado la hora de descubrir la verdad, de dejar de vivir con un ojo abierto y otro cerrado.

—¿Vienes con frecuencia? —le pregunté a Baihu, con un tono no más alto que un suspiro. Me mantuve cabizbaja por miedo a que hubiera cámaras de seguridad ocultas en lo alto. Aunque no podía ver ninguna, no significaba que no estuvieran allí. Si Antonio escondía secretos tras esas paredes, no dejaría los pasillos desprovistos de supervisión.

—Solo una vez, y fue suficiente. —Como si percibiera mi paranoia, añadió—: El techo está repleto de cámaras diminutas, casi imperceptibles. Pero no te preocupes, no tienen audio, así que mientras hables en voz baja y con discreción, no podrán leernos los labios.

—Sabes mucho de este lugar.

—Es parte de mi trabajo. Valentín cree que he aprendido la distribución de la ciudad y todos sus secretos para ayudarlo a conspirar contra Antonio.

Torcí el gesto. Baihu distaba mucho de ser el peón descerebrado que había hecho creer a todos. Era un jugador más de la partida que tomaba decisiones y provocaba reacciones; el aceite que avivaba el fuego.

Otro tramo de escaleras nos condujo hacia un pasillo a oscuras con muros de ladrillo a la vista, bordeado de lo que debían ser cientos de celdas con puertas de hierro.

Los gritos perforaban el aire, agudos y desgarradores; un sonido que me caló muy hondo.

Recordaba esos chillidos; un recuerdo que me parecía de hacía una eternidad.

Tras la amabilidad que me había mostrado Antonio, casi había olvidado todo lo que me hicieron los romanos los días posteriores a mi secuestro.

—Conozco este lugar.

—Aquí es donde te encontré hace meses. Es donde los romanos mantienen a los Xianlings cuyos dones tienen que evaluar o que no consideran valiosos. Encerrados en jaulas como ratones, a la espera de cumplir su último cometido.

—¿Y cuál es ese cometido? ¿Qué quieren los romanos de nosotros, de Pangu?

Las preguntas que formulaba a Antonio una y otra vez, pero que solo recibían silencios o sin sentidos como respuesta.

Baihu no fue la excepción. De nuevo, no se contestó a mis preguntas. Me guio a través de un pasillo muy custodiado donde las puertas de las celdas cada vez se encontraban más alejadas entre sí y parecían estar construidas de un material completamente distinto al de las que ya habíamos pasado.

Cuando Baihu se detuvo, hacía un rato que había dejado de mirarme.

—Recuerdo que querías saber qué le había pasado a la princesa Helei. —Hizo un gesto con la mano, un guardia silencioso pulsó algo en el panel de cristal junto a la puerta y una imagen apareció en la pantalla.

A diferencia de las celdas donde me habían retenido, con su aire rancio y su oscuridad inquietante, esta estaba iluminada con luces eléctricas. Las paredes parecían suaves y acolchadas, y había pilas y pilas de libros, muebles tallados y cortinas de seda, demasiado elegantes para una reclusa común.

La chica que había en su interior se hallaba cruzada de piernas en una esquina y fijaba su atención en el techo blanco puro. La princesa era tan bella como contaban las leyendas: de tez bronceada y cabello oscuro, cuyas facciones eran tan delicadas como una gota de lluvia: nariz perfecta, labios carnosos y unos ojos negros tan etéreos que debió de crearlos la propia Nüwa.

Cuando giró la cabeza, cuando su mirada nocturna se encontró con la mía, di un traspié hacia atrás por su intensidad. A pesar de que fuera mediante una cámara y una pantalla, algo en esos ojos me hizo sentir que podía ver a través de la tecnología romana y colarse en mi alma.

En ese instante, por la expresión de su rostro, juraría que me había reconocido.

Frunciendo el ceño ligeramente, la princesa se levantó del suelo y separó los labios como si tuviera algo que decir; un secreto que había guardado durante demasiado tiempo a la espera de compartirlo con la persona adecuada.

Me incliné, y justo cuando ella se acercó a la cámara y sus labios empezaron a moverse...

La pantalla se puso negra.

—Vamos —me animó Baihu— o llegaremos tarde al plato fuerte.

Curvó la mano en mi dirección. Me disponía a protestar cuando sacudió la cabeza en señal de advertencia. Seguíamos rodeados de enemigos y, a diferencia de las cámaras, los guardias sí tenían oídos, y todo lo que dijéramos se transmitirá a los príncipes.

Sentí un nudo en la garganta. Baihu lo hacía todo por una razón. Durante el camino, no hizo el menor intento de mantener un perfil bajo, sino que prefirió deambular por los pasillos con la cabeza bien alta en lugar de ocultarse en las sombras. Quería que la gente nos viera. Quería que los príncipes estuvieran al corriente de nuestra visita.

Pero ¿por qué?

«No podemos dejarla aquí», me moría de ganas por decir.

—No tenemos otra opción —musitó, como si supiera lo que quería expresar—. Además, la princesa no quiere que la rescaten. Pese a los rumores de que los príncipes romanos codiciaban su belleza y obligaron al emperador a entregar a su única hija superviviente, nadie forzó a Helei a sacrificarse. Cuando Roma exigió un rehén como muestra de la buena voluntad de mi tío, ninguno de mis inútiles primos quiso cumplir con su deber. De todos modos, Roma no quería adictos como ellos, pues sabía que la mayoría no viviría más de unos cuantos años, al ritmo al que consumían opio y quemaban su *qi*. Al final, fue elegir entre ella o el entonces príncipe Yongle, el heredero de mi tío y el único hijo medio competente que tenía. —Bajo la luz intensa, algo horrible y cargado de un rencor amargo se apoderó del rostro de Baihu—. Mi tío no merecía el sacrificio de mi prima, pero es lo que ella quiso. Amor filial y toda esa mierda.

No tenía nada que apuntar. El deber de una hija era sacrificarse por su padre y sus hermanos. Parecía que ni las princesas podían escapar al destino.

Cruzamos más y más puertas y pasillos inundados de luces de un tono blanco translúcido, aunque la oscuridad, una que me ponía la piel del cuello de gallina, también envenenaba esos pasillos. El aire olía a lejía y estaba corrompido por las sombras persistentes de la Muerte. El frío se agazapaba detrás de las paredes y notaba cómo su presencia se intensificaba a cada paso.

Si Baihu no me hubiera cogido y apretado la mano para animarme a seguir, mis pies habrían vacilado. Habría dado media vuelta.

Lo que quiera que ocultaran ahí abajo no podría ser peor que los horrores que conjuraba mi imaginación. O puede que fuera tan cruel como sabía que sería, pero yo era demasiado débil para admitirlo, para aceptar que servía a un lobo desalmado con piel de cordero.

—La ves, ¿no? A la Muerte acechando como un intruso que se niega a marcharse.

—¿Cómo has…?

—Me lo contaste una vez, antes de la muerte de mi madre, antes de marcharme de la ciudad de Jing y convertirme en… —Media sonrisa.

Ahora me acordaba. Una confesión en susurros cuando su madre pasaba por el peor síndrome de abstinencia hasta la fecha. Sentía cómo la Muerte merodeaba por su casa, cual víbora preparada para atacar.

—Lo hizo por mí —reveló.

—¿El qué?

—En su lecho de muerte, me contó el motivo real por el que empezó a tomar opio. No era para aliviar el dolor de su cuerpo o de su alma tras el abandono de mi padre. Tomaba opio por mí. Un desgraciado le fue con el cuento de que el opio aumentaba la esperanza de vida y mi madre estaba desesperada por vivir mientras su cuerpo lleno de tumores se lo permitiera. Era la única persona que me quedaba en el mundo. Sin ella, sería un huérfano, totalmente solo en este lugar atroz. Quería vivir para verme crecer y hacerme lo bastante fuerte para soportar las penurias de la ciudad. Jamás se le pasó por la cabeza que la medicina sagrada que consideraba su salvadora acabaría siendo lo único que me la arrebataría.

—Lo siento.

—No lo sientas. Muy pronto, me lavaré las manos con su sangre.

Justo cuando nos detuvimos frente a una puerta cerrada en un pasillo solitario, me pasó por la cabeza la imagen de Baihu de pie junto al cadáver de Antonio.

Baihu sacó una llave del bolsillo y nos llevó a una sala oscura con una pared de cristal iluminado al fondo. Me aproximé y me asomé a la enorme sala que había abajo, ocupada por hombres y mujeres ataviados de blanco, llena de ordenadores y pantallas, gráficos y probetas resplandecientes; de máquinas cuyos nombres desconocía.

—Es una de sus salas de investigación. Una de tantas. ¿Ves a esas personas ahí abajo? —Baihu señaló a las batas blancas, tan lejos que parecían más títeres que seres humanos—. Son los científicos de Antonio y aquí llevan a cabo sus experimentos, entre otras cosas.

—¿Qué se hace aquí?

—Espera. —Tomó asiento cerca de la ventana. La sala se había construido como el balcón con vistas a la arena donde los príncipes descansaban mientras Xianlings como yo luchaban por sus vidas.

Apenas había pasado un minuto cuando dos guardias llevaron a rastras a una joven ensangrentada a un receptáculo de vidrio redondo en el centro de la habitación. Le habían rapado el pelo y las cicatrices desfiguraban su espalda desnuda. Heridas de batalla, cortes profundos y dentados: un recordatorio permanente de las cuchillas enemigas a las que había sobrevivido.

Como una auténtica guerrera, se enfrentó a los científicos a cada paso, pero no fue suficiente. Eran demasiados y ella solo una.

No fue hasta que empezaron a atarla con correas en el receptáculo que logré verle el rostro con claridad.

Me llevé una mano a la boca.

«Taohua».

No alcanzaba a oír sus alaridos a través de las capas de cristal, pero se retorcía entre las ataduras con tal desesperación que temía que se rompiera un brazo para escapar de ahí. Tenía los ojos tan abiertos como un animal salvaje. Había perdido peso.

Su antaño esbelta silueta había dado paso a un manojo de carne y huesos.

Una mujer le conectó un tubo al brazo derecho mientras un hombre le inyectaba algo en el otro brazo.

Antes de darme cuenta, estaba de pie, a la carrera hacia la puerta, hasta que Baihu me agarró por la cintura y tiró de mí hacia atrás como a un niño en mitad de una rabieta.

—¡Vamos! —grité—. ¡Taohua no tendría que estar ahí! Antonio dijo que la dejaría marchar. Me prometió...

Baihu me tapó la boca con la mano antes de que pudiera emitir cualquier otro sonido. Me cogió y, con un brazo, me envolvió la cintura con tal fuerza que apenas podía respirar.

—Ruying, ¡para! Ponerte sentimental no ayudará a nadie.

—¡Deja que me vaya! —grité con la voz ahogada—. ¡Deja que me vaya! ¡Tengo que sacarla de ahí! ¡Tengo que...

—Piensa en Meiya y en tu abuela, Ru. Puede que Antonio se muestre indulgente contigo, pero esto es distinto. Si haces cualquier cosa que interrumpa sus experimentos, no dudará en castigarte y darte una lección usando a quienes más quieres. Lo he visto hacer cosas peores por mucho menos.

«Meiya».

«Abuela».

Mi familia. Me aferraba a ellas con todas mis fuerzas. Pero con cada acto de horror cometido por Antonio del que era testigo, los pensamientos sobre mi familia, sobre mi supervivencia, se desgastaban y volvían frágiles, como hebras de seda deshecha.

Taohua también era mi familia. Mi mejor amiga. Una hermana, no de sangre pero sí de honor, de recuerdos, de lealtad.

—No... Imposible. ¡Antonio prometió que la dejaría en libertad! —lloriqueé. Las lágrimas me ardían en los ojos y todo en mi interior se estremecía con una rabia jamás sentida.

Tendría que haberle preguntado por ella, ver cómo estaba igual que hacía con mi familia. Sin embargo, al igual que con mi familia, me sentía demasiado consumida por la vergüenza para enfrentarme a ella. Ahora, verla en ese estado era como abrir los puntos de una herida en proceso de cicatrización.

Baihu suspiró y ejerció un poco menos de fuerza.

—Este es el mundo de Roma ahora y no podemos hacer nada para cambiarlo. Es demasiado tarde. Taohua va a morir. Lleva muriendo desde que la trajeron aquí y empezaron a inyectarle esos sérums que, supuestamente, la harían más fuerte. Ha cumplido su cometido. Ahora que los órganos le fallan, sus días están contados. La muerte es un acto de misericordia, una forma de sacarla de su miseria, pero no sin antes aprovecharse de ella por última vez.

—¡No! ¡No es verdad! Podemos hacer algo. ¡Ayúdame, Baihu! ¡Ayúdame a salvarla! ¡Ayúdame...

—Es demasiado tarde para Taohua, pero no lo es para los miles de personas que se enfrentan al mismo destino que ella, Ruying. —Baihu me puso una mano en el hombro para reconfortarme, pero yo no quería consuelo.

Quería que Antonio hubiera cumplido su promesa. Quería que Taohua estuviera sana y salva, en casa, con su madre y su padre, que ya habían vivido la terrible tragedia de perder a un hijo y Taohua y su hermana eran las dos que quedaban.

—Cuando le juré lealtad, me prometió que la dejaría en libertad.

—Eso es lo que hace Antonio. Mentir.

Una vez más, recorrí la habitación de abajo con la mirada. Mi queridísima amiga gritaba por su vida y, de forma simultánea, una parte de mí pasaba de las cenizas a las brasas, y de las brasas a las llamas. Las mentiras que me habían nublado la mirada se dispersaron. Cuanto más observaba, más me costaba desviar la vista.

—¿Qué le están haciendo? —Me temblaba la voz. La chica que había ahí abajo no era ninguna desconocida con la que podía hacer oídos sordos, ni tampoco un objetivo al que me obligaba a ignorar.

Era Taohua Ma. Mi amiga, quien había estado a mi lado en los días más solitarios de mi vida. La conocía. Habíamos crecido juntas. Había reído y llorado con ella. Le había contado mis sueños y deseos. Era alguien a quien jamás pensé que perdería. Jamás...

La magia bullía y hervía en mi interior, dispuesta a abrirse paso en forma de furia. Con los puños cerrados, empujé con fuerza el cristal y deseé que se rompiera, deseé que acabara ese momento, como una pesadilla interrumpida.

La imagen que tenía ante mis ojos no cambió. El mundo a mi alrededor no cambió.

Pero una parte de mí sí.

—Ruying. —Baihu pronunció mi nombre con dulzura y en voz baja. Podía oír cómo se le rompía el corazón. En el pasado, Taohua también fue su amiga. Me cubrió la mano con la suya, como si fuera algo delicado y quebradizo—. Tu don no funciona aquí. Toda la cámara está protegida con un campo de fuerza que obstaculiza la magia, diseñado por los mejores científicos de Antonio. Si la magia funcionara aquí, alguien habría estallado hace tiempo y habría reducido este lugar a cenizas y a Roma con él.

Sobre nuestras cabezas, las luces del laboratorio se atenuaban.

—Siento que tengas que ver esto, de verdad —se disculpó con un susurro. Me agarró por la cintura y me abrazó con fuerza. Para consolarme o sujetarme, no sabría decir—. A diario, bajan a Xianlings aquí para drenar su fuerza vital. —Siguió hablando a medida que las luces se intensificaban cada vez más. Taohua gritaba con más fuerza; las venas del cuello se le hinchaban tanto que temía que estallaran en cualquier momento.

La sangre goteaba de las venas de mi amiga y pasaba por un tubo para acabar en un recipiente.

Cuánto lloré.

—Si quieres detener todo esto, tienes que luchar, Ruying —me alentó Baihu—. Esto es lo que hacen con los nuestros cuando han cumplido su propósito. Para ellos, no somos seres humanos, somos *cosas* de las que pueden deshacerse. Como la madera para una hoguera o la seda para la ropa.

La sangre brotaba sin cesar mientras la oposición de Taohua mermaba. La tensión de sus gritos se convirtió en nada. A través de la mirada turbia de la Muerte, vi cómo la energía la abandonaba lentamente. Su alma titubeaba y revoloteaba, lista para abrir sus alas y volar hacia el próximo reino.

Cerré los ojos. Quería regresar a casa, a la época donde reinaba la felicidad de la ignorancia, cuando fingía no ver lo que tenía frente a mí, ajena a cómo los romanos nos exterminaban por diversión, nos cazaban como animales salvajes en las afueras de la ciudad y masacraban familias para tener como sirvientes huérfanos a bellas doncellas y chicos fuertes.

Noté el gusto salado de las lágrimas que corrían por mis mejillas.

—Puedes hacer la vista gorda con los horrores del mundo, pero eso no borrará su existencia —apuntó Baihu con delicadeza—. Abre los ojos, Ruying. Abre los ojos y date cuenta. Deja de huir de la verdad.

Más allá del límite de mis sentidos, percibí el color de Taohua.

La tonalidad de su alma era dorado resplandeciente, vibrante y hermoso, una tonalidad más deslumbrante que el *qi*, la esencia vital que existe en todos nosotros. El color de la felicidad, de la alegría, de la bondad, de la gloria y de la brillante esperanza de un nuevo amanecer.

—¡No! —grité al tiempo que trataba de meter la mano en la sala de abajo y contener su *qi* antes de que se evaporara en la nada.

No obstante, al otro lado del cristal, la magia de la Muerte era como algodón de azúcar que se deshacía en mis manos. Intenté agarrarlo una y otra vez, pero nada se materializó. La Muerte era mi mecenas. Podía llamarla como a una amiga o a una aliada, pero no podía detenerla. No estaba bajo mi mando. Jamás sería su ama, sino una herramienta a su disposición, un recipiente que usaba para reclamar lo que consideraba suyo.

La Muerte no discriminaba ni hacía favoritismos.

Cuando la cólera desapareció, cuando los ojos de Taohua se quedaron vacíos, apreté la mandíbula y me limpié las lágrimas.

El dolor se tornó en coraje.

Antonio pagaría por ello. Haría que los romanos lamentaran el día en que pusieron un pie en nuestra tierra y pensaron que podían tomar nuestra bondad por debilidad.

—Taohua no es la primera persona que muere así —dije. Tenía la respiración entrecortada, pero había dejado de llorar. No porque el dolor se hubiera desvanecido, sino porque derramar lágrimas no cambiaría nada. Mi pena no cambiaría nada.

Al igual que mirar a otro lado tampoco cambiaría nada.

—Han atado a incontables víctimas de sus experimentos fallidos en ese receptáculo. Les han extraído la sangre a incontables Xianlings en esta misma sala —añadió.

Cada una de esas almas eran mi pueblo, vecinos que compartían mi sangre, creados por Nüwa por su amor hacia nosotros, ya fuera con sus propias manos o con una ramita, eso no importaba.

Sangre de mis congéneres. Sangre de mi alma.

Cada uno de ellos era el amigo, el hijo, el padre o el hermano de alguien. Habían amado y eran amados.

Allí, en las profundidades del lado de la ciudad de Roma, no eran nadie.

Piezas de ajedrez.

Juguetes para entretener a Antonio y Valentín. Como el Xianling multiplicador al que asesiné en aquella jaula tantas lunas atrás para demostrar mi valía a Antonio.

«Se estaba muriendo». A eso se refería Antonio.

—Prometió que dejaría a Taohua en libertad —repetí. Me daban ganas de reírme de mi estupidez. Sabía que no podía confiar en él y, aun así, lo había hecho. Y mira dónde me había llevado, lo que me había costado—. Prometió…

—No sé qué tipo de cuentos te habrá contado Antonio, qué tipo de promesas te ha hecho, pero no son más que una sarta de mentiras. Antonio solo se preocupa por sí mismo, sus ambiciones y su sed de poder. Solo lo conoces desde hace unos meses, pero yo lo conozco hace ya tres años. No le importamos. Solo quiere utilizarnos y poseernos. Salvar su miserable mundo a costa de la magia de los nuestros. ¿Recuerdas cuando te dije que la redada en la que te secuestraron no tendría que haberse producido? Valentín no es tan insensato como para dirigir una operación tan arriesgada en las narices del emperador. La paz entre Roma y Erlang podrá ser una cortina de humo, pero es algo que ambos bandos apuestan por mantener. Al menos, por lo pronto. El emperador está al corriente de las actividades de Roma, de los secuestros de Xianlings para realizar los experimentos. Es uno de los numerosos precios que mi tío está dispuesto a pagar por esta falsa sensación de paz. Los romanos hacen lo que quieren cuando quieren y el imperio de Erlang mantiene un ojo abierto y otro cerrado…

Baihu prosiguió con su discurso, pero yo solo podía pensar en Taohua.

«Me han llegado noticias de que han aparecido en la costa cadáveres desangrados, como una cáscara marchita». Una de las últimas cosas que me había dicho mi amiga.

—Taohua no tenía ni idea de lo que pasaba, ¿verdad? Estaba investigando los cuerpos desangrados. Ella...

—Era una investigación privada. Su padre sabía la verdad y llevaba meses tratando de despistarla, pero ya sabes cómo es. Terca como tú. ¿Cómo podría olvidarse de algo así cuando sus vecinos desaparecían y aparecían en forma de cadáveres a miles de kilómetros de distancia? Taohua era joven. Su padre quería protegerla, pero no bastó.

—¿Por qué Roma hizo la redada en la capital? ¿Fue solo un recordatorio de la muestra de su poder para el emperador y todos los mártires de Erlang?

—Ojalá hubiera sido eso. —Baihu me entregó unos cuantos folios doblados que llevaba en el bolsillo de la chaqueta—. Léelo.

Las hojas pesaban y, al abrirlas, se me hizo un nudo en el estómago que jamás podría deshacer.

Incluía una lista interminable de nombres y el mío figuraba el primero de todos. Y, al final, vi la firma de Antonio. Su caligrafía cursiva y familiar y el emblema dorado que había visto en infinidad de ocasiones. El mimo que usaba para firmar todas mis misiones.

En ese momento, se me detuvo el corazón, compungido por la vergüenza, el dolor y mil emociones más que no sabría describir con palabras.

—Fue Antonio quien ordenó la redada, Ruying, no Valentín.

—¿Por qué?

—Por ti. Organizó la redada para echarte el guante. Por un poder tan divino como el tuyo, estaba dispuesto a arriesgarlo todo. Incluso la guerra. Conocía las consecuencias de un acto así en la mismísima capital, pero no le importó. Tanta palabrería sobre la paz, la tolerancia y la piedad y no aplica nada a él mismo, sobre todo si algo que codicia está en juego. Antonio no es quien crees que es. No es el guardián de la paz que querías que fuera con tanta urgencia. Quiere gobernar y hará lo que sea preciso para demostrarle a su abuelo que puede regirnos mejor que sus hermanos. Jamás le ha preocupado el bienestar de los dos mundos. Solo le importa el poder, y el modo más sencillo de amasarlo es convirtiéndose en el heredero de su abuelo.

—Todas esas personas... han muerto por mi culpa. Taohua... ha muerto por *mi* culpa.

—No ha sido culpa tuya. Cuando Antonio ve algo que quiere, lo coge, sin importar los daños colaterales. —Baihu volvió a tomar mis manos y me dio un apretón—. Acompáñame, Ru. Ayúdame a poner fin a esta tragedia y a hacer lo correcto. Mata a Antonio, mata a Valentín y juntos empezaremos la guerra entre Roma y Pangu. Juntos, podemos liberar a nuestro pueblo de la opresión que tratan de vendernos como paz. Ya es hora de acabar con estas décadas de humillación.

No respondí.

En su lugar, volví a dedicar una mirada a los científicos, a la sangre que habían recogido.

—¿Por qué extraen sangre a Taohua?

—No es nuestra sangre lo que quieren —contestó—, pero eso es algo que debes preguntarle a Antonio.

49

No volví a llorar hasta que regresé a mi habitación y me metí en la cama, salvo que no eran ni *mi* habitación ni *mi* cama. Nada de eso me pertenecía.

Estaba en una jaula.

Daba igual con cuántas cosas bonitas la hubiera llenado Antonio, una jaula seguía siendo una jaula y no debía olvidarlo.

Y, a pesar de todo, esa habitación gris era lo más parecido a un lugar seguro que tenía. Allí, podía permitirme el lujo de ser débil, de venirme abajo, llorar y ahogar el aullido de mis penas en la almohada.

Las lágrimas solo ardían un tiempo.

Las rupturas del corazón terminaban sanando.

Me permití romperme en mil pedazos antes de volver a unir las piezas, más fuerte que nunca.

Si existía el más allá, rezaba para que Taohua encontrara allí la paz.

Si la reencarnación era real, esperaba que en la próxima vida la bendijeran con unos padres que le dijeran lo orgullosos que estaban de ella y que siempre supiera cuánto la querían.

En el silencio y la penumbra, en la soledad de mi habitación, creí oír el eco de la risa de Taohua y noté cómo una parte de ella permanecía junto a mí.

Su mano sobre mi hombro, su aliento en mi piel, el aroma a caqui y citronela en el aire. No sabía si lo estaba imaginando, pero juraría que sentí cómo la Muerte tiraba de ella al otro lado y Taohua se resistía, porque no quería dejarme allí sola. Igual que cuando éramos pequeñas, odiaba que estuviéramos separadas y odiaba cuando tenía que regresar a casa y enfrentarme a la ira de mi padre.

«Tendría que haber sido yo».

Yo merecía morir, no Taohua. Tenía un alma malvada y las manos manchadas. Taohua irradiaba amor como el sol y su bondad no conocía límites. Lo único que quería era hacer que su padre se sintiera orgulloso y demostrar que las hijas podían ser tan buenas como los hijos.

—Lo siento —gimoteé, con la respiración entrecortada por los sollozos. Las lágrimas eran las esquirlas fracturadas de mi propio corazón—. No tendría que haber confiado en Antonio. Tendría que haber imaginado que esto pasaría. Tendría...

Se me quebró la voz y me apreté el pecho porque algo se me rompía bajo la carne y los huesos; una parte de mí que no podía vendar, en la que no podía aplicar bálsamo alguno, se fisuraba de forma pausada, cual hielo delgado al que le aplicas peso mientras las gélidas aguas azules esperan ansiosas para ahogarte en sus oscuras profundidades.

Apreté los puños y acogí con gusto la magia de la Muerte, a la que invité a fluir en mi interior como una salida de sol en invierno, cuyo calor me calentaba como pequeñas llamas que ardían sobre mi dolor.

Llorar no me devolvería a Taohua.

Apreté hasta que ocho medialunas me estropearon las palmas de las manos.

—Una vida por otra —susurré al aire helado mientras me limpiaba las lágrimas y notaba la aspereza del frío algodón de las mangas en mi piel. Los ojos me escocían de tanto llorar y se me nubló la visión.

Antonio había sido el primero en romper su promesa.

Los dioses no me castigarían por romper la mía.

—Vamos allá —musité en esa habitación vacía y lóbrega—. No dejaré que tu muerte haya sido en vano, Taohua. Te recordarán como la heroína que siempre supe que eras.

Antonio se despertó dos días después. Cuando llegué al hospital, ya se encontraba rodeado de visitantes; una sala de hombres paliduchos con el ceño fruncido y mirada mordaz, una imagen que distaba de la que yo sospechaba.

Pensaba que en esos momentos de lucidez inicial, Valentín estaría junto a su cama, agarrándolo de la mano, con los ojos enrojecidos por el llanto.

Puede que Antonio y Valentín estuvieran enemistados, pero seguían siendo hermanos, ¿no? Si no de sangre, de espíritu. Si algo así le sucediera a Meiya, permanecería a su lado sin importar lo que dijeran los médicos.

Valentín estaba allí, justo al fondo, con los brazos cruzados y una amarga expresión en el rostro, como si le molestara que su hermano viviera para ver otro día.

También esperaba encontrarme a un Antonio decaído y frágil, pero pese a estar más pálido que de costumbre, por lo demás estaba igual. De no haber sentido su pulso débil y haber visto cómo la sangre carmesí brotaba de su pecho como un río, de no haber advertido cómo la Muerte se colocaba a su lado, jamás me habría imaginado lo cerca que había estado de perder la vida.

El olor penetrante a químicos romanos impregnaba el aire. Sabía que la ciencia era capaz de cosas imposibles, pero eso, arrancar a un hombre de los brazos de la Muerte, era otro nivel. Nadie tendría que sobrevivir a una herida así. Cuando la Muerte reclama un alma, no se le debe negar.

Sin embargo...

Antonio alzó la vista cuando entré en la sala.

—Dejadnos a solas —pidió a los consejeros y a Valentín.

Permanecí en una esquina hasta que todos desfilaron, uno a uno.

Aun con esas espantosas prendas de hospital, estaba guapo; un aspecto encantador, como los mejores embusteros.

Confiar en una cara bonita no era demasiado complicado, y Antonio siempre se las arreglaba para ganarse mi confianza a pesar de lo que me advertía mi instinto.

Valentín fue el último en marcharse. Antes de hacerlo, le susurró a Antonio algo al oído. Algo que le hizo tensar la mandíbula y fruncir el ceño.

Al pasar por mi lado, me guiñó el ojo, pero no pronunció palabra alguna.

—¿Cómo llevas la herida? —me preguntó cuando solo quedamos él y yo.

Trató de enderezarse. Se movía a cámara lenta e hizo una ligera mueca de dolor. Una parte de mí estaba ansiosa por correr a su lado, pero me contuve. A pesar de todo, mis sentimientos por él no habían desaparecido, como el frío de un largo invierno que se niega a marcharse aun cuando la luz punzante de la primavera se ha abierto paso.

En esos breves instantes, sufrí su dolor tanto como él.

Ignoré los remordimientos que me reconcomían y permanecí cerca de la puerta que acababan de cerrar.

Antonio me dedicó el tipo de sonrisa que, dos días atrás, me habría cortado la respiración y me habría provocado mariposas en el estómago.

Ahora, me revolvía el cuerpo.

Los recuerdos del cadáver pálido de Taohua, de su rostro congelado en un grito eterno, me perseguían cada vez que cerraba los ojos. Un recuerdo que jamás olvidaría, que prendía una especie de odio que jamás desaparecería.

Como si notara que algo había cambiado en mí, Antonio se sentó un poco más recto. Pensé que bajaría de la cama de un salto y vendría hacia mí dando traspiés.

Pues no.

Separó los labios, con las palabras en la punta de la lengua, pero no llegó a materializar ninguna.

Sabía que había estado en el laboratorio. Seguro. Reconocía la culpa al vuelo. Eso debía de ser lo que Valentín le había susurrado antes de marcharse.

El silencio se prolongó hasta que la media sonrisa dio paso a una mueca y el aire se enrareció.

—Soñé contigo cuando estaba inconsciente.

—¿Sí?

—Era un sueño sobre nosotros. En un lugar distinto, en un momento distinto. Otro universo donde no me mirabas con los ojos cargados de odio y donde yo no era un príncipe encadenado a mis obligaciones. —Respiró profundamente y se preparó—: Valentín te envió a Baihu. Quiero que…

—No trates de manipularme. Da igual por qué Baihu me enseñó los laboratorios. Lo que importa es lo que vi.

Su expresión recordaba al cielo justo antes de una tormenta, calmada aunque amenazante.

—¿Me dejas explicarme?

—Adelante —respondí tajante. No estaba de humor para sus jueguecitos psicológicos, pero si quería justificarse, le seguiría la corriente.

—Nunca pretendí engañarte, Ruying.

—Dijiste que liberarías a Taohua.

—Lo sé —se avergonzó con la voz quebrada.

Si no lo conociera, pensaría que iba a echarse a llorar, pero no volvería a depositar mi fe en un hombre que no era de fiar. Había sido una estúpida al pensar que era una buena persona cuando, en realidad, era tan cruel como los monstruos que revoloteaban a su alrededor.

En ese preciso instante, solo su imagen era como cuchillos que me perforaban el alma. Lo que hubiera florecido entre nosotros, ya se había marchitado, pétalo a pétalo, arruinado por el moho, la podredumbre y una especie de odio que unas cuantas sonrisas amables y palabras arrulladoras no podrían barrer.

—Dijiste que éramos amigos, pero los amigos no rompen promesas de ese tipo. Los amigos no... —balbuceé. Noté un nudo en la garganta cuando los recuerdos de Taohua me arramblaron cual huracán—. ¿Por qué no dejaste que se fuera como prometiste?

—Empezaron a experimentar con ella antes de nuestro acuerdo —explicó—. Poseía el don de la fuerza y su cuerpo era capaz de obtener energía a niveles increíbles. En una sola gota de su sangre había más energía que en todo el cuerpo de la mayoría de Xianlings. Los científicos pensaron que podrían descifrar el código genético y hallar la respuesta a todos nuestros problemas.

—No desvíes la culpa, Antonio. Los científicos siguen tus órdenes. Si les hubieras pedido que pararan, lo habrían hecho. No intentes lavarte las manos, están manchadas de su sangre. No eres inocente. ¿Eso significa ser príncipe? ¿Cometer errores para que otros sufran sus consecuencias? ¿Llevarte el mérito cuando te conviene y cargar con el muerto a los demás cuando te niegas a admitir tus errores?

—Ruying...

—Tendría que haber seguido mi instinto —reí con voz temblorosa y el pecho agitado. Notaba tensa y frágil a la vez hasta la última parte de mi ser y, al menor roce, podría romperme en mil pedazos—. Tras salvarme en Sihai, pensé que eras distinto a tu abuelo y tu hermano, pero me equivocaba. Eres igual que ellos. O peor. Mi pueblo podrá relatar historias de terror sobre Valentín, pero, al menos, se muestra tal y como es. Pero ¿tú? No eres más que un lobo con piel de cordero, una serpiente adormecida. No puedo creer que me aferrara y creyera cada una de tus palabras aunque...

Unas sábanas revueltas. Unas pisadas suaves.

Cuando Antonio se detuvo frente a mí, tenía lágrimas en los ojos y el remordimiento se dibujaba en su rostro.

Las lágrimas parecían auténticas, pero yo sabía que no lo eran. Era un maestro de la mentira, del engaño y del encubrimiento de sus pecados como actos de honor.

Casi podía oír sus palabras empalagosas, listas para rasgar el aire. Ya había estado en esa situación. Lo creí la primera vez; no me dejaría manipular una segunda.

—Iba a contarte la verdad —dijo en voz baja, como un niño que admite algo cuando le han pillado—, al final.

—Pues no lo hiciste.

—No quería que me odiaras.

Cuando solté una risotada, se estremeció como si le clavaran un cuchillo en el pecho.

—Los científicos le sacaron sangre a Taohua —afirmé. Su máscara de culpa y vergüenza se transformó en algo frío, algo que recordaba al miedo, como si supiera la pregunta que venía a continuación—: ¿Por qué?

—No lo entenderías.

—Cuéntame la verdad, Antonio.

Suspiró, admitiendo su derrota, y retrocedió.

—Tu pueblo piensa que hemos venido a explotar vuestros poderes, pero se equivoca. No estamos aquí por vuestra magia, al menos no de la forma en que pensáis. En vuestro interior, existen unas células diminutas que contienen cantidades ingentes de energía; tanta que, en términos científicos, no debería ser posible. Hemos nombrado a esas células de varias formas, pero por la que finalmente me decidí hace unos meses es «célula *qi*», llamada así por la fuerza impulsora de vuestros poderes. Existen y se reproducen en vuestro cuerpo igual que cualquier otra célula y almacenan energía del mismo modo que los glóbulos almacenan oxígeno. Creemos que esta energía es la razón por la que los tuyos poseen habilidades sobrenaturales, ya sea por contaminación en forma de radiación o la fuente de vuestra llamada «magia», aunque cómo puede o no manifestar vuestras habilidades es irrelevante. La clave es la cantidad inconmensurable de energía que almacena cada célula. Podría ser la solución a todos los problemas de Roma. Mi padre estaba plenamente convencido de que estas células diminutas salvarían a mi nación y, a raíz de las investigaciones, creo que estaba en lo cierto.

—¿Qué tiene que ver todo esto con salvar a tu mundo?

—Mi mundo se muere —confesó Antonio en voz baja—. Lleva siglos muriéndose. Durante demasiado tiempo, mi gente ha vivido por encima de nuestras posibilidades. Hemos sobreexplotado contaminado y devastado nuestro planeta de todas las formas posibles. Éramos avariciosos. Lo queríamos todo y cada vez más. Cogimos más y más y más hasta que la Madre Naturaleza se vengó. Éramos conscientes de lo que hacíamos, del daño que estábamos causando y, aun así, generación tras generación, mantuvimos un estilo de vida lujoso que sabíamos insostenible. Como reyes y reinas con los días contados que robaban a las generaciones venideras. Todo el mundo estaba enterado de las consecuencias, pero nadie movió un dedo, porque todos pensaban que eran problemas de la próxima generación. —Sonrió—. Bueno, pues ha llegado la hora de que paguemos por los crímenes de nuestros antepasados, y ese precio recae sobre mi generación. Por culpa de los humanos que vivieron antes que yo, mi mundo está al borde del caos.

—¿Y qué tiene que ver eso con nosotros? ¿Tu mundo se muere? Eso es asunto vuestro, no de Pangu.

—El pasado de mi mundo está totalmente relacionado con el presente y futuro del tuyo. Resulta que los científicos de mi nación están buscando soluciones, un modo de abastecer nuestras ciudades y de mantener nuestro nivel de vida sin continuar dañando nuestro mundo. Pero por muchos doctorados y galardones, ninguno dio con una solución viable hasta que mi padre descubrió los portales; hasta que descubrimos a los Xianlings y la energía que habita en vuestro interior. —Los puntos se unieron, uno a uno—. Las células *qi* son algo especial. Cuando se recolectan, una sola célula posee cien veces más energía que el combustible que ilumina nuestras ciudades sin los subproductos peligrosos que contaminan nuestros ríos y aire.

—Así que ¿entrenáis a los que os parecen buenos soldados y asesináis al resto para recolectar sus células como cereales para el invierno? —Para Roma no éramos más que una cosecha, ya está. Nuestras vidas eran tan valiosas como la fruta de sus cestas o el arroz de sus cuencos—. ¿Qué tiene que ver el opio con todo esto? —proseguí antes de que me diera una respuesta—. Tu pueblo difundió la droga por alguna razón.

—En un primer momento, mi padre pensó que podíamos establecer relaciones comerciales con tu pueblo a cambio de construir fábricas y desechar nuestra basura aquí, las cosas que mi mundo ya no soporta, pero no tardamos demasiado en descubrir que no había nada que vuestro mundo y su magia no pudiera ofreceros. Podríamos haber negociado con armas, pero ya erais tan poderosos con la magia que con la ciencia seríais invencibles. Entonces, os dimos el opio, una droga que, en su origen, se diseñó como un estimulante para potenciar la magia en quienes ya la poseían y concedérsela a quienes no. Se concibió como un regalo, una solución para vuestra magia en decadencia. Sin embargo, sobre la marcha descubrimos el poder que reside en vosotros y cómo el opio estimula el crecimiento de las células *qi*, lo que genera más energía en vuestros cuerpos. No mentíamos cuando dijimos que fortalece vuestros dones y que despierta la magia en aquellos con células inactivas. Pero también tiene otros efectos. Los subidones etéreos que se generan como resultado del proceso fueron una ventaja inesperada para crear algo que tu pueblo ansiaba.

—Pero el opio también nos mata. Si tomamos demasiado, morimos. Si tomamos muy poco, morimos. Jugáis a ser dioses con nuestros cuerpos, algo que los mortales no deberían hacer.

—Como te decía, hay... efectos secundarios. A veces, la sobreproducción de células *qi* puede... provocar resultados menos deseables si el cuerpo carece de la energía para sustentar dicha reproducción. La energía es algo finito. Ni se crea, ni se destruye. Al igual que la magia, las leyes científicas te dan con una mano y te quitan con la otra. Ignoramos de dónde extraen la energía esas células. Mis científicos piensan que es del sol, del aire a nuestro alrededor, de la energía que existe en todas las cosas, ya que es imposible que sea solo de vuestros cuerpos. No obstante, cuando hay demasiadas células que no pueden reunir suficiente energía de su entorno, empiezan a atacar al cuerpo como una alimaña rabiosa que exige alimento. Es algo así como la gravedad, o el modo en que se crean los agujeros negros, y si piensas en ello como...

Reí; un sonido que lo detuvo a mitad de oración.

—Mi padre, que, por cierto, no tenía poderes, solía alabar el opio y a Roma. «Son dioses», decía y «el opio es un regalo para el disfrute de todos, no solo los Xianlings». Si hubiera sabido que tu pueblo nos cebaba con opio como cerdos a los que engordas para el matadero... Qué estúpido fue al creer vuestras verdades a medias. ¿Alguna vez habéis visto a mi pueblo como personas o siempre hemos sido cosas para vosotros? ¿Nuestras vidas no son más que combustible para la codicia de tu pueblo?

Antonio tuvo el descaro de sacudir la cabeza, como si pudiera defender sus acciones injustificables.

—Mi padre jamás pretendió que nada de esto pasara, Ruying. Tienes que creerme. Se propuso crear algo para fortalecer a los Xianlings, para que tuviéramos algo que ofreceros. Solo quería *ayudar* a tu pueblo, que nuestras naciones pudieran vivir en armonía.

Antonio trató de tocarme, pero lo aparté. Sus palabras habían pasado a ser meros sonidos carentes de significado.

Recordaba el olor de los cadáveres dispersos por la ciudad de Jing, el hedor cuando mi padre se alejaba de nosotras en uno de sus subidones, el humo que llenaba el vestíbulo de forma constante.

Las lágrimas de la abuela. Los moratones de mi hermana.

Todo a razón de la codicia de individuos que vivían en otro mundo.

Exterminaron su mundo, pero, al final, fue el mío el que pagó las consecuencias.

La caída de mi familia. Innumerables muertes. Las esposas de mis muñecas.

Todo lo que mi pueblo se ha visto obligado a vivir las dos últimas décadas había sido por su culpa.

—Jamás quisimos que nada de esto sucediera, Ruying. Por favor, créeme —se le entrecortaba la voz, desesperado por que lo escuchara.

Pero lo único que alcanzaba a oír era mi llanto del pasado por un padre que nos abandonó por la euforia del opio y que veneraba a los romanos como seres superiores.

—Si jamás quisiste que nada de esto sucediera, demuéstralo. *Haz* algo.

Se le descompuso el rostro.

—No es tan fácil.

—¿En serio?

—Esto me supera, Ruying. Por mucho que quiera detenerlo, mi abuelo no lo permitirá. Mi mundo no sobrevivirá sin la energía de los tuyos; sus sacrificios consiguen tiempo para toda una civilización. No es una solución permanente, solo hasta que encontremos una mejor. Dame tiempo y...

—¿Y cuántos más tendrán que morir antes de que encontréis una solución mejor? —El rostro de Taohua volvió a aparecer ante mis ojos, el blanco roto de su piel, su boca congelada en un grito eterno—. ¿Cuántos de los míos han muerto hasta la fecha para conseguir tiempo para los tuyos? ¿Acaso lo sabes? ¿Conoces sus nombres? Porque esa gente tenía un nombre, así como madres y padres, toda una vida por delante antes de que se la arrebatarais. Eran *personas*, Antonio... Y las habéis masacrado a sangre fría. Tú y todos los miembros de tu mundo sois unos monstruos.

Dio media vuelta, ruborizado por la vergüenza y con los puños apretados como si pudiera hacer que ese momento desapareciera con la fuerza de sus poderosas manos.

—En cuanto a la redada, se llevó a cabo bajo tus órdenes, ¿no es así? Me separaste de mi familia para convertirme en tu carnicera.

Apretó la mandíbula. La ira y la frustración se tensaban como la cuerda de un arco.

—Sé que ahora estás enfadada conmigo, Ruying, pero te juro que todo es por un bien mayor. Para *ambos* mundos.

—Si de verdad te importara la paz, no habrías organizado la redada aquella noche y no te habrías arriesgado a una guerra con Erlang solo porque viste un juguete que te gustó y que querías conseguir a toda costa. Me encerraste en una jaula y casi me dejas morir en aquella celda para forzarme a creer y depender de ti. Para usarme como un arma.

—Arreglé unas cuantas cosas con el emperador. En ocasiones, para ganar la guerra, debemos correr riesgos. Y tú eras un riesgo que valía la pena correr.

«Ganar la guerra». Eso era lo que quería.

No la paz, sino la victoria de Roma a cualquier precio. Le traía sin cuidado lo que le pasara a mi pueblo siempre y cuando alcanzara su objetivo: robar la magia de nuestros cuerpos para que pudieran vivir en un mundo de lujos prestados, como sus antepasados.

Quería debilitar mi imperio para que, si algún día Roma deseaba invadirlo, pudiera hacerlo. La gente como yo no le importaba.

Jamás lo había hecho.

Y jamás lo haría.

—¿Qué otros secretos me ocultas? —quise saber. Si me había mentido sobre eso, seguro que me había mentido en muchas otras cosas—. ¿Mi familia...?

Me cortó:

—Están a salvo. Podré haberte ocultado cosas, pero tu familia está perfectamente a salvo. Y así seguirá siendo mientras yo viva. Lo siento, Ruying. Solo dame tiempo. Puedo arreglar todo esto si confías en mí. A veces, unos cuantos tienen que morir para que otros vivan. Sacrificar a unos pocos por la supervivencia de muchos no es una decisión sencilla, pero es una que los gobernantes deben tomar. Y yo nací para gobernar. Pensaba que tú mejor que nadie lo entenderías. El peso del poder, la entereza que requiere poner fin a una vida, decidir quién vive y quién muere. Somos iguales, ¿no lo ves, Ruying? Eres la única en el mundo que entiende...

De nuevo, intentó tocarme, pero le di un manotazo brusco.

—No me parezco en nada a ti, Antonio Augusto. ¿Dices que estás aquí porque tu mundo se muere? Pues, verás, el mío también se muere. Tu droga, tus experimentos y tu codicia lo están arrasando. No eres ningún dios.

Abrió la boca pero no salió palabra alguna.

Se impuso el silencio.

Cerré los ojos. No sabía qué más decir para hacer que me escuchara. Había tomado una decisión y nada de lo que dijera podría cambiarlo o hacerlo entrar en razón.

—Hago lo que tengo que hacer —sentenció—, igual que tú hiciste cuando me juraste lealtad para salvar a tu familia.

—No es lo mismo.

—Es *exactamente* lo mismo. Somos iguales, te guste o no. Dos personas que hacen cosas horribles por una buena razón. Por eso estamos aquí, unidos por el hado, porque tú y yo estamos destinados a ser iguales. Juntos, podemos corregir todos los errores que se cometieron antes de nosotros, pero, para dictar nuevas reglas, debemos tener el coraje suficiente para destruir todo lo que nos precede. Y, sobre sus cenizas, construiremos algo nuevo y mejor en su lugar. Un gobernante benévolo no puede salvar el mundo. La paz exige el precio de la sangre. Quédate a mi lado y te prometo que construiremos un mañana mejor. Para los dos.

Dio un paso al frente y me controlé para no retroceder. No quería acobardarme frente a él, no quería que pensara que estaba asustada.

—Juntos. —Buscó mi mano y, esa vez, le dejé cogerla—. Podemos salvarlos a todos.

«Lo único de lo que mi mundo necesita salvarse es de ti».

—Es esto u observar cómo Valentín y Casio traen el apocalipsis a Pangu. Yo destruyo con la intención de reconstruir, pero ellos no. Quiero que ambos bandos hagan concesiones, pero Valentín y Casio optan por la dominación. Quieren conquistar tu mundo y convertir Pangu en una segunda Roma. Si lo logran, todo cuanto conoces perecerá en el proceso. Otro mundo que mis congéneres echarán a perder —amenazó con tono frío y pausado.

Todavía tenía los brazaletes desactivados. Podría asesinarlo. Yo no saldría de esa habitación con vida, pero podría poner fin a la suya y vengar a Taohua, a mi padre y a todos los que habían muerto por culpa de los romanos.

Pero la venganza no era suficiente.

Y Antonio tenía razón. Aquello iba más allá de él. Más allá de todos nosotros.

Aunque lo matara, no resucitaría a Taohua ni retrocedería en el tiempo a la época previa a la invasión de Roma. Si Antonio moría, su abuelo seguiría cosechando la sangre de mi pueblo para abastecer sus ciudades.

«Escoge tus batallas —recordé la enseñanza de la abuela—. Perder una contienda no tiene nada de malo mientras ganes la guerra».

—¿Confías en mí, Ruying?

—Confío en ti —mentí.

El alivio inundó su rostro e iluminó la habitación con su malvada y cínica sonrisa.

Traté de devolvérsela.

Baihu estaba en lo cierto, era hora de tomar una decisión.

Si éramos nosotros o ellos…

Nos escogía a nosotros.

52

Cuando llamé a su puerta, Baihu me estaba esperando. Había servido dos tazas de té todavía calientes y humeantes. Me ofreció una y dio un sorbo a la otra.

—Cuando me enteré de todo, yo tampoco podía creérmelo. Recuerdo los sentimientos que me invadieron ese día: ira, odio, frustración… No creo que haya deseado la muerte de nadie como la de la familia Augusto, pero, por desgracia, debía esperar.

—Porque vengar a los muertos no es lo mismo que proteger a los vivos —suspiré—. ¿Por qué nadie mueve un dedo?

—El Fantasma…

—No hablo de él. Me refiero a los emperadores, a la realeza. Su trabajo es velar por nosotros. La gente de Erlang está siendo masacrada desde la llegada de los romanos. Sihai va a firmar un nuevo tratado a espaldas de los demás. ¿Qué hay de los imperios de Lei-Zhen, Ne-Zha y Jiang?

—Tienen miedo. Por ahora, nada de esto les afecta, así que se mantienen al margen. No se meten en problemas que no les salpican.

—Pero tienen la obligación de protegernos. Para eso existen los emperadores, ¿no? Para proteger a su pueblo.

—Te lo dice alguien que comparte sangre con esos supuestos descendientes de los dioses: la realeza no es tan magnífica como piensas. Los linajes no nos hacen buenas personas. La propia existencia de mi padre da fe de ello, Ruying, y mis primos están tan corrompidos como sus padres. La única con un alma medio decente es Helei, y mira de qué le ha valido: para ser prisionera de Roma, tomada como rehén en caso de que Yongle se rebele algún día. —Baihu sacudió la cabeza—. Es hora de que depositemos nuestras esperanzas en algo nuevo. Los romanos son la mayor amenaza a la que se ha enfrentado nuestro mundo, y los dioses no vendrán a salvarnos. No descenderán de los cielos para luchar por nosotros como afirman las leyendas. No se reencarnarán en cuerpos mortales como los que nos salvaron del emperador Qin hace mil años. Nos toca a nosotros. Si no hacemos algo, no se detendrán. —Me tendió la mano—. Únete a nosotros, Ruying. Los Espectros te necesitan. Yo te necesito.

Esa vez, no dudé. Coloqué mi mano sobre la suya y le pregunté:

—¿Cuál es el plan?

Mi madre me llamó Ruying para que fuera valiente.

Mi padre pensaba que las mujeres debían ser dóciles y amables. Decía que el coraje era un lujo que solo los hombres podían permitirse.

Durante muchos años, lo creí.

Inclínate.

Arrodíllate.

Obedece.

Aléjate de los problemas.

Esa era la vida que mi padre quería que viviera.

Pero no había nacido para ser una hija perfecta y sumisa.

Ninguna mujer había nacido para ser obediente y asustadiza como afirmaban los hombres.

Mi padre me decía que tenía que gritar ante el peligro y buscar la protección de un buen hombre.

No quería gritar. Quería mirar al peligro a los ojos y hacerlo temblar.

En el caso de los hombres, el coraje era una muestra de valor.

En el caso de las mujeres, una muestra de necedad.

A partir de ese día, escogí ser una necia.

AGRADECIMIENTOS

A Anne Groell, la primera en creer en este libro: siempre te estaré agradecida por las oportunidades que me has brindado. Fueron necesarios casi ocho años para publicar este libro y pensé en darme por vencida demasiadas veces en el proceso, pero algo en mí, llámalo terquedad (o necedad), me empujó a seguir intentándolo, a seguir creyendo. Ahora que miro hacia atrás, cada una de las lágrimas y desengaños valieron la pena, porque acabé conociendo al mejor equipo editorial del mundo, entre los que se incluyen: Scott Shannon, Keith Clayton, Tricia Narwani, Ayesha Shibli, Bree Gary, Alex Larned, Ashleigh Heaton, Tori Henson, Sabrina Shen, David Moench, Jordan Pace, Adaobi Maduka, Maya Fenter, Abby Oladipo, Rob Guzman, Ellen Folan, Brittanie Black, Elizabeth Fabian y a todos los integrantes de Del Rey y Random House que han tocado este libro.

A Carmen McCullough, Alicia Ingram, Harriet Venn, Chessanie Vincent, Stevie Hopwood, Adam Webling, Bella Haigh, Andrea Kearney, Becki Wells, Kat Baker y a todo el equipo de Puffin/Penguin RU: gracias por hacer mis sueños realidad. A lo largo de estos años, me han dicho demasiadas veces que libros como el mío, sobre gente como yo, no se venderían en Reino Unido, pero demostrasteis que estaban equivocados. Os estaré eternamente agradecida por la fe y la pasión que habéis depositado en mi obra.

A Xiran Jay Zhao: gracias por ser mi apoyo emocional humano, director artístico ejecutivo, animador y terapeuta. Por acompañar mis lágrimas hasta las seis de la mañana y por ayudarme a sobrellevar los peores días, semanas y meses.

Gracias a todos los autores magníficos que accedieron a leer este libro de antemano y me colmaron de palabras amables. Gracias a todos los amigos que no me abandonaron en la oscuridad y que me cogieron de la mano cuando no quería más que rendirme. Por creer en mí de forma incondicional, por ofrecerme su sabiduría y su gentileza y por convertirse en mi inspiración cuando parecía que había perdido toda esperanza, doy las gracias a Thea Guanzon, Joelle Wellington, Adalyn Grace, Namina Forna, Natasha Bowen, Anissa De Gomery, Hannah Whitten, Chloe Gong, J. Elle, Alyssa Earthly, Daphne Lao Tonge, Ciannon Smart, Sam Soar, Amy Andrawos, Emily Russell, Maeeda Khan, Andrea Stewart, Ann Liang, Alina Khawaja, Isabel Cañas, Lydia Gregovic, Sydney Shields, Joel Rochester, Rebecca Ross, Gabriela Romero Lacruz, Jordan Lynch, Ariana Godoy, Rebecca Schaeffer, Sarah Rees Brennan y a muchos más.

A mis increíbles *booktokers, bookstagramers*, críticos y blogueros: gracias por vuestro apoyo. Gracias a todo el equipo de Illumicrate por su gran trabajo y por hacer llegar este maltrecho libro, parte de mi alma, a tantas manos. Gracias a Sija Hong, por la fantástica ilustración de la portada y a Regina Flath por diseñar la cubierta de mis sueños.

Gracias a todos mis amigos escritores que me impulsaron a seguir adelante, me animaron y creyeron en mí año tras año, cuando ni siquiera yo creía en mí misma. A Kari, por no rendirse jamás. A Thao, por darme la oportunidad. A Suzie, por su bondad y conocimiento, y por todo lo que me ha enseñado.

Al equipo de derechos en el extranjero y a todas las editoriales extranjeras por publicar este libro en cada rincón del planeta.

A los lectores que han estado a mi lado desde el principio: gracias. A los lectores que me han descubierto con este libro: me costó ocho años derribar las puertas de hierro de la maquinaria editorial para que acabara en vuestras manos; espero que esta historia empapada en lágrimas os apasione tanto como a mí.

A mis abuelos: gracias por vuestros relatos, vuestro amor, vuestras bromas y vuestras manos cálidas, por vuestro desayuno cada mañana y los paseos nocturnos. Os quiero. Os echo de menos. Tomaría las mismas decisiones horribles de Ruying si eso significara retroceder en el tiempo y pasar vuestros últimos años con vosotros. Empecé a escribir este libro el verano terrible en el que perdí a 奶奶和姥姥. Haría lo que fuera por disfrutar diez años más de todos vosotros. Haría lo que fuera para retroceder en el tiempo…

Durante ocho años, me abrí en canal una y otra vez porque me negaba a renunciar a este libro sobre una chica que haría cualquier cosa por proteger a su familia, que se perdió los últimos años de quienes más quería porque se hallaba en una tierra lejana luchando por una vida mejor. *La cruel mirada de los dioses* es muchas cosas, pero, en esencia, especialmente en sus primeras versiones, trata de una chica que quiere a sus abuelos, que extraña a sus abuelos, y que haría lo que fuera para regalarles una vida mejor… No pasa un día sin que lamente que no estéis aquí. Ojalá pudierais tener este libro entre vuestras manos.